Die Übergabe der Rosenholz-Dateien mit den Namen westdeutscher Stasi-Mitarbeiter von der CIA an die Bundesregierung steht kurz bevor. Kommissar Kilian stößt bei seinen Fenstersturzermittlungen auf eine CD-ROM, die offensichtlich noch weit brisanteres Material enthält. Eine gnadenlose Jagd beginnt, und der in seine ungeliebte Heimatstadt Würzburg strafversetzte Kilian gerät ins Fadenkreuz von Behörden, Geheimdiensten und anderen Dunkelmännern.

«Ein neuer Tatort oder gar ein Schimanski? Kilian braucht den Vergleich nicht zu scheuen.» (Bayerischer Rundfunk)

Roman Rausch, 1961 in Würzburg geboren, arbeitete nach dem Studium der Betriebswirtschaft lange Zeit im Medienbereich und als Journalist. 1992 gründete er die Schreibakademie storials. «Wolfs Brut» ist der zweite Roman aus der Reihe mit Kommissar Kilian und seinem Kollegen Heinlein. Für sein Debüt «Tiepolos Fehler» (rororo 23486) wurde Roman Rausch 2002 mit dem *Book on Demand Award* ausgezeichnet.

Roman Rausch

Wolfs Brut   *Ein Fall für Kommissar Kilian*

Rowohlt Taschenbuch Verlag

5. Auflage Mai 2012

Originalausgabe
Veröffentlicht im Rowohlt Taschenbuch Verlag,
Reinbek bei Hamburg, Juni 2004
Copyright © 2004 by Rowohlt Verlag GmbH,
Reinbek bei Hamburg
Redaktion Andreas Feßer
Umschlaggestaltung any.way, Andreas Pufal
(Foto: Anette Liening-Ewert, Hamburg)
Satz Aldus Roman PostScript (PageMaker) bei
Pinkuin Satz und Datentechnik, Berlin
Druck und Bindung Druckerei C.H.Beck, Nördlingen
Printed in Germany
ISBN 978 3 499 23651 8

Dieser Roman ist frei erfunden. Ähnlichkeiten
mit lebenden oder verstorbenen Personen wären zufällig
und sind nicht beabsichtigt. Die verwendeten Ortsnamen,
Werke, Gruppierungen und alle sonstigen Bezeichnungen
stehen in keinem tatsächlichen Zusammenhang
mit dem Roman.

Das für dieses Buch verwendete FSC®-zertifizierte Papier
Lux Cream liefert Stora Enso, Finnland.

Für Dich

Dank an ...

das Institut für Rechtsmedizin, Dr. Thomas Tatschner, die Schloss- und Gartenverwaltung Würzburg, Herrn Weiler und Herrn Derlath, Herrn Elmar Hofmann für die Führung in den Geheimgängen und an meine Familie, Freunde und Leser für die emsige Promotion, Bernd für die Loosche und Blanka – Ideengeberin, Kritikerin und Rückhalt.

Anmerkung

«*Der* fränkische Dialekt», wenn es ihn überhaupt gibt, ist im vorliegenden Buch so gehalten, dass er auch von «Nicht-Franken» gelesen und verstanden werden kann. Dialektvermischungen und unterschiedliche Schreibweisen kommen vor und entsprechen dem Status quo.

Berlin, 9. November 1989, 22.30 Uhr

Die Welt schaut fern und auf «die Mauer».

So auch im Würzburger *Maulaffenbäck* in der Maulhardsgass:

«Des Kommunistepack. Jetz isses vorbei mit der Herrlichkeit.»
«Guck ner, die Ostvöchel, wie se renne und flenne.»
«Mehnst echt, die wern jetz hemmkolt, Erich? Hemm ins Reich?»
«Renate, was hast du denn wieder für Parolen drauf?»
«Och, Heinz-Günther, du wesst doch, wie's gemehnt is.»
«Isch glaab net, dass der Russ die Zaunkönisch anfach zieh'n lässt.»
«So ein Käs, Walder. Der Russ is doch froh, wenn er die los is.»
«Schau mal, Schorsch, wie die angezoche sin, die Ossis!»
«Ouh, Renadde, mir ham's bolitisch, und du künnst mit Kläder.»
«Für Geld verkauft der Russ, wenn's sei muss, sogar sei' Großmudder.»
«Mennst echt? Aber, was woll'mer denn mit denne?»
«Die wolle doch nur unner Tschiens und unner Banane!»
«Was des alles wieder kost' und wer des bezahl' soll ...»
«Da wächst eben zamm, was zamm k'hört.»
«Wart mer's erscht mal ab. Irma, no enn vo dem Randersackerer!»
«Erich, sauf net scho widder.»
«Lass mer mei Ruh, Fraa. Du wirscht scho senn: In Zukunft hammer no viel mehr Gründ zum Saufen.»
«Da könnt der Erich Recht haben.»
«Wiesou?»
«Fraach net, Fraa, schenk ei!»

«Ach, wo bist du, beste aller Welten?»

Voltaire

Prolog

«Charles Saunders.»

Heinrich dehnte das «a» in Charles und das «au» in Saunders, als sei er Brite von Geburt an. Lässig und selbstverständlich. Sein Spiegelbild lächelte ihm dabei zu: «Charles Saunders.»

Der Name gefiel ihm. Er gefiel ihm so gut, dass er die leise Hoffnung hegte, ihn für immer behalten zu können. Heinrich konnte sich sogar vorstellen, Saunders zu seiner einzigen und wahren Identität zu machen. Nach allen vorangegangenen fühlte er sich mit diesem neuen Ich wie in seiner eigenen Haut. Der auf alt gemachte Pass und der täuschend echt wirkende Presseausweis zeigten einen Mann in den Dreißigern mit goldumrandeter Brille und kurzen dunklen Haaren. Er war nun Charles Saunders, Reporter bei der britischen Nachrichtenagentur Reuters. Die Fälscher der Staatssicherheit hatten sich wieder einmal selbst übertroffen.

Jetzt war es so weit. Nach diesem letzten Auftrag wartete die Freiheit. Der Anruf war am frühen Morgen erfolgt. Ein einziges Wort, zweimal wiederholt, war der Code, der ihm das Versteck verriet. Am helllichten Tage in der Normannenstraße zu erscheinen wäre in diesen Tagen zu gefährlich gewesen. Die einstigen Bewacher waren nun selbst zum Ziel des Argwohns geworden. In der kleinen konspirativen Wohnung am Spreeufer hatte er die schriftlichen Instruktionen eingesehen und sie anschließend vorschriftsmäßig verbrannt. Ein Bündel englischer Pfundnoten, Bilder seiner fiktiven Familie und der Buchungsbeleg der Hotelreservierung im Westen der Stadt sollten die Legende eines Reporters im Einsatz untermauern, sofern er mit Armee- oder Polizeikräften konfrontiert werden würde. Die englische Sprache bereitete ihm keine Probleme. Als Informatikstudent im Dienste der Staatssicherheit hatte er sich im Ausland genügend darin üben können.

Zurück in seiner Wohnung hatte er begonnen, die Befehle minuziös auszuführen. Er löschte die Festplatte seines Robotron-Rechners, vernichtete alle persönlichen Aufzeichnungen, entfernte den Namen vom Klingelschild und wischte die Wohnung nebst Geschirr und Einrichtungsgegenständen mit einem fettlösenden Tuch. Weitere Hinweise, wie Bilder, Briefe oder Urkunden, hatte es bereits vorher nicht gegeben. Am Abend existierte «Heinrich» nicht mehr.

Charles Saunders schloss die Tür hinter sich, achtete darauf, dass ihm niemand auf der Treppe begegnete, und verließ das Haus in Richtung Normannenstraße, wo er erwartet wurde.

*15. Januar 1990. Ministerium für
Staatssicherheit (MfS), Normannenstraße.*

Wie von Sinnen schlug der Mann auf die Überwachungskamera ein. Er saß auf den Schultern eines anderen, der keuchend die Balance zu halten suchte. Frenetisch wurde er angetrieben, bis das Augenlicht der Verbrecher auf immer erloschen war.

«Schlag sie tot, schlag sie tot!», schrie das eine Volk mit einer Stimme. Jung und Alt, Lehrer und Schüler, Krankenschwester und Busfahrer, Arbeiter und Privilegierter, Atheist und Katholik, Witwe und Familienvater. Sie waren belogen und betrogen, ausspioniert und erpresst, entführt, weggesperrt, gefoltert und getötet worden. Vom Nachbarn und Freund, vom Vater und von der Mutter, vom Bruder und von der Schwester, vom Ehemann und vom eigenen Kind. Nach fünfzig Jahren, einem Monat und zwei Tagen hatte sich mit dem Fall der Mauer vor wenigen Wochen ihr Traum von einer besseren und gerechteren Welt noch nicht erfüllt – so lange nicht, wie die Verbrecher im

MfS noch arbeiteten. Dieser Januartag des neuen Jahrzehnts sollte die Befreiung und der Aufbruch in ein neues Leben sein.

Saunders trieb in der wogenden Menge. Um ihn herum Tausende mit vor grenzenloser Wut verzerrten Fratzen und erhobenen Fäusten, fest entschlossen, die Fesseln von Bevormundung und Knechtschaft zu sprengen. Er hatte das sichere Gefühl, dass sein Auftrag mit diesem Ereignis zusammenhing. Ebenso sicher wusste er, dass sich unter dem einen Volk viele Kollegen befanden und dass er sich rasch zum verborgenen Eingang des Stasi-Gebäudes durcharbeiten musste, um nicht erkannt zu werden.

Der letzte Hieb mit der Eisenstange riss die Kamera samt Halterung aus der Wand. An zwei Kabeln hängend, baumelte sie kopfüber herunter. Das Volk heulte auf und drängte weiter an das Stahlgittertor. Die Vordersten rüttelten und traten gegen das Gestänge.

«Stasi raus! Stasi raus!», hallte es durch die kalte Januarnacht. Die Ersten stiegen auf das Tor und feuerten die Menge an.

«Macht das Tor auf!», kam es tausendfach zurück. Blitzlichter zuckten auf, und Kameras westlicher Nachrichtensender katapultierten das Unfassbare in jeden Winkel der Welt.

«Macht das Tor auf!»

In den oberen Stockwerken des Ministeriums kollabierten währenddessen die Reißwölfe unter der Last. Akten wurden hektisch von Hand zerrissen und auf einen Berg geworfen. Offiziere trieben die Mannschaften an, schneller zu arbeiten. Über die Bildschirme der Robotron-Rechner flimmerten Zahlenkolonnen, Namen, Adressen und intime Details, die in mühevoller Kleinarbeit zusammengetragen worden waren. Stahlschränke wurden aufgerissen und Computerbänder herausgenommen. Sie verschwanden in Taschen, Koffern und Rucksäcken. Zivil gekleidete Kuriere drängten zur Eile. Lange konnte es nicht mehr dauern. Steine flogen durch die Fenster, und Stasi-raus-Rufe erfüllten den Raum.

Saunders öffnete die Tür zu Referat 7. Oberst Weinmann brüllte auf einen Untergebenen ein, der drei silberfarbene Filmdosen in eine schwarze Kuriertasche steckte. Dann sah er Saunders.

«Na endlich. Sie müssen diese Tasche rausbringen, egal, was passiert, egal, wer sich Ihnen in den Weg stellt. Haben Sie das verstanden?», fragte Oberst Weinmann eindringlich.

«Ich bin kein Anfänger», antwortete Heinrich kühl.

«Trauen Sie niemandem. Sollte sich Ihnen jemand in den Weg stellen, schießen Sie ihn nieder.»

«Wohin und an wen geht die Lieferung?»

Weinmann zog ihn zur Seite, neben das Fenster.

«Moskau. Generalmajor Ropow. Alexander Ropow. Vergessen Sie den Namen nicht», sagte Weinmann. «Nur er darf die Tasche bekommen. Haben Sie verstanden? Nur er kann sie in Sicherheit bringen.»

«Eine letzte Frage: Was soll ich nach der Übergabe tun?»

Weinmann zuckte mit den Schultern. «Sie müssen sich dann selbst durchschlagen. Mein letzter freundschaftlicher Rat ist, dass Sie so schnell wie möglich Ihr Geld auf neue Konten transferieren und alle Spuren verwischen. Ich weiß nicht, ob wir das rechtzeitig schaffen.»

Saunders nahm die Tasche, heftete seinen Presseausweis ans Revers und verließ grußlos das Referat 7.

Mehrere Einsatzkommandos, fünf bis sechs Mann stark und in ziviler Kleidung, drangen im Schutz der Demonstranten in das Gebäude ein. Während die siegestaumelnden Revolutionäre Honecker-Bilder und DDR-Flaggen von den Wänden rissen, darauf herumtrampelten, sie bespuckten und sich richtungslos im weiten Bürokomplex verloren, verteilten sich die einzelnen Trupps zielsicher auf verschiedene Gebäudebereiche. Ihre Anführer hatten von Hand gezeichnete Karten bei sich und gaben ihre Kommandos auf Englisch.

Saunders rannte mit der schwarzen Kuriertasche auf die

Treppen zu. Kaum hatte er die ersten Stufen genommen, kam ihm ein Trupp entgegen. Sie musterten ihn, erkannten den Presseausweis und liefen an ihm vorbei Richtung Referat 7. Sie stießen die Tür auf und fanden Oberst Weinmann vor, wie er mit einem Stuhl auf den Robotron-Rechner einschlug. Der Truppführer stürzte sich auf die leeren Wandschränke, die anderen hielten Weinmann fest, um zu retten, wonach sie suchten.

«Wo sind die verdammten Filme?!», schrie der Truppführer Weinmann auf Deutsch an und packte ihn an der Uniform.

Weinmann lächelte zufrieden: «Ihr Amerikaner werdet es niemals schaffen.»

Saunders kam ins Erdgeschoss gelaufen, wo johlende Demonstranten im Siegesrausch tanzten. Einige musterten ihn misstrauisch.

«Stasi raus!», brüllte er ihnen entgegen und lief durch den Hof hinaus in die Normannenstraße. Nach wenigen Metern verschwand er im Dunkel einer Seitenstraße.

Hinter einer Hausecke beobachtete ihn ein Mann, der lange Zeit die Geschicke im Stasi-Gebäude bestimmt hatte.

Eine Woche später. Moskau. KGB-Zentrale.

Die Straße war menschenleer. Dienstfahrzeuge parkten verlassen am Straßenrand. Saunders stand hinter einem Baum, die Kuriertasche fest unter dem Arm. Zwei Wachposten patrouillierten mit geschulterten Kalaschnikows am Hauptportal. Von Saunders aus waren es etwa fünfzig Meter bis zum rettenden Hauptportal des Gebäudes. Hinter dem Gitter ragte das mehrstöckige KGB-Gebäude in den Nachthimmel. Im dritten Obergeschoss, links außen, waren zwei Fenster erleuchtet. Dahinter musste Ropow auf ihn warten. Er hatte sich in den letzten Tagen versichert, dass Generalmajor Alexander Ropow zu dieser späten Stunde noch zugegen war. Saunders hatte ihm eine

Nachricht zukommen lassen, dass er heute Nacht die Lieferung überbringen werde.

Er schaute prüfend die Straße entlang und ging los. Sein Schritt war fest entschlossen, sein Wille, den Auftrag zu Ende zu führen, auch. Als er auf die Straße trat, bog ein Fahrzeug ein und hielt auf ihn zu. Im Scheinwerferlicht war er ein leichtes Ziel. Saunders lief schneller und rannte auf die beiden Wachposten zu. Hinter ihm beschleunigte der Wagen. Der Motor heulte auf.

«Schießt! Los, schießt endlich!», rief er den Russen zu.

Die Soldaten rissen ihre Waffen von der Schulter und legten an. Doch bevor sie den Fahrer anvisieren konnten, bog der Wagen ab und verschwand im Park. Saunders kam keuchend bei den Russen an. Er verlangte, umgehend Ropow zu sprechen, er würde bereits erwartet. Der Wachoffizier ließ Saunders von einem Soldaten ins Gebäude bringen. Der Gang im dritten Obergeschoss war nicht beleuchtet. Durch die Fenster drang blasses Mondlicht ein und warf ein Muster, gleich einem Spinnennetz, auf den Boden.

«Da bist du ja endlich, Tavarisch», begrüßte ihn Ropow. «Wie war deine Reise? Ich hatte schon befürchtet, dir wäre etwas zugestoßen.»

Saunders stand still. «Genosse Generalmajor», sagte er knapp und reichte ihm die Tasche. «Die übrigen Unterlagen sind rechtzeitig vernichtet worden und …»

«Jaja, ich weiß», unterbrach ihn Ropow, nicht sonderlich an weiteren Berichten über die Vorgänge in der Stasi-Zentrale interessiert. Er griff die Tasche, öffnete sie und nahm eine Filmdose heraus. Am Schreibtisch zog er einen Filmstreifen durch das Licht einer Lampe. Mit einem Lächeln wandte er sich Saunders zu: «Du hast große Gefahren auf dich genommen. Wie mir meine Leute berichteten, waren dir Amerikaner, Engländer und sogar die Israelis auf den Fersen.»

«Ich weiß nicht, wer sie waren, aber es waren viele. Ich bin froh, dass ich es geschafft habe.»

«Du hast dir eine Belohnung verdient», sagte Ropow.

Saunders hatte seinen Auftrag erfüllt und wollte nun möglichst schnell das Gebäude verlassen.

«Nicht nötig, ich …»

«Keine Widerrede. Bleib ein paar Tage auf meiner Datscha. Wodka und Frauen sind inklusive.»

Er griff zum Telefon und gab seinem Fahrer Befehl vorzufahren. Dann wandte er sich den Akten zu und sagte beiläufig: «Bleib, so lange du willst. Danach werden wir sehen, wie wir dich unterbringen können.»

«Danke, Genosse Generalmajor. Aber ich möchte lieber …»

«Willst du mich beleidigen?», fuhr Ropow ihn an.

«Nein, natürlich nicht.»

«Gut.»

Damit war die Audienz für Saunders beendet, und er verließ den Raum.

Ropow holte aus dem Seitenfach seines Schreibtisches eine Flasche Wodka und füllte zwei Gläser. Aus dem Hintergrund trat ein Mann ins Licht, nahm eine Filmrolle, überprüfte sie unter der Lampe und legte sie zufrieden zurück. Dann stellte er einen Diplomatenkoffer vor Ropow auf den Tisch.

«Du spielst mit hohen Einsätzen», sagte James Redwood. Er steckte die Filmrollen in seine Manteltaschen und setzte sich.

Ropow öffnete den Koffer und fand ihn randvoll mit 1000-Dollar-Scheinen. Obenauf lagen ein Flugticket und ein amerikanischer Pass. Ropow überprüfte beides.

«Wie du siehst, Tavarisch, bestellt und prompt geliefert. Das nenne ich Marktwirtschaft. Nasdarovje», sagte er und reichte Redwood ein Wodkaglas.

«Hiermit heiße ich dich als neuen Bürger in meinem Land willkommen. Oder wie man bei uns zu Hause sagt: Cheers», erwiderte Redwood und leerte das Glas mit einem Schluck.

Ropow kippte den Wodka hinunter, warf das Glas in eine Ecke und griff ein Bündel heraus. Er roch genüsslich daran.

«Viva Las Vegas!»

Saunders wollte kein Risiko eingehen und überzeugte Ropows Fahrer mit ein paar Pfundnoten davon, ihn in einer Seitenstraße abzusetzen. Er wollte die Nacht in einer kleinen Pension verbringen, die nur von Fernfahrern frequentiert wurde. Irgendwie musste er schnell einen Weg finden, wie er aus Moskau herauskam. Ropows Drängen beunruhigte ihn. Eine Fernfahrerkneipe und eine mögliche Flucht im Bauch eines Containers erschienen ihm die besten von seinen wenigen Möglichkeiten zu sein, unbemerkt unterzutauchen. Das war nicht ohne Risiko, denn derartige Treffs wurden von den Behörden überwacht. Trotz allem aber berechenbarer, als sich in Ropows Datscha auf dem Silbertablett zu präsentieren.

Nach einer Stunde mehrmaliger Richtungswechsel, Straßenbahnfahrten und Seitenstraßen fühlte er sich unverfolgt. Am Stadtrand fand er das gesuchte Lokal. Mit einem polnischen und einem deutschen Fernfahrer trank er Wodka in einem schäbigen Nebenzimmer. Im Gespräch zeigte sich, dass offenbar keine Geheimdienstler an diesem Abend im Hause waren, sonst hätten sich die beiden Fernfahrer anders verhalten. Eine Mitfahrgelegenheit konnte er jedoch nicht aushandeln. Die Kontrollen seien verschärft worden, und keiner der beiden hatte Lust, die nächsten zwanzig Jahre in einem russischen Gefängnis zu verbringen. Nicht für die paar Kröten, die er anbieten konnte. Saunders entschloss sich, sein Glück am nächsten Morgen nochmals zu probieren, und verschwand auf sein Zimmer, das über dem Lokal lag.

Als er die Tür öffnete, sprach jemand aus dem Dunkel zu ihm: «Ich habe Sie lange gesucht, Mr. Saunders.»

Saunders erschrak und griff nach seiner Waffe. «Sie hätten sich die Mühe sparen können. Ich habe die Tasche nicht mehr», antwortete er und machte das Licht an, das die Mitte des Zimmers nur schwach erleuchtete.

James Redwood saß in einem Sessel und trank Whiskey. «Ach, die Tasche», sagte er und lehnte sich nach vorn, sodass sein Gesicht in den Lichtkegel fiel. «Ich bin hier, um Sie kennen zu lernen, Charles. Ich darf Sie doch Charles nennen? Wie gesagt, die Tasche ist nicht von Belang. Ich habe sie bereits. Besser gesagt, ihren Inhalt.»

Saunders war irritiert. Er ging mit vorgehaltener Waffe an Redwood vorbei zum Fenster und blickte zwischen den speckigen Plastikvorhängen hinunter auf die Straße. Er fragte sich, ob noch jemand seinen Unterschlupf hatte ausfindig machen können.

«Keine Sorge, ich bin alleine gekommen», sagte Redwood.

«Wie haben Sie mich so schnell gefunden? Und überhaupt, woher kennen Sie meinen Namen?», fragte Saunders.

Er setzte sich und hielt mit der Waffe Redwood in Schach.

«Wer kennt ihn nicht? CIA, MI6, Mossad. Die Deutschen wahrscheinlich nicht. Egal. Jeder kennt Sie, und jeder sucht Sie, Mr. Saunders», antwortete Redwood.

«Aber wie ...?»

«Sie haben noch immer nicht verstanden. Namen bedeuten in diesem Geschäft nichts. Identitäten auch nicht. Sie wechseln schneller als Sie und ich die Unterwäsche. Wenn sie anfängt zu stinken, muss eine neue her. Das sollten doch gerade Sie zur Genüge wissen. Sehen Sie ...», sagte Redwood und holte eine Filmrolle aus der Manteltasche hervor. «Alle diese Namen sind nur etwas wert, solange sie im Dunkeln bleiben. Ab dem Moment, an dem sie ans Licht kommen, werden sie unbrauchbar. Für unsere Zwecke versteht sich. Nicht für diejenigen, die sie benutzen. Für die wird es dann gefährlich. Wie für Sie, Herr Heinrich.»

«Was haben Sie Ropow gezahlt, damit er Ihnen die Filme gibt?»

«Im Vergleich zur Bedeutung der Informationen wenig. Wir haben ihm einen Wunsch erfüllt. Und das Gleiche haben wir mit Ihnen vor.» Er stand auf und reichte Saunders die Hand. «Mein Name ist James Redwood. Ich arbeite für die Regierung der Vereinigten Staaten.»

Saunders' Gedanken überschlugen sich. Er mochte Situationen nicht, in denen er das Ziel des Feindes nicht kannte. Er musste Zeit gewinnen und die Taktik ändern.

«Sie haben mir noch nicht gesagt, was Sie von mir wollen, James. Ich darf Sie doch James nennen?»

«Lassen Sie es mich so ausdrücken: Ich löse Probleme und erfülle Wünsche.»

Saunders lachte: «Schöner Beruf. Ich wünschte, es wäre meiner. Meinen Wunsch können Sie jedoch nicht erfüllen. Das ist unmöglich.»

«Warten Sie's ab und lassen Sie mich raten. Sie sind Ihres Lebens, so wie Sie es bisher geführt haben, überdrüssig. Es lockt Sie kein Geld und auch keine Position. Mit Ideologien brauche ich Ihnen nicht kommen, davon hatten Sie reichlich. Sie wollen Ihre Ruhe haben und das tun, was Sie am liebsten tun.»

«Nicht schlecht. Und das wäre?», fragte Saunders belustigt.

«Sie wollen Computerprogramme entwickeln.»

Saunders zuckte innerlich zusammen. Er bemühte sich, seine Verwunderung über den Treffer zu verbergen. «Angenommen, Sie hätten Recht, dann ist Ihnen auch bewusst, dass wir nichts weiter zu besprechen haben. Software und Sicherheit gehen einher. Spione bringen dafür die denkbar schlechtesten Voraussetzungen mit.»

«Im Gegenteil. Sehen sie, Charles, wir können dafür sorgen, dass die nächste Identität, die Sie annehmen, ihre letzte ist. Und damit sind wir auch schon bei Ihrem größten Wunsch neben der Computerei: eine neue und unbelastete Identität, die Sie für den Rest ihres Lebens behalten. Kein schlechter Gedanke, oder?»

Treffer und versenkt. Saunders ließ die Waffe sinken, die er noch immer auf Redwood gerichtet hatte. «Wie kommen Sie darauf, dass ich mir das wünsche?»

«Charles, Sie sind doch ein intelligenter Mann. Sie wissen, dass Sie aufgeflogen sind. Spätestens nach dem Sturm auf die

Staatssicherheit ist es höchste Zeit für Sie, sich in Sicherheit zu bringen. Ihre alten Freunde werden Sie für ein paar Dollar oder für die Aussicht auf Straffreiheit ans Messer liefern, wann immer sie die Gelegenheit dazu haben. Noch haben Sie die Chance, sich zu entscheiden. Ihr Gesicht ist bisher nur mir bekannt. Wenn Sie dieses Zimmer verlassen, sind Sie tot. Meine Kollegen aus den anderen Diensten warten schon. Egal, welche Grenzen Sie mit Ihrem Pass überschreiten wollen. Charles Saunders ist tot.»

Saunders erkannte, dass er in der Falle saß. Er hätte unbemerkt untertauchen können. Seine Freiheit war zum Greifen nah gewesen. Aber jetzt nicht mehr, da er enttarnt war und alle gezielt nach ihm suchen würden.

«Angenommen, Sie haben Recht. Wie sehen Ihre Vorstellungen aus?», fragte er.

«Ich biete Ihnen eine Karriere in der westlichen Computerindustrie. Sie werden neue Horizonte des Nachrichtenwesens erkunden und uns stärker machen als je zuvor.»

«Warum ich?»

«Weil Sie über Fachkenntnisse verfügen und ausreichend Erfahrung in unserem Geschäftsbereich gesammelt haben. Sie wissen, worauf es ankommt. Diese Kombination findet man nicht oft.»

«Wie wollen Sie verhindern, dass mich jemand erkennt? Wenn ich Ihr Angebot annehme, wird es Bilder von mir in den Zeitungen geben, Fernsehinterviews ...»

«Einige kleine optische Änderungen und die passende Geschichte. Glauben Sie mir, die Leute würden eher den Präsidenten der Vereinigten Staaten der Spionage verdächtigen als einen amerikanischen Selfmade-Millionär.»

Saunders schwieg und dachte nach. Er kannte das Geschäft zu gut und wusste, dass Redwood ihn in der Hand hatte. Auf der anderen Seite erfüllte der ehemalige Klassenfeind soeben seinen dringlichsten Wunsch.

«In Ordnung, James. Wie sehen die Details aus?»

«Nachdem ich mich nun schon an den Namen gewöhnt habe, denke ich, wir bleiben bei Charles. Was den Nachnamen betrifft, haben wir einige Vorschläge. Die endgültige Wahl bleibt selbstverständlich Ihnen überlassen.»

1

*Langley bei Washington. CIA-Zentrale.
Zehn Jahre später.*

«Wir dürfen Deutschland nicht aus den Augen verlieren», sagte der Mann von der NSA.*

«Was wollen Sie denn eigentlich noch? Der Finanzausschuss wird mich hochkant rauswerfen. Sie haben doch bereits eine Station dort», hielt ihm der Sicherheitsberater des amerikanischen Präsidenten entgegen. «Bad ...»

«Aibling. Bad Aibling in Bayern», vervollständigte John Frankenheimer den Satz. «Das Außen- und insbesondere das Wirtschaftsministerium sind sehr zufrieden damit. Die Station hat uns bisher gute Dienste geleistet. Gablingen bei Augsburg mussten wir, wie Sie wissen, vom Netz nehmen. Es gab zu viel Aufregung. Aber ich gebe meinem Kollegen von der NSA Recht, wir dürfen uns nicht mit einer Station zufrieden geben. Denken Sie an die Europäische Zentralbank, die in Frankfurt entstanden ist. Sie ist der wahre Dreh- und Angelpunkt für die Europäische Union. Dort werden die Entscheidungen getroffen. Nicht in Brüssel oder Straßburg. Frankfurt ist es, an dem wir uns orientieren müssen. Nicht zuletzt wegen den Außenhandelsbeziehungen, die dort eingefädelt werden.»

Allgemeines Schweigen erfüllte den Raum, in dessen Mitte ein großer Konferenztisch platziert war. An ihm saßen Regierungsvertreter, CIA- und NSA-Leute und ein schweigsamer

---

* National Security Agency. Amerikanischer Nachrichtendienst zur Beschaffung von Informationen, mit dem Schwerpunkt in der Computer- und Telekommunikation.

Charles Mendinski. Er war als Vertreter der amerikanischen Computerindustrie zum Gespräch eingeladen. An den Mienen der Männer war abzulesen, dass Frankenheimers Argument Wirkung zeigte. Allerdings schien seine Offenheit auch zu belasten.

«In erster Linie findet die neue Station ihren Einsatz in Sicherheitsfragen», fügte der CIA-Mann hinzu. «Das Korruptionsaufkommen und die Strukturen der organisierten Kriminalität haben sich dramatisch erweitert. Es wird grenzüberschreitend gearbeitet. Mit nationalen Gesetzen kommen wir da nicht mehr weit. Nehmen Sie nur eine Überweisung von einem Bankkonto zu einem anderen. Das dauert nicht länger als drei Tage. Ein Rechtshilfegesuch an einen befreundeten Staat mindestens ein halbes Jahr, wenn es überhaupt beantwortet wird. Bevor wir tätig werden können, haben sich die bösen Jungs längst aus unserem Zugriffsbereich entfernt und lachen sich ins Fäustchen. Wir müssen dieser Entwicklung geschlossen entgegentreten und sie in den Griff bekommen, bevor sie uns und unsere benachteiligten Unternehmen in den Griff bekommt. Nicht zuletzt: Denken Sie an die Osterweiterung der Europäischen Union und des nordatlantischen Bündnisses ...»

«Genau darum geht es», fügte der Sicherheitsberater hinzu. «Unsere europäischen Partner erwarten das von uns. Wir brauchen ein wirksames Mittel, um größtmögliche Sicherheit auf den weltweiten Finanzmärkten zu gewährleisten. Und der Präsident macht sich ernsthaft Gedanken, wie wir den berechtigten Forderungen des Baltikums und der neuen Beitrittsländer in die EU nach militärischer Eingliederung gerecht werden wollen. Mr. Mendinski, wie sieht es mit der Unterstützung der Unternehmen, die Sie vertreten, in diesen Punkten aus?»

Mendinski räusperte sich und erwiderte: «Man macht sich große Sorgen um die Sicherheit. Insoweit stimmen wir überein. Doch viel entscheidender ist Sicherheit im Hinblick auf die von uns bereits eingegangenen Risiken. Der Zugang zu unseren Kommunikationsprodukten, den wir Ihnen bisher großzügig gestattet haben, stand in keiner Relation zu dem Schaden, der Ihrerseits verursacht wurde. Die deutsche Technik zur Windenergienutzung hätte niemals auf dem Tisch amerikanischer Konkurrenzunternehmen landen dürfen. Das war ein großer Fehler. Unsere Kunden fragen sich seitdem, wie sicher die Produkte noch sind, die wir ihnen verkauft haben. In der Flugzeugtechnik haben Sie auch wenig Geschick bewiesen. Die Firmen Thomson und Airbus senden vertrauliche Informationen sicherlich nicht mehr via E-Mail, die von Ihnen mitgelesen werden.»

«Die Gegenleistung, die Sie bekommen haben, hat Sie doch wohl in ausreichendem Maße entschädigt», konterte der NSA-Mann.

«Informationen über unsere Konkurrenten sind hilfreich. Das ist richtig. Aber mehr auch nicht. Mittlerweile müssen wir feststellen, dass sich eine breite Front gegen uns gebildet hat. Und dabei spreche ich nicht von Hackerangriffen Einzelner. Vielmehr geht es um den Ruf, den wir zu verlieren haben und somit um den Verlust von Kunden, die stattdessen zunehmend bei unserer europäischen und indischen Konkurrenz einkaufen. Und dieser Umstand kann sicherlich auch nicht in Ihrem Interesse liegen.»

«Darum werden wir uns kümmern», sagte der CIA-Mann. «An den entsprechenden Schaltstellen haben wir Mitarbeiter platziert, die uns über die neuesten Entwicklungen auf dem Laufenden halten. Doch kehren wir zurück zum eigentlichen Thema.»

Der Mann stand auf und ging zum Display, das sich über die gesamte Stirnseite des Raumes erstreckte. Dort waren sämtliche Standorte der Abhörstationen zwischen Morwenstow in Cornwall und dem australischen Geraldton aufgeführt.

«Unsere Experten empfehlen eine Änderung der Strategie. Anstelle weniger großer Anlagen schlagen sie viele kleinere vor. Dadurch würde sich der Aufwand, der um eine einzige Anlage gemacht wird, verringern und dementsprechend ihre Wirkung auf die Öffentlichkeit. Im Gegenzug dazu werden viele kleine Stützpunkte entstehen, die gerade die Größe eines Trucks besitzen und zudem mobil sind. Damit erreichen wir eine Flexibilität, die uns schnell auf neue Entwicklungen reagieren lässt. Aufgrund der bereits angeführten Argumente werden wir ein schrittweises Vorgehen in diese Richtung vorschlagen und darum bitten, die notwendigen Mittel aus dem Sonderetat des Präsidenten abzufragen.»

«Sollte Ihr Vorschlag Gehör finden, wo würden die ersten neuen Anlagen platziert?», fragte der Sicherheitsberater.

«Mitteleuropa ist ein zentraler Punkt. Deutschland würde sich wegen der bereits dort befindlichen amerikanischen Einheiten anbieten. Auch wegen der eingangs geäußerten Wünsche, die EU und die Europäische Zentralbank betreffend, schlage ich Frankfurt am Main vor. Nicht unbedingt in der Stadt direkt, das könnte zu einer unerwünschten Aufmerksamkeit der Medien führen. Ich denke an einen Basis-Standort, der bis zu 100 Kilometer außerhalb liegen kann. Östlich davon, wo es ruhiger ist.»

«Woran denken Sie?», fragte Frankenheimer.

«An eine Stadt namens Würzburg», antwortete der NSA-Mann. «Durch die Stationierung amerikanischer Truppen seit 1945 würde ein Projekt dieser Art nicht weiter auffallen.»

Der CIA-Mann kam an seinen Platz zurück und blätterte in seinen Unterlagen. «Mitarbeiter unseres Dienstes sind vor Ort.»

«Haben Sie auch den geeigneten Mann dafür?», fragte Frankenheimer.

Der CIA-Mann kramte in seinen Unterlagen und stieß auf einen Namen: «*Governor* könnte das handeln.»

«Wer ist Governor?», fragte Frankenheimer nach.

«Vorrangige Sicherheitsstufe. Dazu darf ich Ihnen nichts sagen», erwiderte der CIA-Mann.

«Soll ich erst eine Anfrage über das Außenministerium stellen?», drohte Frankenheimer.

«Können Sie. Wird Ihnen aber nichts helfen. Er ist A1 klassifiziert. Keine weiteren Informationen», kam es schroff zurück.

«Ich werde *Ihnen* gleich helfen», protestierte Frankenheimer.

«Wir sollten erst abwarten, ob der Mann dafür einsetzbar ist», sagte der NSA-Mann. «Ich schlage vor, wir machen eine kurze Pause, bis wir das überprüft haben.»

Die Konferenzteilnehmer erhoben sich und gingen vor die Tür.

❋

Niemand war auf dem Gang zu sehen. Die Kameras überwachten jeden Winkel des Gebäudes. Vor ihnen musste er sich in Acht nehmen. Sein Pulsschlag beschleunigte sich, und er spürte, wie bei seinem allerersten Einsatz, das Pochen seines Herzens, das ihm ein entspanntes Atmen erschwerte. Für das, was er zu tun gedachte, brauchte er eine absolut ruhige Hand und ein entspanntes Auftreten. Jeder Anschein von Hektik hätte die Sicherheitskräfte auf ihn aufmerksam gemacht. Er setzte die schwarze Hornbrille auf, zog sich einen Overall des technischen Personals über und ging los.

Als er nach zahllosen Richtungswechseln durch die endlosen Gänge des CIA-Gebäudes vor der Tür angekommen war, tippte er auf dem Display einen sechsstelligen Code ein. Dann beugte er sich nach vorn, und ein Scanner las das direkt vom präparierten Glas seiner Brille ab. Ein Klacken begleitete das spaltweite Öffnen der Tür. Er atmete erleichtert durch und ging hinein.

Inmitten des kahlen Raumes stand ein einziger Terminal, der mit einer Großrechenanlage verbunden war. Sie war in der Wand vor ihm installiert. Ein roter Punkt auf der schwarzen Wandverglasung zeigte ihm, dass die Anlage im Standby-Modus geschaltet war. Er kannte entsprechende Anlagen. Ein paar wenige Großunternehmen weltweit hatten sie für dreistellige Millionenbeträge angeschafft. Sie waren enorm leistungsstark und der marktüblichen Entwicklung um Jahre voraus.

Er setzte sich an den Terminal, nahm einen hauchdünnen, ebenfalls präparierten Latexhandschuh vorsichtig aus seiner Reverstasche und zog ihn über. Als er die Hand auf eine durchsichtige, im Tisch eingelassene Scheibe legte, startete die Anlage.

Der Lesestrahl fuhr die Handfläche entlang, und einzelne Bezugspunkte identifizierten das Profil eines Mitarbeiters aus dem Beraterstab des CIA-Direktors. Der Monitor zeigte das Bild eines gewissen Norman Ritchley und dessen ID-Daten.

Das Menü gab einen Hinweis auf seine Zuständigkeiten und seine Zugriffsberechtigungen. Unter ihnen fand er die A1-klassifizierten Agenten. Er startete eine Abfrage für das Einsatzgebiet Europa, und im Handumdrehen rollten Tausende A1-Klassifizierungen über den Bildschirm. Er suchte nach Governor und fand ihn. Daneben waren weitere Namen gelistet, die auf eine Verbindung untereinander verwiesen. Bevor er bestätigte, zögerte er. Bisher war alles ein Kinderspiel gewesen. Viel zu leicht war er ins Herz des Systems vorgedrungen. Hier konnte etwas nicht stimmen.

Doch die Zeit drängte, und er drückte auf Bestätigung. Die Datei öffnete sich, und im gleichen Moment verwandelte sich die schwarze Scheibe vor ihm an der Wand in eine aufgeregt blinkende Landschaft roter Punkte. Eine Karte von Deutschland wurde aufgebaut, in der der Aufenthaltsort von Governor, seine Querverbindungen zu anderen Städten und zur Abhörstation in Bad Aibling erschienen. Von Langley aus fraß sich ein grüner Strang in Richtung Osten, über einen Satelliten nach Menthwill in England. Von dort aus bog er ab in Richtung Süddeutschland, nach Augsburg. Die Verbindung stand. Augenblicklich schloss er die Datei, und die Übertragung brach ab. Er atmete erleichtert durch.

Aus seiner Tasche holte er einen kleinen Handheld Computer hervor und schloss ihn an den Terminal an. Dann startete er den Kopiervorgang. Der Rechner begann zu arbeiten, als er erneut an der Wand eine Verbindung aufgebaut wurde. Von Bad Aibling fraß sich ein zweiter grüner Strang in Richtung England, um über den Satelliten eine Verbindung nach Langley herzustellen.

«Verdammt», fluchte er leise und betete, dass der Kopiervorgang bald abgeschlossen sein möge. Denn er konnte sich vorstellen, was passieren würde, wenn die Übertragung zustande gekommen war. Kurzerhand zog er den Stecker aus dem Computer, nahm seinen Handrechner und rannte zur Tür. Wieder gab er den sechsstelligen Zugangscode ein und wartete auf den Irisabgleich.

«Mach schon», flehte er leise.

Die Tür öffnete sich mit einem Klacken. Kaum war er auf dem Gang, ertönte der Alarm. Ruhig ging er unter den Videokameras hindurch, als wäre nichts geschehen. Dabei senkte er den Kopf und verbarg sein Gesicht vor den Kameras, so gut es möglich war. In einem leeren Raum entledigte er sich des Overalls, ließ die Brille in einem Abfalleimer verschwinden und ging hinaus auf den Gang. Kurz vor der rettenden Tür zum Konferenzraum tauchten Sicherheitsbeamte auf, die die Teilnehmer einer Körperkontrolle unterzogen. Der Handheld, schoss es ihm durch den Kopf. Er musste ihn loswerden, sonst war alles verloren. Die unerwartete Lösung nahte in Form eines Handwagens, mit der die interne Post verteilt wurde. Er wartete ab, bis der Bote mit einem Umschlag in einem Raum verschwand. Dann lief er auf den Wagen zu, durchstöberte die Umschläge und zog einen heraus. Er wechselte den Inhalt gegen den Rechner aus und schrieb auf die Top-Secret-Hülle: «Außenministerium. John Frankenheimer.»

※

Genua.

Galina gab dem Fischer hunderttausend Lire für ein kleines Boot mit Außenborder. Sie startete den Motor und steuerte aufs offene Meer hinaus. Die Lichter Genuas verloren sich bereits am schwarzen Horizont, als sie vor sich die Begrenzungsleuchten eines Schiffes sah. Je näher sie kam, desto klarer wurden die Umrisse einer Hochseeyacht. Der Mann, der an der Bordwand stehend auf sie wartete, trank gelassen ein Glas Champagner und beobachtete ihre Ankunft. Trotz seines schmachvollen Abgangs, der Gefängnisstrafe und den Verfolgungen durch seine früheren Opfer hatte er nichts von seiner Ausstrahlung verloren. Wie ein Kapitän, dessen Mannschaft in alle Himmelsrichtungen zerstreut war, stand er dort oben, inmitten der einsamen See, und schien abzuwarten, dass sie den Weg zurück zu ihm fand.

Die internationale Presse berichtete ab und zu von ihm, wenn es um Spionage und das Spinnennetz der Staatssicherheit ging. Er war ein gefragter Mann in dieser Hinsicht, wenngleich man jedes Wort überprüfen musste, das er von sich gab. Noch immer beherrschte er das Instrument des Vertrauensaufbaus und der gezielten Steuerung von Fehlinformationen aus dem Effeff. Manche behaupteten sogar, dass diese und andere Mittel zur Unterwanderung ganzer Staatssysteme in seinen Jahren als Leiter der Auslandsaufklärung zur Perfektion entwickelt wurden. Respekt und Hochachtung vor seiner Arbeit hatten ihm vor allem seine Konkurrenten aus den anderen Nachrichtendiensten entgegengebracht. Jahrelang war er ein Phantom geblieben. Spuren hinterließ er keine, und wenn, dann nur in Form seiner früheren Mitarbeiter oder des Schadens, den seine Erfolge bei den Zielobjekten hinterlassen hatten. Nur wenige kannten sein wahres Gesicht. Manche behaupteten sogar, er habe keines.

Selbst Galina fragte sich des Öfteren, wer dieser Mann eigentlich war. Sie kannte ihn seit ihrer Kindheit. Er war wie ein Vater für sie geworden, obgleich er Dinge von ihr verlangt hatte, die ein richtiger Vater niemals von seinem Kind gefordert hätte. Für ihn hatte sie gelogen, betrogen, hintergangen, gekämpft und gesiegt. Sie hatte nie nach dem Grund und dem Ziel ihres Handelns gefragt. Disziplin, Vertrauen und Loyalität waren die Tugenden, die sie zu erfüllen hatte, und Antwort genug auf ihre Fragen gewesen. Lange hatte sie sich damit zufrieden gegeben. Doch irgendwann, sie wusste nicht mehr, wann genau, beschloss sie, sich seiner Einflussnahme zu entziehen. Es war nicht leicht, denn seine Krakenarme reichten über alle Grenzen hinweg, und er ließ sie spüren, dass sie nicht ungestraft gehen konnte. Erst als er aus dem Dienst ausgeschieden war, entspannte sich das Verhältnis, wenngleich sie wusste, dass sie nie würde aussteigen können.

Doch in letzter Zeit war es ruhig um ihn geworden. Woran es gelegen hatte, wusste sie nicht. Sie wollte es auch nicht wissen, denn sie war froh, keine Fragen mehr stellen zu müssen, auf die sie ohnehin nur ein «Tu es einfach» als Antwort bekommen hätte.

Galina hielt an der Backbordseite und stieg die Leiter hoch.

«Schön, dass du gleich gekommen bist», sagte Sascha.

Er war in die Jahre gekommen. Um die Siebzig, graues Haar, aber immer noch der gleiche wachsame Blick. Er half ihr über die Bordwand und führte sie an einen Tisch, auf dem Obst, Wein und Kerzen hergerichtet waren.

«Hast du jemanden ausgeraubt oder um sein Erbe erleichtert, dass du dir jetzt schon Yachten leisten kannst?», fragte Galina und setzte sich auf die weiße Ledercouch, die rings um den Tisch verlief.

«Ein guter Freund hat sie mir geliehen.»

«Seit wann hast du Freunde, die dir freiwillig etwas geben?»

Sascha antwortete nicht, sondern schenkte Wein ein und setzte sich an ihre Seite. Dann schaute er sie lange an, lächelte und legte seinen Arm um sie. Galina entzog sich ihm.

«Lass das», wies sie jede vertrauliche Annäherung zurück.

«Was ist los mit dir? Hattest du einen schlechten Tag?»

«Ich dachte, du weißt alles und siehst alles? Dann sollte dir auch nicht entgangen sein, dass mir die Käufer am laufenden Band abspringen.»

«Hattest du etwa anderes erwartet? Der Schrein ist heiß. Du

wirst ihn nicht losbekommen, selbst wenn du ihn verschenkst. Jeder hat Angst, mit dir oder dem Schrein in Verbindung gebracht zu werden. Früher oder später stünden die Behörden vor ihrer Tür. Dann wären auch die anderen geklauten Kunstobjekte verloren. Nein, es ist besser, wenn du ihn sicher unterstellst und abwartest, bis sich die Aufregung gelegt hat. In ein paar Jahren kannst du das Doppelte verlangen.»

«Aber ich brauche das Geld jetzt, und außerdem will ich das Ding los sein.»

«Also wieder knapp bei Kasse.»

Sascha schüttelte verständnislos den Kopf und rutschte näher. «Habe ich dir nicht immer gesagt ...»

«Ich weiß», unterbrach sie ihn. «In diesem Fall ist es aber wichtig, dass ich ihn jetzt verkaufe.»

«Nach deiner gestrigen Aktion am Flughafen ist es auch kein Wunder. So etwas zieht man diskret durch und nicht mit einer wilden Schießerei. Hast du denn alles vergessen, was ich dir beigebracht habe?»

Galina blickte genervt zur Seite. «Ja, ich weiß ...», gab sie zu. «Die Sache lief aus dem Ruder. Daran ist nur dieser schmierige kleine Bulle schuld.»

«Kriminalhauptkommissar Kilian», warf Sascha wissend ein.

«Du kennst ihn?», platzte es aus ihr heraus.

«Nicht persönlich. Aber ich weiß über ihn Bescheid und über die Leute im Hintergrund.»

«Dann sag mir, wo ich ihn finde, damit ich ihm zurückzahlen kann, was er angerichtet hat», drängte sie.

«Das hat Zeit. Er wird dir nicht weglaufen. Zuvor will ich, dass du etwas für mich tust.»

«Was steht an?»

«Nichts Weltbewegendes. Lediglich eine CD, die gestern aus Amerika eingetroffen ist. Ein Bote hat sie herausgeschmuggelt. Ich will, dass du sie für mich in Empfang nimmst und sie mir übergibst. Das ist alles.»

Galina ahnte nichts Gutes. «Wieso holst du sie nicht selbst?»

«Wenn ich das könnte, würde ich dich nicht darum bitten.»
«Also ist die Sache heiß?»
«Tu es einfach.»
«Nein, das zieht nicht mehr. Ich habe bereits genug mit dem Schrein am Hals. Das Ding ist tonnenschwer, und ich krieg ihn nicht los. Hilf mir mit dem Schrein, und dann besorge ich dir diese CD.»
«Der Schrein kann warten. Der läuft dir nicht davon. Aber diese CD muss am vereinbarten Treffpunkt in Empfang genommen werden, sonst ist sie verloren.»
«Was ist auf der CD so Wichtiges drauf, dass du sie nicht selbst ...»
«Hör auf damit», fuhr er sie an. «Wenn die CD keine Bedeutung hätte, wärst du nicht hier. Aber ich kann damit nicht irgendwen beauftragen, sondern nur jemanden, dem ich vertrauen kann.»
«Vertrauen? Du? Dass ich nicht lache. Es wäre das erste Mal, dass du jemandem vertraust. Du willst dir bloß nicht selbst die Finger schmutzig machen. Das ist es und nichts anderes.»
Sascha setzte erneut an: «Auf dieser CD sind sehr vertrauliche Informationen, die vor Jahren verloren gegangen sind. Erst vor ein paar Tagen sind sie in Amerika wieder aufgetaucht. Jemand, ein alter Freund, wenn du so willst, hat sie beschafft, und jetzt sind sie auf dem Weg nach Deutschland. Mit diesen Informationen kann ich ... kann man ein paar alte Rechnungen begleichen. Ich kann sie nicht abholen. Ein paar von meinen früheren Freunden werden dort sein.»
«Wusst ich's doch. Die alten Freunde sind wieder am Werk, und ich soll für dich die Kohlen aus dem Feuer holen.» Galina sprang auf und ging zur Bordwand. «Vergiss es. Ich bin fertig mit deinen Geschäften. Ich will nichts mehr davon wissen.» Sie stieg ins Boot hinunter.
«Und dieser Kilian? Willst du nicht wissen, wo du ihn findest?», fragte Sascha von der Bordwand her.
«Den finde ich schon. Keine Sorge. Weit kann er nicht sein.»

Galina startete den Motor und war im Begriff abzulegen, als Sascha seinen letzten Trumpf ausspielte.

«Sergej ist wieder da», rief er ihr zu.

Die Hand wurde augenblicklich vom Gashebel genommen, und Galinas Kopf schoss herum.

«Sergej?», fragte sie. «Wo ist er?»

※

Würzburg, Residenzgarten. Drei Tage später.

Die Anlage glich einem Meer aus tausend kleinen Flammen.

Um den Teich, inmitten des Gartens, waren Stühle aufgereiht, auf denen die geladenen Gäste Platz genommen hatten. Sie lauschten dem ersten Satz der *Kleinen Nachtmusik*, der von den Bamberger Symphonikern gespielt wurde. In einer der ersten Reihen hatte es sich Kilian bequem gemacht. Er hielt die Augen geschlossen und nahm jeden einzelnen Ton in sich auf. Das metallische Klacken des schweren, schmiedeeisernen Tors am Eingang ließ ihn aufmerken. Ein Platzanweiser zeigte einer hoch gewachsenen, gertenschlanken Frau mit schwarzem, kurz geschnittenem Haar den Weg zu ihrem Platz. Sie hatte eine dunkle Hautfarbe und trug ein sündhaft dekolletiertes Abendkleid. Er konnte sie auf die Entfernung nicht sofort erkennen, doch als in ihrer Gefolgschaft zwei Hünen in dunklen Anzügen auftauchten, war er sich sicher. Das war sie. Und sie kam genau auf ihn zu.

Stolz und überlegen schritt Galina unter den Augen der 8000 Zuhörer, die es sich auf den Treppen und Galerien bequem gemacht hatten, auf ihren Platz zu. Verhaltenes Gemurmel machte sich breit, und jeder fragte sich, wer diese exotische Frau sein könnte. Im Allgemeinen kannten sich die Würzburger Größen untereinander. Und Leibwächter hatte keiner von ihnen.

Davon unbeeindruckt nahm Galina ihren Platz unweit des Teiches und des Orchesters ein. Die zwei Leibwächter bezogen Position hinter ihr an den Lustgärten. Sie blickte gekonnt uninteressiert nach allen Seiten und versuchte ein Zeichen vom Boten mit der CD zu entdecken.

Kilian verfolgte ihren Auftritt wie gelähmt. Hinter seinem Kollegen Heinlein suchte er Deckung, bis Galina zwei Reihen vor ihm Platz genommen hatte. Die beiden Leibwächter kannte er nicht, also konnten auch sie ihn nicht erkennen und waren ungefährlich. Fürs Erste.

«Hast du dein Handy dabei?», fragte er Heinlein.

Heinlein verneinte und hielt den Zeigefinger an die Lippen. Er hörte voller Stolz dem Geigenspiel seiner Tochter Vera zu, die zum ersten Mal öffentlich auftrat. Und das beim «wichtigsten kulturellen Highlight», wie er sagte, das die Stadt zu bieten hatte.

Kilian schaute sich um, ob er einen Kollegen ausmachen konnte, um, unbemerkt von Galina, Verstärkung zu rufen. Doch außer seinem Boss, Polizeidirektor Oberhammer, der vor ihm saß, fand er niemanden. Er tippte ihm auf die Schulter.

«Ich brauche Ihr Handy. Dringend», flüsterte er seinem Chef ins Ohr.

«Was wollen Sie?», fragte Oberhammer ungehalten. «Sehen Sie nicht ... hören Sie nicht diese wunderbare Musik?»

«Ich brauche Ihr Handy. Bitte!», wiederholte Kilian eindringlich.

Mehrere Aufforderungen zur Ruhe setzten Oberhammer unter Druck. Er griff in die Tasche und reichte es Kilian. «Wenn Sie nur *ein* Privatgespräch führen, ziehe ich es Ihnen vom Gehalt ab.»

Kilian überging die Drohung und rutschte zur Seite raus. Galina saß keine zwei Meter von ihm entfernt, zum Greifen nahe, aber er durfte sich jetzt keinen Fehler erlauben.

Die Leibwächter zeigten kein Interesse an ihm, und Kilian ging zu den Treppen, die hinauf zu den Galerien führten, von denen aus man einen erstklassigen Blick über die gesamte Hofgartenanlage hatte. Er tippte die Nummer der örtlichen Polizeiinspektion ein, als eine Stimme hinter ihm befahl: «Schalt das Ding ab.»

Kilian fuhr herum und erkannte seinen früheren Einsatzchef Schröder vom LKA aus München. «Was machst du denn hier?», fragte Kilian überrascht.

«Wir sind im Einsatz, und jetzt halt die Klappe», bestimmte Schröder und zog Kilian die Stufen hinauf, weg von der Aufmerksamkeit der vorderen Ränge.

«Jetzt sag schon, was machst du hier?»

«Nur ein Zugriff. Nichts von Belang für dich.»

«Moment mal. Du bist hier in meinem Verantwortungsbereich.»

«Ach ja? Du hast dich also schon eingelebt. Gut so. Aber das hier ist Angelegenheit einer übergeordneten Dienststelle. Das liegt jenseits deines Aufgabenbereiches.»

«Lass das mal meine Sorge sein», widersprach Kilian.

Doch Schröder hörte ihm nicht mehr zu. Er ging auf einen Mann zu, der am oberen Brüstungslauf mit einem Funksprechgerät am Ohr auf ihn wartete und offensichtlich mit dem Einsatzkommando im Hintergrund in Verbindung stand.

«Wieso bin ich nicht über euren Einsatz unterrichtet worden?», fragte Kilian.

«Weil du nicht mehr zu unserer Truppe gehörst. Ganz einfach», antwortete Schröder. Er blickte an Kilian vorbei, die Treppe hinunter auf die vorderen Ränge, wo Galina saß.

Kilian folgte seinem Blick und erkannte, worum es hier ging. «Ihr seid Galina auf der Spur? Richtig?»

Schröder nickte, ohne weiter auf ihn einzugehen.

«Na wunderbar. Dann arbeiten wir an der gleichen Sache.»

«Tun wir nicht. Das ist ein LKA-Job, und du hältst dich raus.»

«Einen Teufel werde ich. Sie ist mir einmal entkommen, ein zweites Mal wird das nicht passieren.»

«Du hattest deine Chance», sagte Schröder und beendete damit die Diskussion. Der Mann an seiner Seite gab ihm ein Zeichen. Galina hatte sich in Bewegung gesetzt und ging in Begleitung der Leibwächter die Stufen hinauf.

Schröder zog Kilian mit in Deckung.

«Otter», rief er dem Mann mit dem Funksprechgerät zu und zeigte an das obere Ende der Treppe, «auf die Galerie!»

Otter nickte und lief los. Doch nicht nur er. Als hätte jemand begonnen, unsichtbare Fäden zu ziehen, so herrschte im Residenzgarten auf einmal Unruhe. Kilian erkannte auf der gegenüberliegenden Seite, an den Treppen und bei den Lustgärten zivile Einsatzkräfte, die sich in ihre Richtung in Gang setzten. Jeder von ihnen schien in Verbindung mit den anderen zu stehen, da sie Kommandos gaben und offensichtlich welche erhielten. Eine konzertierte Aktion, dachte Kilian. Schröder musste sich mächtig ins Zeug gelegt haben, um den ganzen Apparat bewilligt bekommen zu haben.

«Achtung an alle», sprach Schröder in sein Funksprechgerät. «Zielobjekt bewegt sich auf die obere Galerie zu. Kein Zugriff, nur beobachten. Wiederhole, kein Zugriff.»

«Wieso schnappen wir sie uns nicht gleich? Die Situation ist mehr als günstig», fragte Kilian ungeduldig, während Galina näher kam. Es juckte ihm in den Fingern, unmittelbar zuzuschlagen, wenn sie auf seiner Höhe angekommen war.

«Ich sage es dir zum letzten Mal. Du hältst dich bei der Sache raus. Es geht um mehr als nur um sie.»

Noch bevor Kilian mehr erfahren konnte, schritt Galina an ihnen vorbei. Die Konzertbesucher drehten sich reihenweise nach ihr um, sodass Kilian und Schröder nahezu die Deckung verloren. Doch Galina zollte den ihr folgenden Blicken keine Aufmerksamkeit. Sie war sich ihrer Wirkung bewusst und genoss es. Als sie am obersten Punkt der Galerie angekommen war, ging Schröder los. Kilian folgte ihm. Er schaute hinüber auf die andere Seite und sah das Einsatzkommando. Aber irgendetwas stimmte da nicht. Seit wann beschäftigte das LKA so viele dunkelhäutige Agenten? Unter ihnen waren auch welche, die wie Araber aussahen. Bei derlei Einsätzen fielen sie gerade durch ihre augenscheinliche Andersartigkeit auf, anstatt in der Masse gesichtslos unterzugehen. Hier stimmte etwas nicht. Würden Schröder solche Fahrlässigkeiten unterlaufen?

Kilian nahm die letzte Stufe und sah Galina an der Brüstung stehen. Die beiden Leibwächter standen einige Schritte hinter ihr. Aufmerksam wie Schlosshunde beobachteten sie das Umfeld. Schröder gab erneut Kommandos über das Funkgerät. Einige seiner Beamten schienen sich daran zu halten, da sie sich in gebührendem Abstand bereithielten. Andere jedoch kamen ungeachtet dessen näher. Kilian ging allmählich ein Licht auf. Das war nicht nur eine Falle für Galina, sondern auch ein Zugriff, an dem mehrere voneinander unabhängig operierende Einheiten beteiligt waren. Nur wer waren sie und für wen arbeiteten sie?

Inzwischen hatten die Einsatzkommandos Galina eingekreist. Sie konnten zuschlagen. Es gab kein Entrinnen. Sie saß wie der Fuchs in der Falle. Doch wider Erwarten taten sie es nicht. Sie warteten.

Kilian wurde unruhig.

«Was ist los? Wieso greift ihr nicht zu, verdammt?», ging er Schröder an. «Sie verschwindet uns noch.»

Das Orchester setzte zum Schluss des ersten Satzes an, als die ersten Tropfen fielen. Nicht viele, doch sie reichten aus, um das Orchester abrupt in den Gartensaal zurückzutreiben und die Besucher Schutz unter Bäumen, Mänteln und Decken suchen zu lassen. Im Handumdrehen herrschte auf der Galerie ein Hin-und-her-Gerenne, sodass Galina unter Hunderten kaum noch zu entdecken war. Schröder gab aufgeregt Befehl, noch nicht einzugreifen. Seine Leute hielten sich daran. Die anderen jedoch gerieten in Hektik und schlugen zu. Kilian folgte ihnen.

«Bleib hier!», schrie ihm Schröder hinterher.

Kilian hielt sich an die Leibwächter Galinas. Sie waren unübersehbar, und wo immer sie sich ihren Weg durch die Menge bahnten, fiel der eine oder andere zu Boden oder wurde einfach weggestoßen.

Plötzlich spürte er, wie ihm jemand an den Arm griff. Er drehte sich um und sah eine alte Frau, die verloren im Tumult Schutz und Halt bei ihm suchte.

«Entschuldigen Sie», sagte sie, «würden Sie mich bitte auf die andere Seite bringen. Die glatten Steine. Es ist einfach zu gefährlich für eine alte Frau ...»

«Es tut mir Leid, gnädige Frau», antwortete Kilian, «ich kann Ihnen jetzt nicht helfen. Ich bin im Einsatz.» Kilian suchte sich von ihr loszumachen, aber die Frau hielt ihn fest.

«Es ist nicht weit», bestand sie auf ihrer Bitte. «Nur die paar Schritte.»

Ohne auf eine Antwort zu warten, lief sie los und zog Kilian untergehängt mit sich. «Wissen Sie, ich suche jemanden», fuhr sie fort. «Eine Frau, exotisch und schön.»

«Ich auch», hielt ihr Kilian genervt entgegen. Für eine weitere Diskussion hatte er keine Zeit. Er wollte die Frau an seiner Seite so schnell wie möglich loshaben. Er spähte nach den Leibwächtern, während in der Menge vor ihm Besucher stürzten. Andere stiegen über sie hinweg und suchten Schutz vor dem inzwischen prasselnden Regen. Ein Schlag auf seine Schulter ließ ihn herumfahren. Vor ihm stand einer der Leibwächter. Gleich hinter ihm Galina. Sie war nicht minder überrascht, als sie Kilian erkannte.

«Was machst du hier?!», fauchte sie und ging auf ihn zu.

Auch Kilian trat einen Schritt nach vorn, um sie zu fassen. Doch der Leibwächter war schneller. Er packte Kilian und zwang ihn in die Knie. Wie ein Berg ragte der Koloss vor ihm auf.

«Da sind Sie ja», sagte die alte Frau und verglich Galina mit einem Foto, das sie aus ihrer Handtasche gezogen hatte.

Galina stutzte und überlegte, was die alte Frau von ihr wollte.

«Was soll ich mit ihm machen?», fragte der Leibwächter mit Kilian zu seinen Füßen.

«Brich ihm das Genick», befahl sie.

«Ich soll Ihnen das hier geben», unterbrach die alte Frau. Sie hielt in ihrer Hand eine goldfarbene CD in einer Plastikhülle.

«Sind Sie der Bote?», fragte Galina erstaunt.

Die Frau lächelte zustimmend. Galina drängte sich an Konzertbesuchern vorbei und nahm die CD an sich.

«Schröder!», schrie Kilian und versuchte sich mit aller Gewalt aus dem Griff des Hünen zu befreien. Doch er hatte nicht den Hauch einer Chance gegen die Pranke, die im Begriff war, das Leben aus ihm herauszupressen. Unverhoffte Rettung nahte in Form eines Einsatzmannes, der sich auf Galina stürzte und sie zu Boden riss. Die CD glitt ihr dabei aus den Händen und verschwand zwischen den vielen Füßen in einer Pfütze.

«Die CD», rief Galina den Leibwächtern zu. «Holt euch die CD!»

Der Hüne ließ ab von Kilian und suchte nach der Scheibe im Morast. Kilian sank erschöpft zu Boden und schnappte nach Luft. Der zweite Leibwächter befreite Galina von dem Angreifer. In weitem Bogen segelte er über die Brüstung in einen Baum und krachte unter knackenden Ästen nach unten.

Wie die Jagdhunde fielen nicht nur Schröders Männer, sondern auch die anderen Einsatzkommandos über den Pulk her, der im prasselnden Regen vergeblich nach der CD suchte. Kilian rappelte sich hoch und schaute sich nach Galina um. Er fand sie auf Knien, wie sie eine Pfütze durchforstete. Vorbei an den Kämpfenden bahnte er sich einen Weg und konnte sie fassen.

«Hab ich dich», sagte er triumphierend.

«Lass mich los, verdammt!», schrie sie ihn an.

«Einen Teufel werde ich», erwiderte Kilian. Doch in seinem Nacken spürte er bereits den Atem des Leibwächters. Er drehte sich um und sah in eine Faust, die ihn wuchtig zu Boden schickte. Ein Fußtritt in die Rippen folgte und nahm ihm für kurze Zeit die Luft. Benommen blieb er liegen und sah das Weitere nur schemenhaft.

Die Einsatzleute stürmten auf Galina zu, und die Leibwächter kämpften wie wild, um sie zu befreien. Einer von ihnen hatte plötzlich die CD in der Hand.

«Bring sie in Sicherheit», rief Galina ihm zu.

Ein Schuss aus einer Waffe streckte ihn nieder. Der zweite Leibwächter entriss dem toten Kollegen die CD und trat die Flucht an. Allerdings nahm er nicht die Treppe, sondern die regennasse Grünfläche daneben. Die halsbrecherische Aktion brachte den Vorteil, dass er rücklings wie auf einer eingeseiften Rutschbahn die Anhöhe hinunterglitt und dadurch einen beträchtlichen Vorsprung errang. Schröder, Galina, die Araber und die Dunkelhäutigen hasteten ihm die Treppen hinunter nach. Zurück blieb ein umkämpftes und bis auf einen zusammengekauerten Körper wieder leeres Schlachtfeld.

Der Regen ließ nach. Tiefe Furchen im aufgewühlten Morast aus Sand und herausgerissenen Rasenstücken zeugten vom Ringen um die CD. Inmitten einer Pfütze richtete sich Kilian, vollkommen durchnässt und verdreckt, unter Schmerzen auf. Ob er sich eine Rippe gebrochen hatte, konnte er nicht feststellen. Sein sich aufschwellender Brustkorb untersagte jegliche Berührung. Den Atem hielt er flach und gezwungen schnell, da ihm jeder tiefe Atemzug die Brust zu sprengen drohte.

Er blickte um sich. Vom toten Leibwächter gab es keine Spur, genauso wenig wie von dessen Blut aus der Schusswunde. Unter den Bäumen wagten sich einige Konzertbesucher vorsichtig hervor und halfen ihm auf die Beine. Gebeugt und gebeutelt nahm er die Verfolgung auf. Jede Treppenstufe hinunter zum Eingangstor des Residenzgartens bereitete ihm große Schmerzen, sodass er fürchtete, die Besinnung zu verlieren.

Am Tor angekommen, konnte er nirgends Galina und die anderen Verfolger entdecken. Kurzerhand entschied er sich für den Weg, der ins Husarenwäldchen führte. Das wäre der sicherste Fluchtweg für einen Ortsunkundigen, dachte er, zumal die Nacht hereingebrochen war und man zwischen den Bäumen die Hand vor Augen nicht erkennen konnte.

Keuchend hielt er auf die nächste Biegung zu, als er aufgeregte Kommandos hörte: «Hierher. Er läuft zum Friedhof.»

Kilian folgte den Rufen und erreichte den Zebrastreifen und die Annastraße, von der er auf die erste Abteilung des Hauptfriedhofes blicken konnte. Lichtkegel von Taschenlampen zuckten an mehreren Stellen auf. Er hörte Stimmen in verschiedenen Sprachen. Das Mondlicht war schwach, und er konnte nur Umrisse erkennen. Immer wieder schob sich eine Wolke vor den Mond und verdunkelte die Szenerie.

«He's hiding over there», hörte er aus dem Dunkel vor ihm.

Mit letzter Kraft kletterte er über den Holzzaun und fand sich wenig später inmitten von Gräbern und mannshohen Grabsteinen wieder. Die Lichtkegel von Taschenlampen zuckten orientierungslos dazwischen auf.

Sie wiesen Kilian den Weg. Doch er kam nicht schnell vorwärts. Mindestens drei Rippen musste er sich beim Tritt des Leibwächters gebrochen haben, und er bekam kaum noch Luft. Hinter einer Hecke drangen Stimmen an ihn heran. Er erkannte den Leibwächter, der auf Knien die CD umstehenden Einsatzleuten anbot. Sie alle hatten eine Waffe auf ihn gerichtet. Doch wann immer er die CD jemandem geben wollte, fand sich dieser im Visier seiner neidischen Nachbarn. Die Situation schien für den Leibwächter ausweglos zu sein, Kilian hörte ihn um sein Leben flehen. Wer alles am Grab stand, konnte er auf die Entfernung nicht erkennen. Nur eines war sicher: Die ganze Meute aus dem Residenzgarten schien sich dort versammelt zu haben, da die Kommandos in verschiedenen Sprachen gegeben wurden. Doch wo war Schröder? Unter den am Grab Versammelten konnte er ihn nicht entdecken.

Der Schmerz bohrte sich abermals in seine Seite und drohte ihm die Luft zu nehmen. Er ließ sich auf den Rücken fallen, um besser atmen zu können. Am Himmel sah er eine große, dunkle Gewitterwolke, die den restlichen Mond langsam schluckte und den riesigen Friedhof in ein schwarzes, dunkles Grab verwandelte. Wie weit würden die Verhandlungen mit der CD wohl gediehen sein, fragte er sich. Und was hatte es mit dieser Scheibe überhaupt auf sich, dass sich alle für sie interessierten? Woher kamen die verschiedenen Einsatzkommandos, und wo war Schröder?

Kilian zog sich am Stein hoch und blickte nach vorn.

«Da! Holt sie euch, ihr Bastarde!», hörte er den Leibwächter schreien. Er holte aus und warf die CD ins weite Dunkel des Friedhofes.

Im selben Moment flammte Mündungsfeuer auf, und Querschläger surrten durch die Nacht. Kilian warf sich schutzsuchend hinter den Grabstein und fiel hart auf die Seite. Ein stechender Schmerz bohrte sich ihm in die Rippen, als würde ein Pfahl ins Fleisch getrieben. Er fasste sich zögernd an die betreffende Stelle und fühlte gottlob nicht eine Wunde, sondern Oberhammers Handy, das sich in der Tasche verkantet hatte. Er schnaufte erleichtert durch und nahm es zur Hand. Das Display leuchtete, und es schien unbeschädigt. Schröder!, fuhr es ihm in den Sinn. Er musste Schröder erreichen, damit er Verstärkung holen konnte. Er tippte seine Nummer ein und wartete auf das Rufzeichen.

Das Gebimmel eines Handys, nicht weit entfernt, ließ ihn hochschrecken. Es kam aus der Richtung, aus der geschossen wurde. Kilian blickte überrascht dorthin. Schröder?, fragte er sich, war Schröder doch in der Nähe? Er konnte nicht viel erkennen, nur so viel, dass über dem blutüberströmten Leibwächter Galina kniete. Sie durchsuchte seine Taschen. Die übrigen Männer waren verschwunden.

«Verdammt», beschwor er das Handy, «wo steckst du?»

Das Knirschen von Kieselsteinen ließ ihn herumfahren. Er blickte nach oben und spürte im selben Augenblick einen Schlag an seinem Kopf. Bevor es gänzlich Nacht um ihn herum wurde, glaubte er, die grinsende Fratze von Otter erkannt zu haben.

2

Fünf Monate später.

Es war die zweite Woche nachdem sich der Sommer endgültig aus Würzburg verabschiedet hatte. Der Main und die Uferpromenade waren in dichten Nebel gehüllt. Nur die Brücken trotzten der grauen Einvernahme und waren in das schummrig orangefarbene Licht der Straßenbeleuchtung getaucht. Durch die Straßen schleppte sich stockend der morgendliche Berufsverkehr. Auf dem Main lagen Ausflugsboote und Containerschiffe fest vertäut. Darüber dröhnte ein Nebelhorn durchs Maintal, das jeden sonstigen Laut für eine Minute schluckte.

Sein Hall drang durch die Gauben in den Dachstuhl eines vierstöckigen Hauses zwischen alter und neuer Mainbrücke. Kilian schreckte hoch und hielt sich mit schmerzverzerrtem Gesicht die Ohren zu, bis das Dröhnen abgeklungen war. Er saß aufrecht im Bett und blickte auf die Umzugskartons, die sich vor ihm bis an die Decke stapelten. Die meisten waren unberührt und verschlossen. Seine Yamaha-Stereoanlage stand auf einer Kiste mit der Aufschrift «Genova–Francoforta». Daneben ragten drei Säulen CDs in die Höhe. Alles in Greifweite eines Tisches mit zwei Stühlen, der vom faden Licht eines Dachfensters erhellt wurde. Darüber verliefen horizontal massive Balken, auf denen der Dachstuhl ruhte. Mitten im Raum stand ein alter Holzofen, dessen Abzugsrohr provisorisch durch das Dach getrieben war.

Der Raum war alles in allem kahl, unwirtlich und hatte seinem Bewohner keine Annehmlichkeit zu bieten, außer dass er Kilian kostenlos und unbefristet zur Verfügung stand. Diese zeitliche Unbestimmtheit war genau nach seinem Geschmack. Er brauchte sich um Mietverträge, Kaution und Renovierung keine Gedanken zu machen, genauso, wie er diesem Taubenschlag von heute auf morgen in Richtung Süden entfliehen konnte, ohne jemandem Bescheid geben zu müssen, zumal ihm seine finanzielle Lage als degradierter Sonderermittler auf dem Posten eines Kommissars keinen großen Bewegungsspielraum ließ.

Doch eine Bedingung hatte ihm Heinlein, sein Kollege im Kommissariat 1 für Tötungsdelikte und der Vermittler der Behausung, abgerungen: Verschwiegenheit.

Der Dachstuhl war ein frostsicherer Lagerplatz für Erichs Beutestücke. Er war ein Freund Heinleins und hatte auf sein Drängen seine *Schatzkammer* als Übergangsquartier zur Verfügung gestellt. Kilian war damit fürs Erste einverstanden. Längerfristig hatte er seinen Aufenthalt in der ungelittenen Stadt ohnehin nicht geplant. Über die Herkunft und Deklaration der eingelagerten Kühlschränke, Handys und Computerteile sollte und wollte er schließlich nichts wissen. Sie waren einen Raum weiter untergebracht, den er nicht betrat. Für Erich hingegen war die Anwesenheit Kilians ein Geschenk des Himmels. Seine *Betriebsmittel* standen fortan unter polizeilichem Schutz, der ihn zudem nichts kostete. So bekamen alle, Kilian wie Erich, was sie brauchten.

Eine Hand glitt Kilians Rücken hinauf und streichelte ihn sanft. Kilian zuckte zurück. Der Schmerz war noch immer da. Zwei gebrochene Rippen und eine neue Erfahrung waren das Ergebnis des Einsatzes im Residenzgarten gewesen.

«Immer noch Schmerzen?», fragte Pia.

Sie setzte sich auf und küsste ihn auf Schultern und Hals. Kilian erhob sich wortlos und schlurfte zum Tisch. Die Flasche Carlos lag kopfüber am Rand. Auf dem Wachs, das den Kerzenständer fest mit der Tischplatte verband, glänzten noch ein paar

Tropfen. Kilian streifte mit seinem Finger darüber und leckte ihn ab. Dabei sah er aus dem Fenster hinunter auf den Alten Kranen. Die zwei Löscharme ragten zur Hälfte aus der grauen Suppe heraus. Er hob den Blick hinüber auf die andere Mainseite. Die Festung Marienberg thronte auf der gleichnamigen Anhöhe, von der man weit übers Land blicken konnte. Erste Sonnenstrahlen brachen durch den verhangenen Himmel auf die Ostseite der Burg. Es war viel Betrieb dort oben. Zwei Kräne hievten schweres Material von der äußeren Mauer in den Burggraben. Für den anstehenden Empfang der EU-Delegationen wollten sich der Minister- und der designierte Regierungspräsident nicht lumpen lassen. Ein Schauspiel ganz besonderer Art sollte es für den Eröffnungsabend der dreitägigen Sitzung zur europäischen Sicherheitspolitik geben. Um was es genau bei dem Spiel ging, blieb im Unklaren. Spekuliert wurde viel, aber niemand schien Konkretes zu wissen. Die exponiert gelegene Festung Marienberg war für ein Schauspiel der besonderen Art genau der richtige Ort. Viele Angriffe hatte sie in ihrer zweieinhalbtausendjährigen Geschichte gesehen. Als wehrhafter Sitz für keltische, fränkische, fürstbischöfliche und letztlich bayerische Herren war sie stets begehrt gewesen. Mächtige Maueranlagen nach allen vier Seiten hin und der steil abfallende Marienberg waren Garanten für verlustreiche Eroberungsversuche.

Für Kilian blieb das düstere Geschichte, die er mehr oder weniger erfolglos in seinen Schuljahren über sich hatte ergehen lassen müssen. Das Einzige, was ihn damals an der Wehrburg interessierte, waren die geheimen Gänge im Festungsberg. Sie sollten Gerüchten nach zahlreicher und intakter sein, als man gemeinhin annahm. In den Kinderjahren hatte er einige mit seinen Kumpels erkundet, wenn ein Festungsarbeiter gedankenlos die Tür unbeobachtet gelassen hatte. Dann wagten sie die gefährliche Reise in den Berg. Immer auf der Suche nach verschwundenen Schätzen und vergessenen Geheimtüren und Gängen, die ins Innere der Burg führen sollten. Gefunden hatten sie beides nicht. Stattdessen setzte es Hiebe von seiner Mutter, wenn sie ihn nach der «Gefangennahme» bei der Burgverwaltung abholen musste. Doch die Schläge mit dem Holzlöffel waren ihm egal. Er spürte sie nicht einmal. Die mausgraue und speckig abgewetzte Lederkniebundhose war seine Rüstung. Sie schluckte jeden Schlag und ließ rabiate Erziehungsmethoden scheitern. Sie war auch sein Kampfanzug bei Straßenkeilereien und sein Schlitten an winterlichen Hängen. Kein Stein, keine Wurzel und kein Hieb konnten ihr und ihm ernsthaft Schaden zufügen. Ihrem Träger gab sie den Nimbus der Unverwundbarkeit, bis die Erfindung von bruchsicheren Plastiklöffeln diese glorreiche Zeit schmerzvoll beendete. Fortan galt es, diese Erfindung des Teufels täglich neu vor dem Zugriff der Mutter zu verbergen. Doch lächerlich geringe Preise für ein Dreier- oder Fünferpack belasteten die Haushaltskasse nur unwesentlich. Neue Strategien mussten her. Die erste Jeans, die er mit elf Jahren hoffnungsfroh trug, begrub jede weitere Überlegung dieser Art. Bereits das kleinste Delikt, das Ausreißen einer Tasche oder ein Schlitz im Hosenbein, wurde strengstens geahndet. Durch den dünnen Baumwollstoff spürte er die Kraft seiner Mutter wie nie zuvor. Selten, dass eine Erfindung so jugendfeindlich war, resümierten er und seine Kumpels einhellig. Kilian brach mit dem Glauben in den technischen Fortschritt und streifte sich die alte Lederhose über. Doch auch sie schien sich plötzlich gegen ihn verschworen zu haben. Die Beine konnte die alte Rüstung noch fassen, aber der Bund war geschrumpft, und so löste sich die Bande auf. Irgendwo auf dieser Welt würde sie auf einem Flohmarkt hängen, wo sie irgendein Junge entdecken konnte. Wenn er schlau genug war, würde er nicht eher Ruhe geben, bis seine ahnungslose Mutter sie ihm kaufte.

Haut an Haut drückte sich Pia an Kilian heran.
«An was hast du gerade gedacht?», fragte sie.
«Nichts», antwortete er.

«Na, komm. Erzähl. Woran hast du gedacht, als du auf die alte Festung hinaufgeschaut hast?»
«An nichts. Ehrlich.»
«Es gibt nicht nichts. Man denkt immer über etwas nach.»
«Nichts Wichtiges.»
«Ich will auch die unwichtigen Dinge hören, bevor sie sich zu etwas Wichtigem aufschaukeln. Katastrophen beginnen immer im Kleinen.»

Ja, da hatte sie Recht. Seine ganz persönliche Katastrophe hatte vor einem halben Jahr begonnen, als er hierher in seine Heimatstadt zwangsversetzt wurde. Wenn er damals im Hafen von Genua nur abgedrückt, Galina auf der Flucht erschossen hätte, so wie es sein Auftrag und sein Vorgesetzter Schröder von ihm verlangt hatten, dann wäre ihm die Rückkehr nach Würzburg erspart geblieben. Dieser eine, kleine Moment des Versagens kostete ihn einen Freund, Pendini, und seine Karriere als LKA-Beamter mit den geliebten Auslandseinsätzen. Diesen einen Moment der Schwäche machte er auch für die Affäre mit der falschen Giovanna Pelligrini verantwortlich, in die er sich verliebt hatte. Infolgedessen zerplatzten alle seine Hoffnungen, die Stadt schnell wieder verlassen zu können. Er war am Ende einer Sackgasse angekommen, das spürte er jetzt ganz klar, und er wusste nicht, wie er sich daraus befreien konnte.

Pia, Ärztin am gerichtsmedizinischen Institut, war sein zweiter hilfloser Versuch, die Einsamkeit zu überbrücken. Sie wusste nichts von seinen Gedanken und Gefühlen, und das war auch gut so, denn mit ihr war nicht zu scherzen. Sie meinte es ernst mit der Beziehung zwischen ihnen beiden. Und das passte ihm sowohl jetzt wie auch in den vergangenen Monaten überhaupt nicht ins Konzept. Er brauchte einen klaren Kopf, um das Rätsel um die geheimnisvolle CD, die unerwartet aufgetauchte Galina am Mozartfest und die beiden verschwundenen Leichen der Leibwächter zu lösen. Gerade die Leichen und ihr Verschwinden hatten ihm in den vergangenen Monaten viel Spott und Häme bei den Kollegen eingebracht. Er war sich sicher, dass es sie gab, doch blieben sie trotz einer umfangreichen Suche unauffindbar.

«Schluss jetzt. Es hat nichts mit dir oder uns zu tun», sagte er schroff. «Alles belangloses Zeugs, mit dem ich dich nicht nerven will.»

Pias Hände ließen ab von ihm.

«Lass mich entscheiden, was mit mir zu tun hat und was ich für wichtig für uns halte. Und außerdem, *so* viel erzählst du mir nun auch nicht, als dass ich es nicht bewältigen könnte.»

«Du weißt wohl auf alles 'ne Antwort.»

«Klar. Zumindest, wenn es um mich geht. Der Unterschied zwischen uns beiden ist, dass ich im Hier und Jetzt lebe und dass ich das Morgen auf mich zukommen lasse. Du hingegen ...»

«Du meinst also, dass ich ein Idiot bin, weil ich mir über die Zukunft Gedanken mache.»

Pia legte ihre Arme wieder um ihn und drückte ihn vorsichtig. In ihrer Stimme lag ein Anflug von Trauer und Resignation. «Ein Idiot bist du nicht. Aber du verbringst dein Leben in deiner ach so aufregenden Vergangenheit und mit Plänen für eine noch glanzvollere Zukunft. Nur das *Heute* entgeht dir dabei ... und ich bin ein Teil davon.»

«Warum soll es falsch sein, Pläne für die Zukunft zu machen? Ich glaube dir nicht, dass du keine hast.»

«Brauch ich nicht, denn die Zukunft bin ich. Ich gestalte sie mir so, wie ich sie haben möchte. Dieses ewige Was-wird-sein-Gequatsche geht mir auf den Keks. Völlig unlogisch. Nichts ist planbar. Ich lebe mein Leben im Hier und im Jetzt. Ich habe keinen Bock, mir täglich einen Kopf wegen morgen zu machen.»

Kilian drehte sich um: «Entweder leidest du an hoffnungsloser Selbstüberschätzung, oder du bist furchtbar einfältig.»

«Zumindest erlaubt mir meine maßlose Selbstüberschätzung ein Leben, mit dem ich zufrieden sein kann. Und darüber hinaus nimmt sie mir die Angst vor der Zukunft. Ich weiß, in meiner Einfältigkeit merke ich natürlich nicht, dass ich mir alles nur einbilde. Ich habe natürlich auch noch nicht erkannt, dass Zufriedenheit der größte Feind persönlicher Entwicklung ist. Weißt du, ich finde, du übernimmst dich mit der Bewertung meiner Person.

Aber ich tue dir einen Gefallen und setze noch einen drauf, dann kannst du dich noch mehr bestätigt fühlen: Ich bin Medizinerin und habe Einblick in Zeit, Raum und das göttliche Werk. Daraus schöpfe ich meine Überzeugung.»

«Das göttliche Werk? Ha! Bei deinen Toten vielleicht», grinste Kilian und gab ihr einen flüchtigen Kuss. Dann löste er sich aus der Umarmung und ging zu einer grässlich blauen Dixi-Toilette, die im hinteren Eck des Dachbodens untergebracht war.

«Tote verraten meist mehr als die Lebenden, mein Schatz!», giftete sie Kilian beleidigt nach.

«Mag sein. Dein rechtsmedizinisches Interesse für Leichen leuchtet mir ja noch ein, aber wie steht's mit den Lebenden? In deiner Gruft hast du vermutlich große Probleme, dein Leben so zu gestalten, wie du es dir wünschst – bei all den aufgeschnittenen Leibern, dem stinkenden Gedärm, den zersplitterten Knochen, dem verwesten Fleisch. Was verraten dir denn die Toten über das Leben?»

Kilian stieg in die enge Dixi, öffnete den Deckel und blickte in den nach Chemo-Veilchen riechenden Schlund hinunter. Von der Pizza nebst Karton von letzter Nacht war nichts übrig geblieben. Der Sondermischung mit scharfen Haushaltsreinigern konnte auf Dauer nichts widerstehen. Der zähe Brei nahm alles ein, löste es auf und überraschte mit neuen Farben. Kilian nannte es *Evolution*. Er liebte dieses Gurren, Zischen und die wechselnden Strömungen. *Es* lebte in seinen Augen.

Alles andere in ihm und um ihn herum war dagegen erstarrt und leblos. Als er pinkelte, gärte und rumorte es in der Suppe. Aufsteigende Blasen zerplatzten, Mischungen fanden und verbanden sich. Eine Eruption war an diesem Tage nicht zu befürchten. Der kritische Zustand war noch nicht erreicht.

«Ich bestehe darauf: Tote sagen mehr als die Lebenden. Wenn ich mich an die Reaktionen auf die vermeintlichen Vorfälle im Residenzgarten und auf dem Friedhof erinnere, war es mucksmäuschenstill um deine lebenden Freunde geworden. Selbst dein viel gerühmter Schröder hat dich hängen lassen. Meine Leichen wären im Gegensatz dazu regelrecht geschwätzig. Sie würden Hinweise geben und schließlich mit dem Finger auf den Mörder zeigen. Darauf kannst du dich verlassen. Todsicher.»

«Wo keine Leiche, da kein Fall. Funkstille», brummelte Kilian.

Er klang nicht sonderlich überzeugt. Er plapperte nach. Die Ermittlungen im Residenzgarten und auf dem Friedhof hatten ihn viel Kredit gekostet. Augenzeugen hatten sich widersprochen, Leichen waren verschwunden und verwertbare Spuren im wahrsten Sinne des Wortes im Sand verlaufen. Keiner hatte ihm glauben wollen. Selbst Schröder, der im Residenzgarten mit dabei gewesen war und die Vorkommnisse zum Teil hatte bestätigen können, hatte letzten Endes die Einstellung der Ermittlungen unterstützt. «Wo-keine-Leiche-da-kein-Fall.» Basta. Nur Pia hatte zu ihm gehalten. Zusammen hatten sie Meter für Meter, Grab um Grab abgesucht. Kein Tropfen Blut oder sonst irgendeine andere Spur war auffindbar gewesen, geschweige denn irgendeine Leiche. Ein Ergebnis zeitigte die gemeinsame Suche dann doch: Sie hatten zueinander gefunden.

«Was wirst du noch dagegen unternehmen?», fragte sie.

«Nichts.»

Kilian zwängte sich an ihr vorbei und suchte seine Klamotten. Auf, über, unter dem Bett und im Gebälk waren die Kleidungsstücke verstreut.

«Was nichts? Du willst doch nicht aufgeben?», ermutigte sie ihn.

«Solange ich nichts Verwertbares in der Hand habe, lasse ich die Finger davon. Den Mist der letzten Wochen brauch ich kein zweites Mal. Sollte aber eine der verschwundenen Leichen aus dem Totenreich zurückkehren, dann werden sie was erleben. Darauf kannst du dich verlassen.»

«Aber die können ewig verschwunden bleiben. Je länger du wartest, desto schwieriger wird eine Rekonstruktion. Totschweigen hilft nichts. Du musst weitersuchen. Wenn wirklich etwas passiert ist, dann ist da auch etwas. Irgendwo. Wir haben es bloß noch nicht gefunden.»

«Keine Sorge. Tote stehen auf, Gräber öffnen sich. Das ist alles schon passiert. Und ich habe das krumme Gefühl, dass es nicht mehr lange dauern wird.»

«Jaja. Es ist nur eine Frage des Wartens und des Standpunktes», sagte Pia genervt. Sie hatte diese Ausflüchte in den letzten Wochen zu oft gehört.

«Richtig. Was mir allerdings noch nicht klar ist: Auf welcher Seite stehst du eigentlich? Glaubst du weiter an mein Friedhofsmärchen, oder glaubst du an dreißig Zentimeter Ermittlungsakten, die alle besagen, dass tatsächlich nichts vorgefallen ist?»

«Sag mal, bist du bescheuert? Wer ist mit dir auf Knien über den Friedhof gerutscht, wer ermutigt dich weiterzusuchen, und wer fährt den anderen übers Maul, wenn wieder eine spitze Bemerkung kommt? Dein Freund Schröder bestimmt nicht.»

«Schon gut», gab Kilian zu.

Pia war die Einzige gewesen, die ihn ständig angetrieben hatte, nicht aufzugeben. Er wusste nicht, was in ihn gefahren war. Ein leiser und beständiger Zweifel hatte sich in ihm über die letzten Wochen gebildet. Möglicherweise hatte er sich alles doch nur eingebildet? Vermutlich wollte er einfach nur daran glauben, dass da eine Leiche war.

«Vielleicht sollte ich mal einen meiner Toten befragen. Die haben sicherlich Kontakt zu deinen verschwundenen Leichen», sagte Pia.

«Keine schlechte Idee. Sag mir Bescheid, wenn du was hörst.»

Kilian hielt ein Bündel Klamotten in den Händen und trennte seine von Pias.

«Was steht bei dir heute an?», fragte sie, während sie den Ofen in Gang setzen wollte.

«Große Einsatzbesprechung», antwortete Kilian emotionslos. Er zwängte sich in Jeans und schwarze Schlangenlederstiefel.

«Wegen des Gipfels?»

Sie zündete ein Streichholz an und warf es in den Ofen. Die Flamme erlosch.

«Ja.»

Er durchwühlte einen Umzugskarton nach einem Pullover und stieß auf einen seiner Anzüge. Er hatte seit dem Sommer keine mehr getragen. Sie lagen gut verstaut in den verschlossenen Kartons. Auf die Frage, was aus ihnen geworden war, antwortete er, dass sie ihm nicht mehr passen würden.

Pia nahm eine Flasche Whiskey zur Hand, tränkte damit ein Bündel Holzspäne und steckte sie in den Ofen.

«Wozu bist du eingeteilt?», fragte sie.

Sie zündete ein Streichholz an und warf es in den Ofen. Eine kleine Flamme loderte auf, verebbte aber gleich wieder.

Kilian zog derweil einen Pulli über, legte sein Schulterhalfter um und suchte nach seiner Waffe.

«Wozu bist du eingeteilt?», wiederholte Pia.

Kilian durchwühlte das Bett und Pias Kleider nach seiner Waffe. Er fand stattdessen seine Handschellen am Bettgestänge festgemacht. Der Schlüssel war nirgends auszumachen.

«Wo ist er?», fragte er ungeduldig.

«Was, er?», fragte Pia zurück.

Sie stöberte in ihrer Handtasche und stieß auf Nagellackentferner.

«Der Schlüssel.»

Pia lächelte frech und löste von ihrem Fußkettchen einen kleinen Schlüssel. «Ich dachte, wir üben heute Morgen noch einmal, wie ein Verdächtiger in Handschellen gelegt wird. So mit ... na, du weißt schon, was ...»

«Lass den Scheiß, Pia. Ich muss los. Der Schlüssel …»
«Schade.»
Sie warf ihn aufs Bett.
«Du hast dich verändert», sagte sie leise.
Kilian löste die Handschellen und suchte weiter nach seiner Waffe.
«Pia! Meine Knarre», maulte er, während er auf das Bett stieg und die Fachwerkbalken abtastete. «Jeden Morgen die gleiche Aktion. Kannst du nicht einmal das Ding dort lassen, wo es hingehört?»
Pia schüttete Nagellackentferner über zwei Holzspäne. Den einen legte sie vorsichtig in den Ofen. «Sie ist dort, wo sie immer ist.»
«Und wo ist das?!»
«Draußen», zischte sie ihn an und warf ein brennendes Streichholz in den Ofen. Der Span fing kurz Feuer, verglimmte aber genauso schnell.
Nicht sonderlich überrascht, suchte sie nach einem effektiveren Feuerbeschleuniger. In einem abgewetzten Blechtornister in der Ecke mit der Aufschrift *Vorsichtig, leicht entflammbar. Nicht in geschlossenen Räumen verwenden* fand sie ihn. Sie tauchte den zweiten Span hinein, legte ihn in den Ofen und schüttete eine gehörige Portion der geheimnisvollen Flüssigkeit hinterher.
Das Streichholz zündete. Bevor sie es in den Ofen warf, hielt sie kurz inne und bedachte die Explosivität der Ladung. Vorsichtshalber ging sie einen Schritt zur Seite und schnippte das dünne Holz in die Ofenöffnung hinein.
Ein dumpfer Knall ertönte postwendend, gefolgt von einer Stichflamme und einer schwarzen Rußwolke. Knirschend schoss der Holzspan das Ofenrohr entlang, nahm scheppernd die Biegungen und verlor sich pfeifend wie ein Feuerwerkskörper über den Dächern.
«Pia, verdammt!», schrie Kilian. «Eines Tages sprengst du uns noch alle in die Luft.»

«Hab dich nicht so. Jetzt brennt das Zeugs wenigstens.»

Sie nahm den Tornister zur Hand und las aufmerksam die Inhaltsstoffe. «Auch 'ne Art, jemanden wegzublasen. Muss ich mir merken.»

Kilian öffnete das Fenster und griff in den Taubenverschlag, der am Dach befestigt war. Die Tauben waren Erichs Geheimwaffe. Mit den kleinen, unauffälligen Boten hatte er schon manche Lieferung, die nicht postfähig war, zustellen lassen. Aufgeregt mit den Flügeln schlagend retteten sie sich in die Ecke. Kilian tastete und fand seine Waffe. Überzogen mit Dreck und Ausscheidungen zog er sie mit zwei Fingern heraus. Angewidert lief er zum Waschbecken und hielt sie unter einen Strahl Wasser.

«In Zukunft lässt du die Finger von dem Ding.»

«Von welchem?», gurrte sie und zündete ein weiteres Streichholz.

✳

Über die Vorgärten Grombühls fegte ein kalter Wind. Er führte das übrig gebliebene Blätterwerk eines sonnigen Oktobers mit sich. Bronzefarbene Ahornblätter torkelten verloren umher, als suchten sie nach ihrer letzten Ruhestätte, bevor ein früher Wintereinbruch das Leben in der Natur bis zum nächsten Frühjahr unter sich befriedete.

Im Haus von Kilians Kollegen, Georg «Schorsch» Heinlein, ging das Frühstück zu Ende.

«Und die Leichen bleiben verschwunden?», fragte Claudia, Heinleins Frau, während sie die Teller in die Spülmaschine räumte.

Ein pechschwarzer Kater ging ihr dabei um die Beine, die in dicke, selbst gestrickte Strümpfe aus echter peruanischer Alpakawolle gefasst waren. Darüber schloss sich ein nicht minder gesunder Morgenmantel aus rauschmittelfreiem Hanf an, den sie der amerikanischen Importware aus gifttriefender Baumwolle entgegensetzte. Die rettende Flucht in ökologisch erzeugte Produkte hatte sie längst angetreten, und sie gipfelte, zu Heinleins Entsetzen, in einem hennafarbenen Schopf, der sie als eines der fünf *Wilden Weiber Würzburgs*, kurz WWW, kenntlich machte. Die Gruppe war im Sommer mit dem Ziel gegründet worden, dem bevorstehenden Übergang einer von Männern dominierten Gesellschaftsform hin zu einer matriarchalischen Vorschub zu leisten. Wie dies politisch vonstatten gehen sollte, wurde einmal wöchentlich in der *Wasserpfeife*, einem türkischen Café am jenseitigen Mainufer, ausbaldowert. Dabei lümmelten sich die wilden fünf zwischen Sitzkissen und füllten reihum die Lungen mit dem kühlen Rauch einer geheimnisvollen Mischung aus dem Amazonas, bevor sie sinnierend neue demokratische Modelle der aufkommenden Weibergesellschaft entwarfen. Ihrer Ehe mit einem Polizeibeamten hatte es Claudia zu verdanken, dass sie Sprecherin für den Bereich Familie, Erziehung & Beruf war – wohlgemerkt in einer Gesellschaft, in der Frauen die Geschicke des Staates leiteten, während die Männer sich um die Aufzucht der Kleinen zu kümmern hatten. Die anderen vier Wilden waren alle nicht (mehr) verheiratet, also geschieden oder niemals gefreit. Diese Erfahrung qualifizierte sie für die staatstragenden Fragen einer neuen Innen- und Außenpolitik bis hin zur Entscheidung, inwieweit die faszinierenden Möglichkeiten der Genetik, besonders mit Blick auf die männliche Nachkommenschaft, anzuwenden seien.

Heinlein ahnte Schlimmes auf sich zukommen, wenn er Claudia am nächsten Morgen nach dem Verlauf der Diskussionen in der Weiberrunde befragte. Zu seiner Zufriedenheit besann er sich letztlich auf die von Gott gegebene Ordnung, in der Frauen noch immer die Kinder zur Welt brachten und Männer das Heim unterhielten und es gegen Gefahren von außen schützten.

Was er jedoch übersah, war die Gefahr von innen. Und dazu gehörte seit neuestem auch dieser schwarze Kater, der Claudia nicht mehr von der Seite ging.

Das Katzenvieh hatte sie sich gegen seinen vergeblichen Protest von einer der wilden fünf aufschwatzen lassen, die sich für schamanische Exerzitien nach Mexiko verabschiedet hatte. Heinlein konnte Merlin, so war er in der Walpurgisnacht der Urgöttin Gaia geweiht worden, nicht ausstehen, er zerkratzte hemmungslos das gute Wohnzimmersofa und machte ihm seinen Stammplatz streitig. Seine anfänglich vorsichtigen Versuche, dem Katzenvieh die Hackordnung im Hause nahe zu bringen, quittierte Merlin mit zusammengekniffenen gelben Schlitzaugen und dem drohenden Fauchen eines Konkurrenten. Seitdem setzte der verschmähte Hausherr hinter Claudias Rücken Pfefferspray gegen den Aggressor ein, um seine Ansprüche durchzusetzen.

«Welche Leichen?», fragte Thomas, Heinleins pubertierender Stammhalter. Er hatte seine Giovane-Elber-Phase des Sommers hinter sich gebracht und konzentrierte sich nun auf die Weltanschauung des Hip-Hop. Baggy-Pants, Sneakers, Kapuzen-T-Shirt und ein immer wiederkehrendes Yo! oder Respect! gingen einher mit den *Moves* einer an die Slums der Schwarzen verlorenen deutschen Jugend.

«Na die, hinter denen der Kilian die ganze Zeit her war», antwortete Vera, seine ältere, 14-jährige Schwester. Seit ihrem Mitwirken am Mozartfest im Kreise der Bamberger Symphoniker hatte auch sie sich weiterentwickelt. Zurzeit befand sie sich im Bann des minimalistischen Calvin Klein und dessen androgyner Mode, die ihr Taschengeld und Heinleins Einkommen schwer belastete. Den Werbe-Claim «She wants me» fand sie zwar voll behämmert, aber sie zeigte Herz für gerade Linien und das ausgezehrte Super-Männer-Model im Werbespot. «Er schaut so unschuldig und unverdorben», meinte sie. Wer von den beiden ein *Er* sein soll, hatte Claudia gefragt. Für sie sahen beide Darsteller aus, als wären sie ausgehungert einem Asylantenheim entsprungen und müssten nun alle möglichen Arbeiten annehmen, um an Geld für Klamotten und Essen zu kommen. Denn so, wie sie aussahen, müsste man ja davonlaufen, wenn man ihnen tagsüber begegnete. Vera beruhigte sie. Mit Asylantenheimen hätten die beiden nun wirklich nichts zu tun. Mit Geld schon eher. Manche der Models verdienten pro Tag Zehntausende Mark. Davon könnte man sich viel Brot und Kleider kaufen. «Und wieso tun sie es dann nicht?», fragte Claudia neugierig. «Weil sie Profis sind», entgegnete Vera. Und Profis pflegen ihren Stil. Denn Stil sei die Grundlage für Erfolg im Beruf und im Leben. Claudia hatte sich daraufhin die Stilfrage vor dem Spiegel gestellt. Ein paar Pfund waren über den Sommer dazugekommen. «Meinst du, ich habe Stil?», hatte sie Vera gefragt. «Sicher», antwortete sie. Mutter Beimer würde es nicht ewig machen. Und wenn gar nichts mehr ginge, dann gäbe es ja auch noch die Weight Watchers. Vorher und Nachher. «Und? Was bin ich? Vorher oder Nachher?», wollte Claudia wissen. Vera behielt die Antwort für sich. Claudias Ehemann Schorsch hatte die gleiche Frage folgendermaßen beantwortet: «Es kommt zusammen, was zusammen gehört. Vorher oder nachher. Das ist egal. Hauptsache, her.» Claudia hatte sich mit dieser Antwort vorerst zufrieden gegeben. Sollte er ihr beim nächsten Mal aber auch mit einer derart zweideutigen Antwort kommen, dann würde sie ihn sich eindeutig zur Brust nehmen.

«Geschlagene fünf Monate hat der Kilian das ganze K1 verrückt gemacht», sagte Heinlein. «Wenn der Oberhammer nicht rechtzeitig eingeschritten wäre, dann würde er noch immer den Friedhof umgraben wollen.»

«Yo! Friedhöfe umgraben ist voll krass», lobte Thomas die Idee und schnallte den Schulranzen über.

«Dann hast du deinen Traumjob ja endlich gefunden», sagte Vera und folgte ihm hinaus.

«Eure Pausenbrote!», rief Claudia die beiden zurück.

«Muss das sein?», fragte Thomas, während er die beiden in Alufolie eingewickelten Päckchen entgegennahm.

«Keine Widerrede», schmetterte Claudia jeden Einwand gegen den Magerquark mit rohem Spinat und Kressegarnierung zwischen zwei Dinkelvollkornscheiben ab. «Das gibt Kraft und ist gesund, besonders für deine kleinen grauen Zellen.»

Sein flehender Blick richtete sich an seinen Vater. Doch Heinlein seufzte nur tief, teils in stiller Solidarität mit seinem Sprössling, zum anderen in weiser Voraussicht... nein, Voraussagung... dass auch er mit Claudias Öko-Kraft-Happen rechnen musste.

Thomas gab sich geschlagen. «Womit habe ich diese Eltern nur verdient ...», und schon war er zur Tür hinaus.

«Was glaubst du? Ist der Kilian jetzt tatsächlich plemplem geworden?», fragte Claudia Heinlein.

«Viel fehlt nicht mehr dazu. Nur gut, dass Pia noch zu ihm hält. Ohne sie hätte er schon längst seinen Jagdschein in der Tasche. Dann hätte er freie Fahrt.»

«Freie Fahrt wohin?»

«Wohin auch immer. Alles scheint besser für ihn zu sein als Würzburg.»

«Aber ich dachte, dass er eine Wohnung gefunden und sich eingelebt hat.»

Heinlein nickte wortlos. Es war besser, Erichs Lager nicht preiszugeben. Zum Schluss wollte sie ihn dort auch noch besuchen. Es wäre peinlich für ihn geworden, wenn Claudia in Erichs geheimer Dachboden-«Schatzkammer» auf ihr nächstes Geburtstagsgeschenk, ein Designerkleid von zweifelhafter Herkunft, gestoßen wäre. Der Kleiderständer mit den «Markenschnäppchen» stand dort immer noch herum.

«Wie läuft's eigentlich mit Pia und Kilian?»

«Gut, schlecht, gut. Ich weiß nicht, was heute dran ist. Ich hab Pia von Anfang an abgeraten. Die beiden passen einfach nicht zusammen. Aber, du weißt ja, wie so was ist.»

«Was soll das heißen, ‹ich weiß, wie so was ist›?!»

✺

Die junge Thai-Frau stand frierend auf dem Balkon. Eingepackt in eine dicke pinkfarbene Daunenjacke rauchte sie nervös eine

Zigarette. Sie zitterte am ganzen Körper und trat von einem Bein auf das andere. Die Balkontür war fest zugezogen, damit kein Rauch in die Wohnung eindringen konnte. Wenn sie auf den Petersplatz hinunterblickte, sah sie den voll besetzten Parkplatz der Regierung von Unterfranken. Davor schlängelten sich Nase an Stoßstange zahlreiche wild geparkte Fahrzeuge das Kopfsteinpflaster entlang, sodass der Kreuzungsbereich nicht nur für Autofahrer schwer einzusehen war. Auch Fußgänger hatten ihre liebe Not, heranfahrende Autos rechtzeitig zu erkennen und sich vor dem Überqueren der Straße bemerkbar zu machen.

Über allem thronte das vierstöckige Kastengebäude der Regierung von Unterfranken, im gleichsam schmucklosen wie auch einfallslosen Stil schnell hochgezogener Betonbauten der 50er Jahre. Damit das Grau des Baus nicht ganz so trist auf Besucher und Mitarbeiter wirkte, verzierten zum einen marmorierte Steinplatten die Fassade, zum anderen drängten Gummibäume aus den verglasten Zellen der fleißigen Staatsbediensteten ans Tageslicht.

Eines der vielen Fenster an der vorderen Front war geöffnet. Glückwünsche, das helle Klingen von Sektgläsern und das unaufhörliche Läuten eines Telefons klangen herüber. Sie nahm einen letzten tiefen Zug, löschte die Zigarette in einem reich verzierten Aschenbecher und schob ihn tief unter eine Kommode. Sie atmete tief ein und aus, damit der letzte Rest Nikotin sich verflüchtigte. Als sie im Begriff war, in die Wohnung zurückzugehen, sah sie noch einen Mann, der das Regierungsgebäude betrat.

«Auf welchem Zimmer finde ich Herrn Stahl?», fragte John Frankenheimer den Mann am Empfang. Er hatte seinen Mantelkragen hoch gestellt, um sein kantiges Gesicht gegen den kalten Oktoberwind zu schützen. Seine gut gebräunte Haut zeigte, dass er den überwiegenden Teil des Jahres in wärmeren Gefilden verbrachte.

«402. Vierter Stock, rechts, die erste Tür», lautete die Antwort. Der Pförtner wies auf den Fahrstuhl, der sich gleich neben den Treppen befand.

Frankenheimer ließ den Fahrstuhl stehen und lief die Treppen nach oben. Der Pförtner schüttelte verständnislos den Kopf und beugte sich wieder über sein Fußballmagazin.

Das grelle Quietschen von Autoreifen und der Zusammenstoß von Metall auf Metall ließen ihn hochschrecken. Er stand auf, blickte aus seinem Glashaus und suchte über die vielen Autodächer hinweg nach der Ursache für das nicht ungewöhnliche Schauspiel an der Kreuzung Petersplatz. Ein Mercedes hatte sich in den Kofferraum eines kleinen Fiat gebohrt. Der Fahrer der Nobelkarosse klärte aufgebracht die Frau, die wie versteinert im Fiat saß, über die Regeln zügigen Straßenverkehrs auf und dass er sie für den ihm zugefügten Schaden haftbar machen würde. Zur Beweissicherung und zur Untermauerung seiner These zog er eine Passantin in das Gespräch mit ein, die kurz vor dem Aufprall die Straße überqueren wollte und somit Zeugin des Geschehens war.

Doch sie ließ sich nicht aufhalten, sondern eilte kopfschüttelnd und schnurstracks dem Eingang des Regierungsgebäudes zu. Ihr blondes, dauergewelltes Haar war unter einem blauen Kopftuch zu einem Dutt zusammengebunden, der ihr am Hinterkopf eine seltsam anmutende Beule verlieh.

An ihr vorbei schlenderte der Pförtner mit Notizblock und einem Grinsen im Gesicht, das bei aller Gelassenheit den notwendigen Ernst der Lage nicht vermissen ließ. Er strich sich mit der flachen Hand den Scheitel zurecht, überprüfte mit der Zunge mögliche Restbestände seiner Brotzeit an der vorderen Zahnreihe, bevor er breitbeinig und mit gezücktem Bleistift die Aussagen der am Unfallhergang Beteiligten erwartete.

Im vierten Stock überlagerte der Lärm der Feierlichkeiten die Vorkommnisse auf der Straße. Der neue Regierungspräsident Dr. Wolfgang Stahl hatte zu einem Stelldichein geladen, um anschließend am Empfang der Diplomaten im Congress Centrum teilzunehmen.

Neben zukünftigen Kollegen waren Vertreter der Parteien, der Stadt, der Kirche und der Landkreise der Einladung gefolgt. Spekulationen über den nicht unbekannten Mann machten hinter vorgehaltener Hand die Runde. Wo er sich die letzten Jahre aufgehalten und welche Stationen er durchlaufen hatte, war Grundlage wildester Spekulationen. Doch am meisten interessierte, wie lange er das begehrte Amt des Regierungspräsidenten ausfüllen würde. Stahl stand im Ruf eines ehrgeizigen Verwaltungsbeamten, der sich zu Höherem berufen sah.

Unter den Gästen befand sich auch ein Mann, den niemand und der niemanden zu kennen schien, da er sich an keinem der Gespräche beteiligte und nur aus dem Hintergrund die Gäste beobachtete. Er hatte das wachsame Auge eines Frettchens. Keine Bewegung oder auffällige Äußerung der Anwesenden schien ihm zu entgehen. Betrat jemand den Raum, erfasste ihn sein prüfender Blick und ließ nicht eher von ihm ab, bis sicher war, dass er keine Gefahr darstellte. Hätte dieser wachsame Beobachter in seinem dunklen Anzug nicht wie ein schmächtiger Konfirmand gewirkt, wäre er leicht als Stahls Bodyguard durchgegangen. Kilian hätte in ihm Otter erkannt, den Mann, der im Residenzgarten zu Schröders Truppe gehört hatte.

Otters Aufmerksamkeit ging zur Tür, wo Frankenheimer den Raum betrat. Dieser griff sich im Vorbeigehen ein Sektglas und hielt auf Stahl zu.

«Meinen Glückwunsch», sagte Frankenheimer und stieß sein Glas an Stahls.

«John», erwiderte Stahl überrascht, «wie kommst du denn hierher?»

«Der EU-Sicherheitstreff. Du weißt doch, die amerikanische Regierung ist bei solchen Anlässen gerne dabei.»

«Das finde ich großartig, dass du Zeit für mich gefunden hast. Aber woher weißt du ...?»

«Neuigkeiten sprechen sich herum. Der Posten des neuen Regierungspräsidenten war sehr begehrt.»

«Ja, ‹die Besten für Unterfranken›», lachte Stahl und wandte sich den umstehenden Gästen zu. «Meine Damen und Herren, darf ich kurz um Ihre Aufmerksamkeit bitten. Ich möchte Ihnen einen alten Freund und Studienkollegen von mir vorstellen, der in seinem überfüllten Terminkalender eine Lücke für mich hat frei machen können. Darf ich Sie mit John Frankenheimer, Mitglied des US-Außenministeriums, bekannt machen. Er ist anlässlich des EU-Sicherheitstreffens in der Stadt und steht der amerikanischen Delegation vor. Wir kennen uns schon seit einer halben Ewigkeit. Bereits auf der University of Columbia hatte ich ihm prophezeit, dass er die Geschicke der Regierung maßgeblich beeinflussen wird. Und, habe ich nicht Recht behalten, du alter Streber?» Stahl amüsierte sich sehr über seine flapsigen Worte und genoss unübersehbar die Vertrautheit, die er an den Tag legte.

Frankenheimer dagegen lächelte wohlmeinend, fühlte sich aber hinsichtlich der überflüssigen Hervorhebung seiner Person unwohl. Er hob sein Glas und nickte Stahl prostend zu.

«Kann ich dich mal kurz unter vier Augen sprechen?», fragte er.

Stahl bejahte und entschuldigte sich bei den Gästen. Otter zögerte, ob er ihnen folgen sollte.

Die Frau, die den Unfallort auf der Straße überstürzt verlassen hatte, irrte unterdessen in den Gängen des Regierungsgebäudes umher. Der Bau schien wie ausgestorben. Weder auf dem Gang noch hinter den Türen traf sie jemanden, den sie hätte fragen können. Aus dem obersten Stockwerk vernahm sie Stimmen und ging die Treppe hoch. Doch auch hier zeigte sich wider Erwarten niemand. Erschöpft setzte sie sich in den Sessel einer Sitzgruppe und überlegte, ob sie sich nicht in der Adresse getäuscht hatte. Sie war bereits auf dem Weg, das Gebäude zu verlassen, als sie aus der Toilette vor ihr ein Streitgespräch vernahm. Die Stimmen kamen ihr seltsam bekannt vor.

«Bist du verrückt geworden?!», schrie Stahl.

In seiner Hand hielt er Dokumente, die er fassungslos überflog. Jede einzelne Seite, die er hervorzog, schien ihn ein weiteres Stück in die Verzweiflung zu treiben. «Weißt du eigentlich, was du da von mir verlangst?»

Frankenheimer antwortete emotionslos. «Sonst wäre ich ja wohl nicht zu dir gekommen.»

«Nein, nein und nochmals nein», wiederholte Stahl wütend. «Dann kann ich mich ja gleich erschießen.» Er zerriss die Dokumente, rannte in eine Kabine, warf sie in die Kloschüssel und betätigte die Spülung.

«Da, wo ich das her habe, gibt es noch viel mehr, IM Amtsrat», sagte Frankenheimer gelassen. «Ich gebe dir bis heute Abend Zeit, mir den Code zu nennen. Ansonsten bist du fällig. Hast du das verstanden, alter Kumpel? Und solltest du auf die Idee kommen, deine amerikanischen Freunde über unser Gespräch zu informieren, dann kannst du dich tatsächlich gleich erschießen. Du kennst ja das offizielle Statement: Sorry, no comment.»

Frankenheimer ließ Stahl stehen, trat auf den Gang hinaus und sah sich mit Otter konfrontiert, der nach dem Verbleib Stahls Ausschau hielt. Er ging an ihm vorbei, die Treppen hinunter bis zum Pförtnerhäuschen, das noch immer unbesetzt war. An der Glastür hielt er abrupt inne. Etwas schien er vergessen zu haben. Er blickte in Gedanken versunken auf den Vorplatz, drehte sich schließlich um und lief wieder auf die Treppen zu.

Der Pförtner las am Petersplatz währenddessen aus seinem Protokoll vor und schilderte mit ausladenden Handbewegungen den Unfallhergang. Die Unfallteilnehmer hörten aufmerksam zu, unterbrachen ihn aber mit Ergänzungen beziehungsweise bestritten seine Schilderungen vehement, je nachdem, wie ihre Sicht der Wahrheit aussah. Die in der Zwischenzeit eingetroffenen Polizeibeamten, die sich notgedrungen alles anhören mussten, wären um jede Unterbrechung froh gewesen, nur nicht um die, die dem Palaver schließlich ein jähes Ende setzte.

Hoch über ihren Köpfen, im vierten Stock des Regierungsgebäudes, barst mit einem lauten Schlag eine Fensterscheibe, und ein Mann stürzte schreiend in die Tiefe. Die Augen und der Mund waren vor Angst und Verzweiflung weit aufgerissen.

Stahls Aufschlag war hart und dumpf.

3

Der Einsatzbesprechungsraum in der Weißenburgerstraße platzte aus allen Nähten. Alles, was Beine hatte und sich nur irgendwie Polizeibeamter nannte, hatte Oberhammer aus der Polizeidirektion Unterfranken zusammengetrommelt. Neben ihm stand Schröder, breitbeinig, mit ernster Miene und Hände über Kreuz. Er war hoch gewachsen, von der drahtigen Erscheinung eines durchtrainierten und kompromisslosen Ausbilders von Einsatzgruppen. Die Autorität, die er aufgrund seiner Größe im Vergleich zum kleineren Oberhammer verströmte, war augenscheinlich, ebenso sein Blick, der ruhig die Gesichter der anwesenden Beamten las, als wolle er gleich hier herausfinden, auf wen er sich in einer möglichen Konfliktsituation verlassen könne. Viele hielten seinem Blick nicht stand, sodass er sich in seiner Entscheidung bestätigt fühlte – unter seiner Führung hatte er weitere Beamte aus dem Freistaat mitgebracht, die für den anstehenden Diplomatenempfang als Personenschutz eingesetzt werden sollten. In den nächsten Tagen würden zusätzlich Sondereinsatzkommandos des Bundesgrenzschutzes, des Bundeskriminalamtes und der beteiligten Länder eintreffen.

Den Würzburger Beamten blieb aufgrund der Ortskenntnis die Objektsicherung vorbehalten. So lautete zumindest die Argumentation Schröders. Den mainfränkischen Beamten kam diese Erklärung wenig plausibel vor. Der Verdacht der Besserstellung oberbayerischer Beamter im Dienste des LKA konnte nicht restlos entkräftet werden. Die Euphorie, an der Sicherung eines Diplomatenempfangs beteiligt zu sein, hielt sich somit in Grenzen.

«Es stehen uns harte Tage der Prüfung bevor», sagte Oberhammer zu den Beamten. Er legte für die Ansprache eine Sorgenfalte mehr auf seine breite Stirn, die bereits zu Anfang eine beängstigende Feuchtigkeit aufwies. Sein Hemdkragen hatte die ganze Flut zu bewältigen und drohte unter dem nicht versiegenden Strom entlang der Wangen und im Genick zu versagen. «Wir alle werden an den Rand unserer Leistungsfähigkeit geraten. Doch ich bin nicht in Sorge. Ich weiß, dass wir gut vorbereitet sind und die Herausforderung meistern werden. Nicht zuletzt deshalb, weil die Stadt und somit wir in den nächsten Tagen im Rampenlicht der Weltöffentlichkeit stehen werden. Dazu haben wir Unterstützung aus München erhalten. Kollege Schröder wird uns mit seiner Einsatzstaffel kräftig unter die Arme greifen.»

Kilian kam zur Tür herein und versuchte unbemerkt einen Platz im Kreise seiner Kollegen zu finden. Doch er entging Oberhammers Aufmerksamkeit nicht: «Ah, Kollege Kilian ist auch schon eingetroffen. Es freut mich, dass Sie meiner Einladung, wenn auch verspätet, folgen konnten. Wurden Sie aufgehalten? Oder ist Ihnen wieder eine Leiche abhanden gekommen?»

Oberhammers seltsamer Humor zeigte in diesem Fall Wirkung bei einigen Beamten, die sich ein Schmunzeln nicht verkneifen konnten. Kilian lehnte sich an die Wand, ließ die Häme über sich ergehen und schaute gelangweilt in die Runde. Ein kurzes Kopfnicken galt Schröder als Begrüßung. Er erwiderte es. Heinlein stellte sich demonstrativ an Kilians Seite und schleuderte strafende Blicke in die Runde.

«Hast du auch unter den Gräbern nachgeschaut?», frotzelte jemand.

«Es reicht, meine Herren», mischte sich Schröder ein und würgte jede weitere Bemerkung ab. «Was Kollege Kilian glaubt gesehen zu haben, kann jedem von uns mal passieren …»

«Aber Sie waren doch auch dabei», warf ein anderer ein.

«Richtig. Und da niemand eine Leiche gefunden hat und die Augenzeugenberichte nichts Eindeutiges ergaben, ist die Sache hiermit erledigt. Oder interessiert sich jemand für weitere Nachforschungen? Ich schlage vor, derjenige beginnt mit der nochmaligen Durchsuchung der Friedhofswerkstätten, der Leichenhalle und der Komposthaufen.»

Weitere Bemerkungen hatten sich erübrigt, und es kehrte Ruhe ein.

«Wenn das jetzt geklärt ist, können wir endlich fortfahren», sagte Schröder und übergab das Wort an Oberhammer.

Doch bevor dieser die Einsatzbesprechung fortsetzen konnte, wurde er durch einen Beamten unterbrochen, der zur Tür hereinstürmte: «Herr Polizeidirektor», rief er, «wir haben einen Toten.»

«Na und?!», schnauzte Oberhammer zurück, «dann schicken Sie jemanden los.»

«Aber es ist nicht irgendwer ...»

«Wer ist es?», fragte Kilian.

«Der neue Regierungspräsident», antwortete der Beamte verschüchtert.

«Wer?!», rief Schröder ungläubig durch den Raum.

«Dr. Stahl. Er ist aus dem vierten Stock der Regierung gestürzt.»

«So ein verdammter Mist», fluchte Schröder und lief zur Tür. Im Vorbeigehen befahl er Kilian mitzukommen. Oberhammer folgte ohne Aufforderung.

Vor der Tür ließ sich Schröder berichten. Eine Streife sei wegen eines Auffahrunfalls vor Ort gewesen, und Stahl sei ihnen quasi vor die Füße gefallen. Die Kollegen hätten nur noch den Tod feststellen können. Etwaige Reanimationsversuche seien nicht eingeleitet worden, da sich der Körper durch den Sturz aus großer Höhe und den Aufprall geöffnet hatte.

Schröder war sichtlich betroffen. Ein Toter gleich zu Beginn des Sicherheitstreffens war kein guter Anfang und warf ein wenig schmeichelhaftes Licht auch auf seine Person. Zumal es sich nicht um irgendjemanden handelte, sondern um den neuen Regierungspräsidenten für Unterfranken, den der Innenminister nächste Woche persönlich in Amt und Würden setzen wollte.

«Haben wir einen geeigneten Mann, der die Sache diskret anpackt?», wandte sich Schröder an Oberhammer.

Kilian fühlte einen Stich, als hätte Schröder nicht Worte gegen ihn gebraucht, sondern einen spitzen Dolch. Offensichtlich wurde nicht einmal in Erwägung gezogen, ihn mit den Ermittlungen zu betrauen. Auch Oberhammer ignorierte das Naheliegendste. «Alle Mann sind im Einsatz. Sie wissen ...», sagte er.

«Jaja, schon gut. Ich weiß», wehrte Schröder eine längere Erklärung ab. Er rieb sich nachdenklich die Stirn.

Kilian schluckte seinen Stolz hinunter. «Entschuldigung, wenn ich mich einmische», sagte er herausfordernd. «Vielleicht denkt hier jemand mal an mich?»

«Sie schweigen!», fuhr Oberhammer ihm über den Mund. «Nach Ihren letzten Bemühungen im ‹Residenzgarten-Fall› brauchen wir jemanden, der weiß, was er tut, und nicht Gespenstern nachjagt. Sie werden die Kollegen beim Objektschutz unterstützen.»

Das hatte gesessen. Kilian zuckte zusammen und war im Begriff, in den Besprechungsraum zurückzugehen, als Schröder entschied: «Du übernimmst den Fall.»

«Was?», schoss es aus Oberhammer heraus.

«Ich?», antwortete Kilian nicht weniger überrascht. «Bist du sicher, dass es auch eine Leiche gibt?»

«Aber ...», mischte sich Oberhammer ein.

«Lass die Witze. Mach dich an die Arbeit. Sauber und diskret. Vor allem diskret. Das hat mir gerade noch gefehlt. Diplomaten und Minister in der Stadt. Und dann noch ein toter Regierungspräsident.» Dann zu Oberhammer gewandt: «Es hilft nichts, Herr Kollege. Kilian ist der Einzige, den wir erübrigen können und der die Sache mit dem nötigen Fingerspitzengefühl für diese unangenehme Situation untersuchen kann. Das ist die beste Lösung für den Moment. Ich denke, Sie stimmen mir zu.»

Oberhammer schnappte nach Luft, doch er musste einsehen, dass Schröder Recht hatte. Kilian war für diese heikle Aufgabe zurzeit der einzig verfügbare Mann. Und solange er sich um den toten Stahl kümmerte, konnte er ihm bei den Empfängen nicht in die Quere kommen.

Oberhammer musste nachgeben. «Kilian, Sie haben es gehört. Machen Sie sich an die Arbeit. Professionell und diskret. Vor allem diskret. Haben Sie verstanden?»

Kilian hingegen zeigte wenig Motivation. «Ich glaube, ich bin noch nicht ganz fit für den Job. Ich wollte eigentlich nochmal zum Arzt. Die gebrochenen Rippen. Sie verstehen?», log er.

Schröder packte Kilian am Arm und zog ihn von Oberhammer weg. «Was ist los mit dir?», schnauzte er ihn an. «Willst du mich verarschen, oder was soll das Gequatsche?»

«Du hast doch gehört, wozu man mich noch für fähig hält. Ich soll Staatssekretären aufs Töpfchen helfen und aufpassen, dass sie sich nicht am Toilettenpapier erhängen. Für einen normalen Ermittlungsfall bin ich ja wohl nicht mehr zu gebrauchen. Ich sehe Leichen, wo keine sind. Dummerweise dachte ich, dass du mein Freund bist und mich gegen diese Schwachköpfe in Schutz nimmst. Doch offensichtlich bin ich auch für dich nur eine Notlösung.»

Schröder mühte sich, nicht die Fassung zu verlieren. Schließlich: «Okay. Ich brauche einen Mann, der die Sache richtig anpackt. Keinen von den Amateuren hier. Jemand, der sauber recherchiert, die richtigen Fragen stellt, nicht zu viel Aufhebens macht und ein paar Tage schweigen kann, bis der ganze Rummel vorbei ist. So, habe ich dir jetzt genug Honig ums Maul geschmiert?»

Kilian ging die unerwartete Lobhudelei nicht zuwider. Gerade von Schröder hatte er Entsprechendes lange nicht mehr gehört. Und schließlich war Schröder, der LKA-Mann, nicht ganz unschuldig an seinem Desaster. Er hätte sich nur einmal auf Kilians Seite stellen müssen, als er in Sachen Residenzgarten ermittelte. Aber er blieb stumm wie ein Fisch und überließ ihn seinem Schicksal.

«Danke, das hört man gern», sagte Kilian zufrieden. «Aber ich will mehr.»

«Was soll das heißen, *mehr*?», fragte Schröder ungehalten.

«Ich übernehm den Fall und halte die Klappe bis nach der ganzen Chose hier. Dafür nimmst du mich mit nach München, und ich bekomme meinen alten Job wieder. Das ist der Deal.»

«Spinnst du jetzt völlig? Ich gebe dir einen Befehl. Es geht hier nicht um Deals.»

«Ich habe dir schon gesagt, dass meine Rippenverletzung noch nicht ausgeheilt ist», pokerte Kilian. «Eine Woche Krankenstand. Mindestens.»

Schröder kämpfte mit sich und Kilians erpresserischem Vorschlag. Er blickte hinüber zu Oberhammer, der wie ein Fragezeichen in der Gegend stand und rätselte, was hinter seinem Rücken abgesprochen wurde.

«Okay. Du hast deinen Deal. Aber das ist definitiv deine letzte Chance. Versau sie nicht wieder wie in Genua. Sonst fliegst du. Kapiert? Und denk dran: Diskret.»

Kilian sprang das Herz bis zum Anschlag.

✺

Aus allen Teilen Bayerns waren Polizeikräfte zusammengezogen worden, die im Vorfeld Sicherungsmaßnahmen durchführten. Wenn der Fahrzeugtross der Delegationen den vorbestimmten Weg vom Residenzplatz in die Hofstraße, über den Paradeplatz in die Domstraße und schließlich über die alte Mainbrücke hinauf auf die Festung nehmen würde, dann galt es, die Straßen und das Umfeld entsprechend gegen Überraschungen, gleich welcher Art, zu schützen.

Kilian bahnte sich den Weg zum Petersplatz vorbei an Dutzenden von Einsatzwagen des Technischen Hilfswerkes und der

Stadtwerke, die Straßengullys verschweißten und Abfallkörbe entfernten. Anwohner verfolgten das ungewohnte Geschehen und verbanden es mit einem Schwatz am Straßenrand oder vom Fenster aus hinüber auf die andere Straßenseite. Vor dem Eingang zur Regierung standen der Leichenwagen und ein Einsatzfahrzeug des Erkennungsdienstes. Das hieß, dass nur das allernotwendigste Personal eingesetzt war. Als Kilian am Tatort ausstieg, hatte sich Pia über den toten Stahl gebeugt, der in einem Teppich aus Blut lag. Der Aufschlag aus einer Höhe von rund zwanzig Metern auf harten fränkischen Bruchstein hatte ihm den Körper geöffnet, wie es der Kollege berichtet hatte. Fotos waren offensichtlich schon gemacht worden und die Messungen auch, da Pia den beiden Helfern Anweisung gab, den Toten in den Blechsarg zu legen.

«Hey, was machst *du* hier?», fragte Pia freudig überrascht und streifte sich die blutverschmierten Handschuhe ab. «Ich denke, du bist beim Empfang?» Sie wollte ihm einen Kuss geben, doch Kilian wich zurück. «Lass das in der Öffentlichkeit», erinnerte er sie an seine eindringliche Bitte, Vertraulichkeiten jeglicher Art im Dienst zu unterlassen. Gerede um seine Person gab es ohnehin genug. Da brauchte es nicht noch eine Affäre mit der Rechtsmedizinerin.

«Was bist du denn so zickig?», schmollte Pia und wanzte sich trotzdem an ihn heran. «Heute Morgen warst du so schnell verschwunden, und ich muss schauen, wie ich ohne dich durch den Tag komme.»

Kilian blickte sie vorwurfsvoll an, und Pia brach den Versuch auf halbem Wege ab.

«Was machst du eigentlich mit meiner Leiche?», fragte Kilian.
«Ich habe sie noch gar nicht in Augenschein nehmen können.»
«Der Erkennungsdienst hat alles schon aufgenommen, und dein Oberhammer bestand darauf, dass der Körper so schnell wie möglich von der Straße verschwindet.»

Kilian schüttelte verständnislos den Kopf. «Ermittlungsarbeit leicht gemacht. Bravo.»

«Keine Angst. Es wird schon noch genug Arbeit für dich übrig bleiben. Morgen kannst du den vorläufigen Obduktionsbericht haben. Bis dahin viel Spaß, und komm nicht so spät nach Hause. Ich warte», versprach Pia und küsste ihn flüchtig und ohne Vorwarnung auf die Wange. Kilian hatte keine Chance zum Ausweichen. Dann stieg sie in den Leichenwagen. Die beiden Helfer hatten den Leichnam bereits in den Metallsarg gepackt und warteten ungeduldig auf die Abfahrt.

Kilian blickte am Regierungsgebäude hoch. Hinter dem Fenster, aus dem Stahl offensichtlich gestürzt war, standen mehrere Personen und schauten hinunter. Er ging hinein, vorbei am Pförtner, der mit Besen, Schaufel und Sand bewaffnet ungeduldig auf seinen Einsatz wartete.

«Kann ich loslegen?», fragte er.

«Tun Sie, was Sie nicht lassen können», antwortete Kilian und betrat das Treppenhaus.

Norbert, der Kollege vom Erkennungsdienst, hatte alle Hände voll zu tun, die Gaffer von der Fensterfront fern zu halten, während er den Durchbruch mit Trassierband abzäunte.

«Meine Herrschaften, treten Sie bitte zurück und lassen Sie den Kollegen seine Arbeit tun», forderte Kilian die Umstehenden auf. Nur widerwillig und in kleinen Schritten kamen sie seiner Aufforderung nach.

«Servus, Kilian», begrüßte ihn Norbert. «Wo ist der Rest der Mannschaft?»

«Wir sind der Rest. Mehr gibt's nicht. Die anderen sind alle zum Empfang abgestellt.»

«Na, klasse. Super Organisation. Das ist wieder mal typisch.»

«Hast du schon was finden können?»

«Unten an der Aufschlagstelle war außer Glasscherben und Blut nichts. Ich werde sie nachher auf Fingerabdrücke und sonstige Spuren untersuchen. Hier oben habe ich gerade erst angefangen. Du kannst mir gerne helfen.»

«Gibt's Zeugen? Irgendwelche Hinweise?»

«Keine Ahnung. Die da drüben haben noch nichts von sich aus erzählt.»

Kilian wandte sich ihnen zu. «Guten Tag. Mein Name ist Kriminalhauptkommissar Kilian. Ich bin für die Aufklärung des Todes von Herrn Dr. Stahl zuständig. Kann jemand von Ihnen Angaben zum Hergang des Geschehens machen?»

Allgemeines Kopfschütteln war die Antwort.

«Hat jemand etwas gesehen?»

Kopfschütteln.

«Gehört?»

Kopfschütteln.

«Kann mir irgendjemand irgendetwas zu Herrn Stahl sagen?»

Ein Mutiger trat einen Schritt vor. «Er ist mit einem Mann vom US-Außenministerium vor die Tür gegangen.»

«Wie hieß der Mann?», fragte Kilian.

«John Frankenheimer. Ein Freund von Herrn Dr. Stahl», sagte ein anderer.

«Freund?», fragte Kilian neugierig.

«Ja. Er hat ihn uns bei der Feier vorgestellt. Danach sind sie vor die Tür gegangen.»

«Welche Feier?»

«Ein Begrüßungsschluck auf den neuen Posten als Regierungspräsident.»

«Und dann?», fragte Kilian ungeduldig.

Schweigen und betretenes Zubodenblicken.

«Und dann?!», wiederholte Kilian scharf.

«Als er längere Zeit nicht aufgetaucht ist, bin ich rausgegangen und wollte mich umschauen. Da habe ich die zerbrochene Fensterscheibe gesehen und dass unten bereits Polizei war», sagte der Mutige.

«Hat sonst noch jemand den Raum, in dem die Feier stattfand, verlassen?»

«Es war ein Kommen und Gehen. Da ist jeder mal raus- und reingegangen», sagte ein anderer.

«Dieser John Frankenheimer», fragte Kilian, «ist er, nachdem er mit Dr. Stahl vor die Tür gegangen war, noch einmal zurückgekommen?»

Achselzucken.

Kilian gab es auf. Aus diesen verstockten Beamtenschädeln war nichts herauszubekommen. Er forderte sie auf, ihre Aussagen anschließend bei seinem Kollegen aufnehmen zu lassen beziehungsweise einen Termin im Kommissariat zu vereinbaren. Bevor er sie entließ, fragte er dann doch noch: «Weiß jemand, wo dieser Frankenheimer zu finden ist?»

«Wahrscheinlich wird er beim Diplomatenempfang sein.»

«Ich danke Ihnen für Ihre Kooperation», log Kilian freundlich und schickte sie an ihre Arbeit zurück.

Unmotiviert gingen sie die Treppe hinunter und verteilten sich auf ihre Zimmer. Nach wenigen Momenten war die letzte Tür geschlossen, und das Gebäude fiel wieder in einen tiefen Schlaf.

«Da hast du dir ja was aufgehalst», sagte Norbert, der soeben die Fenster und die Holme mit einem elektrostatisch geladenen feinen Pulver bestrich. Zum Vorschein kam eine ganze Tapete an bleischwarzen Fingerabdrücken.

«Wann kannst du mir sagen, ob etwas Verwertbares dabei ist?», fragte Kilian.

Norbert lachte wenig euphorisch: «Besorg mir Unterstützung, und morgen hast du meinen Bericht.»

«Ich werde sehen, was ich machen kann», antwortete Kilian, ohne Hoffnung, dass er die Bitte erfüllen könnte.

Er blickte zum Fenster hinaus auf die gegenüberliegende Seite des Petersplatzes. Eigentlich müsste es mit dem Teufel zugegangen sein, wenn niemand von dort drüben aus etwas gesehen hatte, dachte er sich. Alles war verglast und bot einen guten Einblick. Er wandte sich ab und schaute sich auf dem Gang um. Vor ihm eine Sitzgruppe und die Toiletten. Er ging die Bürotüren ab und betätigte die Klinken. Bis auf den Raum, in dem die Feier stattgefunden hatte, und die Toiletten waren alle verschlossen.

«Hat hier jemand abgeschlossen?», rief er Norbert zu.

«Solange ich hier bin, nicht.»

«Und ich dachte schon, hier würde regiert und nicht gepennt.»

Kilian betrat die Herrentoilette. Halb geöffnet, stieß die Tür gegen eine andere, die in der Mauer eingelassen war. Er blickte in den dahinter liegenden Raum und fand Besen, Eimer und Reinigungsmittel vor. Bevor er die Tür wieder schloss, fiel ihm am Boden etwas auf. Er kniete nieder und erkannte einen Glassplitter.

«Norbert, hast du die Besenkammer schon überprüft?», rief er nach draußen.

Ein verächtliches «Ha!», war Antwort genug.

«Dann vergiss es nicht.»

«Sonst noch was?!»

Kilian schloss die Tür und wandte sich den drei Kabinen zu. In der letzten war, im Gegensatz zu den zwei anderen, der Klodeckel samt Auflage gegen das Wasserrohr gelehnt. Ein Stehpinkler, dachte er und wollte sich schon umdrehen, als er dennoch die Kabine betrat und in die Schüssel sah. Auf der schmalen Wasseroberfläche schwamm ein Stück Papier. Ein Schnipsel, nicht größer als die Hälfte eines Zehnmarkscheines, der die Anschläge einer alten Schreibmaschine mit Couriertypen aufwies. Kilian beugte sich über die Schüssel, drehte den Kopf, um zu lesen, was auf dem Schnipsel geschrieben stand. Neben Zahlenkürzeln, seltsamen Wörtern wie ‹Amtsrat›, ‹Sheriff› und ‹Keiler›, konnte er sich keinen Reim darauf machen, um was es sich bei dem Schriftstück gehandelt hatte, als es noch vollständig gewesen war. Nichts Ungewöhnliches für eine Behörde, dachte er sich. Doch seit wann spülen die ihre Akten die Toilette hinunter? Ein allseits bekanntes und gefürchtetes Kürzel schoss ihm ins Auge. Es waren die Buchstaben «IM». Sie standen allen drei Wörtern vor. Kilian musste nun tun, was nicht zu seinen Lieblingsbeschäftigungen gehörte. Er spreizte zwei Finger zu einer Pinzette und griff den Schnipsel aus dem

Wasser. Das Wasser hatte die Schwärze stark aufgeweicht, sodass die Konturen der Buchstaben verschwammen. Schnell lief er zu Norbert und steckte den Schnipsel vorsichtig in eine der durchsichtigen Plastiktüten, in denen Spuren als mögliche Beweismittel gesammelt wurden.

«Check das mal», sagte Kilian und gab Norbert die Tüte.

«Besorg mir Unterstützung», antwortete Norbert gelassen, «und du kriegst deinen Check. Wenn nicht, dann hab Geduld.»

«Dann schick es halt zu Pia», sagte Kilian, «vielleicht hat sie mehr Zeit, Spuren auszuwerten, als du.»

«Gebongt», sagte Norbert genervt. Er zog vorsichtig die Klebefolie von der Fensterscheibe ab und legte sie zu den anderen fünf, die ihn den Rest des Tages beschäftigen würden.

Kilian trocknete sich die Finger mit einem Tuch aus Norberts Koffer, verabschiedete sich und nahm den Aufzug nach unten.

Vor der Tür schippte der Pförtner noch immer den blutgetränkten Sand in einen Eimer. Das, was er mit der Schaufel nicht aufnehmen konnte, wurde mit dem Besen der Kanalisation übergeben. Kilian lief an ihm vorbei und überquerte den Platz zum Nachbarhaus. Er drückte nur auf die Klingelknöpfe vom dritten Stock, die anderen ließ er außer Acht. Wenn jemand etwas gesehen haben konnte, musste er mindestens auf gleicher Höhe zum vierten Stock gewesen sein. Ansonsten war der Lichteinfallwinkel auf die Fensterscheiben zu groß, sodass man nur das Spiegelbild des verhangenen Würzburger Himmels sehen konnte.

Unter den Namen Bausewein und Vogler kam keine Antwort. Erst bei ‹Wilhelm› surrte der Öffner. Kilian drückte die Tür auf und betrat den Hausgang.

Eine junge Thai stand schüchtern vor ihm. Sie lächelte, schaute ihm aber nicht in die Augen, sondern zu Boden. Sie war ein zierliches Geschöpf und reichte ihm mit ihrem schwarzen Schopf bis zur Brust.

Kilian zückte seinen Ausweis und hielt ihn ihr vor das Gesicht. «Guten Tag, meine Name ist ...», konnte er noch sagen, als die Frau das Lächeln verlor und in die Wohnung rannte.

«Entschuldigen Sie bitte», rief Kilian ihr nach, «ich möchte Sie nur etwas fragen.»

Durch den Gang sah er in das Wohnzimmer, das geradewegs auf das Gebäude der Regierung wies. Er tat einen Schritt nach vorn, als die Thai aus dem Wohnzimmer gelaufen kam und ihm ihren Pass in die Hände drückte.

«Legal. Deutsch. Legal», wiederholte sie unablässig, während sie sich vor Kilian immer wieder verneigte und die gefalteten Hände bittend an die Brust legte.

Kilian öffnete den thailändischen Pass und überprüfte den Stempel der gültigen Aufenthaltsgenehmigung. Die Frau hieß Ling Wilhelm und war wohnhaft unter der angegebenen Adresse. Er klappte den Pass zu und gab ihn ihr zurück. Doch die Frau wagte nicht aufzublicken, um den Pass entgegenzunehmen. Kilian berührte sie an der Schulter, um sie aufzurichten, doch sie schrak zurück und stammelte «legal-deutsch-legal», wie eine Beschwörungsformel gegen böse Geister.

«Entschuldigen Sie, ich bin nicht hier, um Sie zu überprüfen, ich möchte nur wissen, ob Sie etwas am gegenüberliegenden Gebäude beobachtet haben», sagte er mit besänftigender Stimme.

Aber mit der Frau war nicht zu reden. Im Einklang zu «legal-deutsch-legal» verbeugte sie sich unaufhörlich mit gesenktem Haupt. Kilian sah ein, dass es für ihn hier nichts zu gewinnen gab, und legte ihr vorsichtig den Pass zu Füßen. Als er sich wieder erhob, ergriff die Frau seine Hand und küsste sie. Dann nahm sie den Pass auf und lief in das Wohnzimmer zurück.

Kilian schloss die Tür hinter sich. Er stellte sich die Frage, mit welchen seiner Kollegen die Frau wohl schon früher Bekanntschaft gemacht hatte. Bevor er ging, wartete er kurz und legte das Ohr an die Tür. Leise hörte er sie weinen.

Der Sperrgürtel vor dem Congress Centrum war eng gehalten. Für die Anfahrt der Pkw öffnete sich der aus Gitterabriegelungen und bewaffneten Polizeibeamten in Schutzkleidung bestehende Wall nur kurz. Darauf schloss er sich wieder – ein eindeutiges Zeichen, dass ab hier Bürgerrechte keine Geltung mehr besaßen. Auf den umliegenden Dächern hielten sich Scharfschützen bereit und beobachteten die Anfahrt der Gäste. Aus den Staatskarossen stiegen Diplomaten der EU-Mitgliedsstaaten und Vertreter anderer Regierungen aus, die in die Sicherheitspolitik der EU-Staaten eingebunden waren. Sie wurden unter Aufsicht der Münchener LKA-Truppe in das Innere des Gebäudes geführt. Ein Teil der weit angereisten Journalisten nahm sie dort unter Blitzlichtbeschuss, während sich der Rest um eine Gruppe scharte, die außerhalb des Gürtels, mit Spruchbändern und Megaphon bewaffnet, ihre Botschaft verkündete. Sie nannte sich «Kundschafter des Friedens» und zählte elf Personen, unter ihnen eine Frau. Sie alle sahen nicht aus wie typische Demonstranten, sondern waren gut gekleidet und nicht mehr die Jüngsten. Auf einem der Transparente stand zu lesen: «Wir fordern Recht.»

Die Frau nahm das Megaphon zur Hand: «Wir fragen, ist es rechtens, dass der freiheitlich-demokratische Rechtsstaat einen Strafanspruch nach DDR-Gesetzen bejaht, sofern es um Eigentumsdelikte in Form einer ‹Veruntreuung sozialistischen Eigentums› geht? Aber gleichzeitig ein solcher Strafanspruch nach DDR-Gesetzen negiert wird, wenn die eigene nachrichtendienstliche Tätigkeit dem sozialistischen Staat zum Nachteil gereichte. Wir fragen, ist es rechtens, dass die BRD-Agenten in der DDR nach der Vereinigung unbehelligt blieben und dass rechtmäßig in der DDR verurteilte BRD-Agenten rehabilitiert, aber DDR-Agenten in der BRD verurteilt, inhaftiert und ihrer Rechte und Ansprüche beraubt wurden?

Wir wurden zu Objekten einer einäugigen Justitia degradiert. Wir waren die Tauschobjekte für Wendehälse, die sich auf unsere Kosten und auf Kosten unserer Familien den neuen

Herren andienten. Wir waren das Objekt reißerischer Schlagzeilen der Presse. Und wir waren Objekte einer schonungslosen Strafverfolgung. Subjekt sind wir seit der Wende nur noch in Form des kriminellen Subjekts. Damit muss Schluss sein. Wir fordern Wiedergutmachung.»

Sie gab das Megaphon weiter an einen Mann: «Wir fordern Einstellung der Strafverfolgung aller ehemaligen hauptamtlichen und inoffiziellen Mitarbeiter der Auslands-Aufklärungsorgane, des Ministeriums für Staatssicherheit und des Militärischen Nachrichtendienstes im Bereich Aufklärung der Nationalen Volksarmee. Zweitens: Die Freilassung aller in deutschen Gefängnissen inhaftierten ehemaligen Kundschafter der DDR-Auslandsnachrichtendienste. Drittens: Aufhebung der ergangenen Urteile und ihrer Rechtsfolgen und Entschädigung für die Verfahrenskosten, Anwaltskosten, Einzug von Privatvermögen, Verdienstausfall, Verlust von Rentenansprüchen und für erlittene Haftzeiten und Haftschäden. Wir wollen juristische Wiedergutmachung.

Die gegen uns ergangenen Urteile sind rechtlich unhaltbar. Sie verletzen allgemeine Rechtsgrundsätze und Normen des internationalen Rechts. Sie verstoßen außerdem gegen den international anerkannten und durch die Verfassung garantierten Grundsatz der Gleichheit vor dem Gesetz. Wir sind und waren Bürger dieser Republik. Nicht und niemals ihre Feinde. Wir haben der Sache des Friedens und des Sozialismus gedient. Wir fühlen uns mit allen Opfern des Kalten Krieges verbunden.»

Kilian traf Heinlein auf den Stufen zum Congress Centrum. Heinlein lag im Streit mit Walter, seinem Freund aus der «Loosche», der als Reporter der lokalen Zeitung vor Ort war. Walter forderte den Zutritt eines «Kundschafters des Friedens» zum Saal der Diplomaten.

«Du weißt doch ganz genau, dass kein Außenstehender Zutritt hat», bekräftigte Heinlein.

«Aber das sind doch keine Außenstehenden», widersprach

Walter, «um die geht's doch hier. Die wollen nur ihre Position den Diplomaten darlegen. Sonst nichts. Das nennt man Recht auf freie Meinungsäußerung. Wenn man sie aussperrt, sperrt man auch eine andere Meinung aus, du Grombühler Beamten-Demokrat. Egal, ob sie Recht haben oder nicht.»

«Um was und wen geht's hier eigentlich?», mischte sich Kilian ein.

«Na, um diese Spione dort», erklärte Walter mit einem Fingerzeig in Richtung der Kundschafter. «Das sind ehemalige Spione der Stasi.»

«Spione?», fragte Kilian, als hätte er sich verhört. «Was haben Spione mit dem Gipfel zu tun?» Doch weder Walter noch Heinlein schenkten ihm Beachtung.

«Dann bleiben die erst recht draußen», entschied Heinlein. «So weit kommt's noch, dass ich Spione reinlasse.»

«Ex-Spione», verbesserte Walter. «Von denen hast du nichts mehr zu befürchten und die da drin sowieso nicht.»

«Wenn die die Aufhebung ihrer Urteile verlangen, dann sind die hier am falschen Ort. Die sollen sich an die Berufungsgerichte wenden. Und jetzt Ende der Diskussion», bestimmte Heinlein.

Doch Walter wollte noch nicht aufgeben. «Ja, sicher», sagte er, «aber sie fordern auch die Vernichtung der Rosenholz-Dateien, die an die Bundesregierung übergeben werden sollen.»

«Rosenholz-Dateien?», fragten Kilian und Heinlein wie aus einem Mund.

«Das ist nahezu der ganze verfilmte Karteibestand der ehemaligen HVA, der Hauptverwaltung Aufklärung des Ministeriums für Staatssicherheit. Auf den Filmen sind quasi alle Agenten der Stasi im Ausland nach Deckname, Klarname, Führungsoffizier und so weiter aufgeführt. Wenn das Material in Umlauf kommt, dann geht's rund in Deutschland.»

«Kapier ich nicht», sagte Heinlein. «Ich denke, dafür gibt's diese Gauck-Behörde in Berlin. Die haben doch die ganzen Akten.»

«Eben nicht. Damals bei der Wende hat die Stasi die meisten Akten verbrannt und die Filme nach Moskau schaffen lassen. Irgendwie ist das Material der CIA in die Hände gefallen, und die rücken das Zeugs seitdem nicht mehr raus.»

«Und wieso dann jetzt?», fragte Kilian.

«SIRA», sagte Walter. «Das ist eine andere Datei, die erst vor ein paar Jahren in Berlin entschlüsselt worden ist. Darauf ist genau festgehalten, welcher Agent unter dem jeweiligen Decknamen was an die Stasi berichtet hat. Mit Rosenholz und SIRA zusammen wird jetzt eine Flut an Prozessen auf uns zukommen. Viele werden überprüfbar werden, die bis jetzt nicht enttarnt werden konnten. Und einige wird es den Kopf kosten.»

«Das ist doch nur gerecht», folgerte Heinlein.

«Einen Scheiß ist es», konterte Walter in ungewohnt scharfer Form. «Während die BND-Spione für ihre Arbeit ausgezeichnet worden sind, landeten die Stasi-Leute im Knast. Was soll da gerecht sein, wenn zwei souveräne Staaten sich gegenseitig aushorchen und nur die einen zur Rechenschaft gezogen werden? So was nenne ich Sieger-Justiz.»

«Aber wir sind doch die Guten», bekräftigte Heinlein.

«Sind wir das?», fragte Walter.

«Ich glaube, du bringst da etwas durcheinander», meinte Kilian. «Die DDR war ein totalitäres System, das seine eigenen Leute über Jahre bespitzelt und geknechtet hat. Unser Nachrichtendienst hat zu solchen Mitteln nicht gegriffen. Außerdem muss der BND Rechenschaft gegenüber dem Parlament ablegen und ...»

«Schon mal was von Lauschangriff gehört?», unterbrach ihn Walter, «oder von den Überwachungskameras, die jetzt überall aufgestellt werden ... den Nachrichtensatelliten, die abgehört werden? Hier passiert das Gleiche wie in der DDR. Nur ist bei uns die Technik weiter. Ihr werdet schon sehen, was auf uns zukommt.»

«Sicherheit. Das dient alles nur der öffentlichen und privaten Sicherheit», sagte Heinlein.

«Ha!», rief Walter entrüstet. «Was interessieren die Polizei, die Regierung oder den Verfassungsschutz meine E-Mails, meine Telefonate oder Faxe, wenn kein ausreichender Tatbestand vorliegt? Die haben nichts, aber auch gar nichts in meiner Privatsphäre verloren. Ich und nur ich entscheide, wen ich zu mir nach Hause einlade.»

Walter kochte vor Wut. Sein Gesicht war rot angelaufen, und seine Fäuste waren geballt. Er suchte sich zu beruhigen. «Schorsch, du träumst von einem gerechten demokratischen Staat, den es nicht mehr gibt, den es vielleicht niemals gegeben hat. Dieser Staat dringt in das Innerste dessen ein, was er vorgibt, schützen zu wollen. Deine Privatsphäre. Das Schlimme ist, dass du noch an seine Redlichkeit glaubst.»

Walter ließ Heinlein und Kilian stehen und ging in den Saal, wo die übrigen Journalisten bereits Interviews mit den Diplomaten führten.

«Was ist denn mit dem los?», fragte Kilian.

«Keine Ahnung. So kenne ich ihn gar nicht. Hast du schon mal von Rosenholz gehört?»

Das Thema Rosenholz machte die Runde unter den Diplomaten. Einige votierten energisch dafür, dass eine umfassende Strafverfolgung nach der Übergabe der Dateien eingeleitet werden sollte. Andere sprachen sich mit aller Entschiedenheit dagegen aus und befürworteten eine Vernichtung des brisanten Materials. Das Aufrollen «alter Geschichten» sei nicht zeitgemäß und würde die Gerichte vor eine unlösbare Aufgabe stellen. Die Kosten würden die knappen Mittel sprengen, und schließlich fürchteten einige eine Destabilisierung der inneren und äußeren Politik Deutschlands, gar der Europäischen Union, wenn das Beziehungsgeflecht der Stasi ans Tageslicht käme.

Kilian machte sich auf die Suche nach John Frankenheimer. Er fand ihn umzingelt von Journalisten. Kilian bahnte sich seinen Weg durch Mikrophone und Kameras.

«Mr. Frankenheimer», platzte er in ein Interview, «ich hätte Sie gerne kurz gesprochen.»

«Sofort, wenn ich hier fertig bin», antwortete Frankenheimer und wandte Kilian den Rücken zu.

«Jetzt!», beharrte Kilian und hielt ihm seinen Ausweis vor die Nase.

Kameras und Mikrophone schwenkten auf Kilian und hofften auf eine mögliche Schlagzeile. Frankenheimer erkannte die brenzlige Situation und reagierte gelassen.

«Die Staatsgewalt sollte man nicht warten lassen. Gehen wir doch dort rüber», sagte er und wies auf einen einsameren Ort an der Fensterfront. Zu den Journalisten gewandt, erklärte er: «Ich bin gleich zurück und stehe Ihnen dann gerne weiter zur Verfügung. Haben Sie bitte einen Moment Geduld.»

Frankenheimer ging voran, Kilian folgte ihm, die Horde der Journalisten auf seiner Spur. Kilian drehte sich zu ihnen um.

«Seid ihr taub? Mr. Frankenheimer steht euch gleich wieder zur Verfügung. Geduldet euch einen Moment», sagte er und ließ keinen weiteren Zweifel zu. Die Journalisten ließen sich durch seinen bestimmten Ton einschüchtern und blieben auf Distanz.

«Nun, Herr ...», setzte Frankenheimer an.

«Kilian.»

«Herr Kilian, was gibt's so Unaufschiebbares?»

«Sie hatten heute Vormittag ein Gespräch mit Dr. Wolfgang Stahl in der Regierung von Unterfranken. Um was ging es dabei?»

«Das war privat. Kein Kommentar.»

«Es schien jedoch wichtig zu sein. Sie verließen den Raum gemeinsam mit Stahl.»

«Eben weil es privat war.»

«Wo hielten Sie sich mit ihm auf?»

«Das geht Sie nichts an. Es war eine private Unterhaltung unter Freunden. Sie verstehen?»

«Nein, das tue ich nicht, und Sie scheinen mich auch nicht

richtig zu verstehen. Sie stehen unter Tatverdacht. Also, wo hielten Sie sich während Ihres Gespräches mit Stahl auf?»

«Welcher Tatverdacht?»

«Dr. Stahl ist tot. Nach Augenzeugenberichten waren Sie der Letzte, der mit ihm gesehen wurde.»

Frankenheimer schien sichtlich überrascht. «Stahl ist tot?»

«Ja, das ist er», sagte Kilian, mittlerweile genervt von der zögernden Auskunftsbereitschaft.

«Woran ist er gestorben?», fragte Frankenheimer.

«Die Fragen stelle ich. Also, wo hielten Sie sich mit Stahl auf, und ... weshalb haben Sie ihn getötet?»

Kilian setzte alles auf eine Karte. Er wollte wissen, wie Frankenheimer auf die haltlose Anschuldigung reagierte.

Frankenheimer verzog keine Miene. Er blieb schlichtweg emotionslos. «Hiermit ist die Unterhaltung beendet», sagte er und ging zu den wartenden Journalisten zurück. Doch Kilian ließ nicht locker.

«Ich kann Sie auch vorladen, wenn Ihnen das lieber ist», drohte er. Frankenheimer machte Halt und drehte sich um.

«Tun Sie, was Sie nicht lassen können», antwortete er gelassen. «Wir werden sehen, wie weit Sie damit kommen.»

«Können Sie haben», sagte Kilian und ging auf ihn zu. «Ich möchte, dass Sie mich auf das Kommissariat begleiten. Bitte kommen Sie.»

Jetzt hatten die Journalisten ihre Schlagzeile. Die Scheinwerfer der Kameras richteten sich auf Kilian, der Frankenheimer am Arm ergriff. Mikrophone streckten sich Kilian entgegen, Fragen nach der Anschuldigung überschlugen sich.

«Was zum Teufel ist hier los?», bellte der dazugeeilte Schröder.

«Einer Ihrer Beamten ignoriert soeben meine diplomatische Immunität», sagte Frankenheimer kühl. «Ich wette, das dürfte für die Presse eine interessante Story sein.»

Schröder packte Kilian am Arm und zog ihn vom Pulk der Journalisten weg. «Bist du verrückt?», griff Schröder ihn an.

«Das ist der offizielle Vertreter der amerikanischen Delegation.»

«Er steht unter Tatverdacht und hat sich auf mehrfache Ansprache nicht zu dem Vorwurf geäußert», antwortete Kilian kühl.

«Welcher Tatverdacht?»

«Am Tod von Stahl beteiligt zu sein, wenn nicht mehr.»

«Frankenheimer?»

«Er war der Letzte, der Stahl lebend gesehen hat.»

«Aber deswegen hat er ihn doch nicht gleich umgebracht. Und schon gar nicht Frankenheimer.»

«Wieso nicht?»

«Weil er der Vertreter der amerikanischen Regierung ist. Ganz einfach.»

«Und die sind unantastbar? Oder was soll das jetzt?»

«Das heißt, dass der Mann diplomatische Immunität besitzt, und wenn du eine Anschuldigung gegen ihn vorzubringen hast, du über das Ministerium gehen musst. Alles andere ist Humbug.»

«Denkst du, ich bin blöd? Das weiß ich. Aber probieren kann man es doch mal.»

«Du Idiot. Mit deinen überhasteten Aktionen bringst du uns nur in Schwierigkeiten.»

Schröder ließ Kilian stehen und ging zu Frankenheimer zurück.

«Entschuldigen Sie den Vorfall, Mr. Frankenheimer», sagte Schröder laut genug, damit es auch der letzte Journalist verstehen konnte. «Meinem Kollegen ist ein Fehler unterlaufen. Natürlich müssen Sie sich nicht hier zu den Fragen äußern.»

«Das freut mich zu hören. Ich wollte Ihrem Kollegen bereits vorschlagen, ob er seine Fragen nicht nach dem Empfang stellen kann. Natürlich werde ich, sofern es meine Schweigepflicht nicht anders verlangt, auf alle Fragen eingehen», sagte Frankenheimer generös und wandte sich den Journalisten zu.

«Ich bedanke mich für Ihr Verständnis und Entgegenkommen», sagte Schröder, dem die Peinlichkeit der Situation ins Gesicht gezimmert war. Er lief zum Ausgang und befahl Kilian, ihm zu folgen. Dort knöpfte er sich ihn vor.

«Bist du von allen guten Geistern verlassen?», schimpfte er.

«Das ist ganz normale Ermittlungsarbeit», wehrte sich Kilian.

«Einen Diplomaten vor versammelter Presse abführen zu wollen?»

«Wenn es sein muss. Er steht nicht über dem Gesetz.»

«Er ist Diplomat und hat somit einen Sonderstatus», sagte Schröder belehrend. «Und jetzt schau, dass du hier verschwindest.» Schröder wandte sich ab und hielt auf die Journalisten zu, die bereits auf ihn warteten.

«Was ist passiert?», fragte Heinlein, der sich im Hintergrund aufgehalten hatte, solange Schröder mit Kilian sprach.

«Ich hab was ausprobiert. Ist leider schief gegangen. Aber den Typen kauf ich mir noch.»

«Diesen Frankenheimer? Aber der ist doch ...»

«Ich weiß. Trotzdem. Wenn er nichts zu verbergen hätte, dann hätte er ganz anders reagiert. Irgendwas ist mit dem nicht in Ordnung.»

Kaum hatte Kilian seinen Satz zu Ende gesprochen, betrat jemand den Saal, den er nur allzu gut kannte. Galina stolzierte in einem afrikanischen Kleid und einem kunstvoll geschwungenen Kopftuch an ihnen vorbei, geradewegs auf eine Gruppe dunkelhäutiger Diplomaten zu, die bunte Gewänder trugen und ebenso farbenprächtige Fese. Sie begrüßten sie freundlich und nahmen sie in ihre Mitte.

Kilian blieb die Spucke weg. «Das gibt's doch nicht», wunderte er sich.

«Was denn?», wollte Heinlein wissen, der Galina bewundernd hinterher sah. «Die Frau? Kennst du die? Ganz schön steiler Zahn.»

«Und was für einer», sagte Kilian, der wie gestochen auf sie zuhielt. Von der Seite tauchte plötzlich Otter auf. Kilian sah ihn im Augenwinkel, ließ ihn aber außer Acht. Eine weitaus lohnendere Beute hatte sich gerade freiwillig in seinem Gehege verlaufen. Otter wechselte die Richtung und machte sich auf die Suche nach Schröder.

«Ich fass es nicht, dass du hier auftauchst», sagte Kilian zu Galina.

Galina drehte sich um und sah Kilian wenig überrascht an. «Ist das nicht ein Empfang für das diplomatische Corps? Seit wann sind Kleinstadt-Bullen zugelassen?»

«Der Kleinstadt-Bulle wird dir jetzt zeigen, wozu er gut ist», sagte Kilian und packte sie am Arm.

«Nehmen Sie sofort die Hände von der Frau», beschwerte sich einer der dunkelhäutigen Männer und stellte sich Kilian in den Weg. Die anderen beiden winkten Sicherheitspersonal herbei. Zwei Beamte zögerten, kamen aber schließlich hinzu. Der eine gab dem herbeieilenden Schröder ein Zeichen, der mit Erstaunen erkannte, wen Kilian als nächsten abführen wollte.

«Ist schon in Ordnung, Kollegen», sagte Kilian, «ich habe alles unter Kontrolle.»

«Was sind das für Zustände», protestierte einer der Schwarzen. «Sie legen Hand an ein Mitglied der angolanischen Botschaft.»

«Wie bitte?», entfuhr es Kilian.

«Angolanische Botschaft», sagte Galina überlegen. «Und jetzt nimm deine Hände weg.»

«Gibt es ein Problem?», fragte Schröder, der wie gebannt Galina fixierte.

«Dieser Mann belästigt unsere Mitarbeiterin», sagte der Schwarze.

«Wen?», fragte Schröder erstaunt.

«Sind hier alle begriffsstutzig, oder muss ich es jedem Einzelnen erklären», beschwerte sich Galina. Sie zog einen Ausweis aus ihrer Handtasche, der sie als Angehörige der angolanischen Regierung auswies. Schröder und Kilian kamen aus dem Staunen nicht mehr heraus.

«Ich verlange, dass dieser Mann uns nicht weiter belästigt und sich bei ihr entschuldigt», forderte der Schwarze.

«Einen Teufel werde ich», giftete Kilian.

«Ich bestehe darauf», wiederholte der Schwarze seine Forderung.

«Los, mach schon», drängte Schröder, der ein zweites öffentliches Desaster vermeiden wollte.

«So weit kommt's noch, dass ich mich bei Kriminellen entschuldige», protestierte Kilian. «Wir sprechen uns noch», drohte er Galina, drehte sich ab und ging zum Ausgang.

«Hast du ihre Nummer?», fragte Heinlein den auf sich zustürmenden Kilian.

«Frag Schröder. Der kriecht ihr gerade in den Arsch», antwortete Kilian und verließ den Saal.

Ihm folgte unauffällig Otter, der sich die ganze Zeit über im Hintergrund gehalten hatte.

Heinlein beobachtete Schröder, wie er Galina sanft, aber bestimmt von den drei Schwarzen weg, zur Fensterfront in Richtung Vorgarten führte. Am Durchgang, der auf das Mainufer hinausragte, baute er sich auf und hielt die Glastür geöffnet, sodass er das Gespräch zwischen Schröder und Galina belauschen konnte. Schröder redete energisch auf Galina ein, die aber nichts davon hören wollte. Heinlein verstand nicht viel, worum es in dem Gespräch eigentlich ging, aber so viel war ihm klar: Schröder wollte etwas von ihr haben, das er anscheinend verloren hatte.

«Besorg mir die CD, und du bist frei. Deine Akte wird gelöscht. Dafür kann ich sorgen», versprach er ihr.

«Steck dir das Ding, wohin du willst. Ich hab sie nicht, und wenn, dann bist du der Letzte, der sie bekommt», antwortete sie und eilte in den Saal zurück.

Beim Durchgang stieß sie auf Heinlein, der ihr die Tür offen hielt. Kommentarlos und ohne ihn eines Blickes zu würdigen, ging sie hinein.

«Was für ein Prachtweib. Und das hier in meiner Stadt», sagte Heinlein verzückt und ging leichten Schrittes zurück auf seinen Posten am Eingang.

«Mr. Mendinski?», fragte ein Reporter ungläubig im Vorbeigehen.

«Ja?», antwortete er.

«Sind Sie es wirklich? Ich kann's gar nicht glauben. Was führt Sie nach Würzburg zu einem Diplomatenempfang?»

«Entschuldigung, kennen wir uns?»

«Ja. Wahrscheinlich haben Sie mich vergessen. Aber ich kann mich noch gut an Sie erinnern.»

«Und woher glauben Sie mich zu kennen?»

«Von Digital Research. Ich habe dort vor zehn Jahren mein Praktikum gemacht, kurz nachdem Sie als neuer Manager für International Business zum Mutterkonzern nach Amerika gegangen sind.»

«Das ist lange her. Beim besten Willen, ich kann mich nicht mehr an Sie erinnern», sagte Mendinski und wollte sich aus dem unliebsamen Gespräch verabschieden. Doch der junge Mann ließ nicht locker.

«Macht ja nichts. Aber was machen Sie hier? Sind Sie jetzt für die Regierung tätig?»

«Nein. Ich bin einer Einladung gefolgt. Mehr nicht», sagte Mendinski und ging weiter.

«Mr. Mendinski. Warten Sie doch ...», sagte der Reporter und lief ihm nach.

Frankenheimer stand im Mittelpunkt des Interesses.

«Können Sie bestätigen, dass die erste CD anlässlich der morgen beginnenden Sicherheitsgespräche der Mitgliedsstaaten an Deutschland zurückgegeben wird?», fragte ein Reporter.

«Von *zurückgeben* kann nicht die Rede sein», antwortete Frankenheimer lässig. «Die Beschaffung der Informationen war ein Meisterstück eines amerikanischen Nachrichtendienstes. Wir hatten das Recht, ja, die Pflicht, Schaden von uns und unseren Bündnispartnern abzuweisen. Und ich betone, das geschah nicht auf deutschem Boden.»

«Mehrere Millionen Dollar sollen an KGB-Mitarbeiter geflossen sein. Freie Ausreise und neue Pässe obendrein. Kurz danach soll Ihr kerngesunder Lieferant an Herzversagen verstorben sein. Ist das nicht sonderbar?»

«Meiner Kenntnis nach fiel ein ehemaliger sowjetischer Staatsbürger kurz nach seiner Einreise einer Herzattacke zum Opfer. Er hatte binnen kurzem seine gesamte Barschaft an einem Spieltisch in Las Vegas durchgebracht. Glauben Sie mir, das passiert dort öfter als einmal. Auch meinen Landsleuten.»

«Es gibt das Gerücht, dass er sich sein Schweigen bei einem gegnerischen Nachrichtendienst versilbern lassen wollte.»

«Ich verfüge nicht über derlei Informationen. Aber es klingt sehr abenteuerlich.»

«Mr. Frankenheimer, wer sollte Ihrer Meinung nach in den Besitz der Rosenholz-Dateien gelangen? Der Bundesnachrichtendienst, der Verfassungsschutz oder die Berliner Gauck-Behörde? Und welche Konsequenzen sollten die gelieferten Informationen für die Betroffenen haben?»

«Es ist nicht meine Aufgabe, dies zu entscheiden. Der Präsident der Vereinigten Staaten hat sich mit Ihrem Kanzler darauf geeinigt, dass die Informationen an Deutschland Zug um Zug geliefert werden. Was Ihre Volksvertreter dann damit anstellen werden, entzieht sich meiner Einflussnahme. Der amerikanischen Regierung ist jedoch sehr daran gelegen, dass durch die Übergabe das freundschaftliche Verhältnis unserer beiden Staaten gestärkt wird. Inwieweit etwaige westdeutsche Informanten des Ministeriums für Staatssicherheit gerichtlich noch belangt werden können, weiß ich nicht so genau. Meiner Kenntnis nach ist jedoch der Straftatbestand der Spionage nach deutschem Recht inzwischen verjährt.»

«Aber die Konsequenzen für die Spione, die unentdeckt weiter gearbeitet haben! Wie ist Ihre Meinung dazu?»

«Ich bin Mitarbeiter einer amerikanischen Behörde. Meinungen habe ich nicht zu äußern. Vielen Dank für Ihr Interesse. Ich möchte mich jetzt meinen Freunden widmen.»

4

Dänemark. An der Küste.

«Na, komm», forderte Julia den zottigen Straßenhund auf. Sie klatschte mit beiden Händen auf die Oberschenkel und machte ihm Mut. «Los, trau dich. Komm her.»

Am ganzen Körper zitternd, humpelte er auf Julia zu. Sein rechter Hinterlauf war mit einer Mullbinde frisch verarztet, und er wagte nicht, den Lauf auf den Boden zu setzen. Er war sich nicht sicher, ob er Julia trauen konnte, und suchte vergeblich Aufklärung bei den anderen Hunden, Katzen und Vögeln, die gelangweilt den Neuling beobachteten. Julia stand auf und nahm ihn in die Arme.

«Du brauchst keine Angst zu haben. Du bist in Sicherheit», beruhigte sie ihn und streichelte behutsam sein Fell. Sie rümpfte die Nase. «Was du auf jeden Fall dringend brauchst, ist ein Bad. Das machen wir gleich, wenn ich wieder zu Hause bin.» Sie trug ihn in eine Ecke und setzte ihn vorsichtig in einen Korb.

Daneben stand eine Glasvitrine an der Wand, die mit zahlreichen eingerahmten Bildern, einem Taschenmesser, Kompass und einer silbernen Armbanduhr bestückt war. Ein Bild zeigte Julia als Mittzwanzigerin, wie sie mit Schlaghose und engem Abba-T-Shirt auf der Spitze eines felsigen Fjordes stand. Ihr langes Haar war vom Wind zerzaust, dazwischen blickten fröhliche Augen und eine Stupsnase hervor. Ohne Zweifel schien sie glücklich und schenkte der Person hinter der Kamera ihre ganze Liebe und Aufmerksamkeit.

Die anderen Aufnahmen hatten nur noch ein Motiv: einen etwas älteren Mann mit auffallend blondem Haar und einem

Rucksack zu seinen Füßen, der gegen ein Motorrad lehnte. Er hielt einen Kompass und eine Landkarte in der Hand. Ein weiteres Bild zeigte ihn, wie er in Badehose aus dem Meer kam. Eindrucksvoll setzte sich sein durchtrainierter Körper gegen einen untersetzten Mann ab, der sich offensichtlich nicht traute, in das aufgewühlte Meer zu gehen.

Julia nahm ein Bild zur Hand, das in ein silbernes Herz eingefasst war. Sie und er, auf einer Fähre, Arm in Arm an der Reling stehend, ein Kuss, der sie auf immer verbinden sollte.

Sie ging zum Fenster. Dabei drückte sie das Bild fest gegen ihre Brust und schaute zum Fenster hinaus in die Dünen, die sich entlang der Küste zogen. Der Wind beugte das knappe Gras, das sich in den windschattigen Mulden festgesetzt hatte. Mit wehmütigem Blick verfolgte sie die Fischerboote, wie sie in den kleinen Hafen einliefen und am Kai festmachten.

Ihre Augen füllten sich mit Tränen. Noch immer wartete sie auf ein Zeichen, eine Nachricht von ihm, dass er es doch noch geschafft hatte, dem Meer zu entkommen. Tag für Tag, doch ihr Sehnen blieb unerfüllt. Schniefend wischte sie sich die Tränen aus dem Gesicht, verteilte die Schminke quer über Wangen und Schläfen. Sie stellte das Bild zurück, trocknete die Tränen mit einem Tuch und griff zu Rouge und Lippenstift, die sich auf dem kleinen Schminktisch befanden. Sie wollte hübsch sein, für ihn, der trotz aller Beileidsbekundungen der Hafenpolizei und der Nachbarn bestimmt eines Tages wieder vor ihrer Tür stehen würde. Sie brachte das Rot für Lippen und Wangen auf, kämmte das angegraute Haar, das seit zwei Jahren das frühere Naturblond immer weiter verdrängt hatte, und fasste es schnell zu einem Dutt am Hinterkopf zusammen. Aus dem hübschen Mädchen mit der kecken Stupsnase von damals war nun eine ernste und vom Leid gezeichnete Frau geworden, die ihre ganze Kraft an die Sehnsucht verloren hatte.

Sie nahm Mantel und Kopftuch zur Hand. Das war das Zeichen für die Hunde, die an ihr hochsprangen und aufgeregt zwischen ihr und der Tür hin- und herliefen. Sie nahm ein

Bündel Leinen und machte die Hunde daran fest. Katzen und Vögel hoben aufmerksam die Köpfe.

«Keine Sorge. Bin bald wieder da», sprach sie beruhigend, nahm einen Strauß mit Strohblumen aus der Vase und schloss die Tür hinter sich. Sie trat hinaus auf einen schmalen Holzsteg, der an reetgedeckten Häusern vorbei in den nahen Hafen führte. Die Nachbarn grüßten sie freundlich, wenngleich die Freundlichkeit dem Mitleid wich, sobald Julia an ihnen vorbeigegangen war. Sie steckten die Köpfe zusammen und tuschelten über ihren allmorgendlichen Gang zum Friedhof, den sie nun seit zehn Jahren bei Wind und Wetter unternahm.

Die Hunde zogen Julia zu einer kleinen protestantischen Kirche, an die ein Friedhof grenzte. Sie beschnüffelten Steine und verdorrte Blumen, während Julia an einem engen Grab die kaum verwelkten Blumen gegen die mitgebrachten austauschte. Sie kniete nieder, führte die Hand auf ihre Lippen und anschließend auf die karge Erde vor ihr. Sie verharrte still und blickte mit feuchten Augen auf ein Bild, das im Grabstein eingelassen war. Es zeigte den blonden Mann aus der Vitrine. In den harten Stein waren der Name Bent Sørensen und das Sterbedatum, der 14. Juni 1987, gemeißelt. Ein Geburtsdatum fehlte.

Die Hunde zogen an den Leinen und forderten die Fortsetzung des Spazierganges. An einem Kiosk im kleinen Hafen durchstöberte sie einen Zeitungsständer, der hauptsächlich mit Groschenromanen gefüllt war.

«Gerade eben mit dem Boot eingetroffen», sagte die Kioskbesitzerin und reichte ihr durch die enge Öffnung ein Taschenbuch, das in blutroten Lettern mit *Im Banne des Kalifen* betitelt war. Das Bild zeigte einen gebräunten Mann mit Turban, der in seinen Armen eine hingebungsvolle Frau hielt. Julia nahm das Buch in die Hand, schlug es ungeduldig auf und las die ersten Sätze.

«Wie viel bekommst du?», fragte sie in Gedanken verloren die Kioskbesitzerin.

«Achtzig Kronen. Weil du's bist», antwortete sie.

Julia griff in die Manteltasche und legte vier goldfarbene 20-Kronen-Stücke auf eine deutschsprachige Zeitung, die in der Durchreiche auslag. Darauf war das Bild des deutschen Außenministers zu sehen, wie er einem baltischen Regierungsvertreter die Hand schüttelte. Darüber prangte die Schlagzeile: «Russlands Kolonien finden neues Zuhause im Westen.» Julia blickte auf das Bild und erkannte den Mann.

Trotzdem fragte sie ungläubig: «Wer ist das?»

«Dein deutscher Außenminister», antwortete die Kioskbesitzerin.

«Der Taxifahrer ist Außenminister geworden?»

«Willst du sie haben?», fragte die Kioskbesitzerin und tippte mit dem Finger auf das Blatt.

«Bah», wehrte sie ab, als wäre die Zeitung Teufelszeug, drehte sich um und hielt mit den Hunden an der Leine auf ein kleines Café zu. «Der Taxifahrer ist Außenminister geworden», wiederholte sie kopfschüttelnd. Sie setzte sich an den einzigen freien Tisch und vertiefte sich in ihr neues Buch. Neben ihr saß ein deutscher Tourist, eine aufgeschlagene Zeitung vor sich, und debattierte mit seiner Frau über die neuesten Meldungen aus der Heimat. Julia rückte ein Stück weiter und versuchte sich auf das Buch zu konzentrieren. Es fiel ihr schwer, da sie sich den lautstarken Ausführungen des Mannes nicht entziehen konnte. Sie war im Begriff aufzustehen, als ein Windstoß einen Bogen der Zeitung erfasste und ihn an ihre Seite wehte. Da fiel ihr ein Bild auf der Bayernseite der *Süddeutschen Zeitung* auf. Der Mann, der darauf abgebildet war, erregte ihre ganze Aufmerksamkeit. Er wurde vom Innenminister aus dem Amt verabschiedet und für seine Verdienste als Regierungsvizepräsident gelobt.

«Könnte ich bitte meine Zeitung wieder haben?», fragte der Nachbar freundlich.

Julia antwortete nicht und las wie gebannt den Text unter dem Bild: «Dr. Wolfgang Stahl hatte sich in den vergangenen Jahren verstärkt für die EDV-Ausstattung und Vernetzung des

Regierungsgebäudes eingesetzt. Ihm war es zu verdanken, dass dadurch effektivere Arbeitsabläufe möglich wurden und die Bezirksverwaltung näher an Bürger, Unternehmen und Politik herangerückt ist. Dr. Stahl wird zum Monatsanfang seine neue Tätigkeit als Regierungspräsident von Unterfranken in Würzburg antreten ...»

«Entschuldigung», sagte der Nachbar und beharrte auf die Herausgabe seiner Zeitung.

Julia sprang auf und drückte sie ihm in die Hand. Mit der Hundeschar an der Leine lief sie eilends zu ihrem kleinen Haus am Strand zurück. Im Schlafzimmer packte sie überstürzt einen Koffer mit dem Nötigsten und verließ ohne ein Wort das Haus.

Eine Stunde später saß sie im Zug nach Würzburg.

※

Kilian fand Norbert, seinen Kollegen vom Erkennungsdienst, bei der Befragung einer Beamtin im Regierungsgebäude vor.

«Hast du etwas herausbekommen?», fragte Kilian.

Norbert schüttelte den Kopf. «Hast du Verstärkung bekommen?», fragte er zurück.

Kilian verneinte. «Wie weit bist du mit der Spurensicherung gekommen?»

«So weit fertig. Ich fahr gleich ins Labor, wenn ich hier fertig bin», antwortete Norbert trostlos und wandte sich wieder der Beamtin zu.

«Hat der Schnipsel aus der Toilette etwas ergeben?»

Norbert drehte sich um. «Welcher Schnipsel?»

«Den ich dir vorhin gegeben habe ...»

«Ach der», antwortete Norbert. «Der liegt noch in meinem Koffer. Ich komm ja hier nicht weg. Kannst du nicht ...?» Norbert hielt inne und blickte hilflos auf den Koffer, der neben der Tür stand.

Kilian war in der Stimmung, Norbert einen Anpfiff zu verpassen, erkannte aber im gleichen Moment, dass er schlicht überlastet war. Er nahm die Tüte mit dem Schnipsel aus dem Koffer und verließ das Büro. Als er an der Fensterfront, durch die Stahl zu Tode gestürzt war, vorbeikam, sah er auf den gegenüberliegenden Balkon einen Mann, der mit der Thai-Frau stritt. Er hielt ihr den Aschenbecher vorwurfsvoll unter die Nase und redete mit dem Zeigefinger drohend auf sie ein. Die Thai ging weinend in das Wohnzimmer.

Kilian witterte die Chance, mit Hilfe des Mannes die Thai befragen zu können, und rannte die vier Stockwerke nach unten, über den Platz in das Haus und schelle an der Wohnungstür mit dem Namen Wilhelm.

«Entschuldigen Sie», begann Kilian, «ich bin von der Kriminalpolizei und möchte Ihrer Frau ein paar Fragen stellen.»

«Hat sie wieder was angestellt?», fragte Wilhelm sorgenvoll.

«Nein, hat sie nicht. Es geht nur darum, ob sie heute Morgen auf der gegenüberliegenden Häuserseite etwas beobachtet hat. Mehr nicht.»

«Meine Frau ist nicht da. Kann ich Ihnen weiterhelfen?»

«Aber habe ich Sie nicht gerade mit ihr auf dem Balkon gesehen?»

Wilhelm druckste herum. Schließlich: «Sie ist zu einer Freundin gegangen. Teekränzchen. Wie Frauen halt so sind.»

«Das ist aber dumm», knurrte Kilian. «Wann erwarten Sie sie zurück?»

«Kann spät werden. Wenn die mal das Reden anfangen ...»

«Ja, sicher», antwortete Kilian, der ahnte, warum die Frau vor ihrem Mann geflüchtet war. Er gab Wilhelm seine Karte mit der Bitte, ihn anzurufen, wenn sie wieder zurückgekommen war. Wilhelm versprach es und schloss die Tür.

Als Kilian das Haus verließ, drehte er sich noch einmal um. Er hatte das seltsam bedrückende Gefühl, dass ihn jemand beobachtete. Doch er konnte niemanden entdecken und machte sich auf den Weg in die Rechtsmedizin.

Pia hatte bereits ganze Arbeit geleistet. Das Einzige, was noch an Stahl erinnerte, war sein Name, den Karl, der zweite Obduzent, ab und zu ins Mikrophon sprach. Der Rest von Stahl lag ausgebreitet auf dem Seziertisch. Für Kilian war es leicht zu erkennen, dass er sich beim Sturz alle Knochen gebrochen hatte und der größte Teil der inneren Organe geplatzt oder zerrissen war. Ernst, der von Pia und Karl geschätzte Assistent bei den Obduktionen, hatte alle Hände voll damit zu tun, genügend Schalen heranzuschaffen, um die vielen Knochen- und Schädelfragmente getrennt aufzunehmen, damit eine Zuordnung noch möglich war. Zum anderen mussten die zerstörten Organe für das Wiegen mühsam zusammengeklaubt werden. Er sah nicht glücklich dabei aus und hatte den Zahnstocher, den er bei Obduktionen zwischen den Zähnen kreisen ließ, bereits bis auf einen kleinen Rest abgebissen. Seiner eigentlichen Arbeit, der Öffnung, war er in diesem Fall beraubt worden.

«Ja, servus, Kilian», begrüßte ihn Karl. «Du bist zu früh. Der Bericht dauert noch e' weng.»

«Schon okay», beschwichtigte Kilian. «Habt ihr bislang was gefunden, das mir helfen könnte? Ich tapp noch völlig im Dunkeln.»

«Dann mach das Licht an», konterte Pia vorlaut. Sie trennte gerade mit dem Skalpell ein Stück Sehne vom völlig zerschmetterten Unterschenkel Stahls ab.

«Sehr witzig», antwortete Kilian und lief an Pia vorbei, die ihm flüchtig einen Kuss auf die Wange gab. Kilian schreckte zurück und schaute auf Karl und Ernst, ob sie es beobachtet hatten. Die beiden waren über Stahls geöffneten Schädel gebeugt und entnahmen konzentriert die vorhandenen Reste des Gehirns.

«Lass das», zischte er Pia leise an.

«Weiß doch eh schon jeder», flüsterte sie besänftigend und zwinkerte Kilian zu.

«Was?», fragte Kilian mit unterdrückter Stimme.

«Dass du mit unserer Pia ins Bett steigst», mischte sich Karl schmunzelnd ein.

Kilian überging die Bloßstellung, als hätte er sie nicht gehört. «Jetzt mal im Ernst, habt ihr was finden können?»

«So wie es bisher ausschaut, ist der Mann in Folge eines Sturzes aus großer Höhe, genauer gesagt, in Folge des Aufpralls gestorben. Alles, was man an lebenswichtigen Organen zum Leben so braucht, ist entweder geplatzt oder zerrissen. Da haben wir die Milz, die Leber, das Herz, die eingefallenen Lungen und weniger als die Hälfte der Hirnmasse. Die andere Hälfte liegt drüben im Eimer oder schwimmt in der Kanalisation. Und als ob das noch nicht gereicht hätte, hat er sich auch noch nahezu jeden Knochen im Leib gebrochen.»

«Irgendein Hinweis auf Fremdeinwirkung?»

«Bisher nicht», antwortete Pia, «und genau da liegt das Problem.»

«Was meinst du?»

«Er hat keinerlei Schnittstellen am Körper, die er sich beim Sturz durchs Fenster hätte zuziehen müssen. Weder vorne noch hinten ein Schnitt.»

«Das ist mehr als seltsam. Es schaut so aus, als hätte jemand das Fenster vor seinem Sturz zertrümmert und ihn dann rausgeschmissen, oder er hat das Fenster vorher selbst zertrümmert und ist dann …»

«Vielleicht ist er auch gar nicht durchs Fenster gesprungen, sondern vom Dach. Dann müsste jemand anderes das Fenster … Nein das ist Unsinn», gab Kilian zu.

«Genau», erwiderte Pia. «Die Frage, von wo er gesprungen ist und wie das Fenster zerschlagen wurde, von dem wir nicht wissen, ob er es selbst gemacht hat oder jemand anderes, ist, nach allem, was ich an der Aufschlagstelle feststellen konnte, ähnlich dubios, wie die Entfernung des Körpers zur Hausfront. Er lag keine zwei Meter von ihr entfernt. Bei einem Selbstmörder, der springt, müsste sie weiter weg liegen. Bleibt also vorsätzliche Tötung oder Unfall.»

Allen bis auf Kilian schien die Erklärung schlüssig. Zumindest widersprach niemand. «Kannst du mir das bitte übersetzen?», fragte er.

«Selbstmord scheidet meines Erachtens aus. Egal, ob er nun durchs Fenster oder vom Dach gesprungen ist. Der Körper liegt einfach zu nahe an der Hausfront. Es scheint fast so, als habe ihn jemand aus dem Fenster oder vom Dach nach draußen gehalten und ihn einfach losgelassen. Nur so ist die Lage nachvollziehbar.»

«Ist das nicht ein bisschen wenig, um Selbstmord auszuschließen?»

«Ich schließe es nicht aus, sondern ich sage, dass es einen Hinweis gibt, der die Selbstmordtheorie deutlich in Frage stellt. Solltest du jedoch mit einem Abschiedsbrief kommen oder mit Selbstmorddrohungen im Vorfeld, dann müssen wir uns Gedanken über einen Helfer machen, der ihn irgendwie dazu gebracht hat, nicht wie ein typischer Selbstmörder zu springen.»

«Stahl sollte doch neuer Regierungspräsident werden?», fragte Karl. «Ist es nach so einem Karrieresprung ...», fügte er hinzu und grinste über das makabre Wortspiel.

«Ich weiß», unterbrach Kilian. «Selbstmord erscheint zum jetzigen Zeitpunkt und nach dem, was ich bisher von euch erfahren habe, unwahrscheinlich. Wie gesagt, ich stehe noch am Anfang meiner Ermittlungen.»

Er nahm die Tüte mit dem Schnipsel zur Hand und hielt sie Pia hin.

«Was ist das?», fragte sie.

«Das will ich von dir wissen, du kluges Kind», sagte Kilian.

Pia begutachtete den Schnipsel von beiden Seiten. Sie entzifferte eine Zahlenkolonne als «HVA IX 5112/...». Die Wörter «IM Amtsrat», «IM Sheriff» und «IM Keiler» wollte sie schon nicht mehr sehen und machte sich über ihre Arbeit her. Mit dem Messer schnitt sie hektisch den Herzmuskel in Stücke.

«Was machst du denn da?», fuhr ihr Karl in die Quere und

hielt ihren Arm fest, der das Messer führte. «Du schneidest quer. In Fließrichtung ...»

«Ja, klar, in Fließrichtung», antwortete Pia, die mit ihren Gedanken weit weg zu sein schien. Eine unerklärliche Unruhe machte sich in ihren sonst so präzisen und überlegten Handlungen am Sektionstisch breit.

«Kannst du das Ding mal näher unter die Lupe nehmen?», bat Kilian und legte die Tüte auf den Tisch. «Unser ganzer Haufen ist bei dem dämlichen Diplomatenempfang eingesetzt.»

«Ja, klar», antwortete Pia übertrieben freundlich.

«Ihr lasst was von euch hören, wenn ihr fertig seid?», fragte Kilian und ging zur Tür.

«Morgen früh hast du den Bericht auf dem Schreibtisch», versicherte Karl, ohne Kilian anzusehen. Seine ganze Aufmerksamkeit gehörte seiner Kollegin: «Pia!»

«Was?», fragte sie gedankenversunken und blickte hoch.

«Du schneidest falsch. Siehst du das nicht?»

Vor der Tür wartete Walter.

«Was machst du denn hier?», fragte Kilian. «Stasi-Spione gibt's hier nicht.»

«Weißt du's?», lautete die Gegenfrage.

«Jetzt hör aber auf. Du leidest unter Paranoia. Die Leute da drin sind in Ordnung. Dafür lege ich meine Hand ins Feuer.»

«Dann verbrenn sie dir nicht.»

«Keine Angst, du bist der Erste, dem ich's erzählen werde», sagte Kilian und nahm Walter mit nach draußen. «Was willst du hier denn?»

«Mit dir sprechen», antwortete Walter. «Der da drin ist doch der Stahl. Oder?»

«Scheint so.»

«Ich habe gehört, er ist aus dem vierten Stock gesprungen.»

«Auch das ist möglich.»

«Jetzt red halt, verdammt. Ich bin doch nicht zum Spaß hier.»

«Dann sind wir schon zwei», sagte Kilian und ging die Stufen des Eingangs hinunter zu seinem Wagen. Ein paar Fahrzeuge weiter erkannte er Otter, der sich soeben ans Steuer setzte.

«Wart mal», sagte Kilian, «ich bin gleich wieder da.»

Er lief schnell auf Otters Fahrzeug zu.

Walter erkannte ihn und rief Kilian nach: «Lass ihn. Er ist gefährlich.»

Doch Kilian hörte nicht und erwischte die Tür, bevor Otter sie schließen konnte. Er zog ihn aus dem Fahrzeug heraus und drückte ihn gegen den Wagen.

«Na schön, mein Freund. Was gibt es denn so Interessantes an mir, dass du mir folgst?»

Otter blieb stumm und blickte demonstrativ an ihm vorbei.

«Ich stelle diese Frage normalerweise nur einmal. Aber da ich glaube, dass du ein schlaues Bürschlein bist, frage ich dich noch einmal. Wieso folgst du mir?»

Wieder blieb Otter stumm und machte keine Anstalten, sich zu wehren. Kilian schaute nach links und rechts, ob jemand die Straße entlangkam. Niemand zeigte sich. Er versetzte Otter einen Schlag in die Magengrube, sodass er zusammenklappte. Kilian richtete ihn wieder auf: «Das war erst der Anfang. Also, was machst du hier?»

Otter kämpfte um Luft und schwieg. Wieder holte Kilian aus, doch dieses Mal zwang ihn eine neugierige Passantin, zur Frage zurückzukehren.

«Nun gut, dann wollen wir mal sehen, wie der stumme Fisch heißt und was er so macht», sagte Kilian und griff in Otters Innentasche. Er holte einen Personalausweis heraus, der auf den Namen Yvo Otter lautete. Wohnhaft in München, Pariser Straße.

«Bei dem Namen verstehe ich einiges», sagte Kilian ironisch und sah sich einen weiteren Ausweis an, den Otter bei sich trug. Er erschrak.

«Wie kommst du zu einem LKA-Ausweis?», fragte Kilian.

«Na, wie wohl?», antwortete Otter abschätzig und machte sich mit einem beidarmigen Schlag aus Kilians Griff frei. «Du bist ein richtig schlaues Bürschchen, dass du sogar einen Dienstausweis erkennst. Das hab ich mir fast gedacht.» Otter entriss Kilian die Papiere und steckte sie ein.

«Arbeitest du für Schröder?», fragte Kilian.

Otter antwortete nicht, sondern stieg in den Wagen und fuhr los. Kilian schlug an das Seitenfenster und rief: «Sag Schröder, dass er seinen Speichellecker abziehen kann. Ich brauch ihn nicht.»

Der Wagen verschwand hinter einer Kurve.

Kilian ging zu seinem Wagen. Er schaute sich nach Walter um, doch der war nirgends zu sehen.

Kaum hatte Kilians Wagen die Straße verlassen, als Otter zurückkam, vor dem Eingang zur Rechtsmedizin parkte und hineinging.

※

Kilian nahm den Weg über die Mergentheimer Straße hinauf auf den Nikolausberg. Das war ein Fehler, denn er hätte gleich rechts nach der Löwenbrücke abbiegen sollen, um den Schleichweg über die Höfe zu nehmen. Aber er hatte es nicht getan, und so hing er auf Höhe des Judenbühlweges fest, da vor ihm drei Spuren von überbreiten Transportern genutzt wurden. Sie kamen von der Autobahn und lieferten schweres Gerät für die Festivitäten, die am ersten Tag des EU-Sicherheitstreffens auf der Burg veranstaltet werden sollten. Dazu sollte die Zeit um mehr als zweihundert Jahre zurückgedreht werden. Für die Staatsgäste war die Aufführung eines mittelalterlichen Spektakels geplant. Riesige Bühnenbilder, Lichtmasten, Tonnen Kabel, Scheinwerfer so groß wie Kleinbusse und Pferde und Ochsen nebst Karren wurden dafür herangeschafft.

Kilian wurde dieser sinnlose und nicht mehr zu rechtfertigende Aufwand zu viel, sodass er in den Judenbühlweg einbog, um von hinten auf den Dallenberg zu kommen. Das Haus von Stahl, das dieser nur kurz hatte beziehen können, lag in einer abschüssigen Kurve des Würzburger Millionärshügels. Die herrschaftliche Villa war von außen kaum einzusehen. Hohe Büsche verwehrten jeden zudringlichen Einblick. Nur durch das reich verzierte schmiedeeiserne Tor war zu erahnen, was sich dahinter verbarg. Zu Kilians Überraschung stand das Tor nur angelehnt, sodass er auf die Benutzung der Sprechanlage verzichtete. Er parkte den Wagen vor dem Tor und schritt eine Anhöhe hinauf, die in einem Kreisel vor vier dorischen Säulen endete. Dahinter erhob sich ein dreistöckiger Jugendstilbau, der für Kilians Geschmack etwas zu rosa geraten war und nicht original aus jener Zeit stammte, sondern eine mehr oder weniger gelungene Kopie darstellte.

Wie er die Anhöhe auf dünnem Schotter hinaufging, fragte er sich, was für ein Typ Mensch Stahl gewesen sein mochte. Würde sich jemand freiwillig vom Dach oder gar aus dem Fenster zu Tode stürzen und auf dieses Anwesen und das damit verbundene Ansehen verzichten, nur weil etwas schief gelaufen war? Das war schwer vorstellbar angesichts der gepflegten Gartenanlage, des Springbrunnens, der stillen Ecken zum Verschnaufen und nicht zuletzt wegen des grandiosen Blicks auf die Stadt. Nein, deswegen würde man sich nicht umbringen, eher denjenigen, der versuchte, einem dies wegzunehmen.

Stahl musste stattdessen ein Mann gewesen sein, der alles darangesetzt hatte, ein Umfeld für sich zu schaffen, das ihn bei den Gästen und Besuchern seines Palastes ins rechte Licht setzte. Er wollte strahlen. Daran hatte Kilian keinen Zweifel.

Auf halbem Weg zur Eingangstür machte Kilian Halt und bestaunte den Pool, der von Eiben eingefasst war, die im Sommer erfrischenden Schatten spendeten. Im dahinter liegenden Gewächshaus waren die für diese Jahreszeit zu empfindlichen exotischen Pflanzen untergebracht. Ein dschungelgleicher Wintergarten war durch die Verglasung zu erkennen. Darin ein weiteres Wasserspiel mit Engeln und Lustknaben, bequeme Couchen, Stühle und eine Bar. Vielleicht ein wenig zu viel des Guten, dachte Kilian, aber er konnte sich durchaus vorstellen, diesen Luxus für ein paar Monate zu genießen, um seinem Taubenverschlag in der Stadt zu entkommen.

Kilian ging von einer Videokamera beobachtet an den vier Säulen vorbei zur Tür. Er klopfte, wartete und bemühte sich um einen freundlichen, wenn auch bestimmten Blick in die Linse. Wer würde ihm öffnen? Ein Diener in Livree? Ein Dienstmädchen? Die Dame des Hauses mit Zigarettenspitze, gelangweiltem Blick und französischem Akzent? Oder nur ein übergewichtiger Spross des Hausherrn, dem unverständlicherweise jeglicher Drang auf die ersten Plätze abhanden ging?

Doch weder Dienerschaft noch Herrschaft zeigten sich.

«Ist jemand zu Hause?», rief er in die Kamera.

Sie blieb stumm und unerbittlich, und so ging er um das Haus herum und rief erneut. Keine Reaktion. Eine Doppelgarage lag hinter einem scheinbar wilden Rebenwuchs versteckt. Sie stand offen und war leer. Wie es schien, war niemand zu Hause. Doch wer würde Haus und Hof unverschlossen zurücklassen, wenn es nicht einen triftigen Grund dafür gab? Er entdeckte eine Tür, die von der Garage ins Innere des Anwesens führte. Sie gab ihm den Anstoß, der Sache auf den Grund zu gehen. Durch die Tür gelangte er in einen Gang, der direkt in die Villa führte.

Dort hing, zwischen zwei nach oben führenden Treppenaufgängen, ein mächtiger Lüster von der Stuckdecke herab. Kilian blickte staunend nach oben und bewunderte die filigranen Arbeiten an der Decke und das Lichtspiel der geschliffenen Kristalle.

Zu seinen Füßen waren Teppiche mit arabischen Mustern ausgelegt, und neben der Eingangstür stand eine verschnörkelte Kommode unter einem goldeingefassten Spiegel, der wellig verzerrt sein Ebenbild zeigte. Darin erkannte er den Zugang zum Salon hinter sich. Er ging hinein und stieß auf alles andere als ein gepflegtes und behagliches Nest. Hier sah es nach Aufbruch aus. Umzugskartons, teils ausgepackt, teils verschlossen, stapelten sich bis zur Decke. Manche waren an der Seite aufgerissen, und der Inhalt verteilte sich im Raum. Das Regal, das sich gegenüber der Fensterfront erstreckte, war umgeworfen, und der Schrank neben dem Kamin stand wie zahnlos offen ohne Schubladen. Sie lagen verstreut auf dem Boden herum.

«Fast wie in meinem Taubenschlag», sagte er leise zu sich, «da fühlt man sich ja gleich wie zu Hause.»

Er verließ den Salon und wagte einen Blick in die anderen Räumlichkeiten im Erdgeschoss. Auch hier war ganze Arbeit geleistet worden. Wohin er auch sah, der gesamte Hausrat, Papiere, Bücher und Bilder lagen verstreut am Boden.

Das sah mehr nach einem Einbruch aus als nach einem Einzug, dachte er, als er hörte, wie eine Tür leise ins Schloss gedrückt wurde. Er zog seine Waffe und schlich, auf alles gefasst, zum Eingangsbereich vor. Hier war nichts festzustellen. Aber in der Küche, die vom Gang abzweigte, hörte er erneut ein Geräusch. Metall auf Metall. Dann, fast unmerklich, wie jemand vorsichtig eine Schublade schloss. Er machte den entscheidenden Schritt vorwärts und erkannte jemanden, der ein langes Messer in der Hand hielt und jemand anderem ein Zeichen gab, sich still zu verhalten.

Kilian stürmte in die Küche. «Polizei! Hände hoch!», rief er und hielt mit der Waffe auf eine Frau an. In ihrer Begleitung ein Mädchen, das auf der Eckbank kauerte.

«Gehen Sie weg!», schrie die Frau und hob drohend das Messer.

«Ich sagte Hände hoch und weg mit dem Messer», wiederholte Kilian.

Die Frau stellte sich schützend vor das Mädchen. «Verschwinden Sie», schrie sie ihn an. «Es gibt hier nichts für Sie zu holen.»

Kilian erkannte in ihr keine Gefahr, senkte die Waffe und zeigte seinen Ausweis. «Keine Sorge, ich bin wirklich von der Polizei.»

Erleichtert legte sie das Messer zur Seite.

«Wie heißen Sie?», fragte die Frau und nahm ihr Kind tröstend in die Arme.

«Kriminalhauptkommissar Kilian», antwortete er. «Ich nehme an, Sie wohnen hier.»

Kilian steckte die Pistole, die dem Mädchen nachhaltig Angst einflößte, in das Halfter zurück.

«Ja, ich habe hier gewohnt. Ab heute aber nicht mehr.»

«Sie sind Frau Stahl?»

«Ich *war* seine Frau. Seit heute bin ich seine Witwe», sagte sie und setzte sich mit dem Mädchen auf die Eckbank.

«Sie wissen also schon …»

«Polizeidirektor Oberhammer hat mich angerufen und gebeten, dass ich ins Kommissariat komme. Er wollte ein paar Dinge besprechen, bevor ich meinen Mann identifiziere.»

Die Frau machte auf Kilian keinen sonderlich trauernden Eindruck. Sie sprach, als ob sie täglich Tote identifizieren müsse. «Sie nehmen den Tod Ihres Mannes, wie es scheint, sehr gefasst.»

«Früher oder später hatte es dazu kommen müssen. Das war mir von Anfang an klar. Schauen Sie nur, wie es hier aussieht. Dieses Mal haben sie noch nicht mal gewartet, bis ich alles ausgepackt und verstaut hatte.»

«Passiert Ihnen das öfters?»

«Nicht oft, aber einmal im Jahr reicht.»

«Haben Sie eine Ahnung, wer das gemacht hat?»

«Die Personen wechseln. Die, die dahinter stecken sind aber immer die Gleichen.»

«Und, wer sind *die*?»

«BND, BKA oder der Verfassungsschutz. Die wechseln sich ab. Einmal ist der dran, dann wieder mal ein anderer. Und wenn sie sich nicht einigen können, kommen sie alle zusammen.»

«Was wollen die von Ihnen?»

«Nicht *von* mir. *Für* mich. Sagen die. Seit mein Mann in die öffentliche Verwaltung gegangen ist, heißt es immer nur Sicherheit, Sicherheit, Sicherheit. Dann kämmen sie das ganze

Haus durch und suchen, was ihre Vorgänger installiert haben. Auf Mikros und Kameras sind sie ganz besonders scharf. Jeder, der eins findet, kriegt von seinem Boss einen Klaps auf den Hintern und eine Belobigung für die Akte. Seit Jahren geht das nun schon. Mein Gott, wie ich das alles satt habe.

Mit diesem neuen Job hier in Würzburg hatte er mir versprochen, dass endlich alles anders würde. Keine Überwachungen, keine Sicherheitschecks und keine Hochsicherheits-Burgen mehr, in denen du aufpassen musst, dass mein Kind nicht in einem elektrischen Zaun gegrillt wird. Ich wünschte, ich hätte ihm früher gedroht, ihn zu verlassen.»

«Wieso haben Sie es nicht getan?»

«Sie kannten meinen Mann nicht. Es war ja nicht so, dass er keinen Charme besaß. ‹Liebling, nur noch das eine Mal, bitte. Es ist wichtig. Ich mache es doch nur für uns beide, damit wir eines Tages aus allem raus sind›, hat er beteuert.»

«Aus was wollte er raus?»

«Oh, großes Staatsgeheimnis. ‹Bloß keine Fragen, mein Schatz. Alles streng geheim.› Jetzt ist er tot, und ich bin Witwe. Witwe mit einer Tochter, die ihren Vater am Frühstückstisch für fünf Minuten gesehen hat ... Gott sei Dank ist das wenigstens vorbei.»

«Sie trauern nicht sehr um ihn.»

«Ich weiß. Ich bin eine schlechte Ehefrau, Mutter und wahrscheinlich eine noch schlechtere Geliebte gewesen. Glauben Sie mir, eines der drei hätte mir gereicht.

Ihm aber nicht. ‹Du bist die Frau des Regierungspräsidenten, du musst dich zeigen, repräsentieren, das Spiel spielen ...› und dieses ganze Gerede. Auch diesen Bunker in Form eines Schlosses wollte ich nie haben. Er hat's mir angepriesen wie Sauerbier. ‹Meine größte Aufgabe erwartet mich in Würzburg. Du wirst auf einem Schloss leben mit Blick über die Stadt. Sie werden dich hofieren, auf Empfänge einladen, du wirst selbst welche geben ...› und so weiter. Meine Ruhe wollte ich haben. Nichts weiter, nur Ruhe und Zeit für das Kind, ein kleines

Haus im Grünen, einen Hund oder eine Katze, ein Brüderchen für Sabrina und einfach in Ruhe alt werden. Mehr nicht. Zum Teufel mit dem Schloss und dem ganzen Firlefanz drumherum.»

Frau Stahl nahm Kilian den Wind aus den Segeln. Mit einer trauernden Witwe dieser Art hatte er nicht gerechnet.

«Hatte ihr Mann einen Feind? Jemand, der ihm das alles hier nicht gönnte?»

«Einen?!», lachte sie lauthals. «An jedem Finger zwei. Was glauben Sie denn, wie man in nur so kurzer Zeit Karriere macht? Mein Mann war noch nicht einmal fünfzig. Seit wir uns damals in Bonn kennen lernten, nahm das Heer seiner Feinde unaufhörlich zu. Es wuchs an allen Orten, an denen wir uns länger als einen Monat aufhielten. Er hatte die sonderbare, aber effektive Begabung, Leute, die ihm im Weg standen, leise und gründlich zu entfernen. Wie er das gemacht hat, ist mir bis heute ein Rätsel. Auf jeden Fall hatte er immer zu jedem eine Information parat, die ihm den Kopf kosten konnte. Dieses Mal ist wohl etwas schief gelaufen ... Nur, so leicht wollte er sich offensichtlich nicht geschlagen geben.»

«Sie glauben also nicht, dass Ihr Mann Selbstmord verübt hat?»

«Er hatte ein sehr ausgeprägtes Selbstwertgefühl. Ihm konnte nichts und niemand Angst einjagen. Dafür sei er zu gut gewappnet, hat er geprahlt. Wenn er wollte, so könnte er den Kanzler stürzen. Weiß der Herr, was er da wusste. Vielleicht hat er in seinem Größenwahn auch den Mund zu voll genommen. Nein, Wolfgang hätte sich nie selbst das Leben genommen.»

«Wieso wollte Ihr Mann ausgerechnet nach Würzburg? Für die Karriere gibt es doch bestimmt bessere Positionen und Perspektiven.»

«Hab ich ihn auch gefragt. Ob er jetzt völlig bescheuert sei. Ausgerechnet zurück nach Würzburg, wo er sich damals verdrücken musste.»

«Weshalb eigentlich?»

«Wolfgang hat in den siebziger Jahren hier studiert. Dann gab's irgendwann mal eine riesige Aktion wegen ein paar Professoren. Er muss zusammen mit einem Kommilitonen ziemlich gegen sie gewütet haben, bevor zuerst die Professoren und dann er und der andere die Stadt Hals über Kopf verließen. Mehr weiß ich auch nicht. Er hat's mir mal erzählt, als er betrunken war. Dabei hatte er sich vor Lachen den Bauch gehalten. Wie naiv die damals alle gewesen sind.»

«Und dann?»

«Ich habe Wolfgang erst in Bonn kennen gelernt. Er war mit dem anderen Kommilitonen gerade vom Studium aus Amerika zurück. Wolfgang fand im Handumdrehen einen Job im Auswärtigen Amt, wo ich als Sekretärin arbeitete. Er war ein richtiger Frauenheld. Sah gut aus, hatte immer einen flotten Spruch auf den Lippen und schien keine schlechte Partie zu sein. Bei ein paar von diesen grauen Mäusen konnte er zwar nicht landen, aber das war ihm egal. Früher oder später würden auch die mal geknackt. Dann kam sein Kumpel John ins Spiel. Er war ein verdammt hübscher Bengel. Groß, muskulös, durchtrainiert und charmant. Aber der blieb nur ein paar Tage. Dann wurde er abberufen. Irgendwohin nach Skandinavien, glaube ich. Seitdem habe ich nichts mehr von ihm gehört. Nach Amerika soll er wohl wieder gegangen sein.»

«Sprechen Sie von John Frankenheimer?»

«Ja, genau. So hieß er. Frankenheimer. So ein komischer Name. Ich habe nie wieder von ihm gehört seitdem.»

✷

Gerade hatte der Zug die deutsche Grenze hinter sich gebracht. Das Abteil war eng wie eine Zelle. Nur dass das Fenster größer und nicht vergittert war. Selbst die Tür konnte sie nach Belieben öffnen und schließen. Aber sie war unruhig bei dem Gedanken. Sie stand auf, öffnete die Tür, schob sie mehrmals hin und her und schloss sie wieder. Dann setzte sie sich und schaute zum Fenster hinaus. Keine Minute verging, bis sie erneut aufstand, die Tür öffnete und wieder schloss. Sie nahm einen der herumliegenden Fahrpläne, faltete ihn, stopfte ihn in den Lauf der Tür und zog sie mit aller Gewalt darüber. Die Tür verhakte sich nach wenigen Zentimetern, sodass sie unverrückbar offen stand und sie bequem nach draußen gehen könnte, sobald der Alarm ertönen würde.

Das rhythmische Klacken der Schienen versetzte Julia in eine gelöste Stimmung. Die vorbeihuschenden Bilder ermüdeten ihre Augen, wie die Tränen, die sie vergossen hatte, als sie ihrem Mann davongelaufen war. Seine Wutausbrüche und die Schläge wollte und konnte sie nicht mehr länger ertragen.

Sie sah sich wieder in diesem Café sitzen, wo sie sich mehrmals mit Männern aus Bekanntschaftsanzeigen verabredet hatte. Alle stellten sich letztlich als Lustmolche oder kleinwüchsige Schmierenkomödianten heraus. Dabei wollte sie einfach nur einen Mann, der ihr gab, was sie ihr ganzes Leben lang vermisste: Schutz, ehrliche Gefühle und eine starke Schulter, an der sie sich anlehnen konnte, wenn ihr danach war. In ihrem Job als Sekretärin im Auswärtigen Amt traf sie solche Männer nicht. Die meisten waren hemmungslose Karrieristen oder verheiratete Langweiler. Sie wollte einen Mann, der nichts mit Politik oder Wirtschaft zu tun hatte.

Kurz vor dem Rückzug in die Einsamkeit betrat *Er* plötzlich das Café. Groß wie ein Baum, geschmeidig wie ein Tiger und blond wie Siegfried. Sie hatte zu zittern begonnen, als sie ihn an der Bar beobachtete. Er lächelte unaufhörlich und war gut Freund mit den Kellnerinnen. Sie fragte Luise, ob sie wüsste, wer dieser Mann war. Sie antwortete ihr, dass er Bent Sørensen hieß, ein Däne, der seit einigen Tagen ins Café kam. Mehr wusste sie auch nicht. Als Luise zurück an die Bar ging, sprach Bent sie an, und sie blickten zu ihr hinüber. Beschämt und voller Aufregung schaute sie weg.

«Darf ich Sie zu einer Cola einladen?», fragte Bent.

Julia schluckte. Zögernd drehte sie sich um und blickte nach oben. Weit, fast wie vom Himmel, schaute er mit seinen blauen Augen auf sie herab.

«Ich bin keine von denen, die man einfach so anspricht», waren ihre letzten Worte vor der bedingungslosen Kapitulation.

Bent setzte sich an ihren Tisch und lächelte. «Nein, natürlich nicht.»

Julias Herz raste, wie beim allerersten Kuss.

5

Galina streifte über den Hauptfriedhof. Sie war auf der Suche nach einer handtellergroßen Scheibe, die sie im Sommer an einem Grab verloren hatte. Sascha war indes stinksauer wie schon lange nicht mehr und machte keinen Hehl daraus, dass er sie deswegen in Regress nehmen wollte.

«Ein Versprechen ist ein Versprechen. Und Versprechen bricht man nicht», lautete sein Vorwurf. Dahinter verbarg sich der seltsam unerbittliche Ehrenkodex alter Männer, die es sehr genau mit Versprechen hielten.

Die Kontakte von damals waren nicht abgebrochen, im Gegenteil, die alten Riegen hatten sich zu neuen Seilschaften zusammengefunden und wirkten unauffälliger und effizienter als in den kalten Zeiten. Denn die Kämpfer an der «unsichtbaren Front» von damals steckten heute in Nadelstreifenanzügen und Designerkleidern in den oberen Führungsetagen multinationaler Unternehmen und mischten kräftig mit. «Wenn du den Feind nicht von außen besiegen kannst, dann dring in ihn ein, mache ihn dir zum Freund, und eines Tages erhältst du die Chance, das Ruder selbst in die Hand zu nehmen», hieß die Parole. Viele folgten ihr und erreichten die gesteckten Ziele. Die dafür notwendigen finanziellen Mittel sprudelten zwar nicht heftig, aber wann immer man sie brauchte, klingelte die Kasse. Die Millionen und Milliarden der DDR-Ministerien wurden rechtzeitig vor dem Fall der Mauer auf sicheres westliches Terrain mit entsprechenden Nummernkonten transferiert. Solange Schweizer, Liechtensteiner und andere Geldwäscherbanken gut daran verdienten, gab es keinen Anlass, dem Einhalt zu gebieten.

Wenn nicht Sascha selbst die Schuld eingetrieben hätte, dann wäre es ein «Mann im Hintergrund» gewesen, der sich ihrer angenommen hätte. Somit war seine Drohung ein mehr oder minder freundschaftlich gemeinter «Rat». Das war Galina klar.

Das frisch ausgehobene Grab, an dem Galina einen ihrer Leibwächter im Sommer tot gefunden hatte, unterschied sich nicht mehr von den übrigen Gräbern. Sie hob eine Blumenschale an und blickte darunter: Nichts außer Asseln. Hinter dem Grabstein konnte sie nur plastikrote Ewige Lichter und ein Wegwerffeuerzeug finden. Sie untersuchte auch die anderen Gräber im Umkreis, bis sie sich erschöpft auf eine Bank setzte.

Nicht weit von ihr spielte ein kleiner Junge Pilot. Er rannte den Kiesweg entlang auf sie zu. Am Himmel mühte sich eine schwache, aber klare Herbstsonne, etwas Licht und Wärme zu spenden. Der Junge kam näher und setzte plappernd zum Start an.

Galina hielt die Hand schützend gegen die tief stehende Sonne. Sie schloss die Augen und sah ein kleines Mädchen, das mit ausgebreiteten Armen den Gang einer Tupolev entlanglief. Das Mädchen hieß Tatiana und trug ein weißes Kleid und weiße, kurze Söckchen. Ihr Haar war pechschwarz und zu zwei Zöpfen gebunden. An ihrer Gänsehaut konnte man erkennen, dass sie fror. Dem Mädchen schien das nichts auszumachen, denn sie spielte voller Hingabe, und die Aufforderungen des Vaters, sich etwas überzuziehen, ignorierte sie.

Die Tupolev befand sich auf dem Weg von Moskau nach Havanna. Neben ihrem Vater, einem Raketeningenieur, waren mehrere KGB-Mitarbeiter, zwei chinesische Unterhändler und der Chef der Auslandsaufklärung, Sascha Lupinski, an Bord. Er vertrieb sich die Zeit mit Lesen und spielte mit ihr Pilot, sobald sie auf ihn zulief. Die zwei Chinesen, die vor ihm saßen, hielten ihre Aktenkoffer fest umklammert, als fürchteten sie, dass sie ihnen wegflögen. Als die Tupolev in eine Schlechtwetterfront geriet, hielt Sascha Tatiana fest an sich gedrückt, damit ihr nichts passierte. Ihr Vater war damit einverstanden. Offensichtlich wusste er, auf wessen Schoß sie saß und dass sie in Sicherheit war. Sascha wurde unruhig, als er zum Fenster hinausblickte und Festland sah. Er hob Tatiana zurück in ihren Kindersitz und schob mehrere Akten in die Polsterung. Als die Stewardess den Gästen mitteilte, dass die Maschine wegen eines Motorschadens kurzfristig notlanden musste, gerieten die beiden Chinesen vor ihm in Panik. Sie öffneten ihre Aktenkoffer und begannen, die Papiere Stück für Stück zu essen. Die KGB-Leute redeten unaufhörlich auf die Passagiere ein, als unter ihnen die Freiheitsstatue zu erkennen war und wenig später auf dem JFK-Flughafen Reporter die Maschine bestürmten. Nachdem sie stundenlang in der Kälte festgesessen hatten, kam der sowjetische Botschafter an Bord und verhieß ihnen den unbehelligten Weiterflug.

Tatiana hatte die Zeit spielend vor der Toilettentür verbracht. Dahinter hatten sich die beiden Chinesen verbarrikadiert. Seltsame Geräusche drangen daraus hervor. Erst kurz vor der Landung verließen die beiden die Toilette. Die Koffer, die sie bei sich führten, waren leer.

Später saßen sie zu Hause in Havanna in der Küche. Sascha und ihr Vater amüsierten sich bei Rum und Tabak über die Ereignisse während des Fluges, als Tatianas Freund Johannes hereinkam. Er war nur wenig älter als sie und Sohn eines deutschen Geschäftsmannes, der in der Karibik seinen Geschäften nachging. Johannes weinte, weil ihn sein Vater wieder einmal geschlagen hatte. Sascha fragte ihn nach dem Grund, worauf Johannes erzählte, dass sein Vater es nicht gerne sah, wenn er sich mit Einheimischen herumtrieb. Er hasste die Kommunisten, wenngleich er Geschäfte mit ihnen machte. Sascha tröstete Johannes, nahm ihn auf den Schoß und erzählte den beiden Kindern das russische Märchen von Galina, dem Feuervogel, und Sergej, dem Jäger.

✺

Was zum Teufel hatten Kameras in einem Park verloren, fragte sich Kilian, als er die Stufen zur Universität erklomm. Polizeitechniker standen auf Leitern und montierten sie an Lichtmasten, frei stehenden Bäumen und an Häuserwänden. Sie richteten sie nach allen Seiten aus, um die Straßen rund um den Sanderglacis im Blick zu haben. Aber wieso hier? Die Delegationen würden doch nie im Leben an dieser Stelle vorbeikommen, sondern weit früher über die Alte Mainbrücke fahren. Die ganze Sache war unbegreiflich, und der Aufwand, der betrieben wurde, ging weit über das vertretbar Notwendige hinaus.

Kilian war auf dem Weg zum Präsidenten der Universität. Er wollte mehr über die Vorgänge von 1975 erfahren, die Stahls Frau erwähnt hatte. Vielleicht erfuhr er durch ihn, wieso Stahl damals Würzburg verlassen hatte und nun überraschenderweise zurückgekommen war. Er traf ihn in einem Gespräch mit dem Leitenden Oberstaatsanwalt Dr. Robert Engelhardt in der Aula. Kilian war Engelhardt erst vor kurzem vorgestellt worden. Er mochte ihn nicht und hielt ihn für einen Karrieristen, der stets seinen öffentlichkeitswirksamen Vorteil suchte. Die Abneigung war gegenseitig. Engelhardt sah in Kilian einen disziplinlosen Neuankömmling, der sich nicht in die gegebenen Strukturen einfügen wollte. Unterordnung war das bessere Wort.

Die beiden schienen sich über etwas zu streiten. Engelhardt redete erbost auf den Universitätspräsidenten ein, der offenbar nichts von dem hören wollte, was dieser ihm antrug. Vehement verneinte er dessen Vorschläge.

«Entschuldigung, wenn ich störe», unterbrach Kilian das Gespräch und wandte sich nach einem falschen Lächeln an Engelhardt dem Präsidenten zu. «Ich hätte Sie gerne für eine Minute gesprochen.»

«Sehen Sie nicht, dass wir uns unterhalten», fuhr ihn Engelhardt an.

«Natürlich.»

«Womit kann ich Ihnen helfen?», fragte der Präsident freundlich, sichtlich erleichtert über die Unterbrechung.

«Dr. Wolfgang Stahl hat doch in den Siebzigern hier studiert», begann Kilian.

«Was interessiert Sie das?», attackierte ihn Engelhardt sofort.

«Herr Stahl ist heute Vormittag eines unnatürlichen Todes gestorben. Ich ermittle in dieser Sache.»

Die Nachricht über Stahls Tod schien keine Überraschung für die beiden zu sein, zeigte aber Wirkung. Engelhardt setzte zum Gegenschlag an. «Hat Oberhammer Sie damit betraut?»

«Nein. Das LKA in München.»

«Wer dort? Dieser Schröder?»

«Richtig.»

«Seit wann werden meine Würzburger Beamten vom LKA auf einen Fall angesetzt?»

«Es geschah in Absprache mit Herrn Oberhammer.»

«Davon weiß ich aber nichts.»

«Wahrscheinlich ist unser Polizeidirektor wegen des Empfangs noch nicht dazu gekommen, Herr Oberstaatsanwalt. Oder er hat Sie in Ihrem Büro nicht angetroffen.»

«Wie bitte?»

«Ich meine, Herr Oberhammer hat sich sicherlich um eine Benachrichtigung bemüht.»

«Das werden wir gleich herausfinden», raunzte Engelhardt und zog Kilian am Arm vom Präsidenten weg.

«Bis dahin kann ich ja eine Antwort auf meine Frage bekommen», wehrte sich Kilian.

Aber Engelhardt bestand auf einer vorherigen Klärung und nahm Kilian ins Foyer mit. Der Präsident nutzte die Chance, sich zu entfernen, und stieg eilends die Treppe hoch. Kilian blickte ihm nach und erkannte im ersten Stock einen Mann, der sie beobachtete.

Engelhardt wies den Pförtner an, die Nummer von Oberhammer zu wählen, und nahm den Telefonhörer.

«Hier Engelhardt», schnauzte er in den Hörer, «geben Sie mir den Oberhammer.» Die Antwort schien ihm nicht zu gefallen. «Was soll das heißen, er ist nicht im Haus? Wo steckt er?» Auch auf diese Frage erhielt er keine befriedigende Antwort. «Dann suchen Sie ihn im Congress Centrum. Ich will ihn sprechen. Und zwar pronto.» Engelhardt klatschte den Hörer auf die Gabel und wandte sich Kilian zu.

«Bis wir das geklärt haben, weise ich Sie an, nichts mehr zu unternehmen. In der Zwischenzeit können Sie sich auf dem Empfang nützlich machen», ordnete Engelhardt an und nahm Kilian mit vor die Tür.

«Es verstreicht wertvolle Zeit», gab Kilian zu bedenken.

«Und ich bin mir sicher, dass Sie genügend davon verschwendet haben, indem Sie hier herumlungern. Machen Sie sich auf den Weg ins Congress Centrum und suchen Sie Oberhammer.»

Damit war die Sache erledigt, dachte Kilian, während er Engelhardt nachblickte. Oberhammer würde sich niemals einer Anordnung Engelhardts widersetzen. Er musste mit Schröder sprechen.

«Sie sollten an der Sache dranbleiben», sagte ein Mann, der unvermittelt an seiner Seite auftauchte. Es war derselbe, der sie in der Aula beobachtet hatte.

«Was meinen Sie damit?», fragte Kilian.

«Dass Sie die richtige Frage gestellt haben», antwortete der Mann und lief weiter. Er wollte offensichtlich nicht mit Kilian zusammen gesehen werden. Kilian folgte ihm.

«Was wäre die Antwort auf meine Frage?»

Der Mann schaute sich um, ob er beobachtet wurde, und sagte: «Sie würden herausfinden, wieso Stahl und seine Clique damals Würzburg verlassen haben. Sie würden auch erfahren, wer an der Geschichte beteiligt war und wie sie zu Ende gegangen ist. Das war alles sehr sonderbar damals.»

«Wer kann mir darüber erzählen?»

«Trauen Sie niemandem und hoffen Sie nicht auf Entgegenkommen in dieser Sache. Lesen Sie darüber nach.» Damit war das Gespräch für ihn beendet.

An der Bushaltestelle mischte er sich unter die spielenden Kinder und wartete auf den Bus, der soeben in die Straße einbog.

Kilian änderte seinen Plan. Bevor er Schröder um Hilfe bat, wollte er mehr in der Hand haben. Er stieg in seinen Wagen und machte sich auf den Weg zu Walter. Als er an der Halteinsel vorbeifuhr, sah er im Augenwinkel den Mann, wie er an den Bordstein trat. Hinter der Werbetafel trat Otter hervor.

Der Bus fuhr in die Warteinsel ein, und die Kinder rannten zu den Türen, um sich die besten Plätze zu sichern. Kurz bevor der Bus zum Stehen kam, stürzte der Mann nach vorn. Die wuchtigen Doppelräder nahmen das Hindernis ohne Mühe.

✳

Als Kilian die Redaktion betrat, fand er dort einen aufgebrachten Walter vor. Er stritt mit zwei jungen Kollegen, die nicht gewillt waren, auf ihre Story zu verzichten.

«Ihr habt doch keine Ahnung, was es damals hieß, zwischen den Fronten zu stehen», mokierte sich Walter.

«Jetzt kommt die Leier schon wieder», sagte einer der jungen Redakteure überdrüssig und winkte ab.

«Nie wieder Krieg! Versteht ihr, was das geheißen hat? Nein, natürlich nicht. Wie könntet ihr Rotzlöffel das auch? Wer nie Hunger gelitten hat, nicht wusste, ob er den nächsten Tag noch erlebt, weiß nicht, was das bedeutet.»

«Jetzt mach mal langsam, Walter», unterbrach ihn der andere, «in dieser Zeit warst du doch selbst erst ein Nasenbohrer. Und außerdem hat das doch gar nichts mit unserem Artikel zu tun.»

«Natürlich hat es damit zu tun. Die Angst, dass es zwischen den beiden Blöcken zum Krieg kommt, war die ganze Zeit vorhanden. Hier die Sowjetunion und dort die Amis. Zwischendrin Deutschland. Die Ersten, die es erwischt hätte, wären wir gewesen. Oder was glaubt ihr, wieso hier Pershings stationiert wurden und auf der anderen Seite die Russen mit ihren Panzern aufmarschiert sind? Schon mal was vom Prager Frühling oder dem 17. Juni gehört?»

«Ja, Walter, wir sind doch nicht blöd.»

«Doch, das seid ihr. Ihr habt nur darüber gelesen oder euch ein Filmchen im Fernsehen darüber angesehen. Aber so etwas tatsächlich zu erleben, ohne zu wissen, wie es ausgeht, hatte eine andere Qualität.»

«Zurück zum Thema. Was hat das mit den Stasi-Agenten zu tun?»

«Egal ob Stasi, BND, CIA oder KGB. Jeder hat Dreck am Stecken. Nur darf man nicht im Nachhinein die einen verurteilen und die anderen freisprechen. Was die Amis in Nicaragua angestellt haben oder der KGB in Angola, war mindestens genauso schlimm. Die paar Stasi-Leute, die den Westen ausgespäht haben, wollten doch nur das Gleichgewicht erhalten.»

«Ach ja, und dafür sperrt man die Leute weg, verstrahlt sie radioaktiv und ruiniert ihr ganzes Leben. Nein, Walter, so einfach kannst du dir die Sache nicht machen. Die CIA hat jahrelang die Rosenholz-Dateien zurückgehalten und eine Aufklärung der Nachkriegsgeschichte vorsätzlich behindert, vielleicht unmöglich gemacht. Die meisten von denen sind ja heute ohnehin nicht mehr zu belangen, weil die Tatbestände verjährt sind. Und jetzt kommst du daher und willst, dass wir die, die unter Umständen immer noch aktiv sind, totschweigen. Ich müsste ja mit dem Klammerbeutel gepudert sein, wenn ich die Geschichte nicht machen würde. Nicht, weil es mir ein Fest ist, ehemalige Stasi-Leute anzupinkeln, sondern es geht einfach darum, dass das eine Hammer-Story ist, und ich verstehe nicht, dass du uns das ausreden willst. Und was ich noch weniger verstehe ist der Umstand, dass du doch selbst Journalist bist. Oder hast du etwas zu befürchten?»

«Ich bestimmt nicht», wehrte sich Walter, «aber man soll die Toten ruhen lassen. Sonst gibt es überhaupt keine Zukunft mehr in diesem Land. Aber das kapiert ihr nicht. Ihr wollt einfach nur Stunk machen. Die fette Schlagzeile. Das ist euer Ziel. Keine Ahnung von ausgewogenem Journalismus. Geht doch zur *Bild*, da gehört ihr hin.»

Walter wandte sich ab und stürmte zur Tür hinaus. Kilian nahm er in seiner Wut gar nicht wahr.

«Was ist denn hier los?», fragte Kilian. «Das ist ja noch schlimmer als bei uns.»

«Das ist normal», antwortete einer der Jung-Journalisten. «Wie kann ich Ihnen helfen?»

«Ich interessiere mich für die Vorgänge aus dem Jahr 1975 an der Uni. Kann mir jemand von Ihnen dazu etwas sagen?»

Die beiden schauten sich an und lachten: «In dem Jahr bin ich geboren», sagte einer. «Am besten, Sie fragen unseren Kriegsverhinderer. Der ist seit einer Ewigkeit hier. Der gehört wahrscheinlich schon zum Inventar.»

«Wo kann ich ihn finden?»

«Den Gang runter, zweite Tür links.»

Kilian klopfte gegen die Glastür.

«Ja, verdammt!», schrie Walter. «Seit wann wird hier geklopft?!»

Kilian trat ein. «Na, du bist heute ja guter Laune.»

«Kein Wunder, wenn du es den ganzen Tag mit solchen Möchtegern-Journalisten zu tun hast. Keine Ahnung, worüber sie schreiben und kein bisschen Gespür für Geschichte. Die sollen zum Fernsehen gehen. Da gehören die hin. Genau, *Explosiv* oder *Die Reporter*. Diese Hetzmagazine. Das passt zu denen wie die Faust aufs Auge. Vor die Kamera stellen und Müll produzieren, den sie vorher in der Kloake gesammelt haben. Von richtigem Journalismus, so wie wir ihn früher gelernt haben, solides, verantwortungsbewusstes Handwerk, Egon Erwin Kisch, diese Dinge kennen sie nicht. Wollen sie auch nicht. Zum Fernsehen sollen sie.»

«Kannst du mir was über die Vorfälle von 1975 an der Uni sagen?»

Walter zuckte zusammen, als hätte er einen Schlag ins Genick bekommen. «Was willst du? Hab ich nicht schon genug mit diesen Nasenbohrern am Hals? Jetzt kommst du und willst in alten Geschichten rumrühren.»

«Wo ist das Problem?»

«Kein Problem. Überhaupt keines», wiegelte Walter ab.

«Na, wunderbar. Dann schieß los.»

«Kilian, das ist jetzt bald dreißig Jahre her. Was willst du mit den alten Geschichten?»

«Den Mord an Stahl aufklären.»

«Wieso Mord? Ich denke, er ist aus dem Fenster gestürzt?»

«Ist er auch. Nur die Freiwilligkeit ist mehr als zweifelhaft. Aber das behältst du vorläufig für dich. Ich will bis zur offiziellen Presseerklärung nichts davon lesen.»

Walter legte seine Stirn in Falten und kratzte sich nervös am Kopf. «Okay», sagte er schließlich. «Eigentlich bin ich dagegen. Aber, wenn die Sache so ausschaut, dann sollten wir drüber reden.»

Walter stand auf und nahm Kilian mit ins Archiv. Dort ließ er sich die Bände aus dem Jahr 1975 geben, schlug die betreffenden Seiten auf und wies auf die jeweiligen Artikel hin. «Stahl war in seiner Uni-Zeit politisch ziemlich aktiv. Man wusste, nein, ich wusste nicht, zu welchem Lager ich ihn rechnen sollte. Vielleicht war ich noch zu jung. Ich hatte gerade erst mein Volontariat hinter mir. Auf jeden Fall ging es bei der ganzen Geschichte um die Stationierung von Kampfflugzeugen mit neuen Waffensystemen ganz in der Nähe von Würzburg, und zwar auf dem Giebelstädter Air-Force-Flugplatz. Irgendwie war die Nachricht nach draußen gedrungen und hatte für ganz schöne Aufregung gesorgt.»

«Wieso eigentlich? Die Stationierung derartiger Systeme in Grenznähe war doch nichts Besonderes.»

«Der strittige Punkt war, dass man nicht genau wusste, ob die Kampfflugzeuge mit Abwehrwaffen für konventionelle Kriegsführung bestückt waren oder ob sie Atomsprengköpfe hatten oder gar als Erstschlagswaffen einsetzbar waren. Das brachte einige Leute zu dem Schluss, dass die eigentliche Bedrohung nicht aus dem Osten kam, sondern nur als Vorwand diente, um entsprechend größere Waffensysteme, wie die Pershing, in Deutschland politisch durchzusetzen.»

«Und wie kam da Stahl mit ins Spiel?»

«Er heizte die Stimmung gegen zwei Professoren an, die sich für eine Stationierung öffentlich stark machten. Die ganze Sache schlug Wellen bis nach München. Manche behaupteten, insbesondere Stahl, dass die ganze Sache von München aus lanciert wurde.»

«Stahl hat gegen München opponiert?»

«Ja. Umso überraschender war ja seine Benennung als Regierungspräsident. Keiner hätte gedacht, dass der wieder nach Würzburg zurückkommt. Und schon gar nicht als Handlanger vom Roiber.»

«Wieso ist Stahl überhaupt von der Uni gegangen?»

«Das war mehr als seltsam. Er und seine Clique brachten Informationen über die beiden Professoren in Umlauf, sehr diskrete Informationen, die selbst München nicht kannte. Keine Woche später wurden sie in die Walachei versetzt. Einer ging später sogar ins Ausland. Es stellte sich anschließend die Frage, woher Stahl und Engelhardt die Informationen hatten.»

«Engelhardt?»

«Ja, klar. Er und Stahl haben zusammen studiert. Wusstest du das nicht?»

«Nein.»

«Stahl und Engelhardt sind dann plötzlich von der Uni verschwunden. Keiner wusste, wo sie abgeblieben waren. Der Verfassungsschutz hat sich in Würzburg herumgetrieben und die beiden gesucht. Aber sie waren wie vom Erdboden verschluckt. Über Stahl sagte man, dass er nach Amerika gegangen war. Und Engelhardt ist erst vor einem Jahr aus der Versenkung aufgetaucht.»

«Wo war er denn abgeblieben?»

«Anfang der Neunziger habe ich von einem Staatsanwalt in Gera gehört, der Engelhardt hieß und den Ossis Recht und Ordnung beibringen sollte. Na ja, was er ihnen beibrachte, war im Endeffekt das Gleiche, was sie vorher schon kannten. Allerdings mit anderen Vorzeichen. Eines Tages tauchte er als neuer Leitender Oberstaatsanwalt in Würzburg auf. Es war nicht ums Verrecken an Informationen über seine bisherige Tätigkeit zu kommen. Selbst beim Ministerium hielt man sich bedeckt.»

Kilian blätterte die Seiten vor und zurück. Die Bilder zeigten aufsteigende Kampfflugstaffeln und einen streng gesicherten amerikanischen Flughafen. Die Artikel wiesen auf die möglichen Gefahren hin, die durch die Nähe eines amerikanischen Kampfverbandes vor den Toren Würzburgs entstanden. Der Autor all dieser Artikel mit ihren unheildräuenden Überschriften war Walter.

«Hast du über die Geschichte ganz alleine berichtet, oder war da noch jemand anderes beteiligt?», fragte Kilian.

«Nur ich. Wieso?»

«Wenn du damals gerade als Redakteur begonnen hattest, war die Geschichte nicht eine Nummer zu groß für dich?»

«Was willst du damit sagen? Meinst du, ich war dazu nicht fähig?»

«Nein, aber du scheinst ausschließlich auf die Gefahren hingewiesen zu haben, die der Stützpunkt mit sich brachte, anstatt auch auf seine Schutzfunktion für die Bevölkerung.»

«Jetzt mach mal langsam. Der Stützpunkt war eindeutig ein potenzielles Ziel für die sowjetischen Mittelstreckenraketen. Wenn die Amis diese Waffen dort nicht stationiert hätten, dann hätte es auch kein Ziel gegeben. Das ist das Prinzip von Ursache und Wirkung.»

«Ist jetzt auch egal», wiegelte Kilian eine erneute politische Diskussion ab. Walter hatte für die amerikanische Verteidigungsstrategie eindeutig wenig übrig. «Glaubst du, dass Stahl damals für einen Nachrichtendienst gearbeitet hat?»

«Was soll das denn? Nur weil er gegen die Stationierung

Stimmung gemacht hat, ist er doch nicht gleich ein Agent gewesen! Und außerdem, das ist alles vorbei und vergessen. Dafür interessiert sich heute niemand mehr.»

«Ich schon», sagte Kilian und verabschiedete sich.

Walter griff zum Telefon und wählte Heinleins Nummer.

※

An der dänischen Küste.

Kraftvoll lag Bents muskulöser Körper im Wasser. Die hohen, rauen Wellen schienen ihm nichts auszumachen. Im Gegenteil, er genoss ihre Wucht. Kam einer der Brecher von hinten, legte er sich in die aufsteigende Welle und ließ sich mit ihr in Richtung Strand katapultieren. Die rote Flagge war gehisst, und Rettungsschwimmer machten sich bereit, ins Wasser zu gehen. Bevor noch ihre Füße nass wurden, stieg Bent wie ein griechischer Held aus dem Wasser und wehrte ihre Belehrungen mit einem Handwink ab.

Julia lag in den Dünen und beobachtete stolz ihren Helden. Er war ihr vom Himmel gesandt und füllte ihr bis dahin sinnloses Leben bis in die letzte Zelle mit Leidenschaft und Kraft. Durch ihn fühlte sie sich lebendig. Durch ihn hatte sie erfahren, was es hieß, zu lieben und geliebt zu werden.

Bent drückte das Wasser aus seiner blonden Mähne und legte sich zu Julia in den weißen Sand. Er war braun gebrannt und diente ihr bereitwillig als Schild gegen den empfindlich kühlen Westwind. Sie streichelte seine Brust und legte sich in seinen Arm. Bent beugte sich zu ihr herab und küsste sie. Julia war jedes Mal der Ohnmacht nahe, wenn sie das Salz und die Wärme seiner Lippen spürte.

«Ich wünschte, die Zeit bliebe stehen und ich könnte für immer in deinen Armen liegen», sagte sie.

«Dagegen hätte ich nichts einzuwenden. Aber ich fürchte, die

Welt um uns herum versinkt in Chaos und Krieg», antwortete Bent.

«Was hat dich eigentlich dazu gebracht, für ein Friedensinstitut zu arbeiten?»

«Verantwortung. Ich denke, es war die Einsicht, dass man das Schicksal nicht aus der Hand geben darf und täglich dafür einstehen muss, dass ein fürchterlicher Krieg wie der letzte nicht noch einmal passiert.»

Julia bewunderte ihn. Bent war so selbstlos und aufopfernd. In den letzten sechs Monaten hatte er nie etwas von ihr verlangt, hatte immer nur gegeben. Selbst die Einladung für zwei Wochen Urlaub mit ihm an der Küste ließ er sich nicht ausreden. Er wollte für alles aufkommen und ihr seine Heimat zeigen.

«Ich fürchte, dass wir wieder auf ein Desaster zusteuern», begann Bent.

«Welches Desaster?», fragte sie.

«Du siehst doch selbst, was zurzeit zwischen Moskau und Washington abläuft. Keiner traut dem anderen, keiner will nur einen Fingerbreit von seiner Politik abweichen, und keiner unternimmt etwas dagegen. Ich werde noch wahnsinnig, wenn ich das weiter mit anschauen muss.»

«Keine Sorge. So weit wird es nicht kommen. Beide werden rechtzeitig erkennen, dass sie in eine Sackgasse geraten sind.»

«Du meinst, so wie in Kuba? Es hat nur so viel gefehlt, und wir hätten die Katastrophe erlebt. Nein, ich glaube nicht mehr an eine Verständigung. Dafür sind die Systeme viel zu verschieden. Man muss da an einer ganz anderen Schraube drehen.»

«Welche meinst du?»

«Gleichgewicht. Beide müssen über die gleichen Voraussetzungen verfügen, beziehungsweise über die gleichen Ausgangspositionen. Dann wird ein drohender Konflikt unwahrscheinlich, weil keiner die Oberhand über den anderen besitzt.»

«Und wie soll das funktionieren? Das ist doch kaum umsetzbar bei den verschiedenen Wirtschafts- und Politiksystemen.»

«Eben. Der Osten verfügt nicht dauerhaft über die Gelder und die Unterstützung von anderen Staaten wie der Westen.»

«Na, das würde ich etwas anders sehen. Konventionell sind die Russen dem Westen doch weit überlegen.»

«Alles Attrappen oder nicht einsatzfähig. Wir haben Luftaufnahmen und Berichte geflüchteter Armeeangehöriger, die von einer katastrophalen Versorgungslage, selbst beim Militär, sprechen. Nur ist das im Westen nicht bekannt, und wenn doch, dann werden diese Meldungen unterdrückt, um die eigene Aufrüstung zu rechtfertigen.»

Julia dachte über Bents Worte nach. Ganz Unrecht hatte er mit seiner Einschätzung nicht. Die Berichte und Aktenvermerke, die über ihren Schreibtisch im Auswärtigen Amt gingen, bewirkten bei den jeweiligen Amtsinhabern wenig. Sie hatten genaue Vorgaben von der NATO oder direkt von den Amerikanern bekommen, was weiterzuleiten ist oder was in den Papierkorb gehört. Egal, wie wichtig die Information auch gewesen sein mochte. Nichts durfte dem gemeinsamen Vorgehen unter amerikanischer Führung zuwiderlaufen. «Manchmal kommt es mir auch komisch vor, was die Oberen mit bestimmten Informationen anstellen. Aber was soll's. Dafür sind sie ja schließlich gewählt.»

«Siehst du», entgegnete Bent barsch, «das ist exakt die Einstellung, mit der wir offenen Auges in die Katastrophe laufen. Wir wissen alles, unternehmen aber nichts.»

Julia erschrak ob der ungewohnten Reaktion Bents. «Entschuldigung, ich wollte dich nicht verletzen, aber ...»

«Du verletzt nicht mich damit, sondern dich selbst und alle anderen, die für den Frieden eintreten. Siehst du das nicht? Ich spreche von aktiver Friedenspolitik, und du legst deine Hände in den Schoß. Ich glaube, du verstehst mich einfach nicht.»

«Natürlich verstehe ich dich», sagte Julia ängstlich und legte ihre Arme um seinen Hals. Doch er riss sich los.

«Nein, das tust du nicht. Du verstehst weder mich noch meine Arbeit. Ich glaube, es ist besser, wenn ich jetzt gehe.» Bent stand auf, aber Julia hielt ihn fest.

«Was ... was ist los mit dir? Was habe ich getan?»

«Nichts. Das ist es ja. Du tust nichts. Weder bei mir noch in deiner Verantwortung als Bürgerin deines Landes.»

«Was soll ich denn tun?»

Bent kniete nieder und schaute ihr tief in die Augen. «Sorge dafür, dass alle die gleichen Chancen haben. Sorge dafür, dass keiner das Übergewicht bekommt.»

«Und wie soll das gehen?»

«Verschaffe mir Informationen aus dem Auswärtigen Amt, und ich werde sie an geeigneter Stelle einsetzen, damit das Gleichgewicht gewahrt bleibt.»

«Ich soll für dich spionieren?»

«Nicht für mich. Für den Erhalt des Friedens in einer verrückt gewordenen Welt. Und das hat nichts mit Spionage zu tun, sondern mit Verantwortung und Moral.»

Julia war wie vom Blitz getroffen. «Ich kann das nicht. Ich ...»

«Du willst es nicht. Das ist es. Und wie ich erkennen muss, habe ich mich in dir getäuscht. Du bist genau wie alle. Nur auf den eigenen Vorteil bedacht. Kein Interesse am anderen, an dessen Arbeit und an dem, wofür er einsteht. Ich glaube, wir sollten uns trennen. Am besten sofort.»

Bent stand unvermittelt auf und ging zum Haus zurück. Julia blieb sprachlos zurück. Noch vor ein paar Minuten hatte sie ihren Traum in den Armen gehalten, ihn geliebt, und jetzt wollte er nichts mehr von ihr wissen. Das konnte nicht sein. Sie rief ihm hinterher, doch Bent hörte nicht. Er wollte nicht hören.

Julia wusste, wenn sie auf seine Bedingung einginge, wäre sie verloren. So verloren, wie sie es war, bevor sie Bent kennen lernte. Er war es, der sie aus ihrer Hölle befreit hatte, und er war es, der sie wieder dorthin zurückbringen konnte. Eines wurde ihr schlagartig klar: Sie war in eine Zwickmühle geraten, die ihr keine Chance ließ. Egal, wofür sie sich entschied, sie würde den Kürzeren ziehen. Aber Bent verlieren? Nie wieder in seinen Armen liegen, nie wieder seine Nähe spüren, nie wieder gemeinsame Nächte verbringen? Nein, nur das nicht, sagte sie sich. Alles andere konnte kommen oder auch nicht. Letztlich war es weit entfernt.

Sie stand auf und rannte ihm nach.

Eine Hand rüttelte an Julias Schulter, und sie erwachte aus ihrem Dämmerschlaf. Sie blickte auf und sah, dass sie in Würzburg angekommen war.

✻

«Ich wollte ihn nur fragen, ob er etwas über die Vorgänge von 75 sagen kann. Mehr nicht», versicherte Kilian.

«Und du bist den Engelhardt nicht angegangen?», fragte Schröder.

«Nein, überhaupt nicht. Er hat mich wie einen Schulbuben abfrisiert und wollte mir den Fall entziehen.»

Schröder hörte Kilian aufmerksam zu. «Gut», sagte er schließlich, «ich treffe den Innenminister gleich beim Bankett. Dann werde ich das mit ihm und dem Engelhardt klären. In der Zwischenzeit hältst du dich zurück. Kein unnötiges Aufhebens wegen der Sache. Klar?»

Kilian nickte zufrieden und schnaufte erleichtert durch.

«Apropos», fragte Schröder, «was interessierst du dich für Geschichten aus dem Jahr 1975?»

«Ich glaube, Stahl hat für einen Nachrichtendienst gearbeitet. Die ganze Sache stinkt von vorne bis hinten.»

«Wie kommst du darauf?»

«Ich hab noch keine Beweise in der Hand, aber alles weist darauf hin, dass Stahl einen besonderen Grund gehabt haben muss, um nach Würzburg zurückzukommen.»

«Logisch. Er sollte der neue Regierungspräsident werden.»

«Ja, aber da muss noch etwas anderes sein. Was, weiß ich noch nicht, aber ich finde es heraus.»

«Mach, was du willst, solange du das Treffen nicht störst», sagte Schröder und wollte in den Saal abdrehen, als Kilian nachfasste.

«Was ist eigentlich so verdammt wichtig an dem Treffen, dass du mich jedes Mal darauf hinweist?»

«Kümmere dich um deine Angelegenheiten und stell keine dummen Fragen. Ansonsten kannst du schneller in diesem Kaff verrotten, als du denkst.»

Schröder ließ Kilian in der Lobby stehen und betrat den Saal, in dem das Bankett auf die Staatsgäste wartete. Kilian fühlte sich nicht sonderlich wohl nach Schröders Antwort. Denn sie war mehr als das. Sie war die eindeutige Drohung, nicht mehr zu tun, als Schröder wollte. Doch warum? Was gab es zu verbergen, was die Gäste nicht mitbekommen sollten? Wenn Stahl ein Spion gewesen war, für wen hatte er dann gearbeitet? Würde er bei diesem Treffen auf «alte Kameraden» treffen, die ihm vielleicht nicht sonderlich gewogen waren, oder reichte allein sein Erscheinen aus, dass Unruhe aufkam?

Nach dem, was er bisher alles in Erfahrung gebracht hatte, zeichnete sich für ihn ein Bild ab, das nebulöser kaum hätte sein können. Zum einen hatte er einen toten Stahl, der kaum freiwillig, sondern eher durch einen Unfall oder gar durch fremde Hand zu Tode gekommen war. Auf der anderen Seite kam Stahl als neuer Regierungspräsident in die Stadt zurück, die ihn vor dreißig Jahren am liebsten vergessen gemacht hätte. Und nicht nur das, er bezog eine Villa, nach der sich vergleichbare Beamte neidisch die Finger geleckt hätten.

Irgendetwas war hier megafaul. Wenn Schröder ihm Rückendeckung gegeben hätte, dann könnte er jetzt so richtig loslegen. Den ganzen Zauberkasten auspacken und diesen Provinz-Pfeifen zeigen, was Ermitteln bedeutet. Aber davon war er weit entfernt. Noch so eine Schlappe wie auf dem Friedhof würde er sich nicht mehr leisten können. Schröder hielt ihn stattdessen an der kurzen Leine: «Diskret» sollte er ermitteln. Doch wie, bitte schön, sollte das funktionieren?

«Genug», sagte Kilian zu sich. «Ich werde genauso arbeiten, wie ich es immer tue. Punkt.»

Kilian verließ das Congress Centrum. Er war mit Pia zum Essen beim Italiener verabredet. Als er die Drehtür betrat, kam ihm John Frankenheimer entgegen. Sie beäugten sich kurz, ohne dass einer der beiden ein Wort sagte oder sonst eine Reaktion zeigte.

Frankenheimer ging am Saal vorbei und nahm den Aufzug. Im zweiten Stock stieg er aus und suchte ein bestimmtes Zimmer. Er klopfte, und Galina öffnete ihm. Sie hatte den Telefonhörer zwischen Schulter und Ohr eingeklemmt. Als sie ihn sah, erschrak sie. Frankenheimer trat unaufgefordert ein und schloss die Tür hinter sich.

«Es wurde keine CD oder etwas Ähnliches in den letzten Wochen bei Ihnen abgegeben?», sprach sie in den Hörer und lief zu den Gardinen. Sie riss sie zu und legte den Hörer auf.

«Spinnst du», fauchte sie Frankenheimer an, der lächelnd auf sie zukam. «Ich werde bestimmt überwacht.»

«Kein Problem, Schwesterchen», antwortete er und nahm sie in die Arme, «ich bin ganz offiziell hier.»

«Unten, aber nicht hier oben!»

«Dann habe ich mich eben in der Tür geirrt. Einfach und plausibel.»

«Du bringst dich und mich in Gefahr.»

«Hör auf zu lamentieren. Was gibt's zu berichten, und wie kommst du mit dem Bullen weiter?», fragte Frankenheimer. Er machte es sich auf der Couch bequem.

«Er wollte mich festnehmen. Ich glaub's nicht.»

«Bei mir hat er's auch versucht.»

«Dich hat er festnehmen wollen? Dann ist er noch dümmer, als ich es für möglich gehalten habe.»

«Unterschätz ihn nicht. Er ist der Einzige, der uns in dieser Situation helfen kann. Wenn ich mit dem Material an die Öffentlichkeit gehe, weißt du, was passiert. Keiner hat ihn dann gekannt, und keiner will etwas davon gewusst haben.»

«Ich bin mir da nicht mehr so sicher. Vielleicht sollten wir es versuchen. Dieser Kilian hat keine Spur, und er weiß nicht, wonach er suchen muss.»

«Oh, doch. Engelhardt wollte ihn vom Fall abziehen. Das habe ich soeben von unserem Mann aus München erfahren. Sein Vorgesetzter, dieser Schröder vom LKA, versucht es wieder hinzubiegen. Das heißt, er hat eine Spur, obwohl er nicht weiß, welche.»

«Eben. Er ist wie ein blindes Huhn.»

«Darum häng dich an seine Fersen und zeig ihm den Weg.»

«Das nützt doch alles nichts mehr. Die CD ist und bleibt verschwunden. Sag das Sascha, damit er endlich Ruhe gibt. Außerdem geht mir dieses alte Katz-und-Maus-Spielchen langsam auf die Nerven. Der Krieg ist vorbei, und es war nicht meiner.»

Frankenheimer erhob sich von der Couch. «Nichts ist vorbei. Es geht weiter. Es ist immer weiter gegangen. Also reiß dich zusammen und mach deine Arbeit. Du hast noch zwei Tage Zeit.»

Ohne eine Widerrede abzuwarten, verließ Frankenheimer das Zimmer. Galina nahm ein Glas mit Brandy zur Hand und ging zum Fenster. Sie zog die Gardine zur Seite und schaute hinauf auf die beleuchtete Festung Marienberg. Kräne bewegten schwere Lasten über die Burgmauern. Im grellen Licht der Scheinwerfer wirkten sie wie gigantische Ameisen, die ihren Bau fütterten. Darüber erstrahlte ein vollkommener Sichelmond, der faul auf dem Rücken lag. Der Himmel glich einer Nachtstimmung über dem Bosporus. Was fehlte, war der Muezzin, der zum letzten Mal an diesem Abend sein «Allah uh akbar» über die Köpfe der Ungläubigen schmetterte.

«Zwei Tage», stöhnte sie.

Sie schwenkte den Brandy und blickte auf den Grund des Glases. Ihr Blick verlor sich in den schimmernden Farben des Getränks.

Kuba.

In einem Eimer hatte Galina kleine rote Flusskrebse gefangen und fischte sie mit einem Sieb aus dem trüben Wasser. Sie zeigte sie stolz Sascha, der mit ihr an einem schmalen Bach, nicht weit von der Hazienda, saß. Er machte sich Notizen über die Gespräche, die er mit den deutschen Ausbildern führen wollte.

«Schau, wie sie strampeln», sagte sie.

Die Flusskrebse ruderten mühsam gegen die Einvernahme an und krabbelten am Sieb hoch, um zurück ins Wasser zu gelangen.

Sascha blickte auf und sah, wie Galina sie mit den Händen auffing und in den Eimer zurückwarf. «Ich glaube, die Krebse mögen das nicht, wenn du sie aus ihrem gewohnten Element reißt.»

«Ich werfe sich doch gleich wieder ins Wasser zurück», sagte sie, «ich will nur ein wenig mit ihnen spielen.»

«Würdest du das wollen, wenn die Krebse das mit dir machten?»

Galina lachte. «Aber ich bin doch viel größer als sie.»

«Größe heißt nicht Macht. Nur wenn du ihnen zeigst, dass es ihnen außerhalb des Wassers besser geht, werden sie sich nicht mehr wehren. Dann hast du die Macht und bist ihr Freund.»

«Von einem Flusskrebs?»

«Von jedem.»

Galina lachte erneut. «Das glaub ich nicht.»

Der staubigen Straße entlang kam Johannes auf die beiden zugerannt. Er weinte und setzte sich neben Sascha.

«Was ist los?», fragte Sascha.

«Ich hasse ihn», schluchzte Johannes. «Er ist so ein gemeiner Heuchler.»

«Wer?»

«Mein Vater. Er hat mir verboten, zu euch zu kommen, weil ihr alle dreckige Kommunisten seid, wie er sagt. Wenn er mich noch einmal mit euch erwischt, will er mich in ein Internat nach Deutschland schicken.»

«Und, was ist so schlimm daran?»

«Ich will nicht in das Internat zurück.»

«Wieso nicht? Du bekommst dort bestimmt eine gute Ausbildung.»

«Sie hassen mich. Sie sagen, mein Vater sei ein dreckiger Waffenhändler, der mit jedem Geschäfte macht.»

Sascha merkte auf. «Dein Vater handelt mit Waffen?»

«Nicht nach außen hin. Aber wenn seine Kunden kommen, dann geht es um nichts anderes.»

«Welche Leute kommen denn zu euch?»

«Jeder, der Geld hat und Waffen braucht.»

«Woher bekommt er sie?»

«Von überall her. Amerika, Deutschland, Frankreich oder England. Er kauft von jedem, der liefern kann, und er verkauft an jeden, der zahlen kann. Auch an die Kommunisten.»

«Woher weißt du das?»

«Sie kommen zu uns nach Hause. Ich sitze dann im Nebenzimmer oder auf der Veranda. Da höre ich, wer sie sind und gegen wen sie kämpfen. Gerade ist ein schwarzer Mann aus Afrika da. Er will Panzer und Raketen. In seinem Land wollen die Aufständischen an die Macht, und er sagt, dass die Amerikaner sie mit Waffen beliefern.»

Sascha überlegte. Dann nahm er Johannes in den Arm und schlug ihm vor: «Ich habe da eine Idee, wie du nicht mehr in das Internat zurück musst. Wenn diese Männer zu deinem Vater kommen, dann hör ganz genau zu, was sie sagen, und merk es dir. Galina wird dich dann treffen, und du erzählst ihr alles, was du gehört hast. Allerdings müssen wir das ganz geheim machen. Niemand darf davon wissen oder dich mit ihr sehen. Wenn du das gut machst, dann werde ich dafür sorgen, dass das Internat dich nicht mehr haben will.»

«Versprochen?», fragte Johannes.

«Versprochen», antwortete Sascha.

Sascha ließ die beiden schwören, dass sie ab jetzt ein Geheimbund seien. Verrat würde mit dem Tod bestraft.

※

Tonino nahm den unberührten Teller vom Tisch. «Hat es dir nicht geschmeckt, Kiliano?»

«Doch, doch», antwortete Kilian.

Tatsächlich hatte er keinen einzigen Bissen vom Saltimbocca probiert. Stattdessen war die Flasche Antinori leer, und der Aschenbecher quoll von Zigarillos über.

«Was ist los mit dir?», fragte Pia besorgt und gestattete Tonino, ihren Teller abzuräumen.

«Und dir, cara mia?», fragte er hoffnungsvoll.

«Bene», antwortete sie und bestellte einen Espresso. «Na, sag schon. Was liegt dir auf der Leber?», fragte sie Kilian.

«Irgendetwas ist an der Sache mit Stahl faul.»

«Kein Wunder. Stahl hat sich nicht umgebracht.»

«Das meine ich nicht. Ich habe mir heute die Berichterstattung aus dem Jahr 1975 angesehen. Stahl und Engelhardt haben da eine seltsame Rolle gespielt.»

«Engelhardt? Der Leitende Oberstaatsanwalt?»

«Genau der. Die beiden haben während ihrer Studentenzeit gegen die Stationierung von bestimmten Waffensystemen auf dem Giebelstädter Flughafen protestiert. Danach sind sie spurlos verschwunden.»

«Na und?»

«Keiner wusste, wohin und warum. Dann plötzlich tauchen sie einer nach dem anderen wieder auf und besetzen Schlüsselpositionen in der Stadt.»

«Was soll daran ungewöhnlich sein?»

«Es gibt kaum Hinweise darauf, was sie in der Zwischenzeit gemacht haben. Engelhardt soll nach der Wende im Auftrag des Justizministeriums in Gera gearbeitet haben, und Stahl findet sich nach seiner damaligen Opposition gegen München auf einmal als Regierungspräsident in Würzburg wieder. Da wurden aus zwei Revoluzzern plötzlich zwei linientreue Streiter. Ich glaube nicht an die wundersame Wandlung dieses Saulus zum Paulus. Dahinter muss mehr stecken.»

«Und was vermutet mein Detektiv?»

«Dass hier eine ganz große Sauerei im Gange ist.»

«Ich finde nichts Ungewöhnliches daran, wenn sich einer ändert.»

«Aber gleich so radikal?»

«Klar. Auch du hast dich geändert. Vor ein paar Monaten wolltest du unbedingt aus der Stadt verschwinden, und jetzt fühlst du dich doch wohl hier.»

Kilian schwieg und zündete sich ein neues Zigarillo an.

«Du fühlst dich doch wohl hier, oder?», fragte Pia misstrauisch und legte ihre Hand auf seine. Kilian zog seine Hand zurück und gab Tonino ein Zeichen für einen neuen Vecchia.

«Ich habe dir eine Frage gestellt», sagte Pia ungeduldig.

«Ich bin nicht taub!»

«Und?!»

«Hör zu, Pia. Ich mag dich und schätze dich sehr. Aber du solltest nicht zu sehr darauf vertrauen, dass ich auf ewig hier bleibe. Dinge ändern sich und Menschen auch. Das hast du gerade sehr richtig festgestellt. Doch das trifft nicht auf mich zu. Ich habe alles unternommen, um aus Würzburg wegzukommen. Und das ist noch heute so. Es ist mir hier alles zu eng und zu kleinbürgerlich. Ich brauche die Herausforderung.»

«Ah ja. Und die findest du hier nicht? Oder, anders ausgedrückt, nicht bei mir?»

«Du hast damit gar nichts zu tun.»

«Eben. Genau darum geht es. Ich habe in deinem Leben gar

nichts verloren. Das wolltest du sagen. Ich bin dein kleiner Zeitvertreib, deine kleine Bettschlampe. Mehr nicht. Weißt du was, hol dir einen runter und scher dich zum Teufel!»

Pia stand auf, nahm den Vecchia, den Tonino soeben brachte und trank ihn in einem Schluck.

«Weißt du was, Kilian? Du bist ein selbstverliebter, egomanischer Tropf. Nichts und niemand kommt an dich heran, weil nur eine Person für dich zählt. Und das bist du selbst. Du tust mir nicht einmal mehr Leid.»

Pia bebte vor Wut und verließ das Lokal.

«Scusi», fragte Tonino nach einer kurzen Pause und schaute sich nach einer weiteren möglichen Gefahrenquelle für Kilian um. «Noch einen?»

«Niente», antwortete Kilian, «il conto prego.»

Ein paar Häuser weiter kehrte Kilian ins *Chase* auf einen Absacker ein. Die Bar war bis auf ein knutschendes Pärchen, das sich in der Ecke verrenkte, verwaist. Die Fernsehschirme nudelten MTV-Clips ab, und über die Lautsprecher mühte sich ein alter Song von Terence Trent d'Arby. Kilian nahm auf einem Hocker Platz und bestellte einen Carlos. Kaum hatte er das Glas angesetzt, betrat ein weiterer Gast die Bar. Sie nahm ein paar Barhocker entfernt von Kilian Platz.

«Einen Carlos. Doppelt», gab Galina in Auftrag.

Kilian blieb der Brandy im Halse stecken, als er ihre Stimme erkannte. Er blickte zornig zu ihr hinüber. «Was zum Teufel machst du hier?»

Galina zeigte sich ebenso überrascht: «Du hast mir gerade noch gefehlt. Als wäre mein Tag nicht mies genug gewesen.»

«Ganz meine Meinung. So kann man sich einen Tag versauen.»

«Gibt es hier in diesem Nest kein Loch, in dem du verschwinden kannst? Jedes Mal, wenn ich dich sehe, könnte ich kotzen.»

«Nimm deine Klappe nicht so voll. Beim nächsten Mal bist

du fällig. Das Loch, wo du hingehörst, wartet schon auf dich. Stabile Gitter mit Aussicht auf deine Zellennachbarn, harte Pritsche und ein Topf für vier. Da wirst du dich gut machen.»

«Oh, oh, starke Worte für 'nen kleinen Bullen. Wart's ab, ich bin noch nicht fertig mit dir. In Genua bist du mir nur um Haaresbreite entwischt. Das wird mir nicht noch einmal passieren.»

Kilian umklammerte das Glas. Er konnte sich noch gut an seinen Freund Paolo erinnern, der auf einer Bank im Flughafen Genuas verblutet war. Die Selbstvorwürfe, dass er Paolos Ermordung durch einen Komplizen Galinas nicht verhindern konnte, nagten noch an ihm. Ebenso war der Kontakt zu Paolos Frau seitdem abgebrochen. Sie wollte nichts mehr von ihm wissen, obwohl sie ihm nicht die Schuld an dem tragischen Vorfall gab.

«Verlass dich drauf», schwor Kilian, «Genua habe ich nicht vergessen. Und du wirst es auch nicht. Sobald diese ganze Diplomaten-Scheiße hier zu Ende ist, bist du Freiwild. Egal, wohin du dich flüchtest, ich werde dich finden.»

«Ha», lachte Galina schrill auf, «du wirst mich finden. Da habe ich ja jetzt schon eine Gänsehaut. Keine Sorge, du brauchst mich nicht zu suchen. Ab jetzt werde ich hinter jeder Ecke auf dich lauern. Du wirst, ohne an mich zu denken, keine Straße mehr überqueren. Jederzeit wirst du damit rechnen, dass ich am Steuer sitze und das Gaspedal durchdrücke. Es wird mir ein Fest sein, die Reste von dir in den Gully zu befördern. Und niemand wird mich daran hindern.»

Der Barkeeper verfolgte wie gebannt den Schlagabtausch zwischen den beiden. Er goss ihnen, in der Hoffnung auf mehr, ungefragt nach.

«Du hältst dich wohl für ganz schlau. Nur so weit ist es auch nicht damit her. Ich wette, der Schrein liegt jetzt irgendwo im Porto Vecchio. Schade, schade. Es war so ein hübsches Ding. Und so wertvoll», verhöhnte Kilian sie. «Ich weiß nicht, was mich damals geritten hat, ich hatte dich genau im Visier, als du mit dem Boot aus dem Hafen geflüchtet bist. Ich hätte nur meinen Finger krümmen müssen, und die Sache wäre erledigt gewesen.»

«Nichts hattest du», widersprach Galina energisch. «Du warst genauso blind wie die anderen Idioten.»

«Das Fadenkreuz lag lange genug zwischen deinen Schultern. Wenn du dich damals nicht umgedreht hättest, wärst du jetzt Geschichte. So sieht's aus. Nur wegen mir bist du noch am Leben.»

«Nie und nimmer!», schnauzte sie ihn an und schüttelte verneinend den Kopf. Sie war sich plötzlich ihrer Überlegenheit nicht mehr so sicher und spielte nervös mit ihrem Glas. Denn es stimmte: Bevor sie mit dem Boot aus dem Hafen geflüchtet war, hatte sie sich noch einmal umgedreht. Woher konnte er das wissen? Sie trank das Glas auf einen Schluck aus.

Der Barkeeper füllte nach und fragte: «Was ist dann passiert?»

«Dann hat sie meinen Freund hinterrücks erschossen. Den Mut, ihm dabei in die Augen zu schauen, hatte sie nicht.»

«Ich habe ihn nicht erschossen», wehrte sich Galina.

«Wer war es dann?»

«Ein Schwachkopf, der nicht unterscheiden konnte.»

Kilian lachte hämisch. «Genau dein Stil. Beschuldigst jemanden, der sich nicht wehren kann.»

«Richtig», sagte Galina kühl. «Er ist Fischfutter.»

Kilian schaute überrascht zu ihr hinüber. Galina erwiderte den Blick.

«Unfähigkeit kann tödlich sein», sagte sie.

Der Barkeeper stellte drei neue Gläser in die Mitte der Bar und füllte sie. «Und wie habt ihr euch wieder getroffen?»

Pia beobachtete die beiden von der Straße aus durchs Fenster. Sie sah, wie Galina und Kilian zusammenrückten.

✺

Die Kriechserklärung.

«Kommen wir nun zum Abschluss der Frankenschau zu einem ganz anderen Thema», sagte der Moderator des Bayerischen Rundfunks Karli Schilpert amüsiert. «Das Verhältnis zwischen Bayern und Franken. Oder umgekehrt, wie in diesem Fall: Wie gehen wir Franken mit unseren Bayern um? Sehen Sie dazu einen Beitrag, der uns anonym eingesandt wurde. Vorweg gleich eines: Nehmen Sie ihn nicht allzu ernst. Wir Franken haben Humor. Das haben wir mit unseren bayerischen Freunden gemeinsam. Aber genug der Vorrede. Film ab.»

Der mittelalterlich anmutende Turm einer Burg ragte in eine sternklare Nacht. An seiner Spitze wehte eine rot-weiße Flagge aufgeregt im Wind. Vereinzelte Wolken zogen rasch an einem Halbmond vorbei. Das Bild senkte sich wacklig auf ein Feuer. Mannshohe Flammen loderten und knisterten. Breite Holzscheite waren zu einer Pyramide aufgerichtet, und der spuckende Funkenschlag schien magnetisch von den Sternen angesogen zu werden. Wie in einem Kanal rauschte er eilends in die schwarze Nacht empor.

Um das Feuer standen vier vermummte Gestalten. Sie trugen rot-weiß gestreifte Umhänge mit tief hängenden Kapuzen. Ihre Gesichter blieben im Dunkeln und wurden nur kurz durch aufwallende Flammen sichtbar. Sie waren gezeichnet von Entschlossenheit und Aufruhr. Die Umhänge zeigten vorne auf der Brust den fränkischen Rechen. Im Hintergrund ragten Standarten in den Himmel, die verschiedene Motive ritterlicher Burgherren trugen.

Die Kamera fuhr näher an eine der Gestalten heran. Sie stützte sich auf einen Spieß, von dessen gebogener Spitze das Blut des Feindes herunterzutropfen schien. Eine dunkle Männerstimme begann mit ausladenden Handbewegungen die Ode des fränkischen Dichters Nikolaus Fey an seine Heimat zu rezitieren:

> «Du, mei Frank'n harrli's Land,
> siech, ich muss dir'sch sog:
> Ümmer liaber ho ich di
> hetz mit jed'n Tog.»

Die Gestalt hob den Spieß und gab seinen Mitstreitern das Zeichen zur einstimmigen Lobpreisung. Die Kamera fuhr kreisum an die einträchtigen Kameraden heran:

> «O, ich ho mei Land sou garn:
> Träub'l, Sunn und Farm,
> Wengert, Mee und Tal und Höäh:
> ho euch garn zun Starm!»

Die danach eintretende Pause gab dem letzten Vers Raum, Tiefe und Betroffenheit. Die Kamera richtete sich erneut auf die Gestalt mit dem Spieß aus. Sie setzte zu einer Rede an, die den fränkischen Albtraum in seiner ganzen Härte zum Ausdruck brachte:

«Zwähunnert Jahr Knechtschaft, Unfreiheit und Verlust von Heimat, Kultur und Selbstbestimmung. Hinweggewischt, was jahrhunnertlang g'wachsen und Bestand g'habt hat ...»

«Bleib beim Thema», rief ein anderer dazwischen.

«Was, Freund, könntest du Schlimmeres erleiden? Selbst ern Hund könnt's net schlachter dergeh' ...»

«Lass dein' Köder aus'm Spiel», unterbrach eine Frauenstimme.

«Sei's drum. Das bayerische Joch abzuschütteln gilt es! Wir sind heute Nacht hier zusammengekommen für einen dringend notwendigen Prozess der Reinigung. Säuberung heißt die Parole. Frei sein vom Schmutz der feindlichen Besatzer, rein werde das fränkische Herz und makellos in der Gesinnung nach dem rechten Vorbild der Ahnen ...»

«Jetzt mach endlich, ich hab'n Brand», rief der erste Zwischenrufer.

«Drum ... nieder mit denna bayerischen Imperialisten und ihrer unwürdige Zeichen der Macht ...»

Die Gestalt hob den Spieß zum Schlachtruf. «Nieder mit Bayern, nieder mit dem Feind», grölten die Vier unisono.

«Nei mit dem Fetzen!», krakeelte der Erste und übergab den Flammen eine weiß-blaue Fahne. Hell auflodernd wurde sie Beute des Feuers.

«Di Läderhos könnt's selber anzieh'. Di hält net zamm, was net zamm k'hört. Wech damit!», johlte eine Frauenstimme und warf eine Hirschlederne in die Flammen.

Die Kamera schwenkte zur Seite, wo eine weitere Gestalt aus einer Plastikwanne Weißwürste am Strang herausnahm und sie angeekelt in das Feuer warf.

«Bayerisches Dreckszeuch, verreckts! Schwindsüchtiche BSE-Pamp'n. Damit könnt'er euch selber vergift'», krakeelte die Gestalt und sprang wie Rumpelstilzchen von einem Bein aufs andere.

«Jetzt, hör auf mit dem Scheiß», rief der Spießmann ihn zur Ordnung.

Derweil platzten die Weißwürste wie Pestbeulen auf und verfärbten sich zischend und heischend schwarz.

«Alles ham'se uns abg'nomme. Ausblut'n lass'n se uns Frank'n ... und was griche mir dafür? Weißwürscht! Damit is jetzt Schluss. Hiermit erkläre mir euch den Kriech ...», skandierte der Spießmann grollend.

«Wart. Da fählt nu was», kam ihm die vierte Gestalt dazwischen. «Di Dreckbrüh muss nu dazu ... Dann passt's.»

Aus einem Kasten nahm die Gestalt mehrere Bierflaschen zur Hand. Die Kamera zoomte auf die Etiketten. Im Bild waren eindeutig die oberbayerischen Marken Paulaner, Löwenbräu und Hacker-Pschorr zu erkennen. Die Gestalt schlug die Flaschenköpfe ab und schüttete eine nach der anderen in einen Blecheimer, der die Aufschrift der fränkischen Sauerkrautfabrik Bötsch trug.

«Mit dem Fusel wollt ihr die fränkischen Gemüter klee halten, sie einseifen und ihnen die Köpf wasch'. Aber net mit uns. Des Zeuch hat der Teufel g'sahn. Sauft's selber, euer stinkerde Brüh.»

«Ja, sauft's selber und wech damit!», grölten die vier einstimmig.

«Nie mehr Weißwürscht, nie mehr Hefe!», erhob sich die Stimme des Kameramannes. Seine geballte Faust reichte bis ins Bild.

«Nie mehr Weißwürscht, nie mehr Hefe!», wiederholten die Vier mit erhobenen Fäusten.

«Los, nei damit!», befahl der Spießmann.

Weit ausholend schüttete die Gestalt den obergärigen Inhalt des Blecheimers in die knisternden Flammen. Doch für alle unerwartet verweigerte das fränkische Leuchtfeuer die Zugabe des bayerischen Bieres. Unter ohrenbetäubendem Zischen und Knallen explodierte die brenzlige Fracht vor den Augen der siegestaumelnden Freiheitskämpfer und kam zu ihnen zurück.

Funken, Ruß und aufgewirbelter Dreck kamen ins Bild geflogen. Geschrei und Wehklagen drangen ans Mikrophon. Das Bild fiel samt Kameramann um und zeigte einen glimmenden Halbmond.

«Pass doch auf, du Simpl!»
«Sou a Dreck. Mei Kudde brennt.»
«Mei Hoa. Schorsch, mei Hoa ...»
«I' säh nix mähr ...»
«Hilfäää!»
«Stopp die Aufnahme. Los, mach scho ...»

Der Moderator Karli Schilpert hatte dazu folgendes anzumerken: «So weit die uns zugespielten Aufnahmen aus dem mainfränkischen Würzburg. Wer hinter der Gruppe, die sich ‹Ostfränkische Befreiungsloge› nennt, steckt, konnte die Redaktion nicht in Erfahrung bringen. Auch nicht, wie es den bedauernswerten Mitgliedern seitdem ergangen ist. Eine Nachfrage in den örtlichen Krankenhäusern hat keine weiteren Hinweise erbracht. Doch wir sahen uns dazu angehalten, in der Bevölkerung nachzufragen, inwieweit die erhobenen Vorwürfe geteilt werden. Dazu eine kleine, nicht repräsentative Umfrage unseres Reporters Wastl Kötzenbichler. Film ab.»

Vom Marktplatz im oberfränkischen Cham: «Gloar k'höre mir Franke zu Bayern. Scho mehr wie hunnert Joahr. Und uns gäht's doch guat dabei. Odär?», stammelte eine völlig verdutzte alte Marktfrau in die Kamera.

«Isch fühl misch wohl in Bayern», urteilte ein Mann in Eile vor dem Hintergrund des Aschaffenburger Schlosses.

«Almecht, Bayern und Frank'n, des k'hört doch etz scho so lang zam und hat immer gut gedan», echauffierte sich ein alteingesessener Mittelfranke, der sich beim Straßenkehren sichtlich gestört fühlte.

Und vom Münchener Viktualienmarkt: «Frank'n und Bayern? Mei, so a Kreiz. Was soll mer da no song ...»

Zurück zu Karli Schilpert: «In diesem Sinne. Ein schönes und beschauliches Wochenende von ihrem Bayerisch-Schwäbisch-Oberpfälzer und Fränkischen Rundfunk. Widderschaun und Pfüät Eana!»

6

Schweigend saßen sie sich an den Schreibtischen gegenüber. Beide hatten sich hinter einer Zeitung vergraben. Vor ihnen dampften Kaffeetassen. Der Blick durch das Fenster nach draußen war verstellt. Erneut hüllte Nebel, der vom Main heraufgezogen war, die Zellerau in ein tristes und undurchdringliches Grau. Aus dem Nebenzimmer war Sabine, Kilians und Heinleins Sekretärin, zu hören. Sie telefonierte mit einer Freundin, mit der sie vergangene Nacht auf Tour gewesen war. Ihre schrillen Ausrufe störten die morgendliche Ruhe im K1. Die übrigen Beamten waren bis auf ein paar wenige, die Telefondienst schoben, bereits im Einsatz am Congress Centrum.

«Und? Bist du noch mitgegangen?», tönte es aus Sabines Zimmer herüber. Nach einer kurzen Antwort brach sie in schallendes Gelächter aus. «Ich hab's dir doch gesagt. Große Klappe, kleiner Johannes.»

Heinlein setzte genervt die Zeitung ab und rief zu Sabine hinüber: «Verdammt, schaff was und gilf hier nit rum.»

Dann konzentrierte er sich wieder auf seine Zeitung. An Heinleins Wange und Haaren hatten sich sonderbare Spuren einer Verbrennung ihren Weg gebahnt. Seine rechte Hand war bandagiert und schmerzte, wann immer er etwas greifen wollte. Auf Anfrage der Kollegen, was passiert war, gab Heinlein ein verunglücktes Grillfeuer im heimischen Garten an. Mit dieser Erklärung zog er natürlich die Häme der Kollegen auf sich, doch das war weit weniger schlimm, als wenn er den tatsächlichen Hergang der Verbrennung hätte erklären müssen.

Bei seiner Frau Claudia war eine in sich logische und nachvollziehbare Schilderung jedoch weitaus schwieriger. Sie kannte ihren Schorsch und seine geheimen nächtlichen Umtriebe mit dem Erich, seinem Freund aus dem Heimatverein für unterfränkische Kultur und Historie, seit Jahren. Wenn er mit solchen Blessuren nächtens nach Hause kam, musste folglich die Geschichte bombensicher sein und durch mindestens zwei Zeugen – außer Erich, der galt als befangen, mehr noch als konspirativ und mit seinem Kumpel Schorsch unter einer Decke steckend – abgesichert sein.

Heinlein entschied sich gegen die abgesicherte Falschaussage, da seine Kollegen vom Heimatverein ebenso wie er von den Flammen gezeichnet waren. Er zog es vor, auf einen verpatzten Übungseinsatz mit den Feuerwehren zu verweisen. Der Brandherd hatte sich unerwartet ausgebreitet und drohte auf einen Mannschaftswagen überzugreifen, wenn nicht Heinlein, wagemutig und selbstvergessen, die Ausbreitung des Feuers unter Einsatz seiner Person verhindert hätte. Das anerkennende Lob seiner Kameraden sei ihm gewiss gewesen. «Alles nur Dampfplauderer», unterstrich Heinlein vor Claudia. «Wenn es darauf ankommt, dann trennt sich die Spreu vom Weizen und die Hosenscheißer von den wahren Männern». So war's, und Heinlein ging voller Stolz, wenn auch sichtlich mitgenommen, nach Hause und überließ es den anderen, seine Heldentat immer wieder aufs Neue zu erzählen. Als Sabine ihn sah, grinste sie nur.

Kilian war bereits tief in seine Zeitung versunken, sodass er ihn nur kurz musterte und auf ein mittelschweres Ehedrama schloss.

«Alles wieder okay?», fragte Kilian.

«Was meinst du?», fragte Heinlein.

«Na, mit Claudia. Die Nummer, die ihr heute Nacht abgezogen habt, muss ganz schön brenzlig gewesen sein.»

Heinlein wähnte sich auf dem sicheren Terrain einer neuen Mär. «Weißt du, wenn du fünfzehn Jahre lang verheiratet bist, dann musst du dir schon mal was Ausgefallenes einfallen lassen, damit noch was geht. Glebb mir, I' wess wovon I' redd.»

«Das glaube ich dir unbesehen. Allerdings stinkst du mit deiner ausgefallenen Nummer bis auf zwei Meter gegen den Wind. Wäschst du dich nicht danach?»

«Hä?»

Unbeeindruckt von Heinleins Aufruf zur Arbeit widmete sich Sabine ihrem Telefonat. «Und dann?» Wieder musste sie nicht lange auf die Antwort warten. «Was? Deine Schuld? Er hat dir wirklich gesagt, dass es deine Schuld war? Ich glaub's nicht.»

«Sabine! Halt die Klappe», befahl Kilian hinter der Zeitung.

«Jaja, gestresst. Wenn sie nicht mehr weiter wissen, dann kommt die Stress-Leier. Ich sag dir eins: Abhaken und auf ein Neues. Es kann doch nicht nur noch Flaschen geben. Wo sind die richtigen Männer geblieben? Lass uns nach Italien auswandern. Nein, besser Jamaika. Ich habe gehört, die Jungs dort unten sind gut bestückt und kennen keinen Stress», versprach Sabine der Freundin.

Heinlein hatte genug. Er sprang auf, lief zur Tür und klatschte sie zu.

«Ich glaub's einfach nicht, was der Engelhardt da verzapft», sagte Kilian und nahm einen Schluck Kaffee.

«Was meinst du?», fragte Heinlein.

«Engelhardt kündigt eine harte Linie bei der Verfolgung und Bestrafung ehemaliger Stasi-Spione im Westen an», las Kilian vor. «Er begrüße die Entscheidung der amerikanischen Regierung, die Rosenholz-Dateien endlich den deutschen Behörden zur Verfügung zu stellen. Es gelte, begangenes Unrecht zu sühnen und wieder für Gerechtigkeit im Staat zu sorgen. Er, Engelhardt, habe bereits ein paar Fälle im Auge, die er einer erneuten Überprüfung unterziehen wolle. Aber damit nicht genug. Er rufe Bürger wie Behörden auf, besonderes Augenmerk auf Mitarbeiter und verdächtige Personen zu haben, die sich in den Jahren von 1970 bis in die Neunziger in auffallender Weise für öffentliche Einrichtungen interessiert haben oder sich an antidemokratischen Versammlungen und Demonstrationen beteiligt haben. Engelhardt habe seine Mitarbeiter angewiesen, diskret mit den ihnen zugetragenen Informationen und Informanten umzugehen. Deren Anonymität bliebe gewahrt.»

Kilian legte die Zeitung vor sich auf den Tisch und schüttelte verständnislos den Kopf. «Jetzt ist die Treibjagd eröffnet. Wir werden uns vor Denunziationen, Verdächtigungen und Anschuldigungen nicht mehr retten können. Warum heizt der Engelhardt nur die Stimmung so an? Der klingt ja wie ein Scharfrichter, nein, schlimmer, wie ein Inquisitor.»

«Was?»

«Inquisition. Mittelalter. Pfaffen, die sich zum Richter aufgespielt haben und allem, was in ihren weihrauchkranken Köpfen nach Hexen und Teufel gerochen hat, ging's an den Kragen. Das Gleiche passiert jetzt wieder.»

«Ich glaube nicht, dass es so weit kommen wird. Dieses Stasi-Zeugs interessiert doch heute niemanden mehr. Außerdem, Stasi ist ein Ossi-Problem und hat doch nichts mit unserer Vergangenheit zu tun», widersprach Heinlein.

«Bei diesen Rosenholz-Dateien geht es vornehmlich um Westdeutsche, die im Auftrag der Stasi westliche Behörden und Unternehmen ausspioniert haben. Wenn das kein gesamtdeutsches Thema ist, dann weiß ich auch nicht. Zudem hege ich starke Zweifel, dass die Spionage vorbei ist.»

«Jetzt hör aber auf. Die Kommunisten haben verloren. Die sind sang- und klanglos mit ihren Honeckers und Mielkes untergegangen. Unser System hat sich als das Bessere herausgestellt. Basta.»

«Sag mal, Schorsch. Bist du so blind oder willst du einfach nicht kapieren, dass diese Spitzeleien nie vorbei sein werden? Bei diesem Sicherheitstreffen der EU geht's doch um nichts anderes. Da werden nach außen irgendwelche gemeinsamen Eingreifheere aufgestellt, die sie ins Kosovo oder an die Schengener Grenzen schicken können, wenn's wieder brennt. Nach innen aber bauen die ein Informationsnetzwerk auf, das über eine rein militärische Anwendung hinausgeht. Das läuft dann unter den Schlagworten Globalisierung und Internet. Da traut sich doch keiner zu widersprechen, weil uns ständig eingeredet wird, dass wir das unbedingt brauchen, um nicht von den Amis oder den Asiaten überrannt zu werden.»

«Ist es denn nicht so?», fragte Heinlein überrascht.

«Angenommen, du wärst der amerikanische Präsident, und in deinem Land hättest du die Firmen, die das Internet aufgebaut und mit ihrer Soft- und Hardware entscheidend geprägt hätten. Und angenommen, diese Internet-Kiste wird wirklich zu dem, was sie uns ständig versprechen. Informationsgesellschaft, bargeldloser Handel, Millionen neuer Arbeitsplätze und so weiter. Du, als amerikanischer Präsident, müsstest doch mit der Schaufel geprügelt sein, wenn du dir nicht ein kleines, aber entscheidendes Hintertürchen offen hieltest.»

«Worauf willst du hinaus?»

«Ich kann mir ums Verrecken nicht vorstellen, dass die Nachrichtendienste aufgehört haben zu spionieren. Früher haben sie es mit Agenten gemacht, heute haben sie bessere und effektivere Mittel zur Verfügung. Internet und Satelliten. Der ganze Kommunikationsbereich läuft über Computer, die miteinander vernetzt sind und abgehört werden können.»

«Aber das ist doch illegal. Nur bei begründetem Verdacht und mit einer richterlichen Anordnung darf abgehört werden. Da gibt es eindeutige Gesetze.»

«Wo kein Kläger, da kein Richter. Zumal, wer überblickt denn diese ganze Technik noch? Du glaubst doch nicht im Ernst, dass außer ein paar Technikern und Softwareentwicklern noch irgendjemand einen Durchblick hat. Am wenigsten unsere Politiker. Deren einzige Ziele sind doch nur noch der Machterhalt und die nächsten Wahlen. Die werden einen Teufel tun, eine neue Technik, die ihnen politische und wirtschaftliche Vorteile bringt, abzulehnen. Denk an den Bangemann, wie der sich von der spanischen Telekommunikationsfirma hat kaufen lassen. Das war einer, der Insiderwissen aus der EU in ein Privatunternehmen gebracht hat. Die ganze Sache stinkt zum Himmel, und ich könnte das Kotzen kriegen, wenn ich nur daran denke, dass es die anderen bisher unbemerkt genauso gemacht haben. Und wenn so 'ne Sauerei wirklich mal auffliegt, dann gehen die mit fetten Pensionen in den Ruhestand oder werden als Berater aktiv. Kein Zeichen der Reue oder Scham. Im Gegenteil. Die schreiben dann Bücher oder werden in den Talkshows herumgereicht. Das nenne ich Vermarktung. Früher wurden die in die Verbannung geschickt oder unters Fallbeil.»

«Jetzt mach mal langsam», echauffierte sich Heinlein. «Das sind von uns demokratisch gewählte Volksvertreter. Die kannst du doch nicht einfach unters Fallbeil schicken, wenn die mal einen Fehler gemacht haben. Sag mal, bist du ein Rechter?»

«Schmarr'n. Ich hab nur die Schnauze voll von diesen unantastbaren heiligen Kühen. Wenn einer von uns kleinen Fischen eine rote Ampel überfährt, dann hagelt es Punkte und Führerscheinentzug. Aber wenn einer von denen das Gleiche macht, weißt du doch selbst, dass die Sache im Nichts verläuft. So was nenne ich Rechtsbeugung. Die sollen anständig ihren Job machen und ihre Pensionen einstreichen. Dann ist die Sache klar und gerecht für mich.»

«Sei's drum. Was hat das alles mit uns zu tun?»

«Ich glaube, dass Stahl ein Spion war. Für wen er gearbeitet hat, weiß ich noch nicht. Vielleicht für die Stasi. Aber ich werd's herauskriegen.»

Heinlein wurde mulmig zu Mute. «Stahl ein Spion?! Du sprichst von unserem neuen ... ehemaligen Regierungspräsidenten. Kilian, ich glaub, du spinnst.»

«Das wird sich noch herausstellen. Dein Freund Walter hat mir die Berichte über Stahl und dieses geheime Waffensystem auf dem Giebelstädter Flughafen aus 75 gezeigt. Noch bevor 79 der NATO-Doppelbeschluss verabschiedet wurde, haben die Amis dort mit neuen Lenkwaffensystemen gearbeitet. Ich kann mir gut vorstellen, dass eine Verwicklung Stahls in diese Vorgänge ihn nachträglich den Kopf hätte kosten können.»

«Apropos Walter. Er hat mich gestern angerufen und gebeten, dass du die Finger von der Geschichte lässt. Er meint, dass du dich in etwas verrennst. Und, um ehrlich zu sein, ich stimme ihm zu.»

«Wie bitte?! Ich hör wohl nicht richtig?»

«Kilian. Die Sache ist über zwanzig Jahre her. Was damals war, ist vorbei und vergessen. Du legst dich da mit Leuten an, denen du nicht gewachsen bist. Kapier das endlich.»

«Nichts ist vorbei. Jeder stellt sich mir in den Weg, wenn ich in dieser Sache etwas erfahren will. Und jetzt kommst auch du noch daher und willst, dass ich die Finger davon lasse. Sag mal, auf welcher Seite stehst du denn eigentlich? Das ist mein Fall, und ich werde den Täter überführen. Das ist so klar wie das Amen in der Kirche.»

«Okay, dann sag mir doch mal, was du außer haltlosen Vermutungen und Anschuldigungen auf der Pfanne hast. Bisher habe ich nichts Greifbares gesehen. Wo sind deine Beweise?»

«Kannst du haben.»

Kilian wählte Pias Nummer.

«Hi, Pia. Wie weit bist du mit dem Obduktionsbericht zum Stahl?»

«Ist auf dem Weg», lautete Pias knappe Antwort. In ihrer Stimme klang nichts Gutes.

«Habt ihr noch etwas herausfinden können?»

«Nein.»

«Wie sieht's mit der Aufschlagstelle des Körpers zur Entfernung der Wand aus? Bleibt es dabei?»

«Ja.»

«Und ein Selbstmord ist somit wenig wahrscheinlich?»

«Schaut so aus.»

«Sag mal, kannst du dich mal etwas ausführlicher ausdrücken?»

«Sie kriegen Antworten auf Ihre Fragen. Mehr nicht.»

«Hast du deine Tage oder spinnst du jetzt völlig? Ich brauche

Zusammenarbeit. Auf deine schnippischen Antworten kann ich verzichten.»

«Steck dir deine Zusammenarbeit an den Hut, Arschloch.»

Kilian war für einen Moment sprachlos. Er rang nach Worten. «Ich glaub, ich muss mit dir mal ein ernstes Wörtchen reden. So geht's ja wohl nicht.»

«Red doch mit deiner Bar-Schlampe von letzter Nacht. Ich wette, die ist ganz scharf auf dich.»

«Ach so, von daher weht der Wind. Gnädige Frau ist eifersüchtig.»

«Bild dir bloß nicht zu viel ein. Du bist es ja nicht einmal wert, dass man eifersüchtig werden könnte.»

«Dass ich nicht lache. Vor ein paar Tagen hat das noch ganz anders geklungen.»

«Dinge ändern sich. Und du auch. Ich könnte mir die Zunge abbeißen, wenn ich daran denke, dass ich dir vertraut habe. Aber nein, der Herr hat nichts anderes zu tun, als sich aus dem Staub zu machen und eine andere vor meinen Augen anzubaggern. Kilian, du bist das Letzte.»

«Spionierst du mir etwa nach?»

«Dir braucht man nicht nachzuspionieren. Du machst das in aller Öffentlichkeit. Ich hab dich gesucht, weil ich noch mal mit dir reden wollte. Aber du konntest es wahrscheinlich nicht abwarten, dass ich verschwinde.»

«So ein Unsinn, Pia. Ich wollte nur kurz einen heben. Da ist sie plötzlich aufgetaucht. Wir haben ein bisschen gequatscht, sonst war gar nichts. Ehrlich.»

«Wer's glaubt, wird selig.»

Kilian war am Verzweifeln. Er beschloss, die private Auseinandersetzung zu beenden.

«Nun gut, Frau Dr. Rosenthal. Wenn du es nicht anders willst, dann reden wir jetzt offiziell. Ich will Ihren Bericht in einer halben Stunde auf meinem Schreibtisch haben. Zudem möchte ich eine exakte stoffliche Analyse und Auswertung des am Tatort sichergestellten Papierschnipsels, den ich Ihnen gestern zur Prüfung vorgelegt habe. Er stellt wichtiges Beweismaterial dar. Sie dürfen ihn mit dem Obduktionsbericht einreichen. War das klar genug?»

«Ich habe den Schnipsel nicht mehr», antwortete Pia lapidar. «Er ging gestern an Ihre Abteilung zurück. Das Ergebnis meiner Untersuchung lautet, dass es ein ganz normales Stück Papier war. Keine Spuren oder sonstige Auffälligkeiten. War das klar genug?»

Kilian stutzte. Es lag ihm nichts vor. «Hast du von Pia ... Frau Dr. Rosenthal ein Beweisstück aus der Rechtsmedizin erhalten?»

Heinlein schüttelte teilnahmslos den Kopf. Er wollte nicht zwischen Pia und Kilian geraten.

«Sabine!», rief er quer durch den Raum. «Hast du aus der Rechtsmedizin etwas bekommen?»

Sabine schaute aus ihrem Zimmer heraus und verneinte.

«Es ist nichts da», sprach er vorwurfsvoll in den Hörer.

«Dein Problem. Ich hab's dir reingeschickt. Alles andere geht mich nichts an.»

«Zum Teufel, das ist ein mögliches Beweisstück zur Überführung eines Spions. Ich mach dich verantwortlich, wenn du das Ding nicht auftreibst», brüllte Kilian in den Hörer und hämmerte ihn zurück auf die Gabel. «Das darf doch nicht wahr sein. Der einzig konkrete Hinweis, den ich habe, ist verschwunden.»

«Brauchst dich nicht zu wundern», sagte Heinlein.

«Nicht wundern?! Was denn sonst? Bin ich hier nur noch von Spitzeln und Quertreibern umgeben?»

«Das meine ich nicht.»

«Was dann?!»

«Pia ist eine Klasse-Frau, und du behandelst sie wie Dreck. Du brauchst dich nicht zu wundern, wenn sie nicht kooperieren will. Und zweitens glaube ich nicht, dass sie dich bei deiner Spion-These unterstützen wird.»

«Ah ja, Mister Klugscheißer. Wieso sollte sie das nicht tun?»

«Weil sie aus dem Osten kommt und mit Stasi und Spionen nichts mehr zu tun haben will.»

«Pia ist eine Ossi?»

«Wusstest du das nicht?»

«Nein, keine Ahnung. Ich kenn sie doch erst seit ein paar Monaten.»

«Sie kam vor der Wende über die ungarische Grenze. Ihre Eltern waren im MfS aktiv. Sie hat sich nicht mit ihnen verstanden und konnte ihre politische Tätigkeit nicht akzeptieren. Ich glaube, bis heute hat sie kein Wort mit ihnen gewechselt. Also alles, was nur nach Stasi riecht, ist für sie ein rotes Tuch.»

«Na bravo. Hättest du mir das nicht vorher sagen können?»

«Wieso? Du machst doch eh, was du willst, egal, was man dir sagt. Ich kann dir nur empfehlen, dich bei ihr zu entschuldigen.»

Kilian konnte und wollte nicht nachvollziehen, was ihm Heinlein riet. Alles, woran er denken konnte, war, dass sein einzig verwertbarer Hinweis verschwunden war. Die Rückkehr nach München konnte er sich nun getrost abschminken. Aber so leicht wollte er nicht aufgeben. Er griff zum Telefonhörer, ließ sich die Nummer der Gauck-Behörde in Berlin geben und rief dort an.

«Was hast du vor?», fragte Heinlein.

«Voller Einsatz. Wir werden bald erfahren, ob ich Recht habe.»

Kilian ließ sich mit einem Sachbearbeiter verbinden, der für die Entgegennahmen von Überprüfungen zuständig war.

«Ich ermittle im Falle eines Dr. Wolfgang Stahl, der gestern in Würzburg auf unnatürliche Weise zu Tode gekommen ist. Der Tote steht in Verdacht, für das Ministerium für Staatssicherheit gearbeitet zu haben. Ich möchte Einblick in seine Akte, soweit sie Ihnen vorliegt. Zudem erweitere ich die Anfrage auf einen Dr. Robert Engelhardt, seines Zeichens Leiter der Oberstaatsanwaltschaft in Würzburg. Und wenn Sie schon dabei sind, dann überprüfen Sie auch eine gewisse Dr. Pia Rosenthal.

Die ganze Sache muss schnell gehen. Es besteht Verdunkelungsgefahr.»

Kilian legte den Hörer auf und atmete durch. «Dann wollen wir doch mal sehen, wer hier alles Dreck am Stecken hat.»

Heinlein stand fassungslos vor ihm. «Kein Zweifel. Du bist eindeutig verrückt geworden.»

✸

Julia zeigte dem Rezeptionisten ein Bild von Bent und fragte ihn, ob er Gast im Hause sei. Der Mann sah es sich flüchtig an und verneinte freundlich.

«Sind Sie sicher?», fragte Julia.

«Ich kenne unsere Gäste. Dieser Mann ist nicht darunter. Versuchen Sie es doch bei einem anderen Hotel, das in der Nähe des Congress Centrums liegt. Dort ist der Großteil der Gäste abgestiegen», versicherte er und wandte sich einem Gast zu, der hinter ihr ungeduldig wartete.

«Da war ich schon. Können Sie nicht trotzdem in Ihrem Computer ...», bat Julia.

Doch es war zwecklos. Sie steckte das Bild in ihre Manteltasche und ging auf die Straße hinaus. Sie lief durch die enge Seitengasse stadteinwärts. Als sie in die Domstraße kam, entdeckte sie an einem Kiosk die Todesmeldung mit einem Bild von Stahl in der Tageszeitung. Es zeigte Stahl, der dankend die Verabschiedungsurkunde aus den Händen des bayerischen Innenministers entgegennahm. Um ihn herum standen Vertreter der örtlichen Gemeinden in folkloristischer, oberbayerischer Tracht. Von Dank und Bedauern ob seiner Versetzung war die Rede. Stahls Lächeln brachte ihr die Erinnerung an das Dachzimmer in Köln zurück.

Das Bündel Kopien trug den Stempel «Geheime Verschlusssache». Er prangte quer neben dem Bundesadler. Darunter erhob sich in breiten Lettern «Auswärtiges Amt der Bundesrepublik

Deutschland». Das Bündel wurde durch einen roten Einweckgummi fest zusammengehalten und lag auf dem kleinen Nachttisch neben dem Bett. Julia hielt die Decke zwischen Knien und Armen umklammert und beobachtete Bent, wie er sich am Waschbecken wusch. Durch das schmale Fenster fiel karges Licht herein. Der dünne, lange Schatten des Schneeregens bildete sich auf ihrer weißen Bluse ab, die über der Stuhllehne lag. Der Nummer-eins-Hit «True» von Spandau Ballet wimmerte durch den kleinen Lautsprecher des Radios. Julia hatte es bei jedem Treffen dabei, um dem unwirtlichen Raum etwas Stimmung zu geben.

«Musst du schon gehen?», fragte sie ihn. «Es ist doch erst halb acht.»

Bent setzte sich neben sie aufs Bett. Er streichelte ihr übers Haar.

«Du weißt doch, dass ich nicht zu spät kommen darf. Wenn ich nicht rechtzeitig erscheine, fliegt er ohne die Akten», sagte Bent und küsste sie auf die Wange. Er stand auf und zog sich an.

«Es ist doch nur ein Arbeitspapier. Die endgültige Fassung wird erst im Frühjahr bei der nächsten NATO-Sitzung in Brüssel behandelt.»

«Das habe ich ihm auch gesagt. Aber es ist nicht meine Entscheidung. Er besteht darauf, dass er Einsicht in die Akten erhält, damit er rechtzeitig im Sicherheitsrat der UNO darauf hinweisen kann, mit welchen Mitteln die nordatlantische Allianz das Gleichgewicht in Gefahr bringt.»

«Wer ist *er*? Kenne ich ihn?»

«Das ist nicht wichtig. Er hat Zugang zu den entscheidenden Leuten.»

«Wieso machst du so ein großes Geheimnis daraus? Wenn er nichts zu verbergen hat, kann er doch in aller Öffentlichkeit auftreten.»

«Eben nicht, mein Schatz. Er ist genauso gefährdet, wie ich es bin. Jeder, der in diesen Zeiten für den Frieden arbeitet, wird angreifbar. Es ist besser, wenn du mich nicht weiter danach fragst. Vertrau mir.»

«Das tue ich. Aber ich möchte wissen, für wen ich seit Jahren meine Karriere und meine Freiheit aufs Spiel setze.»

Bent warf sich den Mantel um und beugte sich zu ihr herunter. «Jeder von uns weiß zu schätzen, was du tust. Durch dich können wir das Schlimmste verhindern, indem wir es an die Öffentlichkeit bringen. Auch mein Schicksal hängt davon ab. Wenn ich nicht meinen Beitrag leiste, werde ich durch jemand anderen ersetzt. Wer weiß, wo ich dann lande. Vielleicht komme ich nach Asien, Afrika oder sonst wohin. Das würde für uns bedeuten, dass wir uns nicht mehr sehen können. Und das willst du doch nicht.»

Julia hielt inne und umarmte ihn. «Ich will nicht, dass du gehst. Bleib bei mir.»

Bent streichelte ihr über das Haar. «Ich muss. Wenn ich jetzt nicht gehe, komme ich vielleicht nie wieder zurück. Er ist streng und lässt keine Fehler zu. Das weißt du doch. Ich bin auf ihn angewiesen. Ohne seine Zustimmung darf ich nicht hier bleiben.»

«Dann lass uns gehen. Egal wohin. Wir beide, zusammen, werden immer etwas finden.»

«Er würde dafür sorgen, dass wir getrennt würden. Ich kenne ihn, und ich habe Angst davor.»

«Aber wie kann er das? Ich denke, er arbeitet für das Friedensinstitut. So wie du.»

«Er hat sehr viel Einfluss. Für ihn zu arbeiten bedeutet, dass man ein Leben lang an ihn gebunden ist. Er lässt kein Nein zu.»

Bent machte sich aus ihrer Umarmung frei, nahm das Bündel, steckte es unter seinen Mantel und ging zur Tür.

«Wann werde ich dich wieder sehen?», rief sie ihm hinterher.

«Ich melde mich. Versprochen.»

Bent schloss die Tür hinter sich. Julia wartete, bis er am Ende der Treppe angekommen war. Dann warf sie die Bettdecke zur

Seite. Sie war bis auf die Bluse völlig bekleidet. Sie griff ihren Mantel und rannte die Treppe hinunter auf die Straße. Bent fuhr soeben mit dem Taxi Richtung Innenstadt. Julia stieg in ihren Golf und folgte ihm. Die Fahrt ging über den Rhein am Dom vorbei und endete am Hauptbahnhof. Er stieg am Eingang aus und betrat das Gebäude. Julia stellte ihren Golf am Taxistand ab und lief ihm nach. Die Taxifahrer riefen ihr aufgebracht nach, doch sie achtete nicht darauf. In der weiten Eingangshalle fiel es ihr schwer, Bent nicht aus dem Auge zu verlieren und unauffällig hinter ihm zu bleiben. Er betrat einen Bahnsteig, auf dem zwei Züge zur Abfahrt bereitstanden. Die Durchsage rief die Fahrgäste nach Berlin zum letzten Mal auf, den Zug zu besteigen. Bent ging hastig an den Waggons entlang und blickte durch die Scheiben in das Wageninnere. Plötzlich machte er Halt. Er blickte sich um, und Julia duckte sich hinter einer Werbetafel. Als der Pfiff des Schaffners ertönte, schlossen sich die Türen, und der Zug setzte sich in Bewegung. Bent hielt Schritt mit dem Abteil, das auf seiner Höhe lag. Das Fenster öffnete sich, und ein Arm ragte heraus. Bent holte unter seinem Mantel das Bündel hervor und reichte es zum Fenster hinein. Bent verlangsamte den Schritt und blieb stehen. Als der Waggon an Julia vorbeikam, sah sie das Gesicht eines Mannes, den sie später als Stahl kennen lernen sollte. Mit seinem dreckigen Lächeln und den von ihr beschafften Akten in seiner Hand wirkte er spontan unangenehm auf sie.

Julia schaute am Bahnsteig entlang, wo Bent geblieben war. Sie konnte ihn nicht sehen, also lief sie los. Ein Pfiff schallte schrill durch die offene Halle, die Türen schlossen sich, und der zweite Zug am Bahnsteig setzte sich in Bewegung. Sie rannte ihm hinterher. Einer nach dem anderen schoben sich die Waggons an ihr vorbei. Sie erhoffte hinter jedem vorbeiziehenden Fenster Bent zu erblicken. Außer Atem musste sie am Ende des Bahnsteiges Halt machen. Vor ihr verglommen die roten Begrenzungsleuchten allmählich im Dunkel der Nacht.

Julia starrte auf das Zeitungsbild von Stahl. Dieses verächtliche Grinsen.

«Geht es Ihnen nicht gut?», fragte sie ein Mann, der sie sorgenvoll von der Seite aus ansah.

Julia zeigte keine Reaktion. Der Mann wiederholte seine Frage und legte seine Hand fürsorglich auf ihre Schulter. Erst jetzt kam sie zu sich.

«Wie?», fragte sie benommen.

«Kann ich Ihnen helfen?»

Julia lächelte und verneinte. Der Mann ging weiter. Julia nahm Stahl erneut ins Visier. Sie spuckte gegen die Scheibe und setzte ihren Weg fort.

※

Der Sicherheitsgürtel rund um die Festung Marienberg wurde zunehmend undurchdringlicher. Die Sperrmeile begann bei der Zufahrt hinauf zur Festung. Davor schützten gepanzerte Einsatzwagen der Polizei, mobile Metallabsperrungen, Wasserwerfer und aufmarschierende Trupps von Bundesgrenzschutzbeamten in martialischen Uniformen die neu gezogene Grenze. Das Idyll einer sonst friedfertigen Vorstadt mit Fachwerkhäuschen und gepflegten Gärten war einer maßlos scheinenden, hochgerüsteten Streitmacht gewichen, die nervös darauf bedacht war, jede aufkeimende Bedrohung des Sicherheitsnetzes im Ansatz zu unterbinden – wenn notwendig unter Einsatz ihrer zahlreichen Waffen.

Lediglich Anwohner durften unter Vorlage des Ausweises und einer Überprüfung ihres Fahrzeuges passieren. Dahinter durchkämmten Sicherheitsleute Gärten, Keller und Dachböden nach auffälligen Vorrichtungen und ordneten an, dass solche abgebaut wurden.

Die Bauarbeiter innerhalb der Festung standen derweil unter Aufsicht bewaffneter Polizeieinheiten. Jede Lieferung, die von den Kleinlastern durch die engen Burgtore heraufgeschafft wurde, unterlag strengsten Kontrollen. Hubschrauber kreisten über der Burg. Sie dirigierten über Funk mobile Einheiten durch die steilen Lagen der Weinberge, die den Marienberg umgaben. Technische Hilfseinheiten überprüften dazwischen die Eingänge zu den weit verzweigten unterirdischen Gängen. Türen und Schlösser wurden auf Verschluss geprüft. Manche mussten nachgesichert werden, sodass ein Eindringen von außen unmöglich war.

Vom gegenüberliegenden Nikolausberg überwachten Kameras die Vorgänge am Marienberg. Weitere waren hoch oben auf den Baukränen installiert. Von dort aus sollten sie tief in den Burghof schauen und die Vorgänge überwachen können. Scharfschützen der Sondereinsatzkommandos stiegen den hohen und windigen Weg hinauf in die Kanzeln und überprüften die Sicht in den Burggraben und auf die Fenster und Eingänge der Burg sowie auf die Fußwege, die von der Stadt heraufführten.

Gesteuert wurden Überwachungstechnik und Einsatzkräfte von einem Lagezentrum aus, das in der Polizeidirektion am Main untergebracht war. Im obersten Stockwerk wurden Monitore, Steuerungseinheiten und Computer an der Main und Festung zugewandten Fensterfront aufgebaut. Von dort oben aus hatte man einen ungehinderten Blick auf die Burg. Unter den Technikern und Polizeibeamten befanden sich amerikanische Kollegen in Zivil. Sie standen im Funkkontakt mit ihrer Basisstation in Frankfurt, die Satellitenbilder auf die Monitore übertrug. Sie waren gestochen scharf und ließen sogar die Zigarettenmarke erkennen, die die Einsatzkräfte auf der Burg rauchten.

Ergänzt wurden die Bilder durch Einspielungen von Funksprüchen, die in keinster Weise sicherheitstechnischer oder militärischer Natur waren. Die Lautsprecher gaben sich überlagernde Privatgespräche wieder, die von einem Übertragungswagen an der Frankenwarte gesendet wurden. Er hatte seine Richtantenne auf die Sendemasten der Telekom und der privaten Konkurrenz ausgerichtet. Sie thronten wie überdimensionale Spargel über der Stadt. Die fränkischen Polizisten staunten nicht schlecht, was ihre amerikanischen Kollegen da machten.

Ein Deutscher wagte zu sagen: «Excuse me, but this is illegal.»

Der Beamte erntete ein müdes Lächeln. «No», antwortete der Amerikaner gelassen, «that's just another way of security.»

Er wandte sich gelangweilt ab und sprach in sein Mikrophon: «Testing. Signal, please.»

Aus den Lautsprechern war Straßenlärm zu hören. Wie von Geisterhand bewegt zeichnete sich plötzlich ein Gespräch auf einem Monitor ab, das offensichtlich von einem Handy aus geführt wurde. Der sich aufbauende Text entsprach der Stimme, die aus einem der Lautsprecher drang. Ein Wörterbuch wurde eingespielt, das an der Seite sämtliche verdächtigen Wörter, die der Handybesitzer sprach, herausfilterte und sie untereinander aufreihte. Das Programm wies jedem Wort eine Priorität zu und veranlasste automatisch die Abfrage des Handynutzers nach Namen, Anschrift, Beruf, Bankverbindung, Nutzung von Kredit- und EC-Karte und einer Reihe von Telefonnummern, die er in den letzten Tagen angerufen hatte oder die zu ihm Verbindung aufgenommen hatten. Diese Nummern wurden automatisch einer gesonderten Prüfung unterzogen und zeigten schließlich das Bild eines Mannes und einen Auszug seines Strafregisters. Sieben Monate lang hatte er eine Freiheitsstrafe wegen Betrugs verbüßt und stand ein weiteres Jahr unter Bewährungsauflagen. Des weiteren konnten Sperrvermerke, ein Stimmen- und Bewegungsprofil, Reise- und Konsumverhalten, ärztliche Diagnosen, etwaige politische Aktivitäten et cetera auf Wunsch zugespielt werden.

Die Würzburger Polizeibeamten standen sprachlos vor dem Monitor und beobachteten wie kleine Kinder unter dem Weihnachtsbaum, was sich da vor ihnen tat.

«Target search», befahl der Amerikaner ruhig.

Das Satellitenbild zeigte zuerst ein Wolkenband. In schneller Abfolge wechselten die Bilder auf die Umrisse Europas, Deutschlands, Würzburgs, den Main, die Karmelitenstraße und endeten an der Kreuzung zur Juliuspromenade, wo eine Frau mit einem Handy am Ohr stand. Die Fahrzeuge hielten an der Ampel, und die Frau überquerte die Straße kurz darauf. Ein rot umrandetes Zielfeld ließ sie nicht ausbrechen und folgte ihr die Juliuspromenade entlang. Parallel zeichnete der Rechner das Gespräch des Telefonats auf und unterzog Worte wie «Zoll», «Flugzeug» und «gefährlich» einer Überprüfung ihrer bisher geführten Telefonate, die bei der Nennung gleich oder ähnlich lautender Gespräche auf einem Zentralspeicher abgelegt waren. Ebenso verfuhr der Rechner mit der Nummer des Angerufenen.

Letztlich sprach die Frau mit einem Bekannten über den anstehenden Geschäftsflug nach New York und erkundigte sich, ob es gefährlich war, dem Zollbeamten das eingeführte Geschenk für den Geschäftspartner zu verschweigen.

Der Amerikaner wechselte den Kanal an seiner Steuereinheit. «Wolf one coming. Target sector b5, moving c6. Check.»

Ein schwarzer Chrysler Voyager mit verdunkelten Scheiben setzte sich auf der oberen Juliuspromenade in Gang. Im Inneren des Fahrzeuges saß ein Mann, umgeben von Monitoren, die einen Stadtplan, verschiedene Videobilder von Straßenzügen und das Satellitenbild mit der roten Zielmarkierung zeigten. Das Signal bewegte sich in den engen Korridoren des Stadtplanes auf den Marktplatz zu. Videobilder wurden aus unterschiedlichen Perspektiven am Marktplatz eingespielt. Der Mann gab dem Fahrer Anweisung, in welche Richtung er zu fahren hatte. Noch vor der Marienkirche stimmte die rote Zielmarkierung mit dem Standort des Fahrzeuges überein. Sie blinkte mehrfach auf und gab ein gleichtönendes akustisches Signal von sich. Der Voyager fuhr im Schritttempo an einer

Frau vorbei, die mit ihrem Handy am Ohr auf den Marktplatz zuging.

«Wolf Leader coming. Target hit», sprach er ins Mikro und wendete den Wagen.

※

Der zweite Tag des EU-Sicherheitstreffens war den Militärs vorbehalten. Die Zeremonie vor dem Congress Centrum glich dem Vorangegangenen, nur mit dem Unterschied, dass die Polizeikräfte durch Bundeswehrkräfte aus den umliegenden Kasernen verstärkt worden waren. Gepanzerte Fahrzeuge riegelten die Zufahrt über den Röntgenring ab, und schwer bewaffnete Einsatzkommandos schlossen die Bannmeile zur Stadt hin hermetisch ab. Wuchtig und dumpf pressten die Rotorblätter der kreisenden Hubschrauber die Lufthülle um das Congress Centrum zusammen. Fenster bebten, Sträucher und Bäume bogen sich unter dem Druck, und der Lärm überlagerte die Sirenen heranfahrender Polizei- und Militärfahrzeuge, die in der Tiefgarage verschwanden.

Die Presse hatte an diesem Tag keinen Zutritt zu den Tagungsräumen. Sie versammelte sich in der angrenzenden Hotellobby und wartete auf den Pressesprecher des Sicherheitspolitischen Komitees, der eine Erklärung über Ziele und Aufgaben einer gemeinsamen Sicherheitspolitik abgeben sollte. Ein Raum war bestellt, in dem Kameras und Mikrophone für die Pressekonferenz aufgebaut waren. Heinlein und seine Kollegen hatten alle Hände voll zu tun, die Journalisten in Schach zu halten, sodass keiner in die Nähe des Durchgangs zum Congress Centrum kam oder in den oberen Hotelbereich vordrang. Schröder wieselte aufgeregt zwischen den Presseleuten und seinen Sicherheitsbeamten umher. Er stand sichtlich unter Hochspannung und dirigierte seine Leute energisch.

Heinlein entdeckte Walter im Tross der Journalisten. Er sah, wie sich Otter Walter näherte und drohend auf ihn einredete.

Walter reagierte abwehrend, wollte offenbar nichts mit ihm zu tun haben. Heinlein verließ seinen Posten und hielt auf die beiden zu.

«Gibt's hier ein Problem?», fragte er.

Walter schüttelte den Kopf und wandte sich ab.

«Pfeif deinen Freund Kilian zurück», warnte Otter Heinlein. «Er mischt sich in Dinge ein, die ihn nichts angehen.»

«Das solltest du getrost Kilian überlassen», antwortete Heinlein scharf. «Ansonsten gebe ich dir einen guten Rat: Achte auf deine Gesundheit. Deine Fresse könnte leicht in einen Schraubstock geraten, und ich dreh an der Kurbel.»

Otter baute sich vor Heinlein auf, obwohl er ihm nur bis zum Kinn reichte. Seine Augenbrauen zogen sich nach innen, und die Augen verschwanden hinter Schlitzen. «Reiß deine Klappe nicht so weit auf. Du bist der Nächste auf meiner Liste, wenn ich mit Kilian fertig bin.»

Heinlein grinste überlegen und spielte den Ängstlichen. «Huh, da habe ich ja jetzt schon mächtig Schiss. Du bist wohl ein richtiger Terminator, ein Zwerg-Arnie, sozusagen.»

Otter packte Heinlein am Hemd und mühte sich, ihn zu sich herunterzuziehen. Heinlein hatte keine großen Probleme, sich zu wehren. Er nahm seinen Kopf zurück, holte Schwung und verpasste Otter einen Kopfstoß. Otter stolperte durch die Wucht rückwärts zu Boden. Aus seiner Nase schoss Blut. Im Nu kreisten ihn Journalisten ein.

«Ich hab's ihm tausendmal gesagt», erklärte Heinlein ungefragt und hämisch. «Diese Böden sind glatt. Mir nichts, dir nichts rutschst du aus, und schwups liegst du auf der Nase. Aber nein, er wollte ja nicht hören.»

Otter versuchte aufzustehen, er schwankte und drohte erneut zu stürzen. Er suchte Halt bei einem der umstehenden Journalisten, der den rettenden Arm verweigerte, auf dass ihm Otter nicht mit dem Blut, das munter aus seiner Nase sprudelte, die Kleidung versaute. Otter griff ins Leere, taumelte und ging wiederum zu Boden.

«Und trinken», setzte Heinlein kopfschüttelnd fort, «trinke nichts, habe ich ihn gewarnt, wenn du dich am nächsten Morgen auf den Beinen halten musst. Aber er wollte einfach nicht auf mich hören.»

«Was ist denn hier los?», fragte Kilian, der sich einen Weg durch den Ring der Journalisten bahnte.

Er sah den strauchelnden Otter bei seinem zweiten Versuch, sich aufrecht zu halten.

«Saufen im Dienst. Das sind mir die Richtigen», sagte Heinlein augenzwinkernd.

Kilian verstand sofort und sah Otter auf Heinlein zustürzen. Doch ein Bein stellte sich ihm in den Weg, sodass er vor Heinleins Füßen aufschlug. Blut spritzte auf seine Schuhe. Heinlein blickte hinunter und streifte es an Otter ab.

«Neun und aus», kommentierte er.

«Lassen Sie mich durch», befahl der alarmierte Schröder.

Er schob die Journalisten zur Seite und half Otter auf die Beine. Doch dessen Knie wollten der Last nicht standhalten und sackten ein ums andere Mal zusammen. Wie eine Marionette mit gekappten Schnüren hing er in Schröders Armen.

«Sanitäter in die Lobby. Schnell», sprach Schröder ins Mikro seines Funkgerätes, das er am Revers befestigt hatte. Er schleppte Otter zu einer Sitzgruppe und legte ihn in einem Sessel ab. Mit einem Wink bestellte er Kilian und Heinlein zu sich.

«Was sollte das werden?», zischte er sie an.

«Nichts», erwiderte Kilian gereizt, «außer dass sich deine Leute in Sachen einmischen, die sie nichts angehen.»

«Wovon redest du?», hakte Schröder nach.

«Dass mich dieser Typ seit Tagen verfolgt. Hast du ihn auf mich angesetzt?»

«Er macht seinen Job. Sonst gar nichts.»

«Das ist keine Antwort auf meine Frage. Hast du ihn auf mich angesetzt?»

Schröder wich der Frage aus und wandte sich den Sanitätern

zu, die Otter unter die Arme griffen und nach draußen beförderten.

«Ich habe dich etwas gefragt!», wollte Kilian wissen und packte Schröder am Arm. Schröder drehte sich langsam um, ohne sich aus dem Griff zu befreien.

«Nimm deine Finger weg», drohte er Kilian. Er fixierte ihn mit strengem Blick.

Doch Kilian ließ nicht locker. «Ich will nur von dir wissen …»

«Kilian!», rief Oberhammer dazwischen.

Er drängte Heinlein zur Seite und baute sich vor Kilian auf.

«Sind Sie jetzt völlig verrückt geworden?!»

Schröder schlug Kilians Arm weg und fragte Oberhammer, wieso er so aufgebracht sei.

«Wissen Sie, was der gemacht hat?», antwortete Oberhammer gedämpft, damit die umstehenden Journalisten nichts davon mitbekamen. «Der hat eine Überprüfung von Stahl bei der Gauck-Behörde beantragt. Können Sie sich das vorstellen?»

«Was hast du?», fragte Schröder Kilian ungläubig.

«Stahl steht unter Verdacht, als Agent für einen Nachrichtendienst gearbeitet zu haben. Ich musste die Spur verfolgen. Daher die Anfrage», antwortete Kilian wie selbstverständlich.

Schröder und Oberhammer verschlug es die Sprache. Heinlein blickte betreten zur Seite und räusperte sich.

«Hab ich dir nicht gesagt, dass du diskret vorgehen sollst? Kein Aufsehen während des Treffens? Hast du mich nicht verstanden oder red ich chinesisch?!», brüllte Schröder, ohne auf die Journalisten zu achten.

Einige kamen neugierig näher. Schröder packte Kilian und zog ihn weg. Oberhammer wies die Journalisten zurück und folgte Schröder.

«Aber das ist noch nicht alles», fügte Oberhammer hinzu.

Schröder blickte erschreckt auf.

«Er hat auch Dr. Engelhardt, unseren Leitenden Oberstaatsanwalt, überprüfen lassen», sagte Oberhammer, «und Frau Dr. Rosenthal aus der Rechtsmedizin. Eine unserer besten Kräfte.

Ich weiß nicht mehr, was ich mit diesem Mann anfangen soll.»
Schröder schien wie vom Blitz getroffen. Er rang nach Worten, während er Kilian kopfschüttelnd anstarrte.

«Wo ist das Problem?», fragte Kilian. «Es ist nur eine Anfrage. Sonst nichts. Wenn keiner etwas zu verbergen hat, dann ist alles in wunderbarer Ordnung. Oder nicht?»

«Hast du Beweise? Irgendeinen Hinweis?», fragte Schröder.

«Nenn den Schnipsel», flüsterte Heinlein Kilian von hinten zu.

«Was für einen Schnipsel?», wollte Schröder wissen.

Kilian setzte zur Antwort an, sagte aber doch nichts. Stattdessen antwortete Heinlein: «Kollege Kilian hat einen möglichen Beweis sichergestellt.»

«Halt die Klappe», fuhr Kilian ihn an.

«Was für einen Beweis, und wo ist er?», fragte Schröder.

«Wir müssen ihn noch überprüfen, erst dann ...», log Kilian.

«Na bravo», klagte Schröder. «Nichts in der Hand, aber den großen Maxen spielen.»

«München», unterbrach einer von Schröders Männern und reichte ihm das Handy. Schröder wies es ab und wollte nicht gestört werden.

«Pullach», wiederholte der Mann mit unterdrückter Stimme.

Schröder nahm das Handy, meldete sich und hörte aufmerksam zu.

Verzerrt dröhnten die Worte «Engelhardt» und «wild gewordener Idiot» aus der Muschel. Schröder nickte und bestätigte die Vorwürfe. Er versprach, die Angelegenheit sofort zu regeln, und beendete das Gespräch.

Er atmete tief durch und setzte an: «Ich hab dich gewarnt. Das war deine letzte Chance.»

Dann wandte er sich Oberhammer zu. «Machen Sie mit ihm, was Sie wollen. Ich habe keine Verwendung mehr für ihn. Schicken Sie ihn wieder auf Streife oder lassen Sie ihn Akten sortieren. Irgendwas. Hauptsache, er taucht nie wieder auf.»

«Jetzt mach mal langsam», protestierte Kilian. «Das kannst du nicht machen.»

«Oh doch», bekräftigte Schröder. «Wer so einfältig und plump an eine Sache herangeht, den kann ich nicht gebrauchen. Scher dich zum Teufel.»

Er wandte sich ab. Doch Kilian packte ihn erneut am Arm und riss ihn herum.

«Du mieses Stück Scheiße», schrie er ihn an.

Oberhammer und Heinlein gingen sofort dazwischen, aber Kilian war nicht mehr zu halten. Er schlug wie wild nach Schröder. Die Fotografen ließen sich den unerwarteten Kampf nicht entgehen und fielen wie die Heuschrecken mit Kameras und Blitzlicht über die beiden her. Vom Aufruhr alarmiert, kamen weitere Sicherheitsbeamte dazu und trennten Kilian von Schröder.

«Du bist Dreck, nichts weiter als Dreck», schnaubte Kilian. Heinlein und ein Sicherheitsmann hielten ihn derweil fest, da er wie ein Stier jede Sekunde einen neuen Angriff starten konnte.

«Lass dich nie wieder bei mir blicken. Das nächste Mal bist du dran», drohte Schröder.

«Fick dich, du Arsch. Auf dich kann ich verzichten», brüllte Kilian zurück.

Schröder lächelte überlegen und sprach zu Oberhammer: «Sie wissen, was jetzt zu tun ist?»

Oberhammer nickte und wandte sich Kilian zu. «Kriminalhauptkommissar Kilian. Hiermit entbinde ich Sie mit sofortiger Wirkung von der Ausübung Ihres Amtes. Bis zur Einleitung eines Disziplinarverfahrens sind Sie vom Dienst suspendiert. Ihren Ausweis, Ihre Marke und die Waffe.»

Kilian stand wie versteinert vor Oberhammer. Regungslos fixierte er Schröder.

«Ausweis, Marke und Waffe», wiederholte Oberhammer mahnend.

«Mach schon», flüsterte ihm Heinlein zu.

Kilian gehorchte und drückte Heinlein die geforderten Gegenstände in die Hand. Wortlos drehte er sich um und verließ die Lobby. Galina stand mit ihren Koffern keine fünf Meter entfernt an der Rezeption und hatte den Vorgang beobachtet. Sie zahlte die Rechnung und ließ die Koffer ins Taxi bringen. Dann folgte sie Kilian hinaus auf die Straße.

«Kriminaloberkommissar Heinlein», befahl Oberhammer, «hiermit übertrage ich Ihnen bis auf weiteres die Ermittlungen im Fall Stahl. Sie wissen, was zu tun ist. Enttäuschen Sie mich nicht.»

Heinlein war wie vom Blitz getroffen. «Was? Ich?»

«Ja, Sie», wiederholte Oberhammer. «Machen Sie sich an die Arbeit.»

«Nein, das geht nicht», widersprach Heinlein.

«Und wieso nicht?», fragte Oberhammer, bereit zur nächsten Suspendierung.

«Weil ... weil ich hier eingesetzt bin.»

«Reden Sie keinen Unsinn», sagte Oberhammer und beendete das Gespräch.

※

«Jetzt bleib doch stehen», rief Galina Kilian nach.

Das Taxi folgte ihr im Schritttempo.

Kilian wollte nicht hören und stieg am *Haus des Frankenweins* die Treppen hoch. Auf der Terrasse machte er Halt.

«Was willst du?», fragte er genervt.

«Lass uns reden.»

«Worüber?»

«Über dich.»

«Da gibt es nichts mehr zu reden. Das war's. Ich bin gefeuert. Finito, Aus und Ende. Oder hast du Bedarf an einem neuen Leibwächter?»

Kilian ging an die Steinmauer, hinter der die Promenade am Main entlanglief. Ausflugsboote lagen verwaist am Kai. Darüber kreisten wie im Kriegszustand Hubschrauber von der Festung herab und folgten den Polizeibooten flussauf- und -abwärts. Militärfahrzeuge überquerten im Konvoi die Friedensbrücke. Bundeswehrsoldaten patrouillierten am Mainufer.

«Meine Welt würde dir nicht gefallen», sagte Galina.

«Was ich in Genua gesehen habe, würde mir für den Anfang reichen.»

«Das war nur eine Seite. Die andere besteht aus Flucht vor übereifrigen Bullen, so wie du einer bist.»

«Warst.»

«Meinetwegen, warst. Aber jetzt mal im Ernst. Worum ging es vorhin in der Lobby?»

Kilian wollte auf die Frage nicht antworten. Dienstgeheimnis und so weiter. Aber er lachte schließlich und besann sich eines Besseren. «Letztlich ging es darum, dass ich über jemanden etwas in Erfahrung bringen wollte.»

«Du meinst Stahl?»

Kilian war überrascht. «Ja, Stahl. Woher weißt du das?»

«Ich weiß mehr, als du denkst. Zum Beispiel, dass du auf der richtigen Spur warst und dass du bestimmten Leuten zu gefährlich geworden bist.»

«Welche Leute meinst du?»

«Ich habe früher für sie gearbeitet. Damals, als ich noch jung und dumm war und noch so etwas wie Ideale hatte.»

«Ach so. Und jetzt bist du ...»

«Ja, genau», unterbrach sie unter dem Lärm eines Hubschraubers, der über sie hinwegflog.

Er erinnerte sie an damals.

*Angola, 23. November 1975.
Südöstlich von Luanda, bei Ebo.*

«Nicht schießen!», befahl Johannes den dunkelhäutigen Soldaten, die sich mit ihm im Schützengraben befanden und auf einen Busch, der mehrere hundert Meter vor ihnen im Tal lag, zielten. Die MPLA-Kämpfer waren durchweg im Schulalter, keiner älter als Johannes. Die kubanischen Mitstreiter hingegen waren ausgebildete Kämpfer, die warteten, bis ihnen per Funk die Zielkoordinaten geliefert wurden. Sie zogen angespannt hinter den Granatwerfern an ihren Zigaretten.

«Aber sie rücken heran, Commandante», warnte ein Schwarzer aufgeregt. «Sieh nur.»

Er zeigte auf einen Hubschrauber der südafrikanischen Armee, der scheinbar ziellos in die Steppe vor ihnen feuerte.

«Noch nicht», wiederholte Johannes und schaute durch den Feldstecher über die Grasnabe, ob er sie entdecken konnte. MG-Feuer aus dem Hubschrauber schlug rund um den Busch vor ihnen ein. Dann sah er sie. Galina rannte im Zickzack auf den Schützengraben zu, und der Hubschrauber hob die Nase an und folgte ihr.

Johannes entriss einem Kämpfer die Panzerfaust und legte an. Durch das Visier sah er Galina auf ihn zurennen, dahinter zuckte das Mündungsfeuer aus den Rohren.

«Schieß, Commandante, schieß», brüllte jemand neben ihm.

Johannes zog langsam den Hahn durch. Ein Zischen und eine Flamme aus dem Rohr folgten dem Sprengsatz, der an Galina vorbei den Hubschrauber in der Kanzel traf. Die Explosion donnerte über das weite Land vor ihnen und zerriss den Hubschrauber, der am Boden zerschellte.

Die jungen Kämpfer brachen in Jubel aus und rissen die Gewehre hoch, als Galina atemlos in den Graben sprang.

«Mui bien», lobte der kubanische Artillerieführer Johannes, der die Panzerfaust weiter reichte und sich um Galina kümmerte.

«Bist du verletzt?», fragte er sie besorgt.

Sie schüttelte keuchend den Kopf. «Nichts passiert.»

Der Kubaner beugte sich mit einer Karte zu ihr herab. Galina zeigte ihm, wo sich die anrückenden Truppen der UNITA und der Südafrikaner befanden und welchen Weg sie einschlagen würden, um auf Luanda vorzurücken.

«Sie glauben, dass sie leichtes Spiel haben. Sie treffen keine Vorsichtsmaßnahmen und scherzen miteinander», sagte Galina zum Kubaner.

«Dann werden sie eine Überraschung erleben», versprach er ihr und gab die Koordinaten an die Geschützführer weiter.

«Verschwinde jetzt», sagte Johannes zu ihr. «Es wird gleich losgehen.»

«Ich bleibe und kämpfe», widersprach sie.

«Du verschwindest! Du hast es Sascha und mir versprochen.»

Galinas Antwort erstickte unter dem Feuer der Artilleriegeschütze. Johannes und sie stürzten an die Waffen und feuerten auf die anrückenden südafrikanischen Einheiten.

«Durch das Tal von Ebo floss an diesem Tag ein Strom von Blut», erinnerte sich Galina. «Wir haben sie vernichtend geschlagen und dachten, wir hätten gesiegt. Das Land wäre frei …»

«Und dann?», fragte Kilian.

«Die CIA schlug unerbittlich zurück. Sie heuerte Söldner aus der ganzen Welt an und vergiftete das Land. Mord, Folter und Bürgerkrieg war alles, was sie und wir erreichten. Nichts blieb übrig von der gemeinsamen Sache gegen die Kapitalisten. Aber auch der CIA erging es nicht besser. Der amerikanische Senat stoppte die Gelder, und die CIA musste schmählich abrücken. Nur der Krieg ging weiter. Er erfasste den ganzen Kontinent. Zwei Jahre später in Äthiopien habe ich dann kapiert, dass der Kampf umsonst war. Weder wir noch die Amerikaner brachten Frieden. Die einzigen, die davon profitierten, waren die Waffenexporteure und die Geheimdienste. Sie zettelten alles an. Und das hat sich bis heute nicht geändert.»

«Was ist aus diesem Johannes geworden?»

«Er ging seinen eigenen Weg.»

Galina wandte sich ab, wollte nicht mehr über die Vergangenheit reden.

«Welchen Weg?», hakte Kilian nach.

«Er ging nach Amerika.»

«Ein kubanischer Freiheitskämpfer? Wie kam er durch die Kontrollen ins Land?»

«Eine neue Identität ist in diesem Geschäft kein Problem. Sascha war der Meinung, er sei an anderer Stelle besser aufgehoben. Letzten Endes hat er es weit gebracht. Allerdings glaubt er immer noch an die Weltrevolution.»

«Wer ist Sascha?»

«Vergiss den Namen und vergiss, was ich dir erzählt habe. Das ist gesünder für dich. Ich habe dir das nur gesagt, damit du begreifst, dass sich Dinge ändern und dass man sich in den Herren, denen man dient, auch täuschen kann.»

«Du sprichst in Rätseln. Was meinst du damit?»

Galina ließ Kilian wortlos auf der Terrasse stehen und ging die Treppe hinunter zum Taxi, das ihr bis hierher gefolgt war. Die Tür wurde von John Frankenheimer aufgehalten.

«Hast du etwas in Erfahrung bringen können?», fragte er ungeduldig.

«Das Spiel ist aus. Er ist gefeuert», antwortete sie nüchtern und stieg ein. Zum Taxifahrer gewandt, sagte sie: «Frankfurt, Flughafen.»

«Du bleibst hier, verdammt. Es ist noch lange nicht vorbei», sagte John und zog sie aus dem Wagen heraus.

«Lass mich los.»

«Du gehst da jetzt hoch und bringst ihn auf die richtige Spur. Er ist wichtig für uns. Er kann uns helfen. Hast du das verstanden?»

«Es ist vorbei. Kapier das endlich. Und ich will endlich wieder meinen Geschäften nachgehen. Sag Sascha, er soll sich jemand anderen suchen.»

Doch John ließ nicht locker und stieß sie die Stufen zur Terrasse hoch.

Kilian streifte die Promenade entlang. Vor ihm lag eines der Ausflugsschiffe, das unruhig im Wellengang der vorbeirasenden Polizeiboote schaukelte. Der schmale Uferstreifen war bis auf die Soldaten in hundert Meter Entfernung menschenleer. Er steckte sich ein Zigarillo an und setzte sich auf einen Betonpflock, an dem das Seil eines Schiffes festgemacht war. Was sollte er nun mit sich und seinem Leben anfangen, fragte er sich. Auf die Aburteilung Oberhammers würde er sicher nicht warten. Diesen Triumph würde er weder ihm noch Schröder gönnen. Eigentlich hatte er alle Chancen. Er war jung genug für einen Neuanfang. Er könnte nach Spanien gehen oder …

Ein Geräusch, als würde jemand aus einem umstehenden Abfallkorb etwas herausnehmen, ließ ihn herumfahren und gleich darauf bewusstlos werden.

Otter traf ihn mit einer leeren Sektflasche am Kopf. Er stürzte vornüber ins Wasser. Regungslos blieb er im schmalen Grat zwischen Schiff und Hafenmauer liegen. Eine Welle von einem vorbeifahrenden Polizeiboot näherte sich und versetzte das Schiff in schwankende Bewegung. Der Schiffsbug kam näher und drückte Kilian gegen die Hafenmauer.

7

«Bedenke, dass du aus Staub bist und zu Staub zurückkehren wirst», hieß es auf dem Plakat, das zum Kirchgang und zum anschließenden Gedenken an die Gräber einlud.

Ein anderes verwies auf den Diavortrag eines Professors, der den keltischen Brauch der Vermummung wissenschaftlich thematisierte. Das Abbild einer schreckeneinflößenden Maske dokumentierte die Wende des Oktobers in den November, von der die Kelten glaubten, dass in dieser Nacht die Geister der Toten umhergingen. Keltischer Brauch war es auch, Dämonen von den lieben Verstorbenen mit entsprechender Maskerade fern zu halten.

Dieser Mummenschanz zeigte sich im späteren Verlauf in zweierlei Sicht als erfolgreich. Zum einen übernahm das aufkommende Christentum die Idee mit dem Totengedenken. Allerdings stülpten sie der Ursprungsidee das Allerheiligenfest über, und die Erinnerung an die Verstorbenen, Allerseelen, rutschte auf den folgenden Tag.

Zum anderen missionierten irische Mönche nicht nur große Teile Europas, sondern im Besonderen Amerika. Geschäftstüchtig und an eigenen Traditionen arm, nahm sich Hollywood des schaurigen Brauches an und machte daraus Halloween. Dieser Reimport zeigte sich in höhnisch grinsenden Kürbissen, die hinter Fenstern, auf Torpfosten und Plakaten den ahnungslosen Passanten eine gruselige Nacht versprachen. Mit «Totentanz», «Freddy's back» oder «Elm Street Party» lockten Discos und Kneipen die spaßgenerierten Langeweiler in ihre bemüht totengleichen Hallen. Findige Händler zogen nach. «Gespensterschnitten mit Marzipan-Geist», «Höllenspieße», Teufelsamulette oder quiekende Latex-Ratten überbrückten die an Umsatz so gespenstisch freie Zeit bis Weihnachten.

Seit Jahren gut im Geschäft waren die Gärtnereien. Im Angebot für das Totengedenken waren unter anderem Gestecke, Kränze, Erde, Harken und Kerzen in allen Formen und Arten. Nach diesen Utensilien wurde einmal im Jahr, eben an Allerheiligen, verstärkt gefragt, und sie sorgten bei den Händlern für ein reiches Einkommen. Für die Käufer hingegen war es die Ausrüstung, das Grab der Verstorbenen in einen vorzeigbaren Zustand zu bringen, um gegenüber den anderen Grabstätten nicht das Gesicht zu verlieren.

Die Frau steuerte mit einem Handwagen auf das Grab zu. Es lag zwischen zwei mächtigen Grabstätten angesehener Würzburger Familien. Während deren letzte Ruhestätten aufwendig gepflegt waren, lag das enge Grab mit den verdorrten Blumengestecken des vergangenen Sommers verwildert da.

«Da habe ich mir wieder mal was aufgeladen», stöhnte die Frau und holte aus dem Handwagen Hacke und Schaufel hervor.

Sie nahm die Hacke zur Hand und begann den Wildwuchs samt Wurzeln aus der Erde zu arbeiten. Am Kopf des Grabes war ein einfacher Stein im Boden eingelassen. Dahinter stand eine Mauer, die die einzelnen Friedhofsbereiche voneinander trennte.

Die Frau stöhnte schwer unter der Last der Arbeit. Schließlich hatte sie das Grab vom alten Bewuchs befreit und bestückte es mit Ewigen Lichtern und neuen Pflanzen aus dem Handwagen. Zufrieden mit ihrem Werk stand sie vor dem Grab und suchte nach Streichhölzern, um vereinbarungsgemäß das erste Licht für das bevorstehende Allerheiligen anzuzünden. Sie hatte es der alten Nachbarin versprochen, die seit dem Sommer das Haus nicht mehr verlassen konnte. Sie zündete eine Kerze an und stellte sie vorsichtig auf den dafür vorgesehenen Platz. Die Flamme glomm kurz auf, erlosch aber gleich darauf.

«G'lump, verreckt's», schimpfte sie über die Billigware aus dem Supermarkt.

Erneut zündete sie ein Streichholz an, schaffte es aber nicht einmal bis zur Kerze, denn die Flamme hielt dem Wind nicht stand. Ein erneuter Griff in die Schachtel erwies sich als glücklos, da das letzte Streichholz aufgebraucht war. Sie schaute sich um, ob in ihrer Reihe noch jemand mit der Grabespflege beschäftigt war. Doch sie war die Einzige.

Was blieb, war die Hoffnung, hinter dem Grabstein ein deponiertes Feuerzeug zu finden. Sie blickte in den schmalen Spalt zwischen Stein und Mauer und entdeckte zurückgelassene Teeleuchten und tatsächlich ein Gasfeuerzeug unter einem Pappmaché-Deckel. Sie bückte sich und schob den Arm in den Spalt. Mit viel Anstrengung erreichte sie mit den Fingerspitzen den Deckel und zog ihn heran. Mit ihm transportierte sie Teeleuchten, Feuerzeug und eine übermooste Scheibe zutage. In ihrer Mitte klaffte ein daumenbreites Loch. Sie kratzte an der Oberfläche der Scheibe, und darunter blitzte es golden auf.

«Ja, was iss'n des?», fragte sie sich und drehte und wendete die Scheibe, damit sie erkennen konnte, worum es sich dabei handelte.

Doch die Scheibe blinkte einfach nur golden. Keine Aufschrift, keine Bedienungsanleitung, kein Name. Sie blickte verstohlen nach links und rechts und ließ die Scheibe schließlich in ihrer Manteltasche verschwinden.

Nach mehreren Versuchen brannte das Ewige Licht. Sie verstaute den Abfall in einer Plastiktüte und machte sich auf den Weg nach Hause. Als sie am Friedhofsausgang angekommen war, plagte sie ein schlechtes Gewissen. Sie griff in die Manteltasche, nahm die goldscheinende Scheibe hervor und betrat die Friedhofsverwaltung.

«Fundsachen?», fragte sie den Mann. «Wo kann ich Fundsachen abgeben?»

Der Mann ließ sich den moosverwachsenen Goldling zeigen,

winkte aber gleich ab. «Des is Schrott. Schmeißen'se des gleich 'nein Abfall.»

«Abfall? Nä, besdimmt nit», erwiderte sie widerspenstig und steckte die Scheibe ein. «Des war teuer. Was so funkelt und scheint, schmeißt mer nit einfach weg.»

Auf dem Nachhauseweg überlegte sie, was sie mit dem Fundstück am besten anstellen könnte. Ob die alte Frau Schwaiger sie hinter dem Grabstein versteckt haben könnte? Sie schüttelte verneinend den Kopf. Die Frau Schwaiger hatte mit diesem neumodischen Zeugs bestimmt nichts am Hut. Aber da war ja noch ihr Nachbar, der Polizist, der wüsste bestimmt, wie in einem solchen Fall zu verfahren sei.

In ihrer Straße angekommen, klingelte sie an Heinleins Haus. Sein Sohn Thomas öffnete.

«Is dei Vadder da?», fragte sie ihn.

«Nä, der schafft no», antwortete er.

«Und die Modder?»

«A nit. Die is bei der Omma und kummt erscht heut Abend widder.»

Die Frau nahm die Scheibe aus ihrer Tasche und reichte sie ihm.

«Gapp des mol dein Vadder, der is doch bei der Bolizei. Vielleicht könna die was damit anfang. Ich hab se hinner em Grabstein auf'm Friedhof gfunna. Wenn sich der Besitzer meld', nacherd hab i' gwies nix gecha en Finderlohn.»

Thomas nahm sie entgegen und verabschiedete die Nachbarin. Er kratzte an der Oberfläche die restlichen Moosstücke ab und erkannte darunter eine CD. Vorsichtig entfernte er unter dem Wasserhahn Staub und Schmutz und trocknete sie sorgfältig ab. Dann schob er sie in das Laufwerk seines Computers. Nach wenigen Mausklicken zeigte sich am Bildschirm eine Auflistung von seltsamen Namen.

«Addison, amazon, angel, archibald», las Thomas. Er scrollte den Bildschirm bis auf den letzten Vermerk, der bei Nummer 602 «zoe» endete.

«So ein Schrott, 'ne Datenbank», sagte er enttäuscht. Er bestätigte einen Namen mit einem Mausklick, und ein neues Fenster öffnete sich. Darin las er englische Bezeichnungen wie «name», «address», «agent», «target».

Plötzlich hörte er aber auch das Ziepen und Pfeifen des Modems, das an seinem Rechner angeschlossen war und sich wie von Geisterhand betätigt in Gang setzte.

«Was ist denn jetzt los?», fragte er sich und überprüfte das Gerät.

Es arbeitete einwandfrei, und nach wenigen Sekunden stand die Verbindung. Am Bildschirm stellten sich ihm eine leere Eingabemaske und ein blinkender Cursor dar.

«Und jetzt?», fragte er den Bildschirm.

Doch nichts passierte. Er schloss die Maske, nahm die CD aus dem Laufwerk und verließ das Haus. Kaum war er mit seinem Mountainbike um die Ecke gebogen, als ein schwarzer Voyager vor dem Haus auftauchte. Vier Mann mit Sturmgewehren und Sicherheitspanzerung am Leib sprangen aus dem Wagen und bauten sich vor der Tür auf. Ein Fünfter schleppte einen Rammbock heran, wuchtete ihn gegen das Schloss, und die Tür sprang unter dem Stoß auf. Die bewaffneten Männer stürmten hinein.

※

Der stechende Schmerz in seiner Brust schwand. Die Lungen hatten ihre Tätigkeit eingestellt und ergaben sich erschöpft der einströmenden Wärme, die von ihm schleichend Besitz ergriff. Die Schwere seines Körpers wich. Je weniger er sich dagegen zur Wehr setzte, desto schneller löste er sich und floss dahin. Benommen und willenlos trieb er in einem Meer wunderbarer Leichtigkeit. Er glaubte zu schweben. Tatsächlich hatte er den Kontakt zu allem, was schwer und belastend war, aufgegeben. Das, was er bisher als seinen Körper betrachtet hatte, verlor die Konturen und vermischte sich mit dem, was sich um ihn herum befand. Ein Wort kannte er nicht dafür. Was auf ihn einströmte und womit er sich sogleich verband, lag jenseits von Sprache und Sinn. Er wollte auch kein Wort dafür finden. Worte besaßen keine Bedeutung mehr. Wollen existierte nicht. Nur dieses einnehmende Gefühl des Verschmelzens. Obwohl er die Augen geschlossen haben musste, sah er alles ganz deutlich. Er befand sich in einer Röhre oder einem Tunnel. Die Wesen, die sich darin aufhielten, kamen ihm in keinster Weise seltsam vor, eher sonderbar vertraut, obwohl er nicht hätte sagen können, dass er ihnen bereits begegnet war. Sie begrüßten ihn mit Wohlwollen. Ihre Gesichter zeigten keine Regung, aber sie meinten es gut, und er teilte ihr Entgegenkommen. Dieses Wissen durchströmte seine mit dem Geist eins gewordene Seele. Glücklich nahm er das Willkommen in sich auf und erlangte grenzenlose Erfahrung.

Das wunderbare Licht, das nicht glänzte noch blendete, sondern ihn aufzunehmen bereit war, zog ihn unwiderstehlich an. Es war der Quell von allem, der Ausgangspunkt und das Ziel. Je näher er ihm kam, desto verbundener fühlte er sich mit ihm. Die Kraft, die es verströmte und die mit ihm eins wurde, schleuderte ihn vorbei an fernsten Himmeln, an den Rand der Unendlichkeit und darüber hinaus. Sonnen und Galaxien ebneten bereitwillig den Weg in die Tiefe, die leuchtend, unermesslich und freundlich war. Alles auf seinem Weg entstammte einem Brunnen, war nur existent seinetwegen und würde am Ende dorthin zurückfließen. Es war keine Frage von Zeit, wann dies begonnen hatte und wann es enden würde. Vergangenheit, Gegenwart und Zukunft waren eins.

Doch der Rausch schwand. Kilian fühlte sich schlagartig erdenschwer, zurückgeworfen in Schmerz und Leid. Gebrochen, kraftlos und zermürbt, öffnete er die Augen und wähnte sich in einer gleißenden Hölle. Das Wasser, das er unter den Schlägen auf seine Brust erbrach, brannte wie Säure in seinem Hals. Er wurde gestoßen und herumgezerrt. Rufe von außen hämmerten in seinem Schädel, als sei der letzte Tag angebrochen. Er wehrte sich, schlug und trat um sich und war doch hilflos ausgeliefert. Schemenhaft glaubte er Galina zu erkennen. Sie war über ihn gebeugt und presste ihren Mund auf den seinen. Neben ihr kniete Frankenheimer und hielt seinen Kopf.

«Fester, fester», brüllte er.

Kilians Lungen blähten sich auf, und die Brust drohte ihm zu zerspringen. Schreien und brüllen wollte er vor Schmerz, als ihr Atem in ihn drang und ihn erfüllte. Er bäumte sich auf und sog alle lästige und schwere Welt in sich ein. Blitz und Donner durchfuhren ihn und entfachten eine dünne Flamme in seiner Brust.

Der Kopf schien ihm zu zerspringen, als er Frankenheimers Stimme hörte: «Genug. Es reicht.»

Dann schwanden ihm die Sinne, und Dunkelheit kehrte ein.

Als er erwachte, saß Galina am Rande des Bettes und fühlte die Temperatur auf seiner Stirn.

«Fieber hast auf jeden Fall keines», sagte sie und strich seine Haare zur Seite, wie es eine Mutter bei ihrem Kind tut.

«Was ...?», röchelte Kilian.

Seine Kehle brannte immer noch wie Feuer, und das eine klägliche Wort erstickte in seinem Hals.

«Pssst», beruhigte sie ihn und legte ihren Finger auf seine Lippen. «Du hast Glück gehabt. Um ein Haar wärst du jetzt bei den Fischen.»

Kilian mühte sich auf und schob seinen Körper gegen das Bettgestell. Sein Körper schmerzte bei dem Versuch, sich aufrecht zu setzen.

«Was mache ich hier?», fragte er.

Er blickte sich um, erkannte seine Wohnung, die nicht weit von der Stelle entfernt lag, wo er ins Wasser gefallen war.

«Dich ausruhen. Ich glaube, du solltest die nächsten Tage etwas kürzer treten. So etwas steckt man nicht so leicht weg.»

Erst jetzt spürte Kilian den Schmerz an seiner Schläfe, wo ihn

Otter mit der Flasche erwischt hatte. Er griff sich in die Haare und versuchte den Schmerz zu unterdrücken.

«Wenn ich diesen Schweinehund erwische ...», sagte Kilian.

«Du weißt, wer dich niedergeschlagen hat?»

«Ich glaube, nein, ich bin mir sicher, es war dieser Speichellecker Otter. Schröders neuer Lieblingsknabe.»

«Der Typ aus der Hotellobby?»

«Genau der.»

Kilian versuchte sich zu erinnern, was mit ihm geschehen war. «Wie hast du mich eigentlich aus dem Wasser geschafft? Und dann noch hier in meine Wohnung? Das schaffst du doch gar nicht alleine.»

«Du würdest dich wundern, wozu ich alles im Stande bin.»

«Im Ernst, da war noch jemand. Ich erinnere mich. Da war dieser Frankenheimer.»

«Niemand war da. Glaub mir. Das bildest du dir nur ein.»

«Ich bin zwar ziemlich alle, aber ich bin nicht blöd. Was hast du mit Frankenheimer zu schaffen? Los, sag schon.»

«Glaub mir, nichts. Ich hab dich gesehen, als du im Wasser gelegen hast, und dich rausgezogen. Mehr nicht.»

«Und, woher wusstest du, wo ich wohne?»

Galina griff zu Boden und fischte aus Kilians nassen Klamotten seinen Personalausweis heraus. «Deutsche Gründlichkeit. Meldegesetz. Schon vergessen?»

Kilian schaute betreten zu Boden und unter die Bettdecke. Er war gänzlich entkleidet.

«Und du hast mich ganz alleine die Stufen hochgeschafft und mich ausgezogen?»

«Meine Spezialität. Abschleppen und entwaffnen. Schon vergessen?»

Noch bevor Kilian antworten konnte, klopfte es an der Tür. Kilian griff sich schmerzlich an den Kopf. «Herein.»

Heinlein öffnete die Tür und staunte nicht schlecht. Galina saß am Bett von Kilian. Er zögerte hereinzukommen. «Ich komme später wieder.»

«Red kein Scheiß und komm rein», rief ihm Kilian zu.

Galina stand auf und machte sich bereit zu gehen.

«Wo willst du hin?», fragte Kilian.

«Ich gehe. Die Ablösung ist eingetroffen», antwortete sie.

Heinlein musterte sie misstrauisch, während er näher kam. «Ich kann auch später ...»

«Nein, nein. Ist schon in Ordnung. Ich wollte eh gerade gehen», widersprach Galina. «Ruh dich aus und melde dich, wenn du wieder klar bist», sagte sie zu Kilian und verließ den Raum.

Heinlein und Kilian schauten ihr betreten nach.

Erst als die Tür sich wieder schloss, fragte Heinlein neugierig und nicht ganz ohne Eigeninteresse: «Hast du was mit der?»

«Schorsch, ich habe alles andere im Sinn, als mit ihr ... du weißt schon.»

«Ich weiß gar nichts, außer, dass ich hier reinkomme, du im Bett liegst und dieses Superweib dich auffordert zurückzurufen, wenn du wieder klar bist. Wenn das keine Aussage ist.»

«Alles nur Schein. Nichts dahinter. Glaub mir. Sie hat mir lediglich das Leben gerettet.»

«Von der würde ich mich auch gerne mal retten lassen.»

Kilian stand auf, wickelte sich das Betttuch um die Hüften und wackelte zum Schrank, wo er nach einer Flasche Carlos suchte. Heinlein entging sein unsicherer Gang nicht.

«So schlimm?», fragte er neidisch.

«Was machst du eigentlich hier?», fragte Kilian, nachdem er die Notfallflasche gefunden hatte und auch gleich ansetzte.

«Ach ja», erinnerte sich Heinlein an seinen Auftrag. «Schöne Grüße von Pia.»

Kilian blieb der Brandy im Hals stecken.

«Sie schickt mich mit der weißen Flagge vor, um für gute Stimmung zu sorgen.»

«Wieso? Ist was?»

«Sie hat sich zuerst bei mir ausgeheult, was für ein Schweinehund du bist, und als ich ihr schließlich erzählt habe, dass du gefeuert worden bist, ist sie zahmer geworden. Als ich ihr dann noch gesagt habe, dass das Beweisstück abhanden gekommen ist und du daraufhin suspendiert wurdest, war sie völlig am Ende.»

«Und wieso sagt sie mir das nicht selbst?», fragte Kilian und legte sich mit Betttuch und Flasche wieder ins Bett.

«Weil sie sich schämt. Und ...»

«Und?»

«Weil du ein Arsch bist und eine Frau wie Pia gar nicht verdienst. Kaum lässt man dich fünf Minuten aus den Augen, treibst du's gleich mit einer anderen. Ich sollte ihr reinen Wein einschenken.»

«Tu dir keinen Zwang an.»

Heinlein zögerte. «Wieso eigentlich ich? Mich geht die Sache ja überhaupt nichts an. Das ist dein Bier. Komm du klar mit ihr.»

«Meine Rede. Besten Dank, Freund. Du hast mich auf den Pfad der Tugend zurückgeführt», sagte Kilian und zog sich die Bettdecke über den Kopf. «Schließ die Tür, wenn du gehst.»

Heinlein setzte zur Antwort an, unterließ es aber und ging zur Tür. Dort machte er Halt und drehte sich nochmal um: «Tut mir Leid, das mit deiner Suspendierung.»

Kilian hörte ihn nicht mehr. Er war irgendwo da draußen, auf der Suche nach Leichtigkeit.

✳

Die Namen «macbeth», «marlowe», «minister» huschten über den Bildschirm. Thomas und sein Freund Benedikt konnten sich keinen Reim auf die Liste und deren Bedeutung machen. Wenn sie einen Namen wählten, forderte sie das System auf, eine Verbindung herzustellen, bevor die Datei geöffnet werden konnte.

«Dein Modem ist einfach so angesprungen?», fragte Benedikt.

«Ja, dabei habe ich es gar nicht angewählt», antwortete Thomas.

«Dann sollten wir das mal antesten», erwiderte Benedikt und stöpselte das Handy an das Notebook an.

Er betätigte den Namen «minister», und die Verbindung zum Handy wurde hergestellt. Es wählte eine ellenlange Nummer, die das Display nicht fassen konnte und die keine Ähnlichkeit mit gängigen Rufnummern hatte. Benedikt nahm das Handy zur Hand.

«Ich hoffe, das ist keine 0190er», sagte er und legte es zurück auf den Stuhl. Als die Verbindung stand, öffnete sich die Datei.

«Na, mal sehen, was wir da haben», sagte Benedikt und las, was auf dem Bildschirm erschien:

alias: MINISTER.
name: KINDERMANN, LOTHAR AUGUST.
formerly: IM APOSTEL (1971›1990, HVA IX 6342/71)
former agent leader: MAJOR HERTEN, KONRAD.
profession: BISHOP.
agent leader: COL. MCALLISTER, ANDREW.
current target: OPINION LEADERS, CHRIST. CONSERV. PARTIES AT E.C.

Die Maske enthielt weitere persönliche Daten zu Wohnort, Familienmitgliedern, Kontaktpersonen, wirtschaftlichen Verhältnissen, aber auch zu Vertrauenspersonen, sexueller Ausrichtung, ärztlichen Befunden und erhaltenen finanziellen Mitteln.

«Was soll ich damit?», fragte Benedikt enttäuscht.

«Keine Ahnung. Ich dachte, du stehst auf Datenbanken», antwortete Thomas.

«Ja, klar. Aber ich suche Verbraucher- und Nutzerprofile. Einkaufsverhalten, Konten oder Adressen. Das bringt Kohle. Mit dem Zeugs, was du da angeschleppt hast, kann ich nichts anfangen. Sorry.»

Der schwarze Voyager kam durch die Fußgängerzone gefahren und bog auf den Oberen Markt ein, wo die Marktbuden aufgebaut waren. Gegen den Protest der Aussteller und Fußgänger bahnte er sich nur langsam seinen Weg durch die engen Gassen zwischen den Ständen. Neben dem Falkenhaus machte er Halt, und die Seitentür wurde geöffnet. Vier uniformierte Männer mit Sturmgewehren sprangen heraus. Einer von ihnen dirigierte sie per Funk zum Quellsignal. Erschrocken traten Passanten zurück, und die Aussteller verstummten mit ihren Protesten.

«Überleg's dir halt nochmal», bat Thomas. «Vielleicht kennst du jemanden, der mit den Daten etwas anfangen kann. Ich brauch dringend Ersatz für meine alte Mühle zu Hause. Die ist krückenlahm.»

«Frag doch deinen Alten. Der soll den Schotter rüberreichen», antwortete Benedikt und sah die Männer auf sich zukommen.

Einer hielt ein Messgerät in den Händen. Er zeigte auf den Stand und erkannte Benedikt und Thomas mit dem Notebook.

«Verdammt, die wollen zu mir», sagte Benedikt und schaltete das Notebook ab.

«He, meine CD», protestierte Thomas. «Her damit.»

Er drückte den Auswurfknopf und entnahm die CD. Dann duckte er sich unter den Auslagentisch und kroch die Gasse entlang. Benedikt rannte mit dem Notebook unter dem Arm auf den Unteren Markt zu. Die Männer teilten sich auf. Zwei verfolgten den flüchtenden Benedikt, die beiden anderen Thomas. Er erkannte seine Verfolger an den blitzsauber gewichsten schwarzen Springerstiefeln und den amerikanischen Kommandos, die sie sich zuriefen.

Thomas schlug einen Haken und hielt auf die Sitzbänke an den Straßenbahngleisen zu, wo sein Mountainbike lag. Hinter ihm gingen Teller, Tassen und Gläser zu Bruch. Die Aussteller schimpften und verfolgten die Uniformierten, die hemmungslos alles aus dem Weg räumten, um Thomas ausfindig zu machen. Vor ihm tauchte sein Bike auf. Der Voyager stand daneben. Durch die offene Tür sah er einen Mann an Computermonitoren, der die Kommandos seiner Verfolger empfing. Thomas kroch unter dem Stand hervor, schwang sich auf den Sattel und trat in die Pedale, was das Zeug hielt. Er drehte sich um und sah, wie zwei Männer ihm hinterherrannten. Von der Juliuspromenade aus kam ihm ein zweiter Voyager entgegen. An der Haltestelle Dominikanerplatz machte er einen Schlenzer und verschwand zwischen zwei Straßenbahnen im Inneren Graben.

※

Kilian wälzte sich im Bett. Der Krach, der von den Hubschraubern durch den Dachstuhl hereindrang, ließ ihn nicht zur Ruhe kommen. Er stand auf und ging zum Fenster. Am großen Talaveraparkplatz jenseits der Friedensbrücke gingen sie herunter und stiegen alsbald wieder auf, um in alle Himmelsrichtungen abzurücken. Oben auf der Festung Marienberg gingen die Arbeiten mit den Baukränen weiter. Die langen Krakenarme wuchteten schweres Material über die Burgmauern, und in den Weinbergen kurvten Einsatzwagen.

Kilian stand auf und zog sich an. Wenn er schon nicht schlafen konnte, dann wollte er sich zumindest bei einem Spaziergang entspannen. Er überquerte die Straße auf Höhe des Biergartens am Alten Kranen und stieg die Stufen zur Promenade hinunter. Die Ausflugsboote lagen noch festgezurrt am Kai. Die Bundeswehrsoldaten waren abgerückt, und die Promenade füllte sich allmählich wieder mit Spaziergängern. Kilian schlenderte am Ufer entlang, in Richtung Alte Mainbrücke. Doch er kam nicht weit. Sein Kopf schmerzte, und er suchte eine Bank, auf der er sich ein wenig ausruhen konnte. Der Lärm des Verkehrs und der Stadt ging hier über ihn hinweg. Eine Frau setzte sich neben ihn. Sie sah erschöpft aus und hielt ein Foto in der Hand, das sie sehnsüchtig betrachtete. Tränen rollten ihr über die Wangen.

«Kann ich Ihnen helfen?», fragte Kilian.

Julia blickte zu ihm herüber, zwang sich zu einem dankbaren Lächeln und verneinte.

«Ich bin nur ein wenig erschöpft», sagte sie und wischte sich die Tränen mit dem Ärmel aus dem Gesicht. «Es geht gleich wieder. Danke.»

Kilian nickte verständnisvoll. Er sah auf dem Foto, das sie in der Hand hielt, einen Mann, der ihm nicht unbekannt vorkam. Er lehnte sich verstohlen hinüber, als wollte er sich am Rücken kratzen, und erkannte John Frankenheimer. Er sah auf dem Bild bedeutend jünger aus als heute. Die Haare länger und das Gesicht voller. Aber es war zweifelsfrei Frankenheimer.

«Entschuldigen Sie bitte», setzte Kilian an, «der Mann auf dem Bild, woher kennen Sie ihn?»

«Das ist jemand, den ich vor langer Zeit gekannt habe», antwortete Julia. «Ich glaubte, dass er noch lebt, und habe mich auf die Suche nach ihm gemacht. Aber offensichtlich habe ich mir das nur eingebildet. Wissen Sie, wenn die Zeit vergeht und man sich etwas ganz arg wünscht, glaubt man eines Tages wirklich daran. Selbst wenn es nicht sein kann.»

«Darf ich das Bild einmal sehen?»

Julia reichte es Kilian. Er sah sich den Mann genauer an. Kein Zweifel. Es war Frankenheimer. «Wann wurde diese Aufnahme gemacht?»

«Das ist lange her. Vor über zehn Jahren. Damals war ich glücklich. Das letzte Mal», antwortete sie.

«Und wieso suchen Sie ihn?»

«Wie gesagt, ich habe mich getäuscht. Bent ist schon lange tot.»

«Bent?»

«Ja, Bent Sørensen. Er und ich waren ein Paar, bis ...»

Julia stockte und schaute auf den Main. Erneut begann sie zu weinen.

«Bis?», fragte Kilian schamlos nach.

Julia schluckte und suchte sich zu beruhigen.

«Es war alles meine Schuld. Wegen mir ist er gestorben. Meine Schuld, verstehen Sie?»

Dänemark, 1987. An der Küste.

«Wir haben das jetzt schon tausendmal durchgekaut. Ich kann es nicht mehr hören. Er hat mich in der Hand. Verstehst du das nicht?», schrie Bent Julia an.

«Womit?! Sag mir endlich, womit er dich erpresst?!», wollte sie wissen.

Bent schüttelte verzweifelt den Kopf. «Das kann ich nicht. Es würde dich in Gefahr bringen. Verstehst du das nicht?! Ich will dich nur schützen.»

«Wovor? Die einzige Gefahr, in der ich stecke, ist die, dass ich für euch Akten aus dem Amt schaffe. Und ich will nicht ewig so weiter machen. Versteh du das endlich.»

«Es ist bald zu Ende. Glaub mir.»

«Das sagst du mir schon seit zwei Jahren. Nichts hat sich seitdem verändert. Ich will ihn kennen lernen und die Sache beenden.»

«Bist du verrückt?! Er ist gefährlich, und er wird dir schaden, wenn er weiß, dass du ihn verraten kannst.»

«Das werde ich auch, wenn es so weitergeht.»

«Nichts wirst du! Verstehst du? Nichts. Ansonsten ...»

«Drohst du mir?»

Bent beruhigte sich, kam näher und nahm sie in den Arm.

«Zwing mich nicht», sagte er ruhig. «Ich kann mich nicht entscheiden. Es ist bald vorbei. Vertrau mir einfach.»

Julia hielt still. Sie wagte es nicht, alles auf eine Karte zu setzen und ihn vor die Entscheidung zu stellen. Sie umarmte und küsste ihn.

«Ich will dich nicht verlieren. Du bist die Liebe meines Lebens. Egal, was passieren wird», sagte sie.

Bent lächelte sie an, nahm das Bündel Kopien vom Tisch und machte sich auf den Weg. Julia ging ans Fenster und sah ihm nach. Er ging den schmalen Holzsteg über die Dünen ins Dorf hinunter. Als er über den Buckel verschwunden war, lief sie ihm nach. Unten im Hafen, im alten Café, sah sie Stahl, den

Mann aus dem Zugabteil im Kölner Bahnhof und Bent am Tisch sitzen. Sie feixten, machten Späße, und Stahl klopfte sich vor Übermut auf die Schenkel. Julia stieg der Zorn ins Gesicht, und sie ging auf die beiden zu.

«Was ist hier los?», fragte sie Bent aufgebracht. «Hältst du mich zum Narren?»

«Was machst du hier?», fragte er sie. «Geh zurück ins Haus.»

«Ich bleibe, und ich will jetzt wissen, was hier gespielt wird.»

Stahl schaute aufs Meer. Er genoss offensichtlich die Szene, die Julia Bent machte.

«Grins nicht so dreckig», fuhr sie ihn an. «Nur wegen dir stecken wir in dem Schlamassel.»

«Wegen mir?», antwortete er überrascht. Er lachte laut.

«Die Kleine hat keine Ahnung. Oder?», fragte er Bent.

«Halt die Klappe», befahl Bent und zog Julia vom Tisch weg. «Was willst du hier? Ich habe dir doch gesagt, dass ich das erledigen will.»

«Ich glaube dir nicht. Irgendetwas verschweigst du mir. Ich sehe doch, wie ihr euch über mich amüsiert.»

«Das tun wir nicht. Er hat nur einen Witz erzählt, und ich habe darüber gelacht. Das war alles.»

Ein Wagen kam mit hoher Geschwindigkeit den Berg herunter in den Hafen gefahren. Er hielt vor Stahl. Der Fahrer winkte ihn zu sich herüber und erzählte ihm etwas. Er war sichtlich aufgeregt und drängte zur Eile. Stahl befahl Bent zu sich. Bei dem Gespräch deutete er mehrmals auf Julia. Bent schüttelte immer wieder den Kopf. Schließlich aber nickte er zustimmend. Stahl stieg in den Wagen und fuhr davon.

«Was ist geschehen?», fragte Julia besorgt.

«Nichts weiter. Es geht um eine Entscheidung, die im Sicherheitsrat ansteht. Er muss dringend zurück. Komm, lass uns nach Hause gehen.»

Julia wagte nicht nachzufragen. Bent war sehr ernst und bedrückt.

Später, als sie ihn durchs Fenster beobachtete, wie er oben am

Grat der Düne saß und auf das Meer hinausschaute, machte sie sich noch größere Sorgen. Er hatte in den letzten Stunden kein Wort mit ihr gesprochen. Sie ging hinaus und setzte sich neben ihn in den Sand. Die Sonne stach heiß, und das Meer war aufgebracht. Welle um Welle rollte herein. Die roten Flaggen am Strand waren gehisst und verboten jedem an diesem Tag, ins Wasser zu gehen. Bent blickte stumm aufs Meer hinaus.

«Was ist los mit dir?», fragte Julia.

«Ich habe nachgedacht. Du hast Recht. Ich muss eine Entscheidung treffen. So geht es nicht mehr weiter. Die Sache wird gefährlich.»

«Hat er dir das vorhin erzählt?»

«Nein. Es ging um etwas anderes.»

«Aber was macht dich dann so nachdenklich?»

«Unser Streit von vorhin. Ich habe eingesehen, dass ich viel zu viel von dir verlangt habe. Damit muss jetzt Schluss sein. Ich kündige im Institut. Ich habe uns lange genug zu Narren gemacht. Ab jetzt sollen sie schauen, wie sie alleine klarkommen.»

Julia fiel ein Stein vom Herzen. Bent hatte sich entschieden – gegen seine Überzeugung und für sie. Sie fiel ihm um den Hals.

«Danke», wiederholte sie und küsste ihn unaufhörlich.

«Hey, erdrück mich nicht. Ich habe doch nur gekündigt», lachte er und rollte mit ihr die Düne hinunter.

Der Strand war menschenleer. Weit und breit war niemand zu sehen. Die Sonne war im Begriff, im Wasser zu versinken und kleidete den Horizont in ein sattes Rot. Das Meer hatte seine Kraft verloren und spülte ungefährliche Wellen in die kleine Bucht auf der anderen Seite des Hafens. Bent und Julia lagen Arm in Arm in den Dünen und genossen den Sonnenuntergang.

«Ich wünschte, die Zeit würde still stehen», sagte Julia und kuschelte sich in Bents Arme.

«Das Meer sehen und sterben», antwortete er.

«Untersteh dich. Ich habe noch viel mit dir vor.»
«So? Was zum Beispiel?»
«In den Dünen liegen, Liebe machen, aufs Meer hinausschauen, und dann das Ganze nochmal von vorne. Immerzu. Bis du keine Kraft mehr hast und erschöpft in meine Arme sinkst.»
«Keine Kraft? Ha, da kann ich nur lachen. Kraft ist mein zweiter Vorname.»
«Jetzt übertreib nicht. Auch du hast deine Schwächen.»
«Nur eine. Und die bist du.»
«Lügner.»
«Soll ich's dir beweisen?»
Julia richtete sich auf. Sie strahlte über alle Maßen. «Gut. Zeig's mir, wie sehr du mich liebst.»
«Was soll ich tun?»
Julia rätselte. Was könnte sie ihm abverlangen, was nicht zu schwierig war, aber auch nicht zu leicht.
«Eine Muschel. Ich will eine Muschel vom Grund des Meeres. Ich zähle bis hundert. Wenn du bis dahin nicht zurück bist, such ich mir einen anderen», scherzte sie.
«Abgemacht», sagte Bent und zog sich bis auf die Unterhose aus. «Fang an zu zählen. Bis dreißig bin ich zurück. Und dann gehörst du mir. Mitsamt der Perle.»
Er stürzte sich in die Wellen und schwamm hinaus. Julia begann zu zählen. Bei zwanzig war er kaum noch zu sehen.

«Und man hat ihn nicht gefunden?», fragte Kilian.
Julia weinte und schüttelte den Kopf. «Tagelang haben sie gesucht. Jede Bucht, jeden Strand und Hafen. Nichts. Er blieb verschwunden. Die Strömung, sagten sie, die Strömung muss ihn aufs Meer hinausgezogen haben. Und wenn er dort in eine Schiffsschraube gekommen ist, dann …»
«Wie lange, sagten Sie, ist das jetzt her?»
«Über zehn Jahre. Ich weiß nicht mehr. Seitdem gibt es keine Zeit mehr für mich. Alles ist unwichtig geworden.»

«Ich kann Sie gut verstehen.»

«Kennen Sie das Gefühl, nicht mehr lebendig zu sein? Nur noch als wandelnder Toter zu existieren?»

«Nicht ganz. Aber ich glaube, ich war erst vor kurzem an einem Ort, der so ähnlich war.»

Julia nickte und sah schweigend auf den Main.

«Und dieser andere Mann, mit dem Bent sich im Hafen getroffen hatte, haben sie ihn noch einmal gesehen?», fragte Kilian.

«O ja», antwortete sie.

Ihn würde sie niemals vergessen.

Der letzte Bahnhof vor der deutschen Grenze hieß Padborg.

Die Abteiltür wurde aufgezogen, und der BGS-Beamte fragte sie: «Julia Dröhmer? Sind Sie Julia Dröhmer?»

Julia nickte teilnahmslos.

«Kommen Sie bitte mit», befahl der Beamte und führte sie aus dem Zug.

Die Kollegen vom Verfassungsschutz waren weniger freundlich zu ihr. «Gestehen Sie endlich, Frau Dröhmer. Sie haben der Gegenseite Akten zugespielt. Es gibt keinen Zweifel daran. Wir haben Beweise, was Sie aus dem Auswärtigen Amt herausgeschafft haben und mit wem Sie in Kontakt getreten sind.»

Julia starrte während der wochenlangen Befragungen gegen die Wand. Nichts hatte sie von all den Vorwürfen und Anschuldigungen mitbekommen. Sie prallten an ihr ab. Erst als im Gerichtssaal Stahl auftauchte, wurde sie hellwach. Die Richterin hatte den Saal räumen lassen. Nur der Staatsanwalt und ihr Anwalt durften anwesend sein. Beiden machte sie zur Auflage, dass Stahl oberster Geheimhaltungsstufe unterlag und jedwede Weitergabe seiner Identität als Geheimnisverrat verfolgt und bestraft würde.

«Herr Zeuge», fragte sie Stahl, «berichten Sie uns über die Vorwürfe, die gegen die Angeklagte vorgetragen werden.»

Stahl baute sich vor der Richterin auf. «Die Angeklagte hatte ihren Kontaktmann an dem betreffenden Ort getroffen und ihm Material übergeben, das sie zuvor freiwillig und ohne Drängen des flüchtigen Mannes beschafft hatte.»

«Was macht Sie da so sicher?»

«Die flüchtige Zielperson hat mir Informationen, die die Angeklagte beschafft haben soll, angeboten. Er sagte: ‹Da wo ich das herhabe, gibt es noch viel mehr.› Die Angeklagte sei eine seiner besten Quellen und nötige ihm das Material quasi auf. Als Gegenleistung müsse er ihr dienlich sein. Sie soll ferner etwas gegen ihn in der Hand gehabt haben, wodurch er erpressbar gewesen sein soll. Was das war, weiß ich nicht. Die flüchtige Person hat jedoch über sein Unbehagen in dieser Situation mit mir gesprochen.»

«Woher kannten Sie ihn?»

«Er kannte mich. Ich weiß nicht woher. Er hatte mich vor dem geplanten Zugriff nach Dänemark bestellt. Er sagte, er würde für ein internationales Friedensinstitut arbeiten und suche Kontakt zu den deutschen Behörden. Das Material sei hochbrisant und wäre ihm gerade von der Angeklagten zugespielt worden. Ich dachte mir nichts Schlimmes und wollte natürlich meinen Teil zur Sicherung des deutschen Staates beitragen. Es waren ja turbulente Wochen, wie wir uns alle erinnern.»

«Waren Sie ihm bei der Kontaktaufnahme behilflich?»

«Nein, natürlich nicht. Als ich sah, worum es sich handelte, habe ich mich sofort vom Treffpunkt entfernt und die deutsche Botschaft informiert. Es war eindeutig, dass das Material aus Deutschland stammte und streng geheimer Natur war.»

«Sie haben ihn also weder vorher noch nachher jemals gesehen, getroffen oder sonst mit ihm Kontakt gehabt?»

«Nein, Frau Vorsitzende.»

«Den ermittelnden Stellen des Verfassungsschutzes ist der Name und die Identität eines Bent Sørensen unbekannt. Sie bitten darum eine nähere Beschreibung oder ein Bild des flüchtigen Mannes abzugeben. Herr Zeuge, wie sah dieser Mann nach Ihrer Beschreibung aus?»

Stahl wand sich um eine Aussage herum. «Wie ich schon den Kollegen des Verfassungsschutzes sagte, ich habe den betreffenden Mann nur einmal kurz getroffen. Er hatte das Treffen so arrangiert, dass ich die ganze Zeit in die tief liegende Sonne schauen musste. Also beim besten Willen ...»

«Schon gut, Herr Zeuge.» Zu Julia gewandt: «Und Sie, Angeklagte, wie sah der Mann aus, dem Sie geheimes Material aus dem Auswärtigen Amt zugespielt hatten?»

Julia saß teilnahmslos auf der Anklagebank. Sie hörte die Frage nicht mehr, sondern fixierte Stahl, der unschuldig wie ein Opferlamm zu ihr herübersah.

«Was ist dann passiert?», fragte Kilian.

«Fünf Jahre ohne Bewährung», antwortete Julia. «Ich habe jeden einzelnen Tag in einer separaten und von den anderen Häftlingen abgeschirmten Zelle verbracht. Niemals Kontakt zu einem Mitgefangenen. Selbst das Personal wurde auf mich abgestimmt. Keine zwei Worte durften sie ohne eine zweite Aufsichtsperson mit mir wechseln.»

«Und danach?»

«Ging ich zurück nach Dänemark. Ich hab das Haus gekauft und lebe seitdem dort.»

«Nie mehr die Lust verspürt, nach Deutschland zurückzukommen?»

«Dieses Land hat mir alles genommen, was ich je gehabt habe. Es braucht mich nicht, und ich brauche das Land nicht.»

«Was machen Sie dann hier in Würzburg?»

Julia stand unvermittelt auf, lächelte ihn an und entfernte sich.

«Warten Sie», rief Kilian ihr nach. «Ich habe das nicht so gemeint.»

Ohne sich umzudrehen, hob sie die Hand, winkte ihm zu und stieg die Stufen zur Stadt hoch.

8

Der Plan.

Im altehrwürdigen Traditionslokal *Maulaffenbäck* hatte sich «die Loosche», wie sich die fünf mittlerweile untereinander konspirativ nannten, zusammengefunden. Hinten in der Ecke, getarnt als friedlicher «Kulturhistorischer Verein zur Pflege und Förderung mainfränkischer Lebensart e. V.», saßen sie an einem Tisch mit dem Vereinswimpel, einem tanzenden Pärchen in fränkischer Tracht. Drumherum fünf Schoppengläser und mindestens ebenso viele, bereits geleerte Weinflaschen. Kurz bevor das übliche Trinkgelage auszubrechen drohte, ergriff Heinz-Günther Fürst, der Erste Vorsitzende, das Wort:

«Lassen wir die Förmlichkeiten, Herrschaften, diese Fernsehsendung anlässlich der Verabschiedung unseres allseits geschätzten Regierungspräsidenten, der sich redlich bemüht hat, wenigstens ein bisschen für uns Franken bei dieser Bayerischen Staatsregierung herauszuholen, ist der Grund unseres außerplanmäßigen Zusammenkommens ...»

«Außerplanmäßig?», blaffte Erich, «sou a G'schwätz, mir sitze doch ümmr do herinne.»

«Du vielleicht, alter Saufsack», wurde er von Renate gemaßregelt, «mir annere müsse manchmal a e' weng was schaff.»

«Fängst scho widder o, du alde Schachtl», konterte Erich. «Kannst net emal dei Raffl halt und erwachsene Leut ausred' lass?»

«Gebt's e' Ruh», ging Heinlein dazwischen, «und lasst den Heinz-Günther fertig red.»

«Eben», fuhr Heinz-Günther fort. Er suchte nach dem Faden,

den er ob des Einwurfs verloren hatte. «Diese Sendung ... wer hat sie von euch g'sehn?»

«Ich net. Den Käs von dene Dödel guck ich mir net o», raunzte Erich. «Die letzte hat mer g'reicht. Ich säh nu immer nix auf den ena Aach ...»

Heinlein und Renate zuckten ahnungslos mit den Schultern. Walter, der fünfte im Bunde, blieb auffallend still. Er schien mit den Gedanken ganz woanders zu sein und starrte verloren in sein Schoppenglas, aus dem er noch keine zwei Schlucke getrunken hatte.

«Und du?», fragte Heinz-Günther.

Walter reagierte nicht. Heinlein stupste ihn an und fragte: «Walter? Hast du die Sendung gesehen, von der der Heinz-Günther rett'?»

Walter schreckte hoch. «Nein, es ist alles klar. Werkli ...»

Sie schauten ihn zweifelnd an. «Hast du die Sendung g'sehn?», wiederholte Heinlein.

«Sendung?», fragte Walter.

«Ja, die Sendung, du Schlaffsack», motzte Erich.

Walter fand noch immer keine Antwort und richtete seine Aufmerksamkeit wieder auf das volle Schoppenglas vor ihm.

Die anderen schauten sich fragend an, bis Heinz-Günther wieder das Wort ergriff: «Is ja jetzt wurscht. Auf jeden Fall is mir diese Lobhudelei von denna Möchtegern-Franken ganz schö aufs Gemüt g'schlag'n. Dass se ihm net glei den Hermelin vor der Kamera umgelegt ham, hat no g'fehlt ...»

«Wen meenst'n?», fragte Heinlein. «Den scheidenden Regierungspräsidenten? Den Vogt?»

«Na, den Roiber natürlich. Wie se dem 'n Honich ums Maul g'schmiert ham», ereiferte sich Heinz-Günther, «zum Kotzen war's. ‹Ihr Unterfranken ...› Wenn ich des Wort scho hör, kriech i Umständ.»

«Na, dann hör halt net hie», belehrte Renate ihn.

«Was hast du denn gegen den Roiber?», fragte Heinlein.

«Der Bayernfünfer, der Kini für Arme, der bleiche Ede», geriet Heinz-Günther in Rage, «der is der Grund, wieso mir net in dem Bayern vorwärts komme. Der will genauso wie der Franz-Josef, dass mir Meefrank'n nix zu sag'n ham in där Regierung.»

«Des kannst aber net sog», zweifelte Heinlein, «beim Franz-Josef hätt's kenn Wörzbörcher in der Regierung gab'n. Da hammer jetzt scho zwä 'neigebracht.»

Diesem Argument konnte Heinz-Günther sich nicht verwehren. Stattdessen suchte er nach einem neuen Angriffspunkt – dem zweiten neuen Regierungspräsidenten, der nach dem Tod Stahls bestimmt worden war.

«Und jetzt der Neue», geiferte er weiter, «den Säck'l ham se uns doch nur aufs Aach gedrückt, um uns zu ärchern. Eener aus Münch'n … und dann nu der Eckstein. ‹Für Unterfranken nur die Besten.› Pah! Des Münchner G'sindl könner's behalt.»

«Wo des doch gor net sei kann», grölte Erich und hob den Schoppen, «weil die Best'n sinn ja nu immer mir. Prost.»

Einträchtig, bis auf Walter, der in seinem Schoppenglas zu lesen schien wie in einer Glaskugel, streckten sie die Gläser in die Höhe und tranken den Schoppen in einem Zuge leer.

«Irma, nu a Rund'n», rief Erich zur Bedienung und klatschte den Römer auf den Tisch, dass er zu brechen drohte.

«Und dann ham se uns a no a Fraa als Vizepräsidentin untergejubelt», fuhr Heinz-Günther fort, «a Fraa …»

«Die soll aber von der Baabet ihrer Gnad'n sei!», warf Renate brüskiert ein.

«Vo der Verräterin!», schimpfte Heinz-Günther.

«Wiesou?»

«Weil ihr Weiber eh nix zambringt», frotzelte Erich.

«I geb dir gleich a Schelle!», protestierte Renate und war im Begriff auszuholen.

«Richtich! Hau em a blaus Aach», unterstützte sie Irma und stellte zwei neue Flaschen auf den Tisch. «Der Saufkopf bräuchert scho lang widder emal e' Abreibung.»

«Es hesst, der Neue is a ehemalichs Brodeschee von dem von

unne ruff», sagte Heinz-Günther mit einem Seitenblick auf Walter, der der Unterhaltung noch immer nicht folgte. «Also em Verräter!»

Betreten schauten die vier auf Walter und warteten auf eine Reaktion. Doch sie blieb aus. Heinlein fragte ihn: «Walter, was is'n los mit dir? Du redst nix, du trinkst nix, bist krank?»

Walter schüttelte stumm den Kopf.

«Is ja egal. Mit g'fange mit k'hange», stellte Erich rein sachlich fest. «Wer vo unne ruff kummt, is grundsätzli verdächtich ...»

«Seid ihr blöd», nahmen Heinlein und Renate Walter in Schutz. «Der Walter is scho in Ordnung. Vielleicht mehr als ihr.»

Doch Walter hatte genug. Er stand wortlos auf und ging zur Tür.

«Walter, jetzt bleib da. Der Erich hat des net so gemeent», rief ihm Heinlein hinterher. «Ehrlich.» Dann, zu Erich gerichtet: «Sigst'ers, was'd mit dei'm blöd'n Gered widder ang'stellt hast? Jetzt isser beleidicht und rennt davo ... Manchmal könnt ich dir ...»

Heinlein stand auf und lief Walter nach.

«So oder so», nahm Heinz-Günther diese nicht ungewohnte Unterbrechung zur Kenntnis, «es wird Zeit, dass endlich widder mal was passiert. Die Ostfränkische Befreiungsloge hat seit der *Weißwurstschändung* nix mehr von sich hören lassen. Wir müssen ein weiteres Zeichen setzen, dass der Widerstand nicht mehr aufzuhalten ist.»

«Und scho länger nix mehr die Rechnung bezahlt hat», warf Irma mahnend ein.

«Jetzt fängt die Alde scho widder o», giftete Erich.

«150 Mark sind noch offen», beharrte Irma auf ihrer Forderung.

«Willst'd se glei, dei lumperde 150 Mark?»

«No gloar.»

«Nacherd geh her, bring nou zwä Flasche und geb mer e Rechnung fürs Finanzamt», regelte, zum Erstaunen aller, Erich die Angelegenheit.

«Wos hast'n du mit dem Finanzamt am Huat?», fragte Renate erstaunt.

«Des geht di gor nix o.»

«Och soch halt», umgarnte sie ihn wie eine Schlange.

«Nä», wand sich Erich. «Des geht nur mir was o.»

«Is ja jetzt egal», unterbrach Heinz-Günther, «zurück zur Sache.»

«Welche Sache?», raunzte Erich.

«Na, zum Roiber.»

«Lass mi doch emal mit dem Gauner in Ruh.»

«Gauner ist genau das richtiche Wort», befand Heinz-Günther, «darum muss was passier.»

«Und was?», stöhnte Erich. «Was hast du dir denn jetzt schon wieder einfall'n lass'n?»

«Eing'fall'n is mir noch nichts, dafür seid ja ihr da. Nur eins is sicher, wenn der Hund morchen nach Wörzbörch künnt, dann sollte mir ihm den Besuch unvergesslich mach'.»

Heinlein hatte Walter auf dem Marktplatz eingeholt und stellte ihn besorgt zur Rede: «Also, was is'n los mit dir? Du warst scho den ganz'n Abend so komisch. Is was passiert dahem?»

«Na», antwortete Walter und ging missmutig weiter.

«Is dir die Fraa davo?»

«Na, verflixt. Jetzt lass mir mei Ruh.»

Heinlein stellte sich ihm in den Weg und forderte ultimativ Aufklärung. «Ham'se di bei der Zeitung 'nausgschmiss'n?»

Walter schaute ihn wortlos an und wollte sich an ihm vorbeidrängen, doch Heinlein stand wie ein Fels.

«Es hat nix ... na ja, fast nix mit der Zeitung zum tun», begann Walter seine Beichte, «es is viel schlimmer.» Walter stockte und suchte nach dem richtigen Einstieg. «Ich war net ganz ehrlich zu euch ...»

«Macht doch nix. Wer is scho immer ehrlich?»

«Du verstähst mi net. Des mit dem Verräter ... da hat der Erich net ganz Unrecht.»

«Ja, so a Schmarr'n. Der is doch b'suff'n. Der meent des gar nit so.»

«Doch, und er hat Racht. Ich bin ein Verräter, und es wird net lange mehr dauern, bis das alle Welt wäs ...»

«Was redest du da für a Zeuch? Die Aschaffeburcher sin doch genauso Franken wie mir. Also ...»

«Schorsch», fuhr Walter ihn an, «du verstehst mi net. Ich bin werkli eener. Und des hat nix mit Aschaffeburch zu tun, sondern mit Deutschland. Ich hab jahrelang für die Stasi spioniert. Verstähst'd? Für die Staatssicherheit, für den Mielke und Konsorten.»

Heinlein verschlug es die Worte. Zögernd fragte er: «Für die Stasi? Was hast du mit denna zu tun? Du bist doch bloß ...»

«Eben. Genau deswegen war ich der Richtiche für die. Ich war ein kleines Licht, als ich bei der Zeitung ang'fange hab. Als ich dann über die G'schicht am Giebelstädter Flugplatz berichtet hab, sind sie auf mich aufmerksam wor'n ...»

«Und?»

«Es war net einfach, damals. Ich hab a Wohnung gebraucht, mei Fraa hat des erschte Kind kriecht ... und so kam eens zum annern. Auf jeden Fall ham'se mir angebot'n, dass sie mir a weng behilflich sin, und dafür sollte ich für sie a weng was mach'.»

«Was war des?»

«Sie hatten den Flughafen scho lang im Auge g'habt, weil von dort die ersten Maschine aufgestiegen sin, wenn an der Grenze was passiert ist. Auf jeden Fall gab's doch damals des G'schiss mit dene Erschtschlagswaffen, und der Stahl und der Engelhardt ham sich dafür eingesetzt, dass die verschwinden. Auf der anderen Seite gab's die zwei Professoren an der Uni, die dafür plädiert ham, dass die Raketen bleiben. Meine Aufgabe war es, die öffentliche Meinung so anzufachen, dass Stimmung gegen die Stationierung aufkam und dass die Raketen verschwinden.»

«Wo ist das Problem? Du hast einfach deinen Job gemacht.»

«Mehr oder weniger. Mei' Berichterstattung hat sich konkret gegen die Stationierung gerichtet, obgleich es, im Hinblick auf die konventionelle Überlegenheit der Russen, gute Gründe gab, dass die Raketen bleiben. Sei's wie's will, ich hab gegen die Raketen g'schrieben und für den Stahl und den Engelhardt. Und a paar Mark sin a g'floss'n. Danach hatten sie mich in der Hand. Immer öfter sollte ich ihnen Informationen über alles, was sich im Bereich um Würzburg tat, beschaffen. Ich hab mich damals einfach nicht getraut, nein zu sagen und einen Schlussstrich zu ziehen.»

«Wie lange hast du das gemacht?»

«Bis zum Ende. Bis der ganze Apparat aufgeflogen war.»

«Dann ist doch alles in Ordnung. Die Stasi ist Geschichte und somit auch dein Engagement für sie.»

«Eben nicht. Diese verdammten Rosenholz-Dateien sollen morgen übergeben werden. Und ich werde da drin sein. Verstehst'd? Mein Deckname und mein Klarname werden da drin stehen. Walter Kornmüller alias IM *Keiler*. Das ist eine Schlagzeile und mein Ruin. Mit Schimpf und Schande werd ich aus der Zeitung fliegen. Vom Staatsanwalt ganz zu schweigen …»

«Aber der hat doch selber Dreck am Stecken.»

«Die Kleinen hängt man, die Großen lässt man laufen. So war es immer, und so wird es immer sein.»

«Walter, Walter», stöhnte Heinlein. «Was hast du da bloß wieder ang'stellt …»

Renate beugte sich nach vorn und befahl Heinz-Günther und Erich, es ihr gleichzutun. Sie steckten ihre Köpfe zusammen und hörten, was Renate Neues zu berichten hatte: «Dann hört mir jetzt mal zu. Ich kann euch nämli was verzähl: Ich hab e neue Aufgab …»

«Wiss'mer scho, du bist jetzt Heimleiterin bei denne Schifferkinner», raunzte Erich.

«Des meen i' doch net, du Doldi! Es geht net um mei neue Arbeitsstell, wobei des scho e Aufstiech wor ... aber ich meen was ganz was annersch ...»

«Ja, was denn? Jetzt mach's net so spannend», fragte Erich ungeduldig.

«Ich bin jetzt *Regieassistentin*.»

«Was?», fragte Erich verdutzt. «Reschieassisdendin? Was is'n des?»

«Du Dödel, du kannst ja des Wort net ammal richtich aussprech'! Ich bin Regieassistentin bei einem Schauspiel, das morgen oben auf der Festung aufgeführt wird. Im allergrößten Rahmen vor internationalem Publikum. Verstehst'd?»

«A Schauspiel? Rotkäppchen und die sieben Zwerch oder was über dera Hex'nverbrennunga? Da könnst'd ja glatt die Hauptroll spiel bei deina roade Hoar. Und verbrennt sin se ja a scho.»

«Worum geht's bei dem Schauspiel?», fragte Heinz-Günther neugierig.

«Des würd jetzt zu lang dauer, um des alles zu erklär'. Auf jeden Fall sollen im Rahmen von em Unterhaltungsprogramm mei' Kinner aus 'm Schifferheim als Komparsen auftret'. So als Gefangene der geschlagenen französischen Armee.»

«Und? Was is daran so Außergewöhnlich's?»

«Es geht um die Einnahme der Festung durch die bayerischen Truppen im Jahr 1813.»

«Was?!», fuhr Heinz-Günther dazwischen. «Auf unserer Festung ...?»

«Jetzt lass mich doch erst mal fertich erzähl' ...»

«A' wo! Des interessiert doch kenn. Irma noch 'n Schoppe!», rief Erich.

«Jetzt halt mal dei' Raffel, Erich!», schnauzte Heinz-Günther ihn böse an. «Renadde, erzähl.»

«Heilicher Gott, warum bist'd'n jetzt widder so ernst?», beschwerte sich Erich. «Da vergeht'em ja der ganze Spaß an der Sach.»

«Erzähl!»

Renate berichtete von dem geplanten Schauspiel, das von der Bayerischen Staatsregierung, dem Ministerpräsidenten höchstpersönlich, in Auftrag gegeben worden war.

«Und vo wem wesst du des?», fragte Heinz-Günther.

«Vom Chef des Stadttheaters», antwortete sie, «der hat sich nämlich geweichert. Dem und seine Leut war des zu blöd und zu kurzfristich, und da hat er unsere Laienspielgruppe vorgeschlagen, zusammen mit denne von den Festspielen in Giebelstadt. Und ich und mei Kinner mache da a mit.»

«O Gott. Was für eine Schand», rief Heinz-Günther verzweifelt.

«Wiesou? Mei Kinner sind ...»

«Des meen i net.»

«Sondern?», fragte Erich ahnungslos.

«Ja, hast du denn dein letztes bisschen Verstand versoffen? A größere Schand für uns Franken gibt es doch überhaupt nit. Die Einnahme unserer Festung durch die Bayern ... zusamme mit denna Schluchte'scheißern aus Österreich! Als Schauspiel? Auf *unserer* Festung? Irma, ich brauch en Schnapps.»

«Aber ... des is mei große Chance», fügte Renate vorsichtig hinzu.

«A Krampf is des. Verstehst'd? Die Einnahme der Festung, inszeniert durch diesen bayerischen Oberbesatzer und seinen Münchner Steigbügelhalter. Würd mi net wunner, wenn die zwedde Garnidur, die sich ‹Unterfränkischer Regierungspräsident› schimpft, da a no sei Finger im Spiel hätt», spie Heinz-Günther geradezu aus. «Da müssen mir was dageche unternemm!»

«Gell, des hab ich mir scho gedacht», erwiderte Renate, nun von der Widersinnigkeit des Schauspiels überzeugt, «drum hab ich's ja euch verzählt.»

«Seit wann wesst 'n du des scho?», fragte Heinz-Günther.

«Seit letzte Woch.»

«Und warum hast du uns nicht scho früher gewarnt?»

«Weil i' no' nix g'scheits gewisst hab und erst noch a weng schbionier' wollt.»

«Oh, denne geb' mer», versprach Heinz-Günther. «Des Mal bleibt es net bei denne halbseidene Fernsehfritzen, die uns, wo se nur könne, diskriminier tun.»

«Richtich», stimmte Erich zu. Sein Zungenschlag hielt nicht mehr mit dem Schritt, was er sagen wollte. «Diskiminirn. Damit is jetz Schluss.»

«Morgen sind doch überall in der Stadt diese Halloween-Partys?», fragte Heinz-Günther. In seinem Gesicht spiegelte sich bereits ein Plan.

«Hä? Hello Wien? Was is jetzt des? Was willst du denn jetzt mit denna Ösis. Willst'd den Haider a einlad'?», fragte Erich.

Heinz-Günther war am Verzweifeln. «Des ist jetzt wurscht, Erich. Soch emal ... gibt's bei dir da draußen eichentli no des Asylanteheim?»

✳

Kilian schloss die Haustür auf und trat hinein ins Dunkel. Der Lichtschalter war sinnigerweise neben den Postkästen angebracht, fünf Schritte vom Hauseingang entfernt. Fünf Schritte musste er überstehen, um nicht über Dreiräder, Kinderwagen oder die blaue Tonne für Papierabfall zu stolpern und sich dabei nicht das Genick zu brechen. Die Wand fühlte sich kalt und pickelig an. Die über Putz gelegte Stromleitung hatte er nach dem dritten Schritt erreicht. Das bedeutete, dass er die Dreiräder und Kinderwagen ohne zu Boden zu gehen überstanden hatte. Somit blieb nur noch die blaue Tonne, deren Standort öfters am Tag wechselte. Manchmal befand sie sich als Erinnerung unter dem Briefkasten derjenigen Familie, die vergaß, den Kasten mindestens einmal am Tag von den Postwurfsendungen zu befreien. Das war der unübersehbare Hinweis von Hausmeister

Gottfried an die Mietparteien, für Ordnung und Sauberkeit zu sorgen. Kilian hatte in dieser Hinsicht nichts zu befürchten. Leila, die Tochter der kroatischen Familie aus dem vierten Stock, übernahm für ihn die Leerung und legte seine Post und die Werbung neben den Treppenaufgang zum Dachstuhl.

Am hinterlistigsten war die Tonne jedoch hinter dem Mauervorsprung platziert, der die Briefkästen von der folgenden Holztreppe trennte. Die Mauer bedeckte sie völlig und täuschte die ahnungslosen Besucher, weil die Rollen am Boden der Tonne kaum sichtbar hervorstanden. Kilian ertastete den Schalter und betätigte ihn. Die Deckenleuchte sprang an und warf ihr Licht auf die ersten zehn Stufen, bevor die Treppe sich wand und in den ersten Stock mündete. Kilian machte einen Bogen um den Mauervorsprung. Die Tonne stand nicht am vermuteten Platz. Meister Gottfried musste sich eine neue Falle ausgedacht haben. Das Spannende an der Sache war, herauszufinden, wo sie dieses Mal auf ihn lauerte. Kilian schaute durch den schmalen Tunnel den Treppenaufgang empor. Das Licht brannte im ersten und dritten Stock. Die Stockwerke zwei und vier und der Übergang zum Dachstuhl blieben dunkel. Während auf der ersten und dritten Etage, neben der Hausmeisterwohnung, weitere urfränkische Familien beheimatet waren, gehörten die übrigen den Angehörigen der Familien Mesic, Jovanovic, Süleyman, Stiburek, Theodoridis und schließlich Kilian. Meister Gottfried hatte es seit zwei Wochen nicht fertig gebracht, dem eigentlichen Grund der Dunkelheit in den betreffenden Bereichen auf die Spur zu kommen.

Kilian schaffte es, unbeschadet bis ins vierte Stockwerk zu gelangen. Obwohl er im Dunkeln stand, fand er zur Holztür, die hinauf zum Dachstuhl führte. Als er die Tür öffnete, kam ihm polternd die blaue Tonne entgegen, die von innen gegen die Tür gelehnt war. Kilian stolperte rückwärts zu Boden, und die Tonne erbrach ihren Inhalt über ihn. Eingedeckt mit Prospekten und Zeitungsbeilagen, schaufelte er sich frei und stürmte wütend ans Geländer. Durch den Spalt des Treppenaufgangs sah er Meister Gottfried im ersten Stock zufrieden nach oben blicken.

«Ah, der Herr Kilian», drang es schallend zu ihm herauf. «Ich hab Ihnen vorsorglich die Tonne hingestellt, damit Sie den Saustall mit den Zeitungen vor Ihrem Verschlag wegräumen können.»

«Das war sehr freundlich von Ihnen, Herr Gottfried», rief Kilian hinunter. «Vielen Dank. Fast hätt ich's vergessen.»

«Gern g'schehn, Herr Kilian. Und außerdem, Sie haben Treppendienst diese Woche. Ich wollt Sie nur dran erinnern. Nicht, dass wir wieder so 'nen Saustall haben wie beim letzten Mal.»

«Apropos Saustall, Herr Gottfried. Meine Kollegen vom Ordnungsamt wollten morgen vorbeikommen und die Sicherheitsbestimmungen im Haus überprüfen. Alles nur Routine. Soweit ich mich aber erinnere, werden die von der Hausverwaltung bestellten Hausmeister für etwaige Versäumnisse haftbar gemacht. Wenn ich da an das Treppenlicht denke, sollten Sie sich beeilen. Morgen früh um sieben Uhr stehen die vor der Tür. Gute Nacht, Herr Gottfried.»

Kilian drehte sich um, stieß die Tonne zur Seite und nahm die Stufen zum Dachstuhl. Vor der Tür angekommen, suchte er in vollkommener Dunkelheit mit dem Schlüssel nach dem Loch in der Stahltür. Schließlich hatte er die Öffnung gefunden und ging hinein. Er machte das Licht an und wollte die Tür hinter sich schließen, als er Thomas im Lichtkegel in der Ecke kauern sah. Er erschrak und griff instinktiv an sein leeres Waffenhalfter.

«Nicht erschrecken», sagte Thomas ängstlich und erhob sich.

«Bist du verrückt geworden, mich so zu erschrecken?», scholt Kilian ihn. «Ich hätte dich erschießen ...»

«Tut mir Leid, aber ich muss vorsichtig sein», antwortete er und ging an Kilian vorbei in die Wohnung.

«Was machst du hier?»

«Ich kann nicht nach Hause.»

«Wieder mal Stunk mit deinem Vater?»

«Nö, schlimmer. Sie sind hinter mir her. Sie stehen bei uns in der Straße und beobachten das Haus von allen Seiten. Ich wusste nicht, wohin ich sonst hätte gehen können.»

«Wer ist hinter dir her?», fragte Kilian und setzte sich mit Thomas an den Tisch.

«Keine Ahnung, wer die sind. Irgendein Einsatzkommando, so wie bei euch. Auf jeden Fall haben sie Knarren und quatschen Ami.»

«Und was wollen sie von dir?»

Thomas zückte die CD aus seiner Jacke und legte sie auf den Tisch. «Danach suchen sie.»

Kilian nahm die CD und begutachtete sie. «Was ist damit?»

«Da ist 'ne Datenbank drauf. Wenn du sie in den Computer einlegst, fängt das Ding an, irgendeine Meldung abzusetzen, und kaum hast du dich umgeschaut, rücken die Jungs an. Die sind völlig durchgeknallt und voll geil auf das Ding.»

«Wo hast du sie her?»

«Die Nachbarin hat sie bei mir abgegeben. Sie hat sie auf dem Hauptfriedhof gefunden und wollte, dass Papa sie mit zur Polizei nimmt.»

«Auf dem Friedhof?», fragte Kilian überrascht.

«Ja, sie war total mit Moos zugewachsen. Wahrscheinlich hat sie seit 'ner Ewigkeit dort rumgelegen, bis sie sie gefunden hat.»

Das war sie, dachte Kilian. Das war das Ding, hinter dem Schröder und die anderen im Sommer her gewesen waren.

«Wo sind deine Eltern?», fragte er.

«Weiß nicht. Vor 'ner Stunde war noch keiner zu Hause. Wahrscheinlich haben sie die Amis einkassiert und foltern sie.»

«Red keinen Unsinn», sagte Kilian und stand auf. Er steckte die CD ein und nahm Thomas mit.

Pia öffnete die Tür. Sie war völlig verheult, und ihre Haare hingen ihr ins Gesicht. In lappigem T-Shirt, Jogginghose und Turnschuhen stand sie vor ihnen. Als sie Kilian erkannte, warf sie sich ihm um den Hals.

«Tut mir Leid, ich wollte das nicht», schluchzte sie.

«Lass, Pia», sagte Kilian und befreite sich aus der Umarmung. «Das ist jetzt nicht wichtig. Du hast doch bestimmt einen Computer hier.»

Er ließ sie stehen und ging in die Wohnung.

«Hi, Pia», sagte Thomas und folgte ihm.

«Was ist jetzt los?», fragte sie, den beiden hinterherblickend.

«Ich brauch deinen Computer», sagte Kilian und schaute sich im Zimmer um, ob er ihn entdecken konnte.

«Bist du wegen meines Computers hier?», fragte sie.

«Nein, natürlich nicht», log Kilian und nahm sie in den Arm.

Hinter ihrem Rücken gab er Thomas ein Zeichen, den Computer zu suchen. Thomas folgte der Aufforderung und verschwand in einem Zimmer.

«Schön, dass du gekommen bist», begann sie mit ihrer Beichte und küsste ihn. «Schorsch hat mir alles erzählt. Ich mach mir solche Vorwürfe. Nur wegen mir hast du deinen Job verloren. Um mich zu schützen, hast du gelogen. Aber das brauchst du jetzt nicht mehr. Morgen gehe ich zu Oberhammer und klär die Sache. Versprochen. Gleich …»

«Hab ihn», rief Thomas aus dem Zimmer herüber.

Kilian löste sich aus der Umarmung.

«Was ist?», fragte Pia und folgte ihm ins Schlafzimmer.

Kilian setzte sich an den Computer und startete ihn.

«Ich würde das nicht tun», sagte Thomas. «Wenn du nur einen Namen bestätigst, stehen sie in null Komma nichts vor der Haustür.»

«Das Risiko muss ich eingehen», antwortete Kilian. Er legte die CD ins Laufwerk. «Nur so kann ich herausfinden, worum es hier eigentlich geht.»

«Kann mir mal einer sagen, was hier los ist?», protestierte Pia, in der Tür stehend.

«Später, Schatz», wiegelte Kilian ab. «Hast du ein Modem an deinem Rechner angeschlossen?»

«Ja. Wieso?»

«Ohne Modem geht die Datei nicht auf?», fragte Kilian.

Thomas bestätigte. «Wir haben's schon mal probiert, aber dann hast du keinen Zugriff.»

«Hast du's schon mal mit *umgehen* versucht?»

«Keine Chance. Das ist wie 'ne Firewall.»

«Na, gut. Dann gehen wir's an», sagte Kilian.

Auf dem Bildschirm vor ihm öffnete sich die Datenbank. Die Liste begann erneut mit den Namen «addison», «amazon» und «angel». Er scrollte weiter bis zum Schluss. Die Liste schloss bei der laufenden Nummer 602 mit dem Namen «zoe». Kilian bewegte die Maus auf den Namen.

«Ich würde das nicht tun», wiederholte Thomas eindringlich.

«Wenn mir nur einfiele, wie der Name auf dem Schnipsel gelautet hat», fragte sich Kilian.

«Du hast keine fünf Minuten, bis sie angerückt kommen. Echt. Kein Scheiß.»

«Das wissen wir jetzt», fuhr Kilian ihn genervt an. «Ich brauch den Namen...»

«Suchst du das hier?», fragte Pia und legte eine kleine Plastiktüte auf die Tastatur. Darin befand sich der Schnipsel, den er ihr gegeben hatte.

Kilian wollte seinen Augen nicht trauen. «Du hattest den Schnipsel die ganze Zeit?! Wieso...»

«Weil es alte Geschichten sind, die heute keine Bedeutung mehr haben», wehrte sie sich.

«Ich glaub's nicht. Dafür habe ich meinen Job aufs Spiel gesetzt. Nur weil die gnädige Frau nichts mehr von alten Geschichten hören will. Bravo. Hast du sonst noch ein paar Überraschungen für mich parat?»

«Jederzeit. Überhaupt kein Problem. Zum Beispiel kenne ich da einen gewissen Kilian. Seit der in der Stadt ist, hat mein Leben einen ganz neuen Sinn bekommen. Aus allen Frauen Würzburgs hat er mich ausgesucht. Was für eine Ehre. Der unwiderstehliche Kilian hat die kleine Pia aus dem Osten zu seinem gnädigen Zeitvertreib erwählt. Was bin ich aber stolz.»

«Entschuldigung», mischte sich Thomas ein. «Könnt ihr das nicht später regeln? Ich meine ...»

«Schnauze!», befahlen Kilian und Pia unisono.

«Okay», antwortete Thomas kurz und verzog sich ins Wohnzimmer.

Kilian und Pia schauten sich schweigend an. Beide wussten sie, dass jetzt nicht der Zeitpunkt zum Streiten war. Es galt, an das Geheimnis der CD zu kommen.

Kilian nahm den Schnipsel und las darauf die Namen «IM Amtsrat», «IM Sheriff» und «IM Keiler». Er scrollte die Liste zurück auf «A», dann auf «S» und schließlich auf «K». Unter keinem der Buchstaben konnte er die jeweiligen Namen finden.

«So ein Mist», fluchte er. «Das gibt's doch nicht. Dabei war ich mir so sicher.»

«Vielleicht sind sie in den jeweiligen Dateien versteckt?», fragte Pia gespielt uninteressiert.

«Wie meinst du das?»

Pia grinste hämisch. Ihr stand die Schadenfreude über Kilians Ahnungslosigkeit ins Gesicht geschrieben. «Rutsch mal, großer Meister», sagte sie spöttisch. «Das hat was mit Intelligenz zu tun.»

Kilian wich wortlos. Pia startete den Explorer und gab für das betreffende Laufwerk eine Suchanfrage nach den drei Namen ein. Keine Sekunde später zeigte das Programm 28 Treffer mit den jeweiligen Querverbindungen an.

«Bingo», sagte sie erhobenen Hauptes.

«Hast du was gefunden?»

«Setz deine Brille auf. Na klar. Hier hast du deine Amtsräte, Sheriffs und Keilers.»

Sie zeigte auf längere und kürzere Pfade, unter denen die Namen auftauchten. Sie wählte den kurzen Pfad für «IM Amtsrat». In diesem Moment sprang das Modem an, und die Datei öffnete sich. Auf dem Bildschirm zeigte sich ihnen eine Maske mit den folgenden Angaben:

alias: GOVERNOR.
name: STAHL, WOLFGANG, DR.
formerly: IM AMTSRAT (1975›1989, HVA IX 5112/75)
former agent leader: OBERST FUHRMANN, RAINER.
profession: ADMINISTRATIVE OFFICIAL, STATE OF BAVARIA.
agent leader: GEN. MAJOR ROBERTSON, WILLIAM F.
current target: TELECOMMUNICATION PROVIDER.

«IM Amtsrat ist Stahl ist Governor», sagte Kilian. «Also doch. Stahl war ein Spion.»

Pia zeigte auf die HVA-Nummer des Datensatzes. «Das ist seine Registrierungsnummer bei der früheren Hauptverwaltung Aufklärung. Das waren die Jungs, die für das Ministerium für Staatssicherheit im Ausland spioniert haben. Keine Ossis, sondern Wessis. Spätestens 1989 müssen sich die Amis Stahl geschnappt und ihn umgedreht haben. Sonst hätte er nichts auf dieser CD zu suchen und hätte keinen Generalmajor als Führungsoffizier.»

Pia bewegte die Maus ans untere Ende des Datensatzes und bestätigte den Button «report». Die Meldung «loading» zeigte, dass die Datensätze nicht von der CD, sondern von außen eingespielt wurden. Nach Datum gelistet tauchte ein Protokoll mit Berichten auf, die «Governor» seit 1987 abgegeben hatte. Sie betätigte willkürlich ein Protokoll und fand einen Text in englischer Sprache. Darin lasen sie über eine Besprechung aus dem Jahr 1991 in der Bayerischen Staatskanzlei. Thema war der zügige Ausbau der Netzwerkstrukturen der EDV innerhalb der bayerischen Verwaltungsbehörden. Das betraf sowohl die dafür notwendige Hardware, die Software, den Support und die Sicherheitsvorkehrungen zu deren Schutz. Geheimcodes und Schlüsselwörter fehlten genauso wenig wie Daten zu den jeweiligen Personen, die mit der Umsetzung betraut wurden.

Pia schloss den Bericht und ging ans Ende der Protokollliste. Dort wartete blinkend der Cursor auf neues Futter.

«Mach die Seite zu», drängte Kilian. «Ich will sehen, wer unter ‹Sheriff› gelistet ist.»

«Kannst du haben», antwortete Pia und bestätigte den kurzen Pfad zu «Sheriff».

«Sie sind da!», schrie Thomas, der aufgeregt ins Zimmer gerannt gekommen war.

«Wer ist da?», fragte Kilian beiläufig.

«Die Amis. Die Kerle mit den Knarren. Los, lasst uns abhauen.»

«Ja, gleich», antwortete Kilian. Er war voll und ganz auf die sich öffnende Datei fixiert. Unter «Sheriff» las er:

alias: INQUISITOR.
name: ENGELHARDT, ROBERT, DR.
formerly: IM SHERIFF (1974›1989, HVA IX 3590/74)
former agent …

Thomas hatte den Knopf des Ausgabefaches gedrückt und die CD herausgenommen. Die Verbindung zum Modem brach ab.

«Spinnst du?!», fuhr Kilian ihn an.

«Sie sind da!», schrie Thomas.

Im selben Moment wurde die Eingangstür aufgebrochen, und das Einsatzkommando stürzte herein. Sie verteilten sich auf die Räume.

«Zum Fenster», befahl Kilian. Pia wusste zwar nicht, wie ihr geschah, doch sie reagierte schnell. Sie öffnete das Fenster, sprang hinaus und landete aus dem ersten Stock im Gemüsebeet. Thomas kam ans Fenster gelaufen und schaute hinunter.

«Spring. Ich fang dich auf», rief Pia ihm zu. Thomas zögerte. «Spring!», wiederholte Pia eindringlich. Thomas schaute sich um und verschwand vom Fenster.

Kilian hatte den Stuhl gepackt und wartete, bis sich der Erste zeigte. Er sah den Lauf einer kurzläufigen M16 und kurz danach ein schwarzes vermummtes Gesicht unter dem Stahlhelm. Mit voller Wucht schlug er zu, sodass der Mann zurückgeschleudert wurde. Schnellfeuer der automatischen Waffe streute durch das Zimmer und traf Computer, Bett und die Lampe. Kilian wagte den Sprung durchs Fenster. Vornüber stürzte er ins Blumenbeet und packte die wartende Pia bei der Hand.

«Los, weg!», befahl er.

«Thomas!», rief Pia nach oben.

«Ist er nicht bei dir?»

«Nein. Ich dachte, du bringst ihn mit. Thomas!», rief Pia erneut.

An der Decke in Pias Schlafzimmer zuckten wirre Leuchtstreifen auf, die wenig später auf Kilian und Pia trafen. Er riss sie instinktiv zur Seite. Die Kugeln schlugen in rascher Abfolge neben ihnen ein und zerfetzten die Plastikbahnen, die über die Beete gespannt waren. Kilian packte Pia und stieß sie kurzerhand über eine angrenzende Hecke, hinter der eine Gasse hinunter zum Winterleitenweg verlief. Er blickte nochmals hoch, ob er Thomas sehen konnte, doch das Licht der Taschenlampen fuhr ihm erneut über das Gesicht. Er sprang, und die M16 spuckte Feuer.

Der Einsatzleiter prüfte das CD-Laufwerk von Pias Computer.

«Fuck!», fluchte er und befahl seinen Leuten, die Verfolgung aufzunehmen. Bevor er das Zimmer verließ, wanderte seine Taschenlampe nochmal über den Boden, in die Ecken und schließlich an das Bett. Er ging darauf zu und kniete sich hin.

«Colonel, Sir», schallte es respektvoll aus dem Wohnzimmer herüber. «They're down that hollow alley. We gotta hurry.»

Der Einsatzleiter reagierte sofort und verließ das Zimmer. Im Schein der Taschenlampe erkannte Thomas schwarze, geschnürte Stiefel, die sich von ihm fortbewegten. Er lag bäuchlings unter dem Bett und hielt die CD fest in der Hand. Warm lief das Blut zwischen seinen Fingern auf den Boden und verlor sich in einem Einschussloch im Parkett.

✳

Klopf-klopf-klopf.

«Zimmerkellner», rief eine kräftige Männerstimme vom Gang aus gegen die Tür.

Galina schaute vom Bett auf und stutzte. Sie trug lediglich ein Seidenhemd und an den Füßen dicke Wollstrümpfe.

«Ich habe nichts bestellt», antwortete sie mit erhobener Stimme.

«Ihre Bestellung», bestand die unbekannte Stimme auf Einlass.

«Verdammt, ich habe nichts bestellt. Verschwinden Sie.»

«Tut mir Leid, gnädige Frau. Aber ich muss Ihre Bestellung trotzdem berechnen.»

«Jetzt reicht's», fauchte Galina und hastete aufgebracht zur Tür. «Ich habe nichts …»

«Halt die Klappe», fuhr Kilian sie an und schob sie zur Seite.

An der Hand zog er Pia ins Zimmer nach. Beide sahen aus, als seien sie einer Schlammgrube entstiegen. Durch die Flucht über die Nachbargärten waren sie von Kopf bis Fuß voller Gestrüpp und mit Dreck verschmiert. Kilian ging zum Fenster, schob die Gardine vorsichtig zur Seite und schaute nach, ob sie ihnen gefolgt waren.

«Was willst du denn hier? Und wer ist die verdreckte Kleine?», wollte Galina wissen. Sie musterte angeekelt Pia und machte mit ihren Blicken keinen Hehl daraus.

«*Kleine?*», fragte Pia gereizt. Sie erkannte in ihr die Frau aus der Bar, mit der Kilian nach ihrem Streit einen getrunken hatte. «Bist du nicht die Schlampe aus dem *Chase*?»

«Wie nennst du mich?»

«Genug. Es reicht», sagte Kilian und ging dazwischen. «Das ist Galina, und das ist Pia. Pia, Galina. Jetzt vertragt euch. Wir haben keine Zeit für so 'nen Scheiß.»

Galina und Pia fixierten sich. «Vertragt euch», bestand Kilian auf Frieden. «Es gibt keinen Grund, für keine von euch.»

Kilian zog Pia weg und drängte sie zum Badezimmer. «Mach dich sauber. In der Zwischenzeit klär ich die Sache hier.»

Pia schloss die Tür hinter sich. Aus dem Badezimmer war ein verzweifeltes «O Gott» zu hören.

«Also», begann Galina. «Was macht ihr hier?»

Kilian griff in die Hosentasche und holte die Plastiktüte mit dem Schnipsel hervor.

«Darum geht es hier. Oder?», sagte er mit Verweis auf den Schnipsel.

Galina schaute ihn unbeeindruckt an. «Du bist also doch nicht so langsam, wie ich befürchtet habe. Ja, darum ging und geht es die ganze Zeit. Was hast du jetzt vor?»

«Sag mir lieber, was um mich herum vorgeht. Erst die Aktion im Hofgarten, die verschwundenen Leichen, dann dein Auftritt beim Diplomatenempfang und schließlich dieser Frankenheimer. Was hast du mit ihm zu tun? Oder sollte ich besser sagen, was hast du mit ‹Bent Sørensen› zu tun? Unter welchem Namen ist er denn gerade unterwegs?»

«Woher weißt du das mit Bent?»

«Romeo-Romanze, geheime Akten, verschmähte Liebe, Aufdeckung, Flucht, neue Identität. Das alles passt wie angegossen, wenn man die einzelnen Bausteine richtig ordnet. Findest du nicht?»

«Du bist nah dran. Aber noch nicht am Punkt», sagte Galina.

Sie nahm aus einer Schublade eine Akte heraus und drückte sie ihm in die Hand. Kilian schlug die Seiten auf und las unter der Überschrift «Zielauftrag» Berichtsprotokolle von IM Amtsrat.

«Wo hast du das her?», fragte Kilian.

«SWR, GRU, FAPSI, CIA und von anderen Diensten, die Zugriff auf das Material haben. Manchmal sind auch noch einzelne Akten auf dem freien Markt zu kriegen, die bei den Vernichtungsaktionen übersehen wurden. Einige sind echt, viele getürkt. Aber das ist egal. Entscheidend ist, dass dein lieber Regierungspräsident ein Spitzel war. Und, als ob das noch nicht schlimm genug wäre, hat er die Seiten gewechselt und dafür einige von seinen alten Kameraden hops gehen lassen. Muss ein guter Deal gewesen sein. Er hat es weit gebracht, ohne aufgedeckt zu werden.»

«Nicht ganz. Er ist tot.»

«Verräter verdienen den Tod.»

Kilian blickte sie verständnislos an.

«Das sind nicht meine Worte», fuhr sie fort, «mir ist das egal. Aber andere sehen das viel ernster. Die sind bereit, dafür zu töten. Es ist das eherne Gesetz, wenn du dich mit Geheimdiensten einlässt. Verrate niemals deine Leute und wechsle niemals die Seiten.»

«Wie hängt Stahl mit Frankenheimer zusammen? Hat er ihn getötet?»

«John? Nein, das ist unwahrscheinlich. Nicht, dass ich es ihm nicht zutraue, aber das ist nicht sein Stil. Dafür gibt es elegantere Methoden.»

«Denunziation. Auch eine Form des Tötens.»

«Wer bereits tot ist, hat nichts mehr zu verlieren. Und, nebenbei, das Schwein Stahl hatte es verdient. Er war das mieseste Stück Dreck, das man sich vorstellen kann. Wo immer er einen Vorteil sah, hat er ihn schamlos ausgenutzt. Egal, ob Freund oder Feind. Da war er ganz Demokrat.»

«Nun gut. Jetzt weiß ich, wer Stahl war. Aber wer hat ihn getötet?»

Galina zuckte mit den Schultern. «Das weiß ich nicht. Ein bisschen Arbeit will ich dir ja auch noch überlassen.»

«Ich habe keinen Job mehr. Also, was soll's: Wer hat ihn auf dem Gewissen?»

«Ich weiß es nicht.»

«Weiß es Frankenheimer?»

«Kann sein. Aber er wird dir nichts sagen.»

«Wer dann?»

Galina zögerte mit der Antwort. «Es gäbe da jemanden ...»

«Dann ruf ihn an. Ich will ihn treffen.»

Pia kam frisch geduscht aus dem Bad. Sie hatte ein Handtuch um die nassen Haare gewickelt und trug einen Bademantel. «Sorry, Jo. Ich glaube, du brauchst neue Handtücher.»

«Was machst du in meinem Bademantel?», fragte Galina gereizt.

«Ach, das ist deiner? Ich dachte, der Fettsack, der vor dir das Zimmer hatte, hat ihn zurückgelassen. Bei dem Umfang», antwortete sie schnippisch und schlug den Bademantel wie ein Zelt auf. Darunter war sie nackt. Galina musterte sie und grinste hämisch. «Behalt ihn. Er passt dir gut. Bei dem Umfang.»

«Pia, zieh dir was an. Du musst zum Schorsch und ihm erklären, dass sich die Amis Thomas geschnappt haben. Sie werden ihm nichts tun. Sie wollen nur die CD. Dann werden sie ihn laufen lassen. Er soll sich um Himmels willen keine Sorgen machen. Und er soll unsere Leute zu deiner Wohnung schicken. Vielleicht finden sie noch was.»

«Wieso ich? Mach du das. Du bist mit dieser blöden CD zu mir gekommen. Ich habe damit nichts zu tun», widersprach sie.

«Welche CD?», fragte Galina.

«Ich habe ... ich hatte die CD, die auf dem Friedhof verschwunden ist.»

«Du *hattest* die CD? Was ist damit passiert?», fragte Galina erschrocken.

«Keine Ahnung. Die CIA oder die Army hat sie sich geschnappt.»

«Na, bravo. Er hatte die CD und hat sie sich wieder abjagen lassen. Klasse Leistung, Herr Kommissar.»

«Jetzt mach hier keine Welle. Nur wegen dir bin ich in diese Geschichte geraten. Wenn du damals nicht aufgetaucht wärst, hätte ich heute noch meinen Job und müsste mich nicht mit dir herumschlagen.»

«Ah ja. Jetzt bin ich an deiner Unfähigkeit schuld?»

«Es reicht», ging Pia dazwischen. «Soll ich im Bademantel auf die Straße gehen? In meine Wohnung werde ich wohl jetzt nicht zurückkönnen.»

«Gib ihr was», wies er Galina an.

«Bin ich die Wohlfahrt?»

«Es geht hier nicht um deine beschissenen Klamotten, sondern um einen Jungen, dessen Vater und Mutter zu Hause Todesängste ausstehen.»

«Ruf sie doch einfach an.»

«Wenn das Haus überwacht wird, dann haben sie auch sein Telefon angezapft. Die Jungs waren gut ausgerüstet. Sie werden schneller vor deiner Tür stehen, als dir lieb ist. Also, gib ihr was.»

Galina durchwühlte ihren Schrank. Schadenfroh stellte sich Pia neben sie und griff nach einer schicken Bluse. Galina schlug ihr auf die Hand. «Finger weg.»

«Ich möchte, dass du deinen Verbindungsmann anrufst. Ich will mit ihm sprechen. Heute Nacht», sagte Kilian zu Galina.

Sie nahm einen getigerten Body von der Stange und hielt ihn Pia unter die Nase. «Da habe ich genau das Passende für dich.»

«Das soll ich anziehen? Da schau ich aus wie 'ne Professionelle.»

«Eben.»

*

Thomas war über den Kühbachsteg in den Flurbereinigungsweg westlich des Maschikuliturmes geradelt, eines Teils der weit umspannenden Festungsanlage. Rund hundert Meter entfernt war im Berg ein alter verfallener Kasemattenraum gelegen, der mit dem Wehrturm über einen halb gedeckten Gang verbunden war. Dieser mündete über eine Wendeltreppe in die Kasematte, die von den Weinbergsarbeitern als Aufbewahrungsraum für Spritzmittel und Arbeitsgeräte genutzt wurde. Derartige Räume gab es rund um die Festung einige. Die meisten jedoch waren als unterirdische Gänge angelegt, von denen aus man die Angreifer bei den zahlreichen Belagerungen und Erstürmungsversuchen abgewehrt hatte. Gerüchte rankten sich seit Jahrhunderten über die Anzahl dieser Gänge, ihre Verbindung untereinander und wie weit sie in die Stadt oder ins sichere Hinterland reichen würden. Selbst Kinder, die in der nach dem Zweiten Weltkrieg fast gänzlich zerstörten Burg einen abenteuerlichen Spielplatz vorfanden, konnten nicht alle Gänge erkunden. Heute waren sie entweder mit Erdreich aufgefüllt, verschüttet oder verschlossen.

Die Tür zum verfallenen Kasemattenraum stand offen, und Thomas schob sein Bike hinein. Der Raum war hoch genug, dass er, ohne sich bücken zu müssen, auf dem blanken, überwucherten Erdreich stehen konnte. Durch eine der drei Schießscharten schaute er hinüber zum Winterleitenweg. Einen Wagen konnte er erkennen, der mit abgeschaltetem Licht an der Abfahrt zur Leistenstraße patrouillierte. Sie suchen also noch, sagte er zu sich. Kilian und Pia mussten es geschafft haben. Er griff in die Brusttasche seiner Jacke und holte die CD hervor. Sie war unbeschädigt geblieben, und der schwache Schein der Straßenbeleuchtung spiegelte sich auf ihr. Er steckte sie zurück, holte ein Gasfeuerzeug heraus und schaute, was die Weinbergsarbeiter an Brauchbarem zurückgelassen hatten. In einer Ecke reihten sich Schaufeln und Hacken, zwei Plastiksäcke waren mit abgestorbenen Reben gefüllt, die gut als Brennmaterial dienen konnten. Die konnte er jetzt aber nicht gebrauchen, das Feuer hätte zu hoch und zu schnell gebrannt. In einem anderen fand er zwischen Eimern und Dosen einen Kanister mit Terpentin. An der Wand waren Rebstockpflöcke wie Feuerholz aufgestapelt. Er nahm drei heraus, überschüttete sie vorsichtig mit Terpentin und legte sie sternförmig auf den Boden. Das Feuer brannte flach und schenkte ihm ein wenig Wärme in diesem kalten und durch den Schattenwurf verzerrten Verlies aus überwucherten Steinen.

Die blutende Hand hatte er mit einem Handtuch aus Pias Badezimmer notdürftig verbunden. Er wickelte es ab und betrachtete die Wunde an seinem Handballen. Sie war nicht sonderlich tief. An einem Einschussloch im Parkett hatte er sich einen Spreißel ins Fleisch gerissen, den er nun vorsichtig mit den Fingerspitzen herauszog. Das Blut rann am Ellbogen herab, und er band das Handtuch fest um die Hand. Mit ein paar Plastikbahnen, die er hinter dem Werkzeug fand, deckte er sich zu und wartete auf den Schlaf. Sein Gesicht wurde vom kleinen Feuer erhellt.

«Tschingtschang, tschingtschang, bumbetewitschki», sagte er betend vor sich ihn und schloss die Augen. «Nang kang killewi, nang kang killewi. Tschingtschang ...»

Leonhard Franks *Räuberbande*, der *Bleiche Kapitän*, *Winnetou*, *Old Shatterhand*, *Falkenauge* und der *Schreiber* kamen in seine Erinnerung zurück und gaben ihm ein sicheres Gefühl.

※

Das konspirative Treffen hätte nicht besser inszeniert werden können.

Es war weit nach Mitternacht, und die Stadt war längst in tiefen Schlaf gefallen. Kilian war beim Kanuverein an der Mergentheimer Straße über den Zaun gestiegen, hatte die Tür aufgebrochen und einen Einsitzer zu Wasser gelassen. Die ersten Meter kämpfte er noch mit der Balance und der Handhabung des Paddels. Nachdem er an der Insel vorbeigezogen war, hatte er das wacklige Kanu aber gut im Griff.

Galina hatte ihm nicht gesagt, mit wem sie gesprochen hatte. Auch nicht, wer am Treffpunkt erscheinen würde. Klar war jedoch, dass es jemand sein musste, der über alles Bescheid wusste und auf gar keinen Fall seine Identität preisgeben wollte. Dafür waren die Umstände des Treffens viel zu seltsam.

Kilian hielt auf den zweiten Bogen der Löwenbrücke zu. Er sollte sich laut Anweisung in der Mitte des Brückenbogens aufhalten und warten. Die Strömung war nicht sonderlich stark, sodass er sich ohne viel Anstrengung unter der Brücke halten konnte. Das Licht der Straßenleuchten vom Sanderglacis spiegelte sich im Main und warf wabernde Muster gegen den Hohlraum über ihm. Wie in der Wiener Kanalisation kam er sich vor. Es fehlte nur noch Orson Welles.

Nach einer Stunde war er bis auf die Knochen durchgefroren und wollte sein Unterfangen aufgeben. Er setzte das Paddel ins Wasser, als eine Männerstimme ihn ansprach:

«Sie wollen schon gehen?»

Kilian schaute hoch, zur Seite und aufs Wasser vor ihm. Die Worte hallten unter dem steinigen Dach und verloren sich im Nirgendwo.

«Verschwenden Sie keine Zeit damit, mich ausfindig zu machen. So, wie es jetzt ist, ist es vollkommen in Ordnung. Sie dort, ich hier», hörte Kilian ihn von allen Seiten ruhig und leise zu ihm sprechen.

«Hätten wir uns nicht einfach bei einem Glas Bier um die Ecke treffen können? Diese Aktion hier erinnert mich sehr an den *Dritten Mann* oder an *Deep Throat*», sagte Kilian leise.

Dennoch hatte seine Stimme enorme Kraft im Halbrund und war derart präsent, dass er sie spüren konnte. Er meinte den Mann kurz, aber deutlich schmunzeln zu hören.

«Damit liegen Sie gar nicht so verkehrt. In beiden Fällen ging es um dasselbe.»

«Und das wäre?»

«Informationsbeschaffung. Manche sagen, es sei das zweitälteste Gewerbe der Welt. Ich halte es mit dem ältesten zumindest für gleichrangig. In beiden Fällen geht es um den Vorteil, den man sich sichern will. Aber das ist nur Philosophie. Kommen wir auf Ihr Anliegen zurück. Sie wollen wissen, wer Stahl ermordet hat.»

«Richtig», antwortete Kilian.

Er setzte das Paddel sanft ins Wasser und zog es langsam an seiner Seite vorbei, um die Position halten zu können. Woher die Stimme kam, konnte er noch immer nicht ausmachen.

«Tja, das kann ich Ihnen beim besten Willen auch nicht sagen. Aber es gibt Wahrscheinlichkeiten, die manche Dinge ausschließen und andere eingrenzen. Sie waren bereits auf einer guten Spur, wie ich gehört habe.»

«Sie meinen die CD?»

«Korrekt. Sie hat mich viel Arbeit gekostet.»

«Sie kam von Ihnen? Wie sind Sie an die CD gekommen?»

«Ich habe sie unseren Freunden direkt vom Rechner gespielt», sagte die Stimme nicht ohne Stolz. «Das war einfach. Doch sie sicher außer Landes zu bekommen, war eine andere Sache.»

«Wir leben in den Zeiten des Datentransfers und des Internets. Nichts leichter, als sie per E-Mail an eine beliebige Adresse in der Welt zu schicken. Wo ist das Problem?»

«Sie träumen von einer schönen neuen Welt, Kilian. Und sicher soll sie obendrein noch sein. Nein, das war sie nie und das wird sie nie sein. Am wenigsten seit wir Computer haben. Wenn ich nur ein Bit verschickt hätte, wären unsere Freunde schneller vor meiner Haustür gestanden, als Sie sich vorstellen können. Heute hören sprachgestützte Programme Millionen von Telefongesprächen zur gleichen Zeit ab, Faxe und E-Mails werden automatisch nach Schlüsselwörtern durchkämmt, und selbst Ihr Betriebssystem ist verwanzt. Unser großer Bruder steckt in jedem Atom drin und will alles über Sie wissen.

Die Regierung, für die ich arbeite, macht das seit dem Zweiten Weltkrieg. Ihre hat gerade damit begonnen.»

«Auf der CD waren Namen von Agenten. Was haben die damit zu tun?»

«Ich habe sie einst von Berlin nach Moskau geschafft, um sie vor dem Zugriff der Amerikaner zu retten. Aber die Sache ist dann ganz anders gelaufen. Auch, was danach passiert ist. Aber das ist Geschichte. Diese Agenten gehören zur alten Generation der Nachrichtenbeschaffung – der Brut, die einst an Wolfs Euter hing. Alles ehemalige westliche Stasi-Spione, die von der CIA und der US-Regierung umgedreht wurden. Sie beschaffen alles, was durch das Netz der elektronischen Verarbeitung läuft. Sie wanzen sich an Sie heran, spielen Ihren Freund, Partner oder Helfer. Dabei haben sie nur ein Ziel: Ihren Kopf. Sie wollen wissen, was Sie denken, fühlen, wovon Sie träumen, was Sie vorhaben und ob Sie manipulierbar sind.»

«Aber ich dachte, dass sie durch die Übergabe der Rosenholz-Dateien aufgedeckt werden?»

«Zehn Jahre hatte die CIA Zeit, die Rosinen aus dem Kuchen zu holen. Rosenholz ist gesäubertes, wertloses Material. Ein paar arme Schweine werden dran glauben müssen. Sie werden den Behörden und der Presse zum Fraß vorgeworfen. Das ist alles nur Ablenkung. Das eigentlich Wichtige findet, wie immer, im Hintergrund statt.»

«Und das ist?»

«Sie hatten es in der Hand. Die CD hatte, neben den aktiven Agenten, den Zugang zum ECHELON-System gespeichert. Damit kommen sie ins Innerste des Apparates und können den Spieß umdrehen. Wir hätten dann unser Ohr an deren Kopf gehabt. Es ist sehr bedauerlich, dass Ihnen die CD abhanden gekommen ist. Wir hätten viel damit erreichen können.»

«Was ist das ECHELON-System?»

«ECHELON ist ein weltumspannendes Abhörnetz. Die so genannten UKUSA-Staaten, Amerika, England, Australien, Kanada und Neuseeland, haben nach dem Zweiten Weltkrieg Radarabhörstationen errichtet, um den Funkverkehr der Feinde abzuhören.»

«Aber die Feinde sind besiegt.»

«Die politischen vielleicht. Wobei es immer noch Ärger mit Saddam, Ghaddafi und den Chinesen gibt. Auch Russland darf man nicht aus den Augen verlieren. Besonders jetzt nicht, nachdem ein ehemaliger Geheimdienstchef Präsident geworden ist. Wussten Sie, dass Putin für den KGB unter anderem in Bonn und Dresden stationiert war?»

«Nein.»

«Der Mann hat in seiner aktiven Geheimdienstzeit Kontakte aufgebaut. Nicht nur zu den Deutschen. Nein, auch andere Dienste waren dort vertreten. Man kannte sich. Das war alles eine große Familie. Auf jeden Fall weiß er, wie man ein Land regiert. Nicht wie dieser Tölpel Jelzin und die anderen Rabauken von früher. Putin ist ein Mann, der die Fäden im Hintergrund zieht. Man darf ihn nicht aus den Augen lassen. Er arbeitet so, wie er ausschaut. Hinter diesem Schulbubengesicht steckt ein gefährlicher Mann. Das hat auch Albright bei ihrem Antrittsbesuch kapiert. Den Unsinn, den sie vor den Kameras zum Besten gegeben hat, glauben eh nur die, die es glauben wollen. Die anderen wissen, wie man sich untereinander arrangiert. Da hält man einfach still, wenn ein paar Tschetschenen über die Klinge springen müssen. Im Gegenzug einigt man sich auf Zusammenarbeit und schaufelt Milliardenkredite auf die andere Seite ...»

«Entschuldigung, aber was wollen Sie mir damit sagen?»

«Bei ECHELON geht es darum, dass man sich unter den westlichen Verbündeten darauf geeinigt hat, natürlich unter der Vorgabe, die organisierte Kriminalität wirksam bekämpfen zu wollen, die eigenen Landsleute abzuhören. Es spricht jedoch nichts dagegen, auch ausländische oder als gefährlich eingestufte Personen abzuhören. Egal, was Sie benutzen: Telefon, Fax oder Computer, jedes Gespräch, jeder Buchstabe wird automatisch aufgezeichnet und von anderen Computern auf Verdächtiges hin überprüft. Sie brauchen nur mit Ihrer Freundin zu telefonieren und einmal das Wort «Bombe» oder «geheim» verwenden, selbst wenn es sich nur um die Kirschbombe oder das geheim gehaltene Weihnachtsgeschenk handelt. Die Spracherkennungsprogramme arbeiten mittlerweile sehr effektiv und erkennen Dialekte oder Fremdsprachen besser als das menschliche Gehör. Die neuen Programme stellen sogar Beziehungen zu einzelnen Wörtern oder Satzteilen her und schließen auf den eigentlichen Inhalt, sofern sie glauben, dass sie verschlüsselte Codes gebrauchen.

Aber das ist alles nur Technik und zweitrangig. Letztlich geht es darum, dass die Nachrichtendienste nicht nur allein für die Regierungen arbeiten, sondern ihr Wissen auch den inländischen Unternehmen zukommen lassen. Vor kurzem erst hat ein ehemaliger Geheimdienstchef in einem Interview offen zugegeben, dass die westlichen Freunde, wie zum Beispiel Deutschland, von der CIA und der NSA seit Jahren regelmäßig abgehört wurden. Begründung: Es gelte, die amerikanischen Unternehmen vor den korrupten Methoden der Europäer zu schützen. Das Lustige daran ist, dass die Engländer, also ein wichtiger Teil dieses Europas, gleichzeitig ein ebenso wichtiger Partner der Amerikaner und auch Mitglied in der UKUSA-Fraktion sind. Euer Europäisches Parlament weiß darüber seit Jahren Bescheid und kommt notgedrungen durch die Veröffentlichungen eines Journalisten erst jetzt in die Gänge, die Engländer zur Rede zu stellen. Was dabei herauskommen soll, ist äußerst zweifelhaft. Das haben nicht nur die Franzosen kapiert, die ebenfalls seit Jahren mit ihren Anlagen ‹die Freunde› ausspionieren. Auch ihr Deutsche arbeitet an einem ähnlichen System. Trotz allem lasst ihr die Amis und Engländer in eurem Land schalten und walten. Dafür fällt ab und zu ein kleines Stück des Kuchens für euch ab.

Wie gesagt, das ist die Rahmengeschichte, um die es hier geht. Das eigentlich Spannende ist jedoch, dass man nicht ganz auf Informationen aus erster Hand, das heißt von Menschen, verzichten kann. Bisher haben sie es nämlich noch nicht geschafft, in die Köpfe der Leute hineinzuschauen. Das kann nur ein Mensch, wenn er das Vertrauen eines anderen gewonnen hat.»

«Das sind die ehemaligen Stasi-Spione, die auf Rosenholz gespeichert waren?»

«Ja, zum Teil. Doch wie gesagt, die Datei ist gesäubert. Die wichtigen Leute sind herausgenommen und umgedreht worden. Da tun sich die CIA und die ehemaligen KGB-Behörden keinen Zwang an. Da wird sich zusammengesetzt und verhandelt. Zum Schluss hat man sich geeinigt und sammelt munter Informationen über die Freunde und die Partner. Man weiß nie, wann man es gebrauchen kann. Denken Sie mal an die Anwesenheit Ihres Geheimdienstchefs im tschetschenischen Kriegsgebiet. Was hatte der Mann dort zu suchen, wenn fast gleichzeitig Ihr Außenminister Russland auffordert, den Vernichtungskrieg gegen die Tschetschenen einzustellen?»

«Ich weiß es nicht ...»

«Irgendeinen Deal wird es wohl wieder gegeben haben. Dafür, dass der Westen still hält, werden an anderer Stelle wieder Geschäfte gemacht und neue Allianzen gestrickt. Auf die paar ‹Hungerleider› kommt es wirklich nicht an, wenn es darum geht, Stabilität und Wohlstand in ein Land zu bringen. Bei Milosevic lief die Sache ja auch ganz passabel. Nur der Idiot wollte sich nicht zufrieden geben und brauchte den Krieg, um sich an der Macht zu halten.»

«Entschuldigung ...»

«Ich weiß, ich schweife ab. Ich habe Ihnen das nur erzählt, damit Sie verstehen, worum es hier eigentlich geht. Es wird geschachert und gehandelt. Menschen spielen dabei keine Rolle. Nur insoweit, dass sie als Informationsbeschaffer dienen oder dass sie erpressbar gemacht werden können. In dieser Datei, die Sie in den Händen hielten, waren Namen und Adressen von solchen Leuten gespeichert. Sie stehen in Diensten der CIA oder arbeiten auch gleichzeitig für die Russen. Wer weiß das schon. In ihren Datensätzen ist ein verschlüsselter Zugangscode versteckt, mit dem sie direkt ins ECHELON-System gelangen. Die Abfrage des lokalen Anbieters wird umgangen oder zumindest vor einen unmöglich zu knackenden Code gestellt.»

«Ein Berichtssystem quasi.»

«Exakt. Damit können Sie, egal, wo Sie auf dieser Welt sind, verschlüsselte Nachrichten oder Botschaften direkt zu Ihrer Leitstelle übertragen. Für uns ist dieser Code Gold wert, denn dann hätten wir Zugang zu diesem System und könnten für einen Ausgleich sorgen.»

«Wer ist ‹wir›, und was für einen Ausgleich meinen Sie?»

«Wir sind alles Einzelkämpfer, die einen ausweglosen Kampf gegen den Großen Bruder führen. Egal, ob er Bill oder Vladimir heißt. Entweder sind wir alte Genossen oder Benachteiligte und Enttäuschte. Beider Systeme. Verstehen Sie? Uns geht es um Aufklärung. Wir wollen denen, die Weltmachtführer sein wollen, auf die Finger schauen und, wann immer es uns notwendig scheint, Dinge aufdecken oder einfach einen Krieg verkürzen.»

«Haben Sie denn keine Kopie von den Datensätzen gemacht?»

«Nein. Die CD war bereits die Kopie, und das Original wurde zerstört. Es war der einzig sichere Weg, damit wir die Gegenseite nicht auf uns aufmerksam machen. Ein falscher Befehl auf Ihrer Tastatur hätte verheerende Folgen haben können.»

«Dann ist es jetzt also vorbei?»

«Es ist erst dann vorbei, wenn es vorbei ist. Sie kennen doch das Lied?»

«Ja, ich glaube», sagte Kilian. «Aber ich weiß immer noch nicht, wer Stahl getötet hat. Wer kann mir weiterhelfen?»

«Folgen Sie der Spur der CD. Dort werden Sie Ihren Mörder finden. Ich werde Sie im Auge behalten.»

«Warten Sie», bat Kilian und stach das Paddel ins Wasser. Nach zwei Schlägen rammte er das Kanu gegen den Kai und sprang ans Ufer. Dann rannte er die Treppe hoch und schaute die Straßenbahngleise entlang.

Auch unten am Kai war es ruhig. Der Mann war so schnell und leise verschwunden, wie er aufgetaucht war.

9

«Das ist mir egal!», brüllte Heinlein ins Telefon. «Und wenn ihr die ganze Stadt auf den Kopf stellen müsst. Ich will, dass jeder Winkel nach ihm durchsucht wird ... Nicht genug Leute? Ihr seid doch eh alle über die Stadt verteilt. Dann könnt ihr wohl eure Augen nach meinem Sohn offen halten. Oder ist das zu viel verlangt?!»

Heinlein feuerte den Hörer zurück auf die Gabel. «Ist die Antwort von den Amis schon reingekommen?»

«Sie haben nichts vorliegen», antwortete Sabine. «Von der MP und der Security soll auf jeden Fall gestern Abend niemand im Einsatz gewesen sein.»

Sie ging auf ihn zu und versuchte ihn zu beruhigen: «Schorsch, jetzt mach dir keine Sorgen. Bestimmt hat er sich nur bei einem Freund versteckt und traut sich nicht nach Hause.»

«Wieso sollte er sich nicht nach Hause trauen? Er hat nichts verbrochen, also hat er auch nichts zu befürchten.»

«Vielleicht ist er bei der Oma oder ...?»

«Oder was? Los, sag's mir, wenn du mehr weißt als ich. Bei der Oma ist er nicht, beim Opa auch nicht, und seine Freunde hab ich alle schon durchtelefoniert. Er ist wie vom Erdboden verschwunden. Oder noch schlimmer ... Ich darf gar nicht daran denken. Claudia wird mir den Kopf abreißen.»

«Hast du's beim Kilian nochmal probiert?»

«Lass mich mit dem Kilian in Frieden. Nur seinetwegen ist das alles passiert. Mit dem bin ich fertig. Schluss, aus, Amen.»

«Aber, wenn ...»

«Nichts wenn. Der Kilian ist an allem schuld. Basta.»

«Probier's halt nochmal. Wenn der Thomas schon mal zu ihm gegangen ist, macht er's vielleicht wieder.»

Heinlein trommelte nervös mit dem Finger auf dem Telefon herum. Lieber hätte er Kilian in der Luft zerrissen, als dass er mit ihm sprechen wollte. Seit letzter Nacht, als Pia ihm die Nachricht überbracht hatte, hatte er nichts mehr von ihr oder Kilian gehört.

«Los, jetzt mach», forderte ihn Sabine auf. «Schaden kann's nicht. Und hier rumhocken bringt auch nichts. Wenn was ist, ruf ich dich auf dem Handy an.»

Sabine reichte ihm ihr Handy und wartete, dass Heinlein zugriff.

Heinlein zögerte. Schließlich nahm er es und ging zur Tür. «Du rufst mich sofort an. Verstanden?», sagte er und öffnete die Tür.

Vor ihm stand Wilhelm in Begleitung der kleinen, verschüchterten Thai-Frau in der Tür. Er hatte Kilians Visitenkarte in der Hand.

«Zu Herrn Kilian, bitte», sagte er zu Heinlein.

«Das will ich auch», antwortete er und verwies ihn an Sabine.

«Was kann ich für Sie tun?», fragte sie die beiden.

«Meine Frau möchte eine Aussage machen», sagte Wilhelm und schob seine Frau vor.

«Aussage wozu?»

«Sie hat an dem Tag, als der Mann aus dem Fenster bei der Regierung gestürzt ist, etwas beobachtet.»

✻

Heinlein parkte den Wagen im absoluten Halteverbot vor Kilians Haus. Meister Gottfried stand in der Eingangstür und hielt im grauen Arbeitskittel Wache über den Straßenzug.

«Weiterfahren. Parken dürfen Sie hier nicht. Das ist für die Feierlichkeiten alles gesperrt», sagte er zu Heinlein.

«Schnauze», raunzte Heinlein und ging an ihm vorbei ins Haus.

«Bleiben Sie stehen. Sie können hier nicht einfach reinmarschieren. Hier haben nur Bewohner Zutritt.»

Heinlein machte Halt, drehte sich um, ging auf ihn zu und hielt ihm seinen Ausweis vors Gesicht. «Wenn ich noch ein Wort von dir höre, du jämmerlicher Wicht, dann bist du fällig. Kapiert?!»

Gottfried verstummte augenblicklich und nickte.

«Du bleibst jetzt hier stehen und achtest darauf, dass niemand meinem Wagen zu nahe kommt. Wenn ich nur einen Kratzer vorfinde, dann stell dich darauf ein, dass ich jeden Morgen hier vorbeikomme und dich antanzen lasse. Hast du das geschnallt?»

Wieder nickte Gottfried stumm.

Heinlein wandte sich ab und hielt auf die Treppe zu. Die Tonne hinter dem Mauervorsprung übersah er und blieb an den Rollen hängen. Der Länge nach stürzte er auf die Stufen.

«Himmelherrgott», fluchte er und trat auf die Tonne ein. Dann wandte er sich drohend zu Gottfried: «Darüber reden wir noch.»

Heinlein lief die Stufen hoch. Er stieß die Tür zur Dachstuhlwohnung auf und fand Kilian und Pia schlafend vor.

«Na, wunderbar», plärrte er Kilian an, der verschlafen die Augen öffnete und zu erkennen versuchte, wer sich da in aller Frühe vor ihm aufbaute. «Während mein Sohn da draußen um sein Leben fürchten muss, hat der Herr nichts anderes zu tun, als zu pennen. Los, raus jetzt.»

Er riss den beiden die Decke weg.

«Hey, jetzt mach mal langsam», wehrte sich Kilian. «Ich ...»

«Du pennst, und ich reiß mir den Arsch auf, um deine Scheiße auszubügeln. Es reicht wohl nicht, dass ich deinen abgefuckten Job machen muss, nein, du ziehst auch noch meinen Sohn mit rein.»

«Hab ich nicht. Er kam zu mir», sagte Kilian müde.

«Und? Was hast du gemacht? Ihn mir nach Hause gebracht, angerufen oder sonst irgendwas Sinnvolles? Meinst du, ich habe heute Nacht auch nur ein Auge zugemacht?»

«Morgen, Schorsch», sagte Pia, vom Streit aufgeschreckt.

«Du hältst die Klappe. Mit dir habe ich auch noch ein Hühnchen zu rupfen», drohte Heinlein ihr. Dann zu Kilian: «Was ist da letzte Nacht passiert?!»

«Hat dir Pia ...»

«Hat sie. Aber ich will es von dir hören.»

«Sie brachen die Tür auf. Pia ist zuerst aus dem Fenster, und dann sollte Thomas nachkommen ...»

«Er stand auch schon dort. Aber dann hat er sich's anders überlegt», führte Pia den Satz weiter.

«Und dann?», fragte Heinlein ungeduldig.

«War er verschwunden. Einfach weg. Ich weiß auch nicht, wie und wo», antwortete Kilian schuldbewusst.

«Und damit hast du dich zufrieden gegeben? Einfach weg. Und das war's?»

«Es war dunkel, es ging alles blitzschnell und ...»

«Du hast ihn einfach zurückgelassen. So schaut's aus», sagte Heinlein verächtlich. «Und dir hab ich vertraut.»

«Schorsch, ich ...»

Heinleins Faust traf Kilian unvorbereitet und hart ins Gesicht. Kilian fiel nach hinten zurück aufs Bett. «Ich hoffe für dich, dass ihm nichts passiert ist. Gnade dir Gott, wenn ...», drohte Heinlein und ging. An der Tür machte er Halt und drehte sich um: «Pack deine Sachen. Geh zurück, wo du hergekommen bist. Ich will nichts mehr von dir hören und sehen.»

✺

Thomas erwachte vom Lärm, der durch die Tür des Maschikuliturms herüberdrang. Er richtete sich auf und lehnte sich gegen die feuchtkalte Steinmauer. Sand rieselte aus den Fugen zu Boden und schwemmte Kellerasseln mit sich. Sie suchten

Schutz vor dem Licht in den Plastikbahnen, in denen er eingewickelt die Nacht im Kasemattenraum verbracht hatte. Er sprang auf, streifte die Plastikhülle nebst Asseln vom Körper und schaute zur Tür hinaus.

Durch das fahle Grau des Oktobermorgens erspähte er schnell die zwei Sicherheitsleute am Maschikuliturm. Sie hatten Maschinenpistolen geschultert und rauchten Zigaretten. Einer der beiden zeigte mit dem ausgestreckten Arm in Richtung Stadt und beschrieb dem anderen, wo der Zug der Delegationen entlangfahren sollte.

Thomas nutzte die Chance, nahm sein Bike und fuhr den Weinberg hinunter, über den Kühbachsteg in die Leistenstraße. Die Fahrt ging schnell bergab und führte ihn in die Burkarder Straße. Die Alte Mainbrücke war von Sicherheitspersonal bewacht und für Passanten gesperrt. So fuhr er weiter am Main entlang und überquerte die Friedensbrücke. Auf dem Röntgenring kamen ihm Einsatzfahrzeuge entgegen. Allerdings handelte es sich nicht um die gewohnten grün-weißen Streifenwagen, sondern es waren dunkelblaue 5er BMW, mit einem auf dem Dach befestigten Blaulicht. Die Insassen waren kurz geschorene Sicherheitsleute, die aus ihren dunklen Anzügen streng auf jede Bewegung am Straßenrand achteten. Schnell wechselte er die Seiten und versuchte sein Glück durch das Wäldchen am Bahnhof. Dort und am Parkhaus war es nahezu menschenleer. In der Tiefe der Kaiserstraße erkannte er Fußgänger, die auf die Stadtmitte zuhielten. Die Grombühler Brücke überquerte er ohne weitere Vorkommnisse und bog wenige Meter weiter in seine Straße ein. Er stoppte an der Ecke und schaute, ob die schwarzen Voyager noch immer da waren. Auf den ersten Blick war nichts auszumachen. Die Straße war leer bis auf die vertrauten Fahrzeuge der Nachbarn, die auf dem Gehsteig geparkt waren. Vorsichtig setzte er den Fuß aufs Pedal und bog in die Straße ein. Während er an den Häusern vorbeikam, schaute er nach links und rechts, ob sie sich nicht in den zurückversetzten Einfahrten versteckt hielten.

Bevor er das Elternhaus erreichte, verließ er die Straße, stellte das Bike hinter dem Haus ab und ging durch die Gärten der Nachbarn. Die Tür des Hintereingangs war geschlossen. Er schaute durch die Fenster, konnte aber in der Küche und im Abstellraum niemanden erkennen. Stattdessen standen Schubladen offen, und Teller, Töpfe und Tassen waren über die Anrichte verteilt.

Vorsichtig drückte er die Klinke nach unten, bis die Tür leicht nachgab und sich öffnete. Er ging auf Zehenspitzen hinein und horchte, ob sich jemand im Haus befand. Es war alles ruhig, als sei niemand zu Hause. Er ging auf die Eingangstür zu, deren Schloss noch immer herausgebrochen war. Im Vorbeigehen sah er ins Wohnzimmer, in das eine Bombe eingeschlagen haben musste. Papiere, Bücher und Schallplatten waren auf dem Boden verteilt. Das gute Service war zu einem Haufen Mosaiksteinchen aufgetürmt, und Heinleins Lieblingsbild, ein Kupferstich von Würzburg aus dem 18. Jahrhundert, war um einen Stiefelabdruck bereichert und lag eingedellt in der Ecke.

Die Haustür war von innen mit einem Holzpflock verbarrikadiert. Thomas schlich an das Fenster heran, das auf die Straße wies, und blickte hinaus. Weder gegenüber noch im näheren Umkreis war ein schwarzer Van zu erkennen. Er schnaufte durch und wollte zurück in die Küche. Er hatte einen Bärenhunger.

«Keinen Schritt weiter!», befahl eine Stimme hinter ihm.

Thomas erschrak und fuhr herum. «Vera!», rief er erleichtert. Sie hatte sich mit einem Nudelholz hinter ihm aufgebaut und war bereit zuzuschlagen.

«Thomas?!», antwortete sie überrascht. «Was machst du denn hier?»

«Ich wohne hier. Schon vergessen? Jetzt nimm das Ding herunter und lass mich am Leben. Okay?»

Vera folgte seinem Wunsch und setzte sich auf die Treppenstufen. «Meine Fresse, hast du mich erschreckt», stöhnte sie und ließ das Nudelholz fallen. «Wo hast du nur gesteckt? Die

Alten sind seit gestern voll am Abdrehen. Papa hat die gesamte Würzburger Polizei auf dich angesetzt, und Mama macht die Verwandtschaft mobil. Es ist der reinste Horror.»

«Glaub mir, ich habe mir das nicht ausgesucht. Hier läuft ein ganz krummes Ding. Und ich steck mitten drin.»

«Was hast du wieder angestellt? Papa wird dir den Kopf abreißen. Und das mit dem blöden Kupferstich wird er dir nie verzeihen.»

«Das ist nicht meine Schuld», antwortete Thomas und zeigte ihr die CD. «Seitdem ich dieses Ding habe, ist die halbe US-Kavallerie hinter mir her. Ich muss sie so schnell wie möglich wieder loswerden.»

«Was soll damit sein?»

«Erzähl ich dir später. Zuvor muss ich aber erst mal was essen.»

«Ruf erst den Alten an. Er rennt die Stadt nach dir ab.»

«Muss das sein?»

«Mach es, dann hast du's hinter dir. Er hat das Handy von Sabine dabei», sagte Vera und gab ihm einen Zettel, auf dem die Nummer stand.

Thomas nahm ihn und ging zum Telefon, das im Hausgang auf einem Schränkchen stand. Er wählte die Nummer und wartete.

«Heinlein», drang es an sein Ohr.

«Papa, ich bin's.»

«Thomas? Wo steckst du, verdammt. Ich such ...»

«Ich bin zu Hause.»

«Na, Gott sei Dank. Geht es dir gut?»

«Ja, alles okay. Das mit dem Kupferstich tut mir Leid. Ich kann wirklich nichts dafür. Ehrlich.»

«Scheiß auf das blöde Ding. Ich wollte es eh schon auf den Speicher stellen. Ist deine Mutter schon da?»

«Nein. Vera sagt, sie ist noch bei der Oma.»

«Dann ruf sie an, damit sie Bescheid weiß. Ich bin in zehn Minuten da. Bis gleich.»

«Bis gleich», sagte Thomas und legte den Hörer auf.

«Und? Wie ist es gelaufen?», fragte Vera.

«Alles roger. Er wollte das Bild eh verschrotten.»

«Dann hast du nochmal Glück gehabt.»

«Abwarten. Ich muss noch Mama anrufen. Ich bin gespannt, was sie zu dem Service sagt.»

«Oh-oh. Da hast du wirklich ein Problem. Es war das Hochzeitsservice von Oma.»

«Ich weiß», sagte Thomas unruhig und wählte die Nummer.

«Bei Krämer», sagte Claudia.

«Ich bin's.»

«Thomas! Wo steckst du? Geht es dir gut?»

«Alles okay. Ich bin zu Hause.»

Im Augenwinkel sah er durchs Fenster ein schwarzes Fahrzeug mit quietschenden Reifen vor dem Haus stoppen. Er rannte zum Fenster, sah, wie sich die Wagentür öffnete und die ihm bekannten Einsatzleute heraussprangen.

«Vera! Komm, weg», schrie er und packte sie an der Hand.

«Spinnst du?», wehrte sie sich.

«Los, komm. Ich erklär's dir später.»

Sie hatten die Hintertür gerade erreicht, als mit einem Schlag die Eingangstür aufgestoßen wurde und das Einsatzkommando hereinstürzte. Vera wollte ihren Augen nicht trauen.

«Lauf», brüllte Thomas sie an und zerrte sie an der Hand mit sich über den Garten des Nachbarn.

Aus dem Telefonhörer drang Claudias verzweifelte Stimme, während die Männer sich auf die Räume verteilten. «Thomas! Was ist da los?!»

✳

Die Strecke Residenzplatz, Hofstraße, Paradeplatz in die Domstraße war von Tausenden Menschen gesäumt. Polizeikräfte standen diesseits der Absperrungen und hielten die Menge im

Auge. Auf den Dächern waren einsatzbereite Sicherheitsleute platziert. Sie überwachten mit Ferngläsern, Videokameras und Präzisionsgewehren die wartenden Zuschauer und den Tross der Delegationen, der sich in wenigen Minuten in Bewegung setzen sollte. Ministerpräsident Roiber und der Außenminister hatten in der Residenz zu einem Begrüßungstrunk geladen. Roiber hatte entgegen den Empfehlungen der Sicherheitsbehörden auf die Fahrt hinauf zur Festung bestanden. Es war in den vorigen Jahrhunderten guter Brauch gewesen, dass sich die Fürstbischöfe nach der Inthronisierungszeremonie im Dom dem Volk zeigten. Er wollte mit dieser Tradition nicht brechen und konnte damit seine Position als oberster Landesfürst unterstreichen.

Kilian kümmerte das Interesse an den Staatsgästen und an dem bevorstehenden Aufmarsch wenig. Ein schlechtes Gewissen drückte ihn. Heinlein hatte mit seinen Vorwürfen Recht. Er hätte Thomas, gleich nachdem er zu ihm gekommen war, nach Hause bringen müssen. Nun streifte er mit Pias Unterstützung durch die Straßen und suchte seinen Fehler auszumerzen. Die Befragung der Nachbarn im Winterleitenweg hatte zumindest den Hinweis erbracht, dass jemand Thomas mit dem Mountainbike wegfahren sah. Somit hatte ihn das Einsatzkommando nicht erwischt, und nachdem Thomas nachts nicht bei Heinlein aufgetaucht war, musste er sich irgendwo in der Stadt aufhalten.

Pia und er hatten das Mainviertel an der Pleich und am Rathaus bereits abgesucht. Sie bogen in die Domstraße ein. Pia auf der einen, er auf der anderen Seite. Die Menge war mit Fähnchen aller beteiligten Nationen ausgestattet worden und sollte bei der Vorbeifahrt kräftig jubeln. An der Ecke zur Plattnerstraße war ein Einsatzfahrzeug geparkt.

Ein Polizeibeamter sprach ihn an: «Herr Kilian? Ein Gespräch vom Präsidium für Sie.»

Er reichte ihm den Telefonhörer.

«Hier Kilian. Was gibt's?»

Es war Sabine. «Der Schorsch hat gerade angerufen. Er ist völlig mit den Nerven runter. Thomas war zu Hause, und als er dort ankam, ist das Haus nochmals aufgebrochen gewesen.»

«Und Thomas?»

«Verschwunden.»

«Schon wieder? Sag mal, was ist denn da los?»

«Wenn ich das wüsste. Der Schorsch bittet dich, deine Augen aufzuhalten. Er ist auf dem Weg in die Domstraße.»

«Okay. Ich wart auf ihn. Bis später.»

«Warte, da ist noch was. Ich habe hier einen Herrn Wilhelm, den du mal besucht hast. Seine Frau hat eine Zeugenaussage gemacht.»

«Interessiert mich nicht mehr. Das ist der Job vom Schorsch.»

«Jetzt wart doch. Sie hat zuerst einen Mann und dann eine Frau gesehen, als Stahl aus dem Fenster gestoßen wurde.»

«Eine Frau?»

«Ja. Sie hat sie als zirka fünfzig Jahre alt beschrieben, etwas mollig, und sie muss mit Stahl heftig gestritten haben, bevor er den Abgang durch das Fenster gemacht hat. Ich lass gerade ein Phantombild erstellen.»

«Gute Arbeit, Sabine. Sag mir ... sag dem Schorsch Bescheid, wenn es fertig ist.»

Kilian gab den Hörer zurück und bat den Kollegen, Heinlein anzufunken.

«Nicht nötig», antwortete er, «da isser schon.»

Heinlein und Pia zwängten sich durch die wartende Menge auf der anderen Seite. Aber da war noch jemand anderes. Julia, mit der er gestern auf der Bank am Main zusammengesessen hatte und die von Bent und Stahl erzählt hatte, wartete an der Ecke auf den Zug der Delegationen. Sie schaute zu ihm herüber und lächelte ihn an. Kilian erwiderte ihr Lächeln und winkte ihr kurz zu.

«Was machst du hier?», fuhr ihn Schröder an, der von hinten herangekommen war.

Kilian drehte sich um. «Du kannst es wohl nicht erwarten, dass ich endlich verschwinde.»

«Exakt. Du bist überflüssig und hast hier nichts mehr verloren. Also, schleich dich.» Zu den Beamten gewandt: «Wenn ich Sie nochmal erwische, dass Sie einem suspendierten Beamten vertrauliche Informationen geben, dann sehen wir uns vor dem Disziplinarausschuss wieder. Die Kolonne hat sich in Bewegung gesetzt. Nehmen Sie Ihre Positionen ein.»

Die Beamten gehorchten wenig motiviert dem Befehl und bauten sich entlang der Straßenbahngleise vor dem Dom auf.

«Hast du nicht verstanden, was ich dir gesagt habe?», herrschte Schröder Kilian an, der innerhalb des Sperrbereiches auf Heinlein und Pia wartete. «Zivilisten gehören hinter die Absperrung. Oder soll ich dich abführen lassen?»

«Du bist ein arrogantes Arschloch», erwiderte Kilian. «Ich frage mich, wieso ich das nicht früher bemerkt habe?»

Er ließ ihn stehen und ging hinter die Absperrung. Heinlein und Pia zwängten sich an den Sicherheitsbeamten vorbei zu Kilian.

«Hast du ihn gesehen?», fragte Heinlein.

«Nein, leider nicht», antwortete Kilian. «Was ist denn überhaupt los? Ich dachte, er wäre zu Hause gewesen?»

«War er auch. Ich verstehe nicht, was da gespielt wird. Als ich daheim war, stand die Tür offen, und niemand war da.»

«Vielleicht hat er sich bei einem Nachbarn versteckt?», fragte Pia.

Aufkommender Jubel schnitt Heinlein die Antwort ab. Der erste Wagen bog in die Domstraße ein. Erhobene Arme, winkende Hände und Fähnchen verwehrten ihnen die freie Sicht auf die Straße. Die Blitzlichter der Fotografen feuerten auf die im Schritttempo nachfolgenden Wagen.

Den Anfang machten Roiber und der Außenminister. Der «bleiche Ede», wie er in Würzburg auch genannt wurde, nahm gönnerhaft die Huldigungen vieler seiner fränkischen Untertanen entgegen. Andere jedoch bedachten ihn mit Buh-Rufen, die er geflissentlich ignorierte. Im dritten Wagen, der noch stärker als die ersten gepanzert war und dessen Scheiben verspiegelt waren, saß die amerikanische Delegation. Am Rande folgten im Laufschritt Einsatzbeamte des Secret Service.

Die Kolonne hielt auf die Alte Mainbrücke zu und hatte sie bereits erreicht, als Kilian auf der anderen Straßenseite Thomas erkannte. Er hatte sich auf eine Leiter gestellt, an deren Spitze sich ein Fotograf eine freie Schussbahn sicherte.

«Da ist er», rief Kilian und zeigte Heinlein seinen jungen Spross auf der gegenüberliegenden Seite. Thomas winkte mit der CD in der Hand herüber.

«Bleib, wo du bist!», schrie Heinlein.

Doch Thomas hörte nicht. Der Lärm verhinderte jede Kommunikation.

Heinlein ging an die Absperrung, wurde aber durch die Sicherheitsbeamten zurückgedrängt. Er stritt mit ihnen, doch sie ließen ihn nicht passieren. Sie bedeuteten ihm, dass er warten müsse, bis die Kolonne durchgefahren war.

Wer jedoch die Straße ein paar Meter weiter oben überqueren konnte, war Otter. Er stieg aus einem schwarzen Voyager. Thomas sah ihn als Erster, und er wusste, dass er nichts Gutes im Schilde führte. Wer immer aus diesem Van ausstieg, hatte es auf ihn abgesehen. Thomas zeigte auf die Festung, stieg die Leiter hinab und rannte hinter die Zuschauerreihen, die sich an die Absperrung drückten, auf die Alte Mainbrücke zu. Kilian verstand Thomas' Handzeichen anfangs nicht. Erst als er Otter erkannte, wusste er, dass Thomas vor ihm flüchtete und höchste Zeit zum Handeln war.

«Sag Heinlein, dass ich Thomas folge. Er will hoch zur Festung», rief er Pia zu und durchbrach die Absperrung.

Er lief zwischen zwei Fahrzeugen hindurch und wurde von einem Sicherheitsbeamten auf der anderen Straßenseite ins Visier genommen. Kilian schlug einen Haken und lief mitten auf der Straße den Fahrzeugen nach. Bevor er den gesicherten Wagen der Amerikaner erreichte, sprang er unter das Gestänge eines Podestes, das entlang der Straße aufgebaut war und auf dem ein Kamerateam Position bezogen hatte. Der ihm folgende Sicherheitsbeamte fasste ihn am Fuß und hielt ihn fest. Kilian hatte keine andere Chance, als mit dem freien Fuß zuzutreten. Er erwischte den Verfolger voll im Gesicht.

Als Kilian wieder auf die Füße kam, sah er Otter auf die Alte Mainbrücke rennen. Er nahm die Verfolgung auf. Zu seinem Glück war die Mainbrücke mit Beamten aus der PI Würzburg gesichert, die ihn kannten und ihn auf Zuruf passieren ließen. Auf der anderen Mainseite angekommen, sah er Thomas und Otter die Burkarder Straße entlanglaufen. Er folgte ihnen bis zur Kirche. Doch plötzlich waren die beiden wie vom Erdboden verschluckt. Nur eine kleine Tür in der Hauswand mit der Aufschrift «Löschwasser Husarenkeller» fand er offen vor. Er schaute hinein und erkannte einen dunklen Gang, in dem Wasserleitungen bergaufwärts verliefen.

«Thomas», rief er hinein.

Er erhielt keine Antwort, außer dass Gesteinsbrocken aus dem Dunkeln ihm vor die Füße kullerten. Kilian ging hinein. Nach wenigen Metern war das wenige Licht vom Eingang verbraucht, und er tastete sich die Wand entlang. Sie war feucht, und es roch nach moderndem Wasser.

※

Nachdem die Kolonne über den Zeller Berg auf die Festung gefahren war, hatte sich die Menge in der Domstraße schon längst auf die Cafés und Kneipen verteilt. Julia ging mit ihrem Koffer in der Hand in die Kaiserstraße und betrat an deren Ende die Bahnhofshalle. Sie kaufte sich eine Fahrkarte nach Kopenhagen und setzte sich auf eine Bank. Vor ihr wurden die Bilder der eintreffenden Staatsgäste auf eine Leinwand übertragen. Im inneren Burghof der Festung empfing der Ministerpräsident die Gäste und führte sie in die Tagungsräume. Plötzlich erstarrte sie. Im Gefolge der amerikanischen Außenministerin wurde John Frankenheimer von einem Reporter über die anstehenden Themen des Treffens befragt. Julia hörte nicht, was er sagte. Sie klebte an seinen Augen und konnte nicht glauben, dass er tatsächlich lebte.

10

Kilian nahm ein Feuerzeug zur Hand und zündete die Flamme. Im matten Lichtschein erkannte er, dass er sich in einem teilweise verschütteten Gang befand, der steil nach oben verlief. Das Rundgemäuer war mit Moos verwachsen, und die Stufen sahen glitschig aus. Vorsichtig nahm er Stufe um Stufe, während der Straßenlärm in seinem Rücken allmählich verebbte. Er war vielleicht dreißig Meter vorwärts gekommen, als sich die Aufschüttungen bis nahe an die Decke erstreckten. Gebückt und schließlich kriechend arbeitete er sich weiter vor, bis er an einen Schacht gelangt war. Er stieg ihn hoch und stand wenig später inmitten des Schlossberges unterhalb der Festung.

Vor ihm erhoben sich eine vier Meter hohe Mauer und die Festung Marienberg, die majestätisch alles überragte. Der Randersackerer Turm und der Marienturm begrenzten sie an den jeweiligen Seiten und stachen erhaben in den Himmel. Zwischen Burg und Mauer lagen Weinberge, die steil bis an die nächste, die eigentliche Burgmauer heranreichten. Im ausgehenden Tageslicht erkannte er Thomas und den ihn verfolgenden Otter. Sie waren rund einhundert Höhenmeter über ihm. Kilian kletterte über die Mauer und trat den steilen Aufstieg an, damit er überhaupt noch eine Chance hatte, Thomas vor Otter zu schützen. Je näher er der Burgmauer kam, desto schneller wurde sein Atem und desto überwältigender nahm die Festung die Szenerie um ihn herum ein.

Keuchend stand Kilian endlich vor der Burgmauer. Er stützte sich auf seine Knie und japste nach Luft. Die Stadt unter ihm leuchtete wie ein Fleckerlteppich aus Tausenden kleiner Lichter. Autos waren auf Ameisengröße geschrumpft und zogen still ihre Bahnen im Labyrinth der Straßen entlang des Mains. Der Himmel über ihm färbte sich schwarz, und ein sichelförmiger silberner Mond zeichnete sich zwischen orientierungslosen Wolken über dem Nikolausberg ab. Von der Festungsmauer herab schwappte Lärm aus dem dahinter liegenden Burghof herunter.

Weit und breit war nichts von Thomas zu sehen. Kilian ging die Burgmauer entlang und suchte nach einem Loch darin oder nach einer Treppe, die Thomas und Otter hätten nehmen können. Doch da war nichts. Die beiden schienen vom Berg verschluckt. Einzig ein Kanaldeckel, der zur Seite geschoben war, barg die Hoffnung auf einen Weg in die Burg.

«Thomas», rief er hinein.

Hallend verlor sich seine Stimme in der pechschwarzen Röhre. Eine Antwort blieb aus, so stieg er hinunter.

✻

Obwohl es im Burghof nahezu windstill war, blies auf dem einen Meter breiten und durch eine hüfthohe Mauer begrenzten Umlauf des Randersackerer Turms ein kräftiger Wind. Eine Hand voll der mutigsten und neugierigsten Staatsgäste waren der Einladung des Ministerpräsidenten Roiber gefolgt und hatten den beschwerlichen Aufstieg im Inneren des massiven Steinturms auf sich genommen. Entschädigt wurden sie mit einem grandiosen Rundblick auf die beleuchtete Stadt und den inneren Burghof, der für das anschließende Spektakel als mittelalterliche Herrschaftsburg hergerichtet war.

Der mit Fackeln illuminierte Burghof hatte nahezu die Ausmaße eines Fußballfeldes. An den Seiten wurde er begrenzt von den vorwiegend Echter'schen Gebäuden, wie dem Fürstenbau, dem Hofstubenbau und Bibliotheksbau, dem Alten Zeughaus und schließlich dem Kammerflügel. In der Mitte ragte der mächtige Bergfried, der höchste Turm und das ehemalige Gefängnis der Burg, Ehrfurcht gebietend empor. Neben ihm wirkten die Marienkirche und das Brunnenhaus mit dem über einhundert Meter tiefen Brunnen fast bescheiden.

Die Sitzbühne war entlang des Hofstubenbaus aufgerichtet. Davor mischten sich die übrigen Staatsgäste unter fahrendes Volk, Schmiede, die Pferde beschlugen, Marktfrauen, keltische Missionare, Schausteller, Feuerspucker, Knechte und mit Lanzen und Schildern bewaffnetes Wachpersonal, das ein strenges Auge auf den Hof hatte. Pferde wurden über das holprige Steinpflaster geführt, und Gänse taten sich gütlich am Wasser des Brunnens. Die Szenerie war beklemmend echt und wirkte auf den Zuschauer, als sei er um Jahrhunderte in der Zeit zurückkatapultiert worden.

Auf Roibers Geheiß und gegen den entschiedenen Einspruch des Sicherheitsverantwortlichen hatten die Gäste freien Zugang zu allen Einrichtungen des Burghofes. Wer Lust hatte, konnte sich zudem in bereitgestellte Kleider und Gewänder des Mittelalters hüllen, um sich unerkannt ins jahrmärktliche Treiben zu stürzen. Die Sicherheitsleute taten es ihnen gleich, um nicht auf den ersten Blick als solche erkannt zu werden. Am Ende wusste niemand mehr, wer wer war. Dies war letztlich auch die Absicht Roibers, denn er wollte seinen Gästen einen einzigartigen Abend voller Entspannung und Abenteuer bieten, den sie so schnell nicht vergessen würden. In diesem Punkt sollte er Recht behalten.

Gewohnt mutig und breitbeinig stand Roiber auf dem Umlauf und wies auf die Stadt zu seinen Füßen. Seine bayerische Silbermähne flatterte im stärker werdenden Westwind. Die Staatsmänner und -frauen traten stattdessen zurück und lehnten sich Schutz suchend an die Wand des Turmes und folgten Roibers Ausführungen zu den heranrückenden bayerisch-österreichischen Truppen unter General von Wrede am 24. Oktober 1813.

«Die aus Ansbach marschierenden Truppen bezogen Stellung rings um die Stadt. Der frühere Großherzog Ferdinand von Würzburg hatte rechtzeitig vor unseren mächtigen Geschützen die Beine in die Hand genommen und war geflüchtet», referierte er nicht ohne Hohn.

Der Franzose an seiner Seite schaute indigniert zu Boden. Das, was Roiber da von sich gab, empfand er als Affront. Der angesprochene Großherzog war der Onkel der Kaiserin Marie Louise, die ein Jahr vor dem Einfall der Bayern mit ihrem General Napoleon die Festung besucht hatte. Zudem hatte Napoleon den Befehl zur Alarmierung der Festung gegeben, damit er, auf dem Rückzug seines gescheiterten Russlandfeldzuges, keine bösen Überraschungen erleben würde. Diese Erinnerung war ein giftiger Stachel im Fleisch jedes stolzen Franzosen.

«Unsere Geschütze feuerten aus allen Rohren. Über der Stadt lag Pulverdampf und Angst vor der neuen Macht, die Einzug hielt. Die Besatzer mit ihren Würzburger Verschworenen mussten sich warm anziehen, um nicht davongeblasen zu werden.»

«Mon chér ami, Eduard», unterbrach ihn sein französischer Gast, bemüht um die Aufrechterhaltung eines freundschaftlichen Tons, «von *wegblasen* kann nicht die Rede sein. Sie haben es zwei Tage lang nicht geschafft, die Burg zu nehmen und unser stolzes Heer aufzureiben. Nicht einmal Schaden konnten sie diesem ehrwürdigen Bau unserer fränkischen Könige zufügen. Ihre Kanoniere und Füsiliere hatten wahrscheinlich zu tief ins Bierglas geschaut.»

«Ich dachte mir schon, dass Sie das sagen würden, lieber Freund. Daher habe ich auch etwas vorbereitet. Sie werden im Anschluss erleben dürfen, wie wir Ihrem verehrten General Turreau das Fürchten gelehrt hätten, wenn er nicht vorher aufgegeben hätte.»

«Von freiwilliger Aufgabe kann nicht die Rede sein. Und besiegt haben sie uns nicht. Merken Sie sich das», fuhr ihn der Franzose an. «Wenn nicht die Order aus Paris gekommen wäre, dann hätten wir noch länger ausgehalten. Und wie ich aus zuverlässigen Quellen erfahren habe, hatte sich General Turreau auf einen Ausfall im Frühjahr vorbereitet. Er hätte ihnen große Verluste beigebracht, wenn nicht gar eine vernichtende Niederlage.»

«Niederlage? Dieses Wort kennen wir Bayern nicht.»

«Ah, oui? So wie im Jahr 1866, als Sie hier an dieser Stelle vor den preußischen Truppen kapitulieren mussten?»

«Kapitulier'n? Mir? Vor dänna Preiß'n? Im Le'm net», wehrte sich Roiber, sichtlich in seiner bajuwarischen Seele getroffen. Er fasste sich und verwies auf die amerikanische Landnahme vor den Toren von Paris. «Wenn die Begriffe Belagerung und Aufgabe zutreffen, dann wohl schon eher auf euch Franzosen. Denken Sie an Ihr Disneyland Paris, mein lieber Freund.»

«Disney», antwortete der Franzose gelangweilt. «Was ist das? Ein Geschäft, oui. Ein gutes, oui, aber kein Verrat.»

«Wie meinen Sie das?»

«Als *Mon General Bonaparte* gegen die Preußen in Jena und Auerstätt marschiert ist, waren wir gut genug für Sie. Nur ein paar Jahre später hat sich Ihr Bayern gegen mein Land und seinen Führer verbündet. Wenn nicht Russland gewesen wäre, so stünde Ihr Bayern noch heute unter französischem Kommando. Mais, c'est histoire. Sie sind ja nicht einmal Franke, geschweige denn Franzose. Sie wissen nicht, was es heißt, brüderlich zu kämpfen.»

«Franke? So weit kommt's noch. Und überhaupt, des Frank'n hammer do' vo' eana kriegt. Wollten Sie's loshaben? Wenn's nach mir ganga war, dann hätten's behalten könna, euer armselig's Frank'n.

Karl der Große, da kann ich ja nur lachen. *Luitpold*, des is a Nama und a König g'wesn. Und a Schloss hat er a baut. A richtigs und net so an Steinhauf'n wie der da.»

Damit war der Ausflug in die wechselhafte und nicht immer einfache Geschichte der beiden befreundeten Völker beendet. Der Franzose verließ unter Protest die Brücke, während sich der Bajuware Roiber auf die Mauer stützte und wie ein Feldherr auf die Hügel, die die Stadt umgaben, blickte. Er sog den Pulverdampf, der ihm in die Nase stieg, genüsslich in sich auf. Eroberer waren aus seinem Holz geschnitzt.

Ein paar Meter tiefer ragte aus einer Schießscharte die weißblaue Flagge wild flatternd hinaus ins fränkische Land.

✹

Kilian tastete sich vorsichtig vor. Die Flamme seines Gasfeuerzeuges versiegte allmählich und drohte ihm den Daumen zu verbrennen. Wieder versperrte ihm eine Wand den weiteren Weg durch den Kanal. Dieses Mal jedoch sog ein starker Aufwind und löschte die Flamme in seiner Hand. Er fuhr der Mauer mit seinen Händen entlang und griff Metall. Ein Eisen ragte heraus, darüber ein weiteres und so fort. Es musste ein Aufstieg sein in diesem finsteren Schacht. Er setzte zögernd seinen Fuß auf das unterste Eisen und belastete es mit seinem vollen Gewicht. Es hielt stand. Hier war der Weg, der ihn in den Husarenkeller führte.

Dort war es stockfinster, und er bemühte abermals sein Feuerzeug. Doch die Flamme wollte nicht zünden. Nur der kurze Schein des aufglimmenden Feuersteines zeigte ihm, dass eine Treppe im gegenüberliegenden Eck nach oben führte. Blind wie ein Maulwurf schritt er vorsichtig darauf zu, als ein Hilfeschrei zu ihm herunterdrang.

«Lass mich los», hörte er Thomas schreien. «Lass mich.»

Danach folgte ein Aufschrei. Doch es war nicht Thomas' Stimme. Sie klang älter, und sie fluchte.

«Thomas», rief Kilian ins Dunkel. «Bleib, wo du bist. Ich komme.»

Er hastete vorwärts und stürzte auf die Treppe zu. Auf allen vieren krabbelte er sie hoch und landete in einem weiteren Kellergewölbe. Aus vergitterten, ebenerdigen Fenstern drang Licht herein. Er stürmte auf eines zu, blickte hinaus und sah gerade noch, wie Otter sein Knie haltend den Weg entlanghumpelte.

«Lass deine Finger von ihm», schrie er ihm nach. «Thomas! Thomas!»

Doch Thomas antwortete nicht. Kilian rüttelte an den Gitterstangen. Sie hielten stand. Dann ging er zum nächsten Fenster und versuchte dort sein Glück. Auch hier waren die Stäbe mit dem Mauerwerk fest verbunden. Beim dritten Kellerfenster fehlte ein Gitterstab. Das musste der Weg für Thomas und Otter nach draußen gewesen sein. Kilian zwang sich durch die enge Öffnung hinaus ins Freie und machte sich an die Verfolgung.

Bis zur Bastion St. Johann Baptist gelangte er, ohne auf Sicherheitsleute zu stoßen. Von den beiden fehlte jedoch jede Spur. Er schaute sich um, wo sie geblieben sein könnten, als ihm aus dem Burggraben Wachpersonal entgegenkam. Kilian musste den Weg zurückgehen, den er gekommen war, um nicht geradewegs abgeführt zu werden. Erklärungen hätten ihn viel zu viel wertvolle Zeit gekostet.

Auf seinem Rückweg schaute Kilian, wo sich Thomas und der humpelnde Otter versteckt haben konnten. Acht Meter über ihm lag der Fürstengarten. Es war die einzige Möglichkeit, wohin sich Thomas hätte retten können. Allerdings gab es nur zwei Wege dorthin, sofern er nicht den Wachleuten in die Arme gelaufen war. Der eine war, die Mauer emporzusteigen, und der zweite, über das Scherenbergtor ins Innere der Burg und von dort in den Fürstengarten zu gelangen.

Kilian entschied sich für die Besteigung der Mauer. Als er seinen Fuß in die breite Fuge setzte, hörte er die Wachleute näher kommen. Es war zu spät. Noch bevor er den ersten Meter überwunden hätte, wären sie hinter ihm gestanden. Er brach den Versuch ab und folgte der Mauer Richtung Scherenbergtor.

Als er auf Höhe des Tores angekommen war, sah er, wie Pferde über die Brücke geführt wurden. Die Brücke verband den inneren Burghof mit der Echter'schen Vorburg und der dort befindlichen Pferdeschwemme auf einer Höhe von mehr als zehn Metern. Der ohrenbetäubende Lärm, der zu ihm herunterdrang, ließ ihn rätseln, ob dort eine Armee ihre Pferde versorgte oder ob ein riesiger Markt abgehalten wurde. Doch weitaus quälender war die Frage, was da gerade aus dem so genannten Halsgraben, der die Burg umschloss, auf ihn zugerannt kam. Alles, was er erkennen konnte, war eine schnelle Bewegung. Er wartete nicht, bis die Antwort ihn erreicht hatte, sondern nahm die Treppe, die hinauf auf die Brücke führte.

Er hatte die Klinke der Verbindungstür bereits in der Hand und drückte sie herunter, als ein stechender Schmerz seinen Knöchel durchfuhr. Kilian schrie auf und zog sein Bein mitsamt dem Dobermann nach. Wieder betätigte er die Klinke, doch die Tür ließ sich nicht öffnen. Sie blieb fest verschlossen. Der Hund drohte ihm den Fuß durchzubeißen, wenn er ihn nicht sofort abschütteln konnte. Zudem erhielt der Dobermann Unterstützung von zwei heraneilenden Kameraden. Er biss die Zähne zusammen, schwang sein Bein und klatschte die Töle gegen den massiven Steinaufgang. Sein eigener Schrei vermischte sich mit dem Hufgetrappel über ihm. Der Hund kullerte die Treppe hinunter und blieb regungslos liegen. Seine beiden Gefährten beschnüffelten ihn und schmeckten das Blut, das aus seinem Maul floss. Sie fletschten knurrend die Zähne und machten sich bereit zu vollenden, was ihr toter Genosse nicht geschafft hatte.

Kilian blickte sich um, ob es eine andere Fluchtmöglichkeit gab. Seine einzige Chance war ein offenes Fenster in der Brücke, das sich zwei Meter weiter auftat. Er stieg auf den Handlauf, stieß sich mit aller Kraft ab und ergriff den Fensterholm. Baumelnd hangelte er sich hoch und verschwand darin. Gerade rechtzeitig. Er hörte, wie ein Wachmann herangelaufen kam und die Treppe hochlief. Ein Schlüssel öffnete die Tür, und der Mann verschwand auf der Brücke.

Das von außen einfallende Licht zeigte Kilian, dass er in einer Hohlbrücke gelandet war. Der Raum, in dem er sich befand, führte Heizungsrohre an der Decke und mündete in einen anderen. Mühsam stellte er sich auf die Beine und trat hinein. Die Rohre führten ihn bis zu einem Gitter, das ihm den Weg versperrte. Er griff in die Stäbe und rüttelte daran. Doch sie hielten stand. Über dem Gitter war vormals ein Eisenstab in die Decke getrieben worden, der jetzt nach innen verbogen war. Ein schmaler Durchschlupf war es, der ihn hoffen ließ. Er setzte den Fuß in den Querriegel und stemmte sich ab. Dann griff er durch die enge Wölbung und zog seinen Körper nach. Ungelenk stürzte er jenseits des Gitters zu Boden und verlor die Besinnung.

11

Der Nebel kroch von Heidingsfeld herauf und nahm Besitz von den mainnahen Vierteln. Wie in eine Wolke gehüllt, verschwanden Gebäude, Autos und die Straßenbeleuchtung in einer dumpfen Erinnerung. Wer in dieser Nacht nicht unbedingt vor die Tür musste, blieb besser zu Hause. Nicht nur der unwirtlichen Wetterverhältnisse wegen, es war schlicht und einfach zu gefährlich, die Straße zu überqueren, da weder Passanten noch Autofahrer einen Durchblick hatten, was und wo sich etwas in dieser Suppe befand.

Einzig diffuse, orangefarbene Lichter wiesen auf eine Häuserfront oder eine Biegung der Straße hin. Kam man den hilfreichen Irrlichtern näher, grinsten einen schauerliche Melonengesichter dämlich an, und man ging schnell weiter bis zur nächsten Ecke, wo aus dem Dunkeln heraus urplötzlich maskierte Gestalten den Weg kreuzten. Vampire, Henker und Hexen wechselten torkelnd die Kneipen. Aus den Höllengrüften schallte Frank Zanders «Ur-Ur-Enkel von Frankenstein» herauf, bis der Schlund von den Wächtern wieder geschlossen wurde.

«Okay, okay», wehrte Heinlein am Telefon ab, «ich wollte nur wissen, ob in den letzten Minuten eine Meldung hereingekommen ist ... Du rufst mich sofort an, wenn du was hörst. Versprochen?»

Erst als ihm der Kollege zum wiederholten Mal das Versprechen gegeben hatte, legte Heinlein auf. Er ging ans Fenster und schaute hinunter auf die verhüllte Stadt. Die Bahngleise lagen verwaist da. Der Zugverkehr war vorsorglich auf das Notwendigste verringert worden.

Nun überzog der Nebel auch das Maintal. Langsam breitete

er sich auf die Bahngleise aus und schnitt ihm vollends die Sicht ab. Nur oben der Marienberg weigerte sich gegen die Einvernahme. Die Festung lag gespenstisch ruhig in einem wattierten Nebelbett. Der Scheinwerferkegel einer Diskothek in der Zellerau drang schal zu ihr herauf und brach sich an vereinzelt vorbeiziehenden Wolken. Das Muster, das der Scheinwerfer in die Wolken warf, war das des spitzohrigen amerikanischen Leinwandhelden, der eine vorzügliche Fledermaus abgab. Dementsprechend war das Motto der Halloween-Fete «Batman und seine Freunde».

Doch über allem stand ein strahlender Sichelmond und tauchte die Stadt in silbernen Nebel, als wäre sie das sagenumwobene Camelot aus den fernen Zeiten König Artus' und Merlins.

«Schorsch», drang es von unten herauf. «Jetzt kumm endlich», befahl Claudia.

«Ja, sofort», rief er zurück.

Er zögerte, denn er wusste nicht, was er ihr sagen sollte. Er war noch nie in einer solchen Situation gewesen. Was sollte er noch tun? Die Kollegen waren alle informiert, Thomas' Freunde und Bekannte wollten sofort anrufen, wenn sie ihn sahen, und die Suche in der Stadt war ergebnislos geblieben. Einzig der Hinweis Kilians blieb. Aber der war so abstrus, dass er es nicht glauben wollte.

«Schorsch!»

Heinlein schnaufte durch und folgte dem Ruf seiner Gattin. Er stieg die Treppen hinunter, vorbei an der Eingangstür, die mit mehreren Pflöcken und Brettern für die bevorstehende Nacht verbarrikadiert war.

Im Wohnzimmer war der Kriegsrat zusammengetreten. Am Fenster wachte Vera und hielt Blickkontakt mit einer Streife, die Heinlein vor dem Haus hatte Position beziehen lassen. Noch einmal sollte niemand mehr ungestraft in sein Haus einbrechen. Seine Waffe legte er griffbereit auf die Couch, als er sich neben Pia setzte.

«Er hat auf die Festung gezeigt», sagte Pia zum wiederholten Male. «Eindeutig. Da gibt es überhaupt keinen Zweifel.»

«Aber was will er da? Er läuft ihnen genau in die Arme», sagte Heinlein. «So dumm kann er nicht sein. Und außerdem kommt er da gar nicht hoch. Die Festung ist bewacht wie das Kanzleramt. Da kommt niemand rein, der nicht eingeladen ist.»

«Der Thomas war mit dem Opa schon zigmal da oben. Der kennt Schlupflöcher und Geheimgänge wie kein anderer. Du hattest ja nie Zeit dafür», sagte Claudia vorwurfsvoll.

Heinlein ging nicht darauf ein. Er wusste, dass er gegen den Opa, Claudias Vater, eh keine Chance hatte.

«Er hat dir also nicht gesagt, wohin er wollte?», fragte Heinlein Vera.

«Nein, Papa», antwortete sie genervt. «Wir haben uns am Bahnhof getrennt. Ich ging zur Oma, und er wollte dich in der Stadt suchen.»

«Ich bin mir felsenfest sicher, dass er hinauf zur Festung wollte. So hat's auch der Kilian verstanden», sagte Pia.

Heinlein schaute betreten nach unten und vergrub seinen Kopf zwischen den Händen. Dass Kilian die Verfolgung aufgenommen hatte und er von den eigenen Sicherheitsleuten festgehalten wurde, wurmte ihn bis auf die Knochen. Er glaubte den vorwurfsvollen Blick Claudias und die Verachtung seiner Tochter im Genick zu spüren. Er stand auf, ging zum Fenster und schaute zur Streife. Der Kollege schüttelte auf die unausgesprochene Frage nur den Kopf.

«Wir müssen was tun, Schorsch», drängte Claudia. «Wir können doch nicht einfach hier ...»

«Ich weiß!», herrschte Heinlein sie an. «Meinst du, es macht mich nicht verrückt zu warten?!»

«Dann tu was. Irgendwas. Nur tu es endlich», forderte ihn Claudia auf.

«Beruhigt euch wieder», schlichtete Pia. «Vorwürfe bringen uns nicht weiter. Wir müssen warten und einen klaren Kopf behalten. Vielleicht ruft er gleich an und ist wohlbehalten bei einem Freund.»

Betretenes Schweigen machte sich breit. Dann klingelte das Telefon. Jeder schaute verdutzt den anderen an, bis schließlich Heinlein den Hörer abnahm.

«Ja», sagte er hastig.

Am anderen Ende war Erich, sein Freund aus der Loosche. Er war noch immer sturzbetrunken und jetzt zu allem bereit.

«Mir geh'n jetzt 'nauf und treibe'se runner vo unnerer Festung. Des Pack, des dreckerte», grölte er an Heinleins Ohr. «Bist'd mit dabei?»

«Lass den Scheiß, Erich. Die schnappen euch schneller, als du denkst. Ihr kommt nicht einmal bis zum ersten Tor.»

«Des wär mer schon senn», widersprach Erich. «Der Fürscht hat 'n Plan ausgeärbert, wie mir'se überrumbeln. Eichendli will er di ja net mit dabei hab. Aber des is mer wurscht. Also, was is jetz? Gehst'd mit?»

Heinlein überlegte. Er blickte zur Seite und sah in Claudias erwartungsvolle Augen.

«Okay», sagte er in den Hörer. «Ich bin gleich da.»

※

Niemand sonst hielt sich im Fürstengarten unterhalb des Randersackerer Turms auf. Nur auf der Terrasse, die in die Burggaststätte führte, tauchte hin und wieder ein Wachmann auf und inspizierte die Bastion St. Johann Baptist, die zu seinen Füßen lag. Dann ging er wieder hinein und verschloss die Tür.

Thomas kauerte unterhalb der Terrasse und wartete ab, bis der Wachmann gegangen war. Er hatte Otter vorerst abschütteln können. Die Kletterpartie über den Erker am Fürstengarten brachte ihm zehn Minuten Vorsprung ein. Mehr nicht. Dann wäre Otter um die Burgmauer herumgelaufen und würde auf der Terrasse erscheinen. Er kletterte an der Freitreppe hoch und blickte durchs Fenster in das kleine Speisezimmer, das der Terrasse zugewandt war. Ein einziger Gast, Charles Mendinski, saß an einem Tisch und trank ein Glas Wein. Thomas hatte den Mann noch nie gesehen und wusste nicht, ob er ihm trauen konnte.

Es musste noch einen anderen Eingang in die Burg geben, rätselte er. Nur welchen. Sein Großvater hatte ihm bei den zahlreichen Ausflügen auf die Festung mehrere gezeigt. Aber die waren jetzt entweder bewacht, verschlossen oder schon längst zugemauert.

Er ging auf der Terrasse umher und versuchte die Fenster zum Küchenturm und zum Fürstenbau zu öffnen. Doch sie waren, wie erwartet, fest verschlossen.

Was einzig blieb, war eine kleine Verbindungstür zum Treppenaufgang in den Randersackerer Turm. Diese Tür war all die Male, in denen er mit seinem Großvater auf der Terrasse gewesen war, fest verschlossen gewesen. Nie im Leben hätte er daran geglaubt, dass sie sich öffnen ließ. Er drückte die Klinke herunter, und die Tür sprang auf.

«Das gibt's doch nicht», sagte Thomas leise und ging hinein.

Die Stufen führten ihn vorbei an der Gaststätte und dem Zugang zum Museum. Er sah Küchenpersonal eifrig Essen auf Tellern in den Gastraum schaffen. Niemand schenkte ihm Beachtung. Gerade als er dabei war, in den Gastraum zu treten, erkannte er Otter, der geradewegs auf ihn und die Terrasse zuhielt. Darauf warten, welchen Zugang Otter wählen würde, wollte Thomas nicht. Er rannte die massive Steintreppe hoch, um vom oberen Durchgang in den Hofstubenbau zu gelangen. Dort gab es einen zweiten Ausgang, der ihn in den Innenhof zu den Staatsgästen führen sollte. Auf halbem Wege hörte er, wie ihm jemand entgegenkam. Wer war das? Polizei oder Otter?

Wiederum entschied er sich zu handeln, anstatt abzuwarten. Er machte kehrt und stieg erneut die Steintreppe hoch, bis seine Flucht schließlich unter dem Dachstuhl endete. Der Raum, den er betrat, war durchkreuzt von Fahnenstangen, die in allen

Himmelsrichtungen durch die breiten Sichtlöcher nach außen ragten. Über ihm spannte sich ein Geflecht von Balken auf drei Ebenen, die den Dachstuhl des Randersackerer Turms bildeten.

Thomas stieg die Leiter hoch und hangelte sich in die oberste Spitze. Dort kauerte er in einem dunklen Eck und wartete ab. Irgendwann musste sein Verfolger aufgeben. Und wenn alle Stricke rissen, dann würde er die ganze Nacht dort oben verbringen. Hier war es warm, dunkel und sicher.

Zehn Meter tiefer, durch das Geflecht der Holzbalken, hörte er Schritte und sah kurz darauf Otter den Raum betreten. Er betete zu Gott, dass er ihn hier oben nicht sehen würde.

«Komm raus», sagte Otter. «Ich weiß, dass du da bist.»

Otter schien sich seiner Sache jedoch nicht sicher, denn er schaute sich suchend im Raum um. Dann blickte er nach oben, in den finsteren Dachstuhl.

※

Der Tross der Gefangenen machte vor dem Echter Tor Halt. An die fünfzig Gestalten, mit einer Eisenkette aneinander gefesselt, schlurften hinter dem bayerischen Offizier, der hoch zu Pferd voneweg ritt, her. Sie waren zerlumpt, geschunden und geschlagen, ihre Gesichter von Pulverdampf geschwärzt, und ihr Schicksal lag in den Händen des neuen Burgherren König Ludwig II. von Bayern.

«Sie waren der jämmerliche Rest der einst so stolzen französischen Besatzungsmacht auf der Festung Marienberg. Wenige Tage zuvor war ihr oberster Heerführer Napoleon Bonaparte in der Völkerschlacht bei Leipzig vernichtend geschlagen worden. Ein bayerisch-österreichisches Heer war von Ansbach gegen Würzburg vormarschiert und hatte die Burg, nach zweitägiger Belagerung und Beschießung, unter dem Kommando von General von Wrede, im Sturm erobert.»

So wollte es das Drehbuch, nicht die Historie. Die Geschichtsschreibung erzählte zwar von einer Belagerung durch die Bayern und Österreicher, nicht aber von einer Einnahme der Festung. Die französischen Truppen hatten im Gegenteil den Beschuss und die Belagerung über den Winter 1813 bis in das Frühjahr hinein überstanden. Nur der Übergabebefehl aus Paris veranlasste den Kommandanten General Turreau, nach der Absetzung Napoleons und nach der Ausrufung des Ersten Pariser Friedens, den Rückzug anzuordnen. Für das hier und heute stattfindende Spektakel im Auftrag Roibers blieb diese Geschichtsverfälschung mit dem unzeitgemäßen Auftritt König Ludwigs nicht ohne Brisanz und Folgen.

«Wir sind die Laienspieltruppe», sagte Renate zum Sicherheitsbeamten, der der Zeit gemäß gekleidet war und in bayerischer Polizeiuniform am Echter Tor Wache stand.

«Gehören die alle zu ihnen?», fragte er überrascht und zeigte auf die Horde verwahrloster Gefangener.

An deren Ende befand sich zudem ein überdachter Karren, der von zwei Ochsen gezogen wurde. Auf dem Bock saß Heinlein, mit falschem Schnurrbart und Kappe als Bauer verkleidet.

«Ja, alle und der Verpflegungskarren da hinten», antwortete Renate.

«Die müssen erst nach Waffen untersucht werden», ordnete er an und rief nach einem Kollegen zur Unterstützung.

«Nach Waffen?», maulte Renate brüskiert. «Der Sturm auf die Festung fängt gleich an, und der will uns nach Waffen durchsuchen.»

«Keine Ausnahmen», erwiderte er und begann Renate abzutasten.

«Finger weg», giftete sie ihn an und schritt zurück. Theatralisch warf sie sich in Positur und zitierte aus einem Bühnenstück. «Keine Männerhand soll mich berühren, verführen und betrügen. Ist's der Mann, der uns Weibervolk ins ungewisse Schicksal treibt, der Bock hinter der Fratze, der süß raspelt, uns die Sinn vernebelt, vergessen macht, wovor die Alten uns warnten, die Röck uns hebend und aufs Kreuz geworfen, der Lust und Geilheit nur in Sekunden mag uns schenken, dass nicht freudloser hätt sein können ...»

«Halt's Maul, Weib», befahl der Wachmann. «Sonst vergess ich mich.»

«Bah, könnt vergessen und ungescheh'n euer schamlos Trieb mich machen? Aufgeblasen ist der Bauch im Handumdrehen, doch ...»

«Klappe!»

«Na gut», sagte Renate und gab sich der Körperkontrolle hin. «Nach was suchen Sie denn, Soldat?»

«Schnauze», wiederholte er und beendete die unangenehme Tätigkeit.

«Stehe Ihnen jederzeit wieder zur Verfügung.»

«Los, weitergehen. Der Nächste.»

Während der Beamte und seine Kollegen die angeketteten Gefangenen nach Waffen durchsuchten, näherte sich Julia im Mantel und mit dem Koffer in der Hand dem Burgtor. Sie stellte sich in der Reihe an.

Weiter hinten am Verpflegungswagen wurde Heinlein nervös. «Die durchsuchen jeden Einzelnen nach Waffen. Ich hab's doch gewusst. Das schaffen wir nie», flüsterte er auf die Ladefläche. Dahinter waren Heinz-Günther und Erich unter Töpfen, Pfannen, Geschirr und Mehlsäcken versteckt.

«Lass dir was einfallen», rief Heinz-Günther nach vorn. «Wieso haben wir dich denn eigentlich mitgenommen?»

«Komm halt nach vorne, du Großmaul. Und mach's selber», schimpfte Heinlein.

«Jetzt gebt's endlich Frieden», schlichtete Erich, der, zwischen Mehlsäcken eingeklemmt, kräftig schwitzte. Er trug das Panzerhemd eines Ritters und hielt in der Hand einen Morgenstern fest umklammert. «Wenn vo denne ener da reiguckt, dann kriecht er ens übergebrennt, dass er die Sternli sieht. So einfach ist des. Also, vorwärts.»

Julia und ein Gefangener tippelten derweil im Gänsemarsch auf den Wachmann zu.

«Du auch Asül?», fragte er sie schüchtern.

Der junge Mann brauchte keine Schwärze im Gesicht, sondern war durch seine dunkle Hautfarbe bestens für den Gefangenenaufmarsch vorbereitet.

«Ich? Nein, ich bin nur wegen eines Mannes hier», antwortete sie ruhig.

«Oh, du auch», antwortete er erfreut. «Dann du doch Asül. Wir alle hier wegen Mann.»

«Nein, du verstehst mich nicht. Ich will einen Freund treffen, den ich schon lange nicht mehr gesehen habe. Ich habe geglaubt, dass er tot sei, aber ...»

«Freund tot? Nix gut. Lebend Mann besser. Ich Mann. Guter Mann. Du wollen heiraten? Ich schenken viele kleine Kinder, du geben mir Pass. Gut Geschäft.»

Der Wachmann unterbrach die beiden und tastete Julia ab. Dann befahl er die Öffnung ihres Koffers.

«Wozu brauchen Sie diese Kleidungsstücke», fragte er ungläubig.

Bevor Julia antworten konnte, kam ihr der junge Mann zu Hilfe. «Frau sein Priester, Voodoo. Du versteh'n? Wichtig für Zauber sein Verkleidung.»

Der Wachmann schaute ungläubig. «Sind Sie vielleicht die Garderobiere?», fragte er sie.

Julia zögerte erneut mit der Antwort.

«Gardobiär. Großer Zauber», sagte der Schwarze.

«Wieso sagen's des nicht gleich?», raunzte der Wachmann und schob sie weiter. «Der Nächste. Hände hoch.»

Julia nahm ihren Koffer und ging durch das Tor in den Vorhof. Renate und Pierre, der Regisseur des Burgschauspiels, kamen an ihr vorbeigestürmt.

«Renate», sagte er pikiert und blätterte im Drehbuch, «ich hoffe, deine Gefangenen halten, was du mir versprochen hast. Ich kann mir heute Abend keinen Fehler erlauben. Halb Europa sitzt auf den Rängen und schaut zu. Und das bei meiner Aufführung. Verstehst du? Bei *meiner* Aufführung.»

«Beruhige dich, Pierre. Bessere Gefangene als die kriegst du nirgendwo. Glaub's mir.»

«Das will ich für dich hoffen. Wenn's schief geht, ist deine Karriere als Regieassistentin vorüber. Das ist keine Drohung, aber so sind nun mal die Spielregeln. Du verstehst, ma chère?»

Er klappte das Drehbuch zu und ging zum Tor.

«Ma-was?», fragte Renate.

Der Großteil der Gefangenen war bereits abgefertigt und wartete am Tor darauf, dass sie abgeholt wurden. Aus ihren dunklen Gesichtern blitzten weiße Augen, und sie tuschelten in fremden Zungen. Pierre musterte sie, ob sie seinen Vorstellungen als Gefangenen entsprachen. Er nahm einen bei den Schultern, drehte ihn um, dann wieder zurück, und nahm sich den Nächsten vor.

«Nicht schlecht, Frollein Renate», lobte er sie. «Genau solche habe ich gebraucht. Unterernährt, dreckig und stinkend. Exzellent. Aber die sind doch nicht aus deinem Schifferheim ...»

«Ich hab's dir doch gesacht ...»

«Diese Authentizität», schwärmte Pierre, als er einen ganz besonders mageren jungen Gefangenen vor sich hatte. Unter den Fetzen, die seinen Körper verhüllten, war er mit zahlreichen Narben bedeckt. Pierre strich vorsichtig mit dem Finger über eine Wunde.

«Exzellent. Man könnte fast meinen, sie wäre echt», begeisterte er sich zunehmend. Einen Makel hatte der junge Mann dann doch. «Aber die Zähne ... Viel zu gepflegt. Das müssen wir noch ändern.» Er griff in die Hosentasche und holte eine Dose mit Theaterschminke hervor. Er bestrich den Finger damit und putzte dem Jungen die Zähne schwarz.

«So müsste es gehen», sagte er zufrieden und ließ sich die nun scheinbar verfaulten Zähne zeigen.

Am Tor kam Tumult auf. Heinlein weigerte sich, den Karren zu verlassen und ihn nach Waffen untersuchen zu lassen. Die zwei Wachmänner forderten Verstärkung an. Pierre erkannte die Situation und rannte hinzu.

«Was ist hier los?», wollte er von den beiden wissen.

«Der Mann will sich nicht überprüfen lassen», antwortete einer.

«Und? Wieso wollen Sie nicht?», fragte Pierre Heinlein.

«Weil ... weil ich mir net vo denna zwee Batzis an die Wäsch geh' lass», antwortete Heinlein trotzig. «Die solle sich was schäm.»

«Aber das muss doch jeder hier», sagte Pierre versöhnlich.

«Des mach scho sei, aber an mei Wäsch gen di net.»

«Soll ich stattdessen ...?», fragte Pierre.

Bevor Heinlein widersprechen konnte, ging Renate dazwischen.

«Lass, Pierre, des mach i'. Der Schorsch is halt immer a weng ziepfert. Seit ihm sei Vadder g'schlach'n hat, mach er net, wenn ihm ener zu nah kummt. Oder, Schorsch?»

Renate machte keine Anstalten, auf seine Antwort zu warten, und tastete ihn vor den Augen der Wachmänner nach Waffen ab. Dann streifte sie die Plane zur Seite und überprüfte die Ladefläche.

«Net», zischte Heinz-Günther, «die k'hört zu uns.»

Erich stand mit der gusseisernen Bratpfanne vor ihr, bereit zum Zuschlagen.

«Untersteh dich», giftete sie ihn an.

«No e' Wort, und i' schlach zu», drohte Erich hämisch.

Renate wandte sich ab. «Alles sauber, meine Herren. Nur Requisiten und Tand. Der Karren kann passieren.»

Heinlein nahm die Zügel und befahl den Ochsen die Weiterfahrt. Scheppernd legte der Karren los, und hinter der Plane war ein Krachen und Poltern zu hören, als ob jemand in die Töpfe fiele.

«Keine Sorge. Alles garantiert bruchsicher», beruhigte Renate die Wachmänner und Pierre. Sie folgte dem Karren und befahl den Gefangenen mitzukommen.

Der Vorhof glich einer Kaserne aus dem 19. Jahrhundert. Soldaten in französischen, bayerischen und österreichischen

Uniformen standen um kleine Lagerfeuer herum und wärmten sich die Hände. Andere ließen sich Blut und Verletzungen an den Körper schminken. Gewehre mit aufgepflanzten Bajonetten waren zu Türmen zusammengestellt, und Kanonen wurden mit Sprengladungen gestopft. Pferde, mindestens dreißig an der Zahl, wurden gestriegelt und für ihren Einsatz aufgesattelt.

Ratternd fuhr Heinlein den Karren herein, gefolgt von den Gefangenen, Renate und Pierre. Auf der Ladefläche krachte und schepperte es, als würde jemand zwischen Töpfen und Pfannen um sein Leben kämpfen.

«Jetzt geb endlich mal e' Ruh dahinten», schimpfte Heinlein. «Du verrätst uns ja noch.»

«Dann fahr halt net so 'n Scheiß zamm», fluchte Erich zurück. «Ich brech mer ja no alle Knoche bei deiner Raserei.»

Heinlein parkte den Karren neben den Pferden und half Erich aus dem Blechgeschirr nach draußen. Vor ihm stand, nun leicht benommen, der Schwarze Ritter Erich im Panzerhemd mit Morgenstern.

«Des zahl i' der no hemm, des schwör i' der», drohte Erich.

«Stell di net so o», beruhigte ihn Heinlein und half Heinz-Günther vom Wagen.

Er trug, logengetreu, einen rot-weißen Umhang mit dem Frankenrechen auf der Brust. Auf dem Kopf thronte eine Mischung aus Helm und Krone, und im Gesicht zierte ihn ein angeklebter Vollbart, der etwas verrutscht war. An der Seite führte er eine Kopie des Karl'schen Kaiserschwertes.

«Ja, hundsverreck, mei Kreuz», stöhnte Heinz-Günther und griff sich an die schmerzenden Bandscheiben. «Langsam werd i' zu alt für so en Scheiß.»

«Was sind denn das für Gestalten?», fragte Pierre.

«Des is der Schwarze Ritter, und des is der Frankenkönig Karl», antwortete Renate beflissen.

«Aber die stehen doch gar nicht im Drehbuch», sagte Pierre und blätterte in den Seiten.

«Die kommen erst nach der Zugabe», besänftigte Renate.
«Nach welcher?»
«Nach der letzten. Hab ich mir ausgedacht.»
Pierre überlegte. «Ja, wieso nicht, aber erst nach der letzten Zugabe. Hast du mich verstanden? Vorher will ich sie nicht sehen.»
Pierre ließ sie stehen und ging weiter zu den Soldaten.
«Was is denn des für e' G'stalt?», fragte Erich.
«Des is der Regisseur. Der sacht, was gemacht wird», antwortete Renate. «Eines Tages werd ich auch so sein.»
«Du? Ha!», blaffte Erich sie an. «Da müsste scho Blinde nei's Kino geh'.»
«Jetzt gebt's e' Ruh», befahl Heinz-Günther. «Renate, zeig den Plan noch mal her. Wann kommt wer wo raus?»
Renate nahm ihr Drehbuch zur Hand, blätterte die entsprechende Seite auf und zeigte auf das Scherenbergtor vor ihnen.
«Wenn die Kanone losgeht, wer'n die Gefangene nei'n Burghof getrieb'n, und gleich drauf reit' der Könich nei. Vorher müss' mer zuschlach'.»
Heinz-Günther musterte die zwei kleinen Fenster oberhalb des Durchgangs im Scherenbergtor.
«Hast du en Schlüssel, um da 'nauf zu komm'n?», fragte er Renate und zeigte auf das Tor.
«No net. Kann i' aber besorch.»
«Erich, hol des Fass und die Kist'n mit den Betten vom Wach'n und schaff se 'nauf. Schorsch …»
Heinlein hatte sich von seinen Logenbrüdern unbemerkt davongeschlichen und durchquerte das Scherenbergtor in den Burghof.

✷

Ein Ziepen, Rascheln und Flattern über ihm brachte Kilian wieder zu sich. Er öffnete die Augen, konnte aber nichts erkennen. Es war stockdunkel, sodass er nur erfühlen konnte, wo er war.

In seinem Rücken spürte er das harte Gitter, über das er geklettert und gestürzt war. Der Boden, auf dem er saß, war irgendwie glitschig, verschmiert und roch übel, wie Ammoniak. An seiner Seite ragte eine massive Wand empor. Er tastete blind und spürte Steine und Fugen. Dann hörte er wieder das schrille Ziepen, das überlagert wurde von einem Flattern und sich von ihm weg bewegte, in die Tiefe des schwarzen Raumes. Dieses Mal kam es von unten, aus der Richtung, wo er seine Füße vermutete. Zudem spürte er seinen Knöchel, wie er pochte und schmerzte. Aber da war noch etwas anderes. Irgendetwas leckte mit dünner Zunge an der Stelle, wo ihn der Dobermann erwischt hatte. Er nahm die Hand zurück, griff in die Hosentasche und suchte nach seinem Feuerzeug.

Die Flamme erhellte nicht viel, erzeugte aber einen Aufruhr, als hätte er ein Pulverfass gezündet. Wie Steine fielen Fledermäuse vom Himmel und flüchteten schwirrend und ziepend aus dem verhassten Licht. Kilian legte die Arme schutzsuchend über seinen Kopf, zog die Beine an und duckte sich eng ans Gitter. An ihm vorbei, von ihm weg schossen sie zielgenau auf die rettenden Ausgänge zu, ohne dass nur eine ihn berührte. Der Krach jedoch, den sie dabei anstellten, war ohrenbetäubend.

Der Spuk dauerte nicht lange. Kilian wartete noch ein wenig, bis er sich erhob. Er wollte sichergehen, dass er nicht noch einmal die Heerscharen des Teufels herausforderte. Er stand unter Schmerzen auf und fasste sich an den verletzten Fuß. Er war angeschwollen, schien aber nicht gebrochen. Vorsichtig setzte er ihn auf und belastete ihn. Ein Stich durchfuhr sein Bein und endete geradewegs in seinem Schädel, sodass er aufschrie. Wiederholt belastete er den Fuß, bis er sich an den Schmerz gewöhnt hatte.

Erneut ließ er das Feuerzeug aufflammen. Der Boden, auf dem er stand, war überzogen mit Fledermauskot. Knochen und kleine Skelette knackten wie Salzstangen, als er vorsichtig einen Fuß vor den anderen setzte. Er war einige Schritte vorangekommen, als der Gang nach rechts abknickte. Er folgte ihm, bis aus einem Schlitz in der Wand ein schmaler Lichtkegel hereinfiel. Er bückte sich und sah hindurch.

Das Mondlicht erhellte den breiten Weg ausreichend, sodass er die Burgmauer und dahinter einen Teil der vom Nebel eingehüllten Stadt erkannte. Wenn er vom Halsgraben in das Scherenbergtor gestiegen war, dann musste er in der gleichnamigen Galerie sein, an sich eine unterirdische Kasemattenanlage mit Schießscharten. Sie war nahezu kreisrund im Burggraben angelegt und endete an den der Stadt zugewandten Türmen. Auf der Seite, auf der er sich befand, musste sein Weg am Marienturm enden. Er ging weiter und stieß nach hundert Schritten auf einen Ausgang, der ihn nach oben in den inneren Burghof führte. Er öffnete die Tür nur ein Stück und schaute hinaus.

Er sah flanierende Burgfräuleins, Marktfrauen, die ihre Waren anpriesen, Landsknechte, die Bauern in den Kerker trieben, und musketenbeladene französische Soldaten. Eingerahmt war die Szenerie von Fackeln und Scheinwerfern, die ihr farbiges Licht von einem der Kräne über den Dächern herunterstrahlten und den Innenhof abwechselnd in ein tiefes Blau und ein dunkles Rot tauchten.

Posaunen erschallten und kündeten von einem baldigen Beginn des Schauspiels. Auf einer Bühne nahmen die geladenen Staatsgäste um den Burgherrn herum Platz, der eine weiß-blau ausgeflaggte Loge für sich in Anspruch nahm. Das Wappen davor zeigte den mächtigen und furchtlosen bayerischen Löwen.

Kilian suchte die zum Teil in mittelalterlichen Kostümen verkleideten Gäste zu erkennen. Unter allen stach der große, breitschultrige John Frankenheimer heraus. Er trug die Uniform eines Schwedenkönigs und hielt sich im äußeren Bereich der Bühne auf, die zum Randersackerer Turm wies. An seiner Seite nahm Galina in einem ausladenden Kleid, das einer Madame Pompadour zur Ehre gereicht hätte, Platz. Schröder, im Amtsrock eines Hofmarschalls, dirigierte die Sicherheitsleute, die einheitlich als Landsknechte verkleidet an den Seiten des Burghofes Position bezogen hatten. Doch nirgends konnte er Thomas oder Otter erblicken. Entweder waren sie im vorgelagerten Echterhof oder in einem der Gebäude verschwunden.

Eine Feuerwerksrakete wurde abgefeuert, und das Spektakel war eröffnet. Posaunen erklangen erneut, und der Zeremonienmeister pochte mit seinem goldenen Stab dreimal aufs Podium. Die Gäste merkten auf, im Burghof wurde es still.

«Geschätzte Damen, werte Herren aus nah und fern. Es war die Zeit des großen Wandels. Das Heilige Römische Reich Deutscher Nation war Jahre zuvor untergegangen. Der Revolutionsführer Napoleon Bonaparte drückte Europa seinen blutigen Stempel auf, und die Völker ächzten unter dem schmachvollen Joch seiner Regentschaft. Die vernichtende Niederlage der Großen Armee brachte wieder Hoffnung in die geknechteten und gedemütigten Hütten von Spanien bis nach Russland, von Schweden bis nach Italien und Österreich. Der Wunsch nach Befreiung erfasste die starken und mutigen Heeresführer. In der Völkerschlacht bei Leipzig erkämpften sie einen grandiosen Sieg und jagten den Usurpator aus dem Lande. Doch damit nicht genug. Seine verräterischen Verbündeten, allen voran die großherzoglichen Würzburger, leisteten erbitterten Widerstand …»

«Ja, so a Schmarr'n», tönte einer aus dem Kreis der Schauspieler.

«Ich protestiere gegen diese Geschichtsverfälschung», schritt der französische Gesandte ein und trat vor Roiber, der genüsslich den Ausführungen seines Zeremonienmeisters folgte. Er ließ sich nicht beeindrucken und gab Zeichen, im Text fortzufahren.

«Allen voran, brüderlich, Schulter an Schulter, zogen von Süden gegen Würzburg die bayerisch-österreichischen Truppen, um der Niedertracht ein Ende zu bereiten …»

«Ihr habt's doch selber zum Napoleon g'halten», unterbrach ein weiterer Zwischenruf die Rede.

«Am 24. Oktober 1813 wurde das Feuer auf die letzte Bastion der Verräter eröffnet. Nach nur zwei Tagen hatten die französischen Belagerer die Stadt aufgegeben und sich hier auf die Festung Marienberg zurückgezogen. Im Glauben, dass sie dem stolzen Befreierheer der Bayern trotzen könnten ...»

«Haben's ja auch. Die b'suffnen Batzis haben die Burg ja net e' mal getroffe», schallte es aus dem Kreis der Schauspieler.

Gekicher machte sich unter den Zuschauern breit. Roiber wies einen Sicherheitsbeamten an, den Zwischenrufer ausfindig zu machen und abzuführen.

«Der aufopfernde Kampf der Befreier war von Klugheit und Tapferkeit gezeichnet. Das nicht enden wollende Feuer der Geschütze brach den Willen der napoleonischen Besatzer und ihrer gemeinen Helfer ...»

«Ich protestiere aufs entschiedenste gegen diese Lügen, die hier verbreitet werden», setzte sich der französische Gesandte zur Wehr. «Wenn dem nicht unverzüglich Einhalt geboten wird, reise ich auf der Stelle ab.»

Roiber ignorierte den berechtigten Einwurf.

«Die bayerischen Truppen machten sich bereit, den Berg zu erstürmen. Der Kampf um die Festung ging in die entscheidende Phase. Sie hatten die Tore der Burg erstürmt und standen vor dem entscheidenden Kampf, die geschlagene Armee von der Burg und aus der Stadt zu jagen. Davon soll der heutige Abend künden.»

«Das reicht», entschied der Franzose. «Ich werde umgehend *Mon Président* über diese Ungeheuerlichkeit unterrichten.»

«Das Spiel möge beginnen», erklärte Roiber, der aufgestanden war und mit einer ausladenden Handbewegung Pierre, dem Regisseur, Anweisung gab.

«Lieber Freund, ich weiß gar nicht, wieso Sie sich so echauffieren? Es ist doch nur ein Spiel», versuchte Roiber den französischen Gesandten zu beruhigen.

«Ein Spiel? Das ist Volksverhetzung. Niemals haben Sie unsere Armee geschlagen. Sie haben uns verraten und an die Österreicher und Preußen verkauft. Das vergessen wir Ihnen nie.»

Ein Kanonenschuss beendete die französische Protestnote in Pulverdampf und unter ohrenbetäubendem Lärm. Französische Soldaten mit aufgepflanzten Bajonetten kamen zum Tor hereingerannt und formierten sich unter dem Befehl des Offiziers zu einer Zweierlinie. Auf sein Zeichen feuerten sie ihre Waffen Richtung Scherenbergtor auf die nachrückenden Angreifer.

Im Nu verwandelte sich der Innenhof in einen Kriegsschauplatz. Donnergleich grollten Geschütze, am Himmel zuckten Blitze auf und zeugten von Treffern, die die Burg einstecken musste. Herrenlose Pferde galoppierten herein, Verwundete taumelten umher und fielen zu Boden. Vom Bergfried, einem Gefängnisturm inmitten des Burghofes, seilten sich die Angreifer ab und verwickelten die Verteidiger in blutige Scharmützel.

Unbemerkt schlich sich Julia unterdessen hinter das Podium, auf dem die Staatsgäste amüsiert die Schlacht um die Festung beobachteten. Sie schaute sich die Reihe der Ehrengäste sehr genau an, bis sie John Frankenheimer erkannte. Er war älter geworden, das Gesicht markanter, die Haare kürzer. Doch er war es. Julia trat vor ihn hin und schaute ihn stumm an. Johns Augen trafen ihren Blick.

«Julia?», sagte er. «Bist du's wirklich?»

Tränen traten in ihre Augen, und sie nickte stumm.

«Wer ist das?», fragte Galina.

«Eine ... Freundin», antwortete John. Er stand auf, nahm sie in den Arm und führte sie zur Seite. «Wie kommst du hierher?»

«Ich habe dich gesucht», antwortete sie und wischte sich die Tränen aus dem Gesicht. «Fünfzehn Jahre lang habe ich dich gesucht.»

«Aber ...»

«Ich dachte, du wärst tot. Aber du hast immer für mich weitergelebt. In meinem Herzen warst du so lebendig, wie du jetzt vor mir stehst.»

«Mein Gott, Julia. Das ist so lange her. Wieso?»

«Diese Frage müsste ich dir stellen. Wieso hast du das gemacht? Wieso hast du mich belogen und betrogen? War das alles nur ein Spiel für dich?»

«Julia, das waren andere Zeiten. Gefährliche Zeiten. Ich musste weg. Schnell verschwinden. Ich konnte dich nicht mitnehmen.»

«Aber wieso diese Maskerade? Wieso dieses hinterhältige Spiel mit meinen Gefühlen? Habe ich dir nichts bedeutet?»

«Natürlich hast du das. Ich musste verschwinden. Der BND hatte dich enttarnt und war mir auf den Fersen. Sie wollten am nächsten Tag zuschlagen. Mein Tod war die sauberste Lösung für uns beide. Verstehst du das?»

«Wie könnte ich das? Es war alles nur Lüge. Du hast mich nie geliebt.»

«Am Anfang war es mein Auftrag, dich zu verführen. Ja, ich gebe es zu. Aber je mehr ich dich kennen gelernt habe, desto mehr habe ich mich wirklich in dich verliebt. Das musst du mir glauben.»

«Wie sollte ich? Selbst nachdem die Mauer gefallen war, hast du dich nicht bei mir gemeldet.»

«Julia, verstehst du denn nicht? Das Spiel ist noch nicht vorbei. Es war nie vorbei. Es geht immer weiter. Die, die heute hinter mir her sind, sind die Gleichen wie damals. Ich hätte dich nur in Gefahr gebracht. Und das wäre das Letzte gewesen, was ich gewollt hätte.»

«Du hast mich schon damals getötet. Was hättest du mir noch antun können?»

«Es tut mir Leid, Julia. Ich habe schlimme Dinge getan, die ich heute bereue. Aber was hätte ich tun sollen?»

«Du hättest mich warnen können. Wegen dir war ich im Gefängnis. Ich habe für etwas gebüßt, was du mir angetan hast. Hättest du mich damals im Café nur nicht angesprochen … dann wäre alles anders gekommen.»

«Ja? Wie denn? Du wärst auf den nächsten Trottel hereingefallen, der dir schöne Augen gemacht hätte. Zum Schluss wärst du wieder heulend aus der Wohnung gelaufen.»

«Woher weißt du das?»

«Woher ich das weiß? Es hat zu meiner Aufgabe gehört, das in Erfahrung zu bringen. Von jedem lauten Wort, jeder Ohrfeige und jeder Träne habe ich gewusst, als du im Auswärtigen Amt angefangen hattest zu arbeiten. Das war mein Job.»

«Aber wie …?»

«Hör zu, Julia. Es ist hier nicht der Ort, um dir alles zu erklären. Lass uns morgen treffen, dann erzähle ich dir alles.»

«Morgen? Ich habe so lange auf ein Morgen gewartet, das niemals eingetreten ist. Morgen bist du wieder in deiner Welt und ich in meiner.»

«Julia, bitte. Es geht jetzt nicht. Ich habe …»

Der laute Schrei eines Kindes schallte über den Burghof.

«Papa!», rief Thomas.

Er stand auf dem Umlauf des Randersackerer Turms in dreißig Meter Höhe.

«Papa, hilf mir!», schrie Thomas erneut und rannte weg. Um die Ecke tauchte Otter auf.

«Das ist der Junge mit der CD», sagte Galina zu John.

Die Gäste kümmerte Thomas' Schrei wenig. Sie dachten, er gehöre zur Inszenierung, und widmeten ihre amüsierte Aufmerksamkeit wieder der Burgerstürmung. Roiber war mittlerweile aus seiner Loge in den Vorhof gegangen, um sich umzuziehen. Der Auftritt des neuen Burgherrn stand unmittelbar bevor.

«Wir müssen da hoch», sagte Galina und zerrte John mit sich. «Los, komm.»

«Bent, bleib hier», rief Julia ihm hinterher.

«Ich bin gleich zurück. Warte auf mich», antwortete John und rannte die Stufen des Turmes empor.

12

«Papa! Hilf mir!»

Kilian blickte nach oben. Auf dem Umlauf des Randersackerer Turms versuchte Thomas verzweifelt, seinem Verfolger Otter zu entkommen.

«In den Turm!», schrie Kilian nach oben. «Geh in den Turm.»

Doch Thomas hörte ihn nicht inmitten des tosenden Schlachtenlärms. Kilian rannte auf den Turmeingang zu und lief Schröder in die Arme.

«Was machst du hier?», schnauzte Schröder ihn an.

«Ich habe keine Zeit für Erklärungen. Lass mich vorbei.»

«Du hast hier nichts verloren. Wie bist du überhaupt hier reingekommen?»

«Ich sagte, ich habe keine Zeit für Erklärungen», antwortete Kilian scharf.

Doch Schröder wich keinen Millimeter. Stattdessen hielt er Ausschau nach einem Sicherheitsbeamten, der Kilian abführen sollte. Kilian wollte ihm keine zweite Chance geben, ihn auszubooten. Er holte aus und schlug Schröder nieder.

«Du willst einfach nicht hören», sagte er und betrat das Treppenhaus.

«Warte!», rief Heinlein, der sich einen Weg durch die Kämpfenden gebahnt hatte. Zu spät. Kilian war bereits auf der massiven Steintreppe verschwunden.

Heinlein beugte sich über Schröder. «Alles okay?»

«Halten Sie ihn auf», befahl Schröder.

«Ich hatte nichts anderes vor.»

Heinlein rannte zum Eingang und verschwand im Dunkeln.

Thomas kletterte die steile Leiter im Dachstuhl hoch. In seinem Rücken spürte er Otter, der ihn verfolgte.

«Warte, Bürschchen. Gleich hab ich dich», drohte Otter.

Er blickte die Leiter hoch und sah Thomas auf die erste Ebene der Holztraversen flüchten. Darüber lagen in einer Höhe von zehn Metern noch zwei weitere, vom einfallenden Licht der Turmfenster schwach beleuchtet.

«Du machst es dir nur schwerer. Mit jedem Schritt rennst du weiter in dein Unglück. Aber du willst es ja nicht anders», betete er ihm vor, während er Sprosse für Sprosse in den Dachstuhl stieg. «Warte, wenn ich dich in die Finger kriege ...»

Ein Fußtritt aus dem Dunkeln traf Otter mitten ins Gesicht, sodass er nach hinten fiel und hart auf dem Steinfußboden landete.

«Wenn du mich erwischen willst, dann musst du dir schon etwas Besseres einfallen lassen», rief Thomas herunter.

Otter japste nach Luft. Der Sturz auf den Rücken nahm ihm den Atem. Langsam beugte er sich vor und schnaufte durch. «Ich ... werde ... dir den Hintern versohlen ... du kleiner Drecksack», stammelte er und erhob sich. «Du ... wirst beten ... niemals geboren zu sein. Das schwör ich dir.»

Otter unternahm einen zweiten Versuch. Mühsam setzte er Fuß um Fuß in die Sprossen. Allerdings jetzt mit noch mehr Wut im Bauch und mehr Vorausschau als zuvor.

Thomas flüchtete über die nächste Leiter in das oberste Stockwerk. Er balancierte über einen der Balken aufs Innendach zu.

Otter hatte unterdessen die zweite Ebene erreicht und sah Thomas vor sich am Dach. Zwischen ihnen lagen nur ein schmaler Balken und die schwarze Tiefe des Dachstuhls. Er zögerte, seinen Fuß und sein Schicksal auf den Balken zu setzen.

«Na, probier's doch», verhöhnte ihn Thomas. «Alte Knochen wachsen nicht mehr so schnell zusammen, wenn sie mal gebrochen sind.»

«Du kannst es mir und dir leichter machen, wenn du mir die

CD gibst», pokerte Otter. «Ich versprech dir, dass dir nichts geschieht.»

Thomas blieb unbeeindruckt. «Vielleicht sitzt du aber auch den Rest deines Lebens im Rollstuhl. Also, wenn ich dir einen guten Rat geben darf, dann bleib wo du bist.»

Otter zögerte und blickte nach unten, dann setzte er seinen Fuß auf den Balken und lief los. Mit den Händen wie ein Drahtseilakrobat balancierend, schnellte er auf Thomas zu und verfehlte ihn nur um Zentimeter. Thomas sprang auf einen anderen Balken, lief ein Stück vor und war im Begriff, die Leiter nach unten zu nehmen, als John und Galina im Dachstuhl auftauchten.

«So ein Mist, noch zwei», sagte er und stieg auf die Leiter, die zur Spitze des Dachstuhls führte.

«Junge, komm runter», rief John nach oben in die Dunkelheit. «Du brauchst keine Angst vor uns zu haben. Wir sind Freunde.»

«Mach dir keine Hoffnungen, Frankenheimer», widersprach Otter. «Der Kleine gehört mir.»

«Das wollen wir erst mal sehen», tönte es aus der Spitze des Dachstuhls. «Wenn ihr euch genauso blöd anstellt wie der Trottel, dann kriegt mich keiner von euch.»

«Wie heißt du, Kleiner?», rief John.

«Red nicht so viel und geh hoch zu ihm», drängte Galina.

«Thomas», rief er nach unten. «Und ich bin der Sohn vom besten Bullen in der Stadt. Also, passt auf.»

John lächelte. «Stimmt, ich kenne deinen alten Herrn noch gut von früher. Also, komm runter, ich bin ein Freund.»

«Ach ja?», fragte Kilian, der schnaufend die Treppe hochgehastet kam und plötzlich neben Frankenheimer und Galina stand. «Lass dir keinen Unsinn einreden, Tom, ich bin's, Kilian. Der einzige Freund, den du hier hast, bin ich. Bleib, wo du bist. Ich komme hoch zu dir.»

«Kilian?!», rief Thomas. «Halt mir die Idioten vom Hals, oder ich zerbrech die Scheiß-CD in tausend Stücke.»

«Keine schlechte Idee, Kleiner. Dann wäre die ganze Sache beendet. Aber bevor du das tust, gib sie mir. Mit den Informationen, die da drauf sind, kann ich den ganzen Sauladen ausmisten», rief Frankenheimer.

«Glaub ihm nicht, Tom, ich bin gleich bei dir», ging Kilian dazwischen.

«Halt dich hier raus», zischte Galina ihn an. «Dein Job ist erledigt. Wir wollen nur die CD.»

«So ein Zufall. Die will ich auch», antwortete Kilian und setzte den Fuß auf die unterste Sprosse der Leiter.

«Sie sollten auf Sie hören», drohte John und packte Kilian an der Schulter, um ihn von der Leiter wegzuzerren. Kilian fuhr herum und wollte zuschlagen, doch er schaute plötzlich in den Lauf einer Waffe, die Galina auf ihn gerichtet hatte.

«Geh weg von der Leiter», befahl sie. «Wenn du dich zurückhältst, passiert hier niemandem etwas. Okay? Auch dem Kleinen nicht.»

«Dem wird auch so nichts passieren», drohte Heinlein und drückte Galina den Lauf seiner Waffe ins Genick.

«Siehst du, erst am Ende wird abgerechnet», sagte Kilian und nahm ihr die Waffe aus der Hand. «Schade, von dir hätte ich mir mehr erwartet als das hier.»

«Herr Kilian», mischte sich John ein, «ich verstehe, dass das alles sehr verwirrend für Sie sein muss, aber Sie können mir glauben, dass es von außerordentlicher Wichtigkeit für mich ist, diese CD zu bekommen.»

«Da bin ich mir sicher», entgegnete Kilian, «dann kann Ihr Maulwurfspiel flott weitergehen.»

«Es ist nicht nur das. Es sind viel wichtigere Informationen auf der Scheibe, als Sie sich vorstellen können.»

«Sie meinen den Zugangscode zum ECHELON-System?»

«Sie wissen davon?»

«Ja, ich weiß. Sie können jetzt auch mit dem Katz-und-Maus-Spiel aufhören. Sie haben mir das selbst unter der Brücke erzählt.»

John schaute Galina fragend an, was Kilian gemeint haben könnte.

«Das war nicht John», sagte Galina.

«Wer dann?», fragte Kilian.

«Lass mich los!», brüllte Thomas aus der Dachstuhlspitze herunter.

«Thomas?! Was ist mit dir?», rief Heinlein besorgt hinauf.

«Ihr glaubt wohl alle, ganz raffiniert zu sein. Aber außer quatschen kriegt ihr doch nichts zusammen», antwortete Otter.

«Lass mich los!», rief Thomas noch mal.

«Kannst du haben, wenn du nicht gleich die Schnauze hältst», brüllte Otter.

«Wenn du Scheißkerl meinem Jungen etwas tust, dann mach ich dich fertig», drohte Heinlein.

«Otter! Hast du die CD?», rief Schröder nach oben, der unvermittelt hinter Heinlein aufgetaucht war.

Alle fuhren herum und sahen ihn mit der Waffe im Anschlag.

«Ich habe beides, Chef. Den Jungen und die CD. Was willst du zuerst?», antwortete Otter.

«Der Junge ist egal. Ich will nur die CD», sagte Schröder.

Heinlein fuhr herum. Das Weiß in seinen Augen blitzte auf. «Du bist tot.»

✺

Die 1. Fränkische Befreiungsschlacht.

Roiber stieg als König Ludwig verkleidet die Stufen des Umkleidewagens hinunter. Er trug eine blaue Uniform, eine rote Schärpe, weiße Handschuhe und den berühmten Hermelinmantel. Auf das dunkle Haar des originären Bayernkönigs hatte er verzichtet. Als amtierender Landesfürst und künftiger

Reichskanzler galt es zu zeigen, dass eine neue Zeit angebrochen war: seine.

«Formidable», schwärmte Pierre. «Selbst das Original hätte nicht besser aussehen können.»

«Was könnte originaler sein als ich?», widersprach Roiber generös.

«Richtig. Pardon, natürlich», entschuldigte sich Pierre und zupfte Mantel und Schärpe zurecht.

Ein paar Meter entfernt standen Heinz-Günther, Erich und Renate hinter dem Verpflegungswagen und beobachteten Roiber und seine Bande, wie sie sich auf den triumphalen Einmarsch in die Burg vorbereiteten.

«Dem wer'n mer die Suppen kräftig versalzen», prophezeite Heinz-Günther.

«Da drauf kannst'd Gift nemm», unterstrich der Schwarze Ritter Erich. «Oder soll ich ihm gleich den Schädl einschlach?»

Er rasselte mit dem Morgenstern und biss sich auf die Lippen.

«Nix da», widersprach Renate. «Wir ham en Plan, und an den halt mer uns. Verschdanna?»

«Die Renadde hat Recht. Der Plan muss ausg'führt wär. Also, geh mers no mal durch», entschied Heinz-Günther. «Das Fass ist in Position?»

«Der Achmed wess Bescheid», antwortete Erich beflissen.

«Der Strick liegt bereit?»

«Der Hakan und der Bakistani sin an der Brügge», bestätigte Renate.

«Und die Asylanten wissen, was sie machen sollen?»

«Die brenne scho vor Ungeduld», versprach Erich.

«Gut», befand Heinz-Günther und trommelte nervös auf seinem Schwert herum, das an seinem Gürtel befestigt war. «Dann brauch i bloß no mein' Zettl.»

Er tastete seinen Umhang nach dem Stück Papier ab, auf dem die Worte, die er anschließend zu sprechen gedachte, aufgeschrieben waren. Doch die Rede blieb unauffindbar.

«Verflucht, wo ist mei Zettl?»

«Avanti, avanti», scheuchte Pierre die in einer Ecke kauernden Gefangenen auf. «Los, Aufstellung. Ihr seid dran.»

Murrend und mit gesenktem Kopf folgten sie dem Befehl. Die Ketten, an denen sie arretiert waren, zogen sie klirrend hinter sich her. Allerdings liefen die Glieder nicht mehr durch die starre Handschelle am Arm, sondern sie hielten sie versteckt in ihren Händen fest.

«Renate!», rief Pierre Hilfe suchend. «Renate! Wo steckst du denn schon wieder? Muss ich hier denn alles alleine machen?»

Renate kam aus dem Dunkel zu ihm gerannt. «Bin scho da.»

«Sind die Feuerwerker in Position?», fragte Pierre.

«Haben sich an der Mauer aufgebaut.»

«Gut. Das muss ein rauschender Auftritt werden. Hörst du? Da darf nichts schief gehen. Wenn der König einreitet, muss der Himmel leuchten.»

«Das wird er. Bestimmt.»

«Wo sind die Fackeln?»

«Liegen im Feuer beim Tor. Wenn die Gefangenen durchgehen, nimmt sich jeder eine.»

«Und die brennen auch alle schon?»

«Garantiert.»

«Gut. Dann brauchen wir jetzt nur noch das Pferd und den Böller.»

Pierre rief nach einem Pferdeknecht, der dem wartenden König Ludwig das Ross zuführen sollte. «Wo ist der Gaul?»

«Kommt schon», rief es von der Pferdeschwemme her.

«Wo ist der Böller?»

«Bin bereit», rief ein Kanonier, der das Geschütz auf das Scherenbergtor ausgerichtet hatte.

«Gut, gut, gut. Jetzt brauchen wir nur noch den Einsatz. Wie weit sind wir im Hof?»

«Die letzten Franzosen werden gerade gemeuchelt», antwortete Renate.

«Fein. Das ist gut so.» Zu König Roiber gewandt: «Majestät, wir sind jetzt so weit. Bitte besteigen Sie Ihr Pferd.»

Der König stieg auf einen kleinen Holzbock, der ans Pferd herangerückt worden war, und schwang sich übermütig in den Sattel. Ein Helfer legte den Hermelin zurecht und drückte Roiber den Regentenstab der bayerischen Könige in die Hand.

«Das Glück der Welt liegt auf dem Rücken eines Pferdes», sagte der König stolz und gab dem Pferd die Sporen.

Pfeilgrad raste der Gaul in Richtung Ausgang, anstatt auf die Brücke zu. Der Hermelin flatterte im Wind, und der Regentenstab wedelte wie der Arm eines Rodeoreiters.

«Majestät!», schrie Pierre ihm hinterher. «Nicht da lang, hierher.»

Zum Glück standen am Ausgangstor des Echter Vorhofes Schauspieler, die Pferd und Reiter vor dem wagemutigen Ritt in die Stadt aufhalten konnten. Geschickt griff einer in die Zügel, drehte den Gaul samt König um und führte ihn zurück.

«Da haben Sie mir aber einen Schrecken eingejagt, mein König», sagte Pierre erleichtert.

«Ein Test. Ich wollte nur mal sehen, ob das Pferd auch meinen Ansprüchen genügt», antwortete Roiber von oben herab.

Die Brille hing ihm allerdings schief von der Nase, und die Silbermähne stand wie ein Kamm zu Berge. «Was halten Sie von meinem Streitross? Ist es eines Königs würdig?»

«Ihr Auftritt wird ganz unvergesslich bleiben», versicherte Renate.

«Wir sind so weit», sagte Pierre und lief zum Kanonier hinüber. «Aufstellung. Alle bereitmachen. Es geht los.»

Renate gab Heinz-Günther und Erich ein Zeichen, aus dem Dunkel hervorzukommen. Die Gefangenen Hakan und Murat gingen am Tor in Position und fassten jeweils ein Ende des Seiles. Das Fenster über ihnen öffnete sich, und Ahmed hob das Fass an.

«Böller!», befahl Pierre und hielt sich die Ohren zu.

Der Kanonier zündete das Geschütz. Mit einem Knall schleuderte es Papierschnitzel hinaus in den Burghof. Vorbereitete Ladungen zündeten, und Pappmaché-Steine flogen durch die

Luft, als hätte das Geschütz das Tor gesprengt. Der bayerische Defiliermarsch dröhnte programmgemäß aus den Lautsprechern, und Roibers Pferd bäumte sich auf, als wollte es wie der Blitz davon. Mit aller Mühe bändigte der König das vierbeinige Pulverfass unter seinem Hintern und bugsierte es in Richtung Tor.

«Durchs Tor, durchs Tor», schrie Pierre, der herangelaufen kam und dem König die Richtung wies.

«I woas, zefix. Aber der blede Gaul net», mühte sich Roiber.

Kurz entschlossen klatschte Pierre dem Pferd aufs Hinterteil. Nun ging's geradeaus, und Ross und Reiter stürmten galoppierend auf die Brücke. Die Gefangenen stoben auseinander und ließen dem königlichen Gespann ehrfurchtsvoll den Vortritt.

«Jetzt!», befahl Renate.

Hakan und Murat ergriffen das Seil und sprangen von der Brücke. Wie ein Grenzbaum spannte es sich und verwehrte dem heranstürmenden Roiber den Weiterritt. Die Vorderläufe gespreizt, griffen die Hufeisen des Pferdes in die Fugen zwischen den Steinen, und das Hinterteil katapultierte den König im hohen Bogen durch die Luft. Roiber schien völlig verdutzt, als er mit flatterndem Hermelin, den Regentenstab fest umklammert, auf der Brücke aufschlug.

«Achmed», rief Erich. «Dein Einsatz.»

Ahmed gehorchte. Mit aller Kraft hob er das Fass vollends an und schüttete die schwarze Brühe aus dem Fenster. Das Altöl von vier Omnibussen ergoss sich über den König und machte aus ihm einen ebenso schwarzen Zeitgenossen wie die, die sich unter dem Tor in Sicherheit gebracht hatten.

«Wa... was ist das?», rätselte Pierre. «Eure Hoheit ...»

«Bleib da», riet ihm Renate und packte ihn am Arm. «Es ist noch nicht vorbei.»

Sie gab Ahmed das zweite Zeichen. Aus dem zweiten Fenster regnete es Gänsefedern auf den Imperator herab, der sich mühte, wieder auf die Beine zu kommen.

Sogleich verwandelte sich der pechschwarze *rex bavariae* in einen majestätischen Ganter mit prächtigem weißem Gefieder, wenn auch ohne hoheitliches Blau.

Hufgetrappel hinter ihm ließ ihn sich umdrehen. Im rot-weißen Umhang, stolz den Frankenrechen auf der Brust, saß Heinz-Günther Fürst als Karl der Große hoch zu Ross und schwang das Schwert. In seiner Gefolgschaft scharrte das Pferd des Schwarzen Ritters Erich aufgeregt mit den Hufen.

«Aber die sind doch noch gar nicht dran. Erst als letzte Zugabe», rief Pierre verzweifelt.

Im Burghof schallte der Defiliermarsch aus den Lautsprechern. Die Feuerwerker an der Mauer warteten mit der Lunte in der Hand auf ihren Einsatz, und die Menge wurde langsam unruhig. Die Gefallenen waren eilends beiseite geschafft worden, sodass dem glorreichen Einmarsch des Befreiers nichts mehr im Wege stand. Gebannt starrten die Gäste auf das Scherenbergtor.

Dann endlich, unter wildem Geschrei und mit Fackeln bewaffnet, stürmten die Gefangenen den Burghof. In ihrer Mitte trieben sie ein weißes Knäuel vor sich her, das sie mit Tritten und Schmährufen bedachten. Die Posaunen erschallten, und durch das Tor folgte ihnen Karl der Große. Er gab dem Pferd die Sporen und schoss wie ein Pfeil zu einem Ende der Burg. Kurz vor der Mauer befahl ihm Karl die Umkehr, und das Pferd gehorchte aufs Wort. Wieder ritt er im scharfen Galopp, das Schwert schwingend über die ganze Länge des Burghofes. Ihm kam der Schwarze Ritter entgegen, der den Morgenstern gekonnt in der Hand führte. Auch er machte an der Mauer kehrt und galoppierte mit seinem Ross zurück.

Die Menge sprang spontan von ihren Sitzen auf und beklatschte die reiterischen Meisterleistungen. Neben dem Hauen und Stechen zeigten die beiden Ritter eine Reitervorführung, auf die die Gäste schon längst gewartet zu haben schienen. Ähnlich musste es den Gefangenen ergangen sein, denn sie hatten große Freude daran, ihren geteerten und gefederten Freund über den Burghof zu jagen. Verzweifelt suchte der König nach einem Fluchtweg, doch er fand die Lücke nicht. Selbst die Sicherheitsbeamten ließen ihn nicht durch eine Tür oder hinter das Podium entwischen, sondern stießen ihn verächtlich und nichts ahnend zu den Gefangenen zurück.

Karl der Große befahl seinem Pferd aus vollem Galopp den Halt. Wiehernd bäumte es sich vor dem Podium der Ehrengäste auf und streckte ihnen die Vorderhufe entgegen. Karl hielt sich gekonnt im Sattel und führte das Schwert wie Excalibur fest in der Hand.

«Höret her, Damen und Herren aus der Ferne», proklamierte Karl aus stolzer Brust. «Diese Burg ist noch vor keinem Bayer gefallen. Aus fränkischem Stein gehauen, hielt sie über Jahrhunderte vielen Angreifern stand. Preußen, Schweden, Österreicher und Franzosen haben sich mit ihr gemessen. Viele haben den Kampf verloren, und die fränkische Muttererde trank ihr Blut. Kelten, Germanen, Sweben, Markomannen, Alemannen und Thüringer, alle haben sie um die Burg gekämpft. Doch kein Stamm konnte sie auf Dauer halten. Erst meinen fränkischen Vorfahren war der Sieg vergönnt. Seit über dreizehnhundert Jahren sind dieser Berg und die Stadt fest in fränkischer Hand. Kein Hesse und kein Sachse, kein Friese und schon lange kein Bayer werden daran etwas ändern. Die Festung ist und bleibt fränkisch.»

Karl nahm die Zügel fest in die Hand, ließ das Pferd sich abermals aufbäumen und ritt im Galopp zum Tor hinaus. Sprachlos blieben die Gäste auf ihren Plätzen zurück.

Nur einer, der französische Gesandte, klatschte begeistert Beifall: «Bravo! Bravo!»

Doch nicht lange. Der Schwarze Ritter Erich donnerte in die Ränge, holte mit dem Morgenstern aus und zertrümmerte mit einem Schlag die blau-weiß ausgeflaggte Loge des verhassten Königs.

«Merkt's euch des», schrie er wild und folgte Karl in scharfem Galopp zum Tor hinaus.

«Hilfe, so helft's mir doch», brüllte derweil Roiber auf der Flucht vor seinen Verfolgern.

Sie trieben ihn quer über den Hof und wieder zurück. Es schien, als würden sie nicht müde werden wollen bei ihrer Hetzjagd.

«Du Kini, ich Scheich Abdul», verhöhnten sie ihn und wiesen ihm mit den brennenden Fackeln den Weg.

So stolperte der stolze Bayern-König von Faruk zu Bombay, von Idi zu Mustafa, von Ismael zu Erkan und so fort. Sein Gefieder fing unter der andauernden Befackelung schließlich Feuer, und er durchbrach unter Hilferufen den teuflischen Kreis.

Die Feuerwerker fürchteten das Schlimmste, als der brennende Roiber-König mitten in die Aufbauten für das Abschlussfeuerwerk stürzte. Es dauerte tatsächlich keine Sekunde, bis die erste Rakete zündete und quer davonzischte. Weitere Geschosse folgten ihr, und binnen kurzem erinnerte die ursprünglich geplante Erstürmung der Burg eher an einen Luftkrieg mit tief fliegenden Boden-Luft-Raketen. Die Gäste suchten eilig ihr Heil in den angrenzenden Gebäuden. Doch auch dort war man nicht sicher, manche Raketen durchschlugen das Glas und verstreuten ihre Ladung im Inneren. Eine von ihnen flog in die Scherenbergsche Galerie und zündete dort mit einem dumpfen Knall. Sofort drangen aus allen Löchern, die von der unterirdischen Kasemattenanlage nach draußen führten, Schwärme aufgeregter und panischer Fledermäuse. Kaum waren sie ins Hofinnere gelangt, suchten sie wild flatternd Schutz unter den auseinander stiebenden Menschen, die sich schützend die Hände über die Köpfe hielten.

Das Bild, das sich an diesem Abend im Burghof der ehrwürdigen Festung Marienberg den ausländischen Gästen bot, hätte nicht eindrucksvoller und authentischer inszeniert werden können. Noch Jahre später sollten sie Freunden und Bekannten aus aller Welt von der Einnahme der Burg durch Karl den Großen und Schmach und Schande des roiberischen Bayernkönigs berichten.

Julia hatte sich vor den Reitern und den Raketen unterhalb des Randersackerer Turms in Sicherheit gebracht. Sie wartete noch immer auf John, der ihr versprochen hatte zurückzukommen.

Eine Rakete zündete und hielt genau auf sie zu. In einem Looping zog sie jedoch wenige Meter vor ihr hoch und verschwand im Dach weit über ihr.

Mit Wucht durchschlug der Feuerwerkskörper das Fenster und bohrte sich hinter einem Sparren in der Dachstuhlspitze fest. Die Treibladung sprühte unaufhörlich Funken, die wie Perlen auf den Balken tanzten und sich ins trockene Holz fraßen. Der Wind, der durch die Ritzen der Schieferplatten eindrang, fachte die gefährliche Glut weiter an, sodass die ersten zarten Flammen züngelten.

«Schmeiß das Ding raus», brüllte Kilian, «bevor es alles in Brand setzt!»

Er hatte sich, wie die anderen, in den Dachstuhl vorgearbeitet. Alle hingen sie im Geflecht der Balken wie Fliegen in einem Spinnennetz fest. Schröder, John und Galina suchten Schutz an der Mauer, die hinaus auf den Umlauf führte. Otter hatte diese Chance nicht. Er war mit Thomas in der Dachstuhlspitze gefangen. Im Gebälk über ihnen klebte die feuerspuckende Rakete und deckte sie mit brennenden Funken ein.

«Thomas, komm her», schrie Heinlein und streckte sich nach seinem Sohn.

Thomas kauerte in einer Ecke und traute sich nicht, die Hand zu ergreifen.

«Los, gib sie mir», forderte Heinlein ihn auf, «du brauchst keine Angst zu haben, ich halte dich.»

«Ich trau mich nicht.»

«Hey, das machen wir beide doch mit links. Das ist kein großer Akt. Du musst nur meine Hand nehmen, und den Rest erledige ich. Wir haben bloß nicht mehr viel Zeit. Na, los.»

Zögernd reichte Thomas seinem Vater die Hand. Heinlein

ergriff sie mit aller Kraft und zog ihn durch die Luft vom Balken weg, der soeben Feuer gefangen hatte.

«Jo, nimm ihn», rief Heinlein nach unten und ließ Thomas los.

Kilian fing ihn auf und brachte sich mit ihm vor den Flammen auf dem Umlauf in Sicherheit. In diesem Moment zündete die Rakete ihre Ladung und tauchte den Dachstuhl in ein gleißendes Licht. Otter erwischte es zuerst. Schreiend stürzte er in die Tiefe, streifte hart einen Balken und krachte auf den Fußboden. Regungslos blieb er liegen. Heinlein ließ sich fallen, konnte aber einen Querbalken greifen. Über ihm krachte und zischte es im Gebälk. Die Flammen fraßen sich schnell durch das Holz und kamen unaufhaltsam näher.

«Ganz der Alte», lobte Schröder Kilian. «Wie ich sehe, hast du doch nichts verlernt.»

Kilian richtete sich auf und sah in den Lauf einer Waffe. Er brachte Thomas hinter sich in Schutz. «Was soll das werden?»

«Was glaubst du denn? Ich will die CD.»

«Scheiß auf diese verdammte CD», schrie Galina, die sich an die Mauer drückte, damit sie von den herunterfallenden Schieferplatten nicht getroffen wurde. «Wir sitzen auf diesem gottverdammten Turm fest, über uns brennt das Dach, und wir haben keine Fluchtmöglichkeit. Macht euch lieber mal Gedanken, wie wir hier wegkommen.»

John kam um die Ecke des Turms gelaufen und tauchte hinter Thomas auf. «Dort hinten führt eine Fahnenstange hinaus aufs nächste Dach. Mit ein bisschen Glück müssten wir das schaffen.»

«Dann mach den Abgang», kommandierte Schröder. «Und nun zu dir, Kleiner. Los, komm und gib mir die CD.»

«Lass den Jungen aus dem Spiel», widersprach Kilian und stellte sich Schröder in den Weg. «Du kannst sie von mir haben.»

Er drehte sich zu Thomas um, der die CD aus seiner Tasche

nahm und sie ihm gab. Wieder zu Schröder gewandt: «Lass ihn und die anderen gehen. Dann kriegst du sie.»

«Nein!», widersprach John heftig. «Wenn du sie ihm gibst, dann war alles umsonst. Er wird sie vernichten, und wir haben keine Möglichkeit mehr ...»

«Schnauze!», befahl Schröder und drückte Kilian die Waffe zwischen die Augen. «Gib mir endlich das Scheißding.»

«Lass den Jungen gehen», sagte Kilian ruhig. «Aber beeil dich. Viel Zeit bleibt uns nicht mehr.»

Schröder zögerte. Das Gebälk stand in hellen Flammen und drohte in Kürze einzubrechen. Immer mehr Schieferplatten barsten unter der Hitze und sausten wie tödliche Sicheln nach unten. «Okay, dann hau ab», befahl er dem Kind.

«Geh rüber zu der Frau. Sie wird dich in Sicherheit bringen», sagte Kilian zu Thomas.

«Na, endlich», antwortete Galina. «Wenigstens einer, der noch nicht den Verstand verloren hat.» Sie ergriff Thomas' Hand und flüchtete mit ihm um den Turm herum.

«Gib sie ihm nicht», meldete sich John zu Wort. «Er wird dich trotzdem töten. Er kann sich Mitwisser nicht leisten.»

«Halt die Klappe», brüllte Schröder ihn an.

«Wieso bist du eigentlich so scharf auf das Ding?», fragte Kilian, der Zeit zu schinden suchte, bis Galina und Thomas in Sicherheit waren. Er machte einen Schritt auf die Brüstung zu und blickte in die Tiefe jenseits des Turmes. Drei Meter tiefer ragte ein weiterer Fahnenmast hervor.

«Weil er sonst selbst auffliegen würde», kam ihm John zuvor. «Dein lieber Chef ist nämlich selbst in der Firma.»

«Welche Firma?», fragte Kilian.

Schröder hatte genug. Er spannte den Hahn seiner Waffe und schrie ihn an: «Ich blas dir deinen verdammten Schädel weg, wenn du mir nicht sofort die CD gibst.»

Kilian hob langsam die Hand, in der er die CD hielt, als plötzlich über ihnen die Turmspitze einknickte und einen Schub Schieferplatten freisprengte, die wie grollende Schwerter nach unten brausten. Kilian sprang mit John zur Seite an die Wand, Schröder duckte sich. Über ihren Köpfen flitzten die messerscharfen Platten hinweg in die Tiefe. Erst nach ein paar Sekunden zerschellten sie am Boden. Kilian nutzte die Chance, sprang auf die Brüstung des Umlaufs und war bereit, den Sprung zu wagen. Wenn er den Fahnenmast nicht erwischen sollte, dann müsste er den Stoff ...

Der Knall eines Schusses beendete abrupt diese Überlegung.

«Du würdest mir wirklich einen Gefallen tun, wenn du springst», sagte Schröder, «aber zuvor ... her damit.»

Er streckte die Hand nach der CD aus.

Kilian drehte sich vorsichtig um. Vor ihm stand Schröder mit der Waffe im Anschlag und neben ihm John.

«Weißt du, ich habe mein ganzes Leben lang vermieden, in eine derart ausweglose Lage zu kommen, in der ich keine Chance habe. Egal, wie ich mich entscheide, es wird mich meinen Kopf kosten», sagte Kilian. «Wenn ich nicht vor ein paar Monaten auf dem Friedhof die gleiche Situation erlebt hätte, dann würde ich jetzt blindlings in deine Falle laufen. Aber ich habe gesehen, was ihr mit jemandem macht, der euch vertraut.»

«Red keinen Blödsinn. Der Idiot war zum falschen Zeitpunkt am falschen Ort und hat sich in Dinge eingemischt, die ihn nichts angingen», erwiderte Schröder, der langsam auf Kilian zuging.

«Wo ist die Leiche eigentlich abgeblieben?», fragte Kilian und schaute in die Tiefe.

«Sie ist gut aufgehoben. Mach dir deswegen mal keine Sorgen. An deiner Stelle würde ich mir eher Gedanken machen, wie du jetzt den Abgang machst. Wenn du mir die CD gibst, verspreche ich dir ...»

«Er wird Sie auf jeden Fall töten», unterbrach ihn John. «Auch wenn Sie ...»

Ein Schuss schnitt ihm das Wort ab.

John fasste sich an den Bauch. Mit der anderen Hand stützte

er sich an der Brüstung ab, damit er nicht vor Schröder in die Knie gehen musste.

«Genau das habe ich gemeint», sagte Kilian. «Deswegen werde ich eher draufgehen, bevor du sie bekommst.»

Er holte aus und schleuderte die Scheibe wie einen Frisbee in die Nacht. Sie segelte weit hinaus und verschwand im Nebel.

Schröder blickte fassungslos hinterher. Dann packte ihn der Zorn. «Das war dein größter Fehler.»

«Oder deiner», widersprach Heinlein, der sichtlich mitgenommen hinter Schröder aus der Turmtür trat. Schröder hörte das Klacken der Waffe nah an seinem Ohr.

«Wo ist Thomas?», fragte Heinlein und nahm Schröder vorsichtig die Waffe aus der Hand.

«In Sicherheit», antwortete Kilian, der von der Brüstung heruntersteig, um sich um John zu kümmern. Er wankte am Umlauf entlang. «Galina hat ihn mit nach unten genommen.»

«Gott sei Dank. Dann sollten wir schnellstens verschwinden. Das Dach hält nicht mehr lange», sagte Heinlein.

«Lassen Sie mich», stöhnte John. Vornüber gebeugt strauchelte er auf die Seite zum Burghof. Kilian folgte ihm.

«Was machen wir mit dir, Schröder?», fragte Heinlein, der ihn an die Mauer gedrückt hatte und mit der Waffe in Schach hielt. «Einfach abführen fällt wohl aus.»

«Ich gebe Ihnen noch eine Chance», sagte Schröder. «Wenn Sie mich laufen lassen, dann werde ich ein gutes Wort für Sie einlegen.»

«Geschenkt», fauchte ihn Heinlein an. «Wenn wir hier runterkommen, dann wirst du nie mehr einen Piep sagen. Verstehst du? Ich hab mit dir noch gar nicht angefangen.»

«Schorsch», unterbrach Kilian, «der Fahnenmast auf der anderen Seite steht schon in Flammen. Bleibt nur noch …»

Mit einem langen, ächzenden Knarren neigte sich der Dachstuhl zur Seite, Schieferplatten wurden weit hinaus abgesprengt, und Flammen schossen aus dem offenen Gebälk in den Himmel. Kilian und Heinlein starrten nach unten in den sich vor ihnen öffnenden Schlund, der wie ein Vulkan Feuer spie.

«Komm», schrie Kilian im Getöse und zog Heinlein zu sich hinüber. Beide fielen rücklings über die Brüstung.

Die Mauer, an der Schröder gelehnt hatte, fiel in sich zusammen und riss ihn mit in die Tiefe des brennenden Turmes. Ihm folgte der Dachstuhl, der sich unter einem schnaubenden Grollen und Ächzen noch weiter neigte und über dem Umlauf zusammenbrach.

Julia war im Burghof ein paar Schritte vom Randersackerer Turm zurückgetreten und blickte verzweifelt nach oben.

«Bent!», schrie sie hinauf.

Und Bent fiel ihr direkt vor die Füße.

Sie ging auf die Knie, beugte sich über ihn und nahm seine Hand.

«Bent», sagte sie zärtlich und küsste ihn auf die Wange.

«Schnell weg!», schrie jemand im Burghof.

Julia schaute nach oben und sah Teile des brennenden Dachstuhls auf sie niederstürzen.

13

Auf den Monitoren in der Kommandoeinsatzzentrale wurden die Bilder allmählich deutlicher. Die verwirrenden Leuchtspuren der Raketen waren verglommen und der Brandherd gelöscht. Ein schmutziger Wassernebel hing über der Festung Marienberg und hüllte die Burg in einen Schleier aus Rauch und Asche. Die Bilder zeigten den ausgebrannten Dachstuhl und den verkohlten Treppenaufgang aus der Vogelperspektive. Die angrenzenden Gebäude blieben von den Flammen weitgehend verschont, da die Satellitenüberwachung das aufkeimende Feuer frühzeitig erkannt und die Feuerwehren alarmiert hatte. Sie sammelten im Burghof ihre Gerätschaften wieder ein und bereiteten sich auf den Abmarsch vor. Polizeikräfte und Sanitäter suchten derweil unter den Trümmern des herabgestürzten Dachstuhls nach Überlebenden. Augenzeugen hatten berichtet, dass sich im Moment des Einsturzes zumindest eine Person unter dem Randersackerer Turm aufgehalten hatte. Die Feuerwehrmänner hatten daher Steine und Balken beiseite geräumt. Gefunden hatten sie einen verkohlten Körper. Allem Anschein nach ein Mann. Über seine Identität konnte zunächst nichts gesagt werden.

Zwei weitere Leichen wurden im Treppenhaus des Randersackerer Turms geborgen. Auch sie waren durch das wütende Feuer bis zur Unkenntlichkeit verbrannt. Lediglich anhand zweier Pistolen, die in ihrer Nähe lagen, konnte auf Polizeibeamte geschlossen werden, da es sich dabei um die Standardwaffe der Polizei handelte.

Ein paar Meter weiter herrschte große Aufregung. Aus dem über einhundert Meter tiefen Brunnenschacht hievten Feuerwehrleute mit einer Winde einen völlig verstörten Mann zu

Tage. Er war am ganzen Körper mit Altöl und Daunenfedern bedeckt und faselte unaufhörlich wirres Zeug über Verfolgung und Ausländer, die ihn in den Brunnen getrieben hätten. Der Mann wies am Rücken und am Gesäß Brandspuren auf, über deren Zustandekommen er nur unzureichende und abenteuerlich klingende Angaben machte. Der Verletzte schlug bei seiner Rettung aus dem Schacht wild um sich, sobald die Sanitäter ihn verarzten wollten, und flüchtete schließlich. Mit Hilfe der Feuerwehreinsatzkräfte gelang es dann doch, den Verwirrten einzufangen und ihn auf einer Bahre festzuschnallen. Unter Protest verschwand er hinter den Türen des Rettungsfahrzeuges und wurde vorsorglich in die neurologische Abteilung der Universitätskliniken transportiert.

Der Nebel über der Stadt und dem Main war in den Morgenstunden dieses 1. November weitgehend verschwunden. In den Straßen herrschte Ruhe und Einkehr. Kaum ein Fahrzeug war zu sehen. Die Bevölkerung lag noch in den Betten und hatte von den dramatischen Vorgängen der vergangenen Nacht auf der Festung Marienberg nichts mitbekommen. Die Turmglocken des Domes und anderer Gotteshäuser luden zum frühmorgendlichen Kirchgang ein. Helle und tiefe Glockenklänge überlagerten sich und waberten den Berg hinauf. An seiner Spitze verblasste eine zarte Rauchfahne am bedeckten Himmel.

Der Mann am Schaltpult in der Kommandozentrale wollte soeben die Satellitenübertragung abbrechen und den Einsatz beenden, als er auf einem der Monitore etwas Seltsames entdeckte. Er fuhr das Bild näher heran und erkannte an einem Mast, der an der der Stadt zugewandten Seite herausragte, zwei Gestalten, die sich mühsam am Gestänge festhielten. Unter ihnen erstreckten sich der Fürstengarten und die Steillage des Berges, sodass sie in den hektischen Stunden seit Ausbruch des Feuers von den Einsatzkräften schlicht übersehen worden sein mussten.

«Ich kann nicht mehr», stöhnte Heinlein, der der Länge nach auf dem Fahnenmast frierend und zitternd kauerte.

«Halt durch, lange kann es nicht mehr dauern», ermutigte Kilian ihn.

Er teilte das Schicksal mit Heinlein. Unter ihnen wehte die weiß-blaue Flagge des Freistaates im Wind. Sie triefte vom Löschwasser, das vom Burginnenhof beständig herübergeweht war und Heinlein und Kilian wie nasse Wäschestücke auf der Leine wirken ließ. Einen Vorteil hatte die Sache aber doch. Der Funkenschlag hatte nicht die geringste Chance, den letzten Rettungsanker für die beiden in Brand zu setzen.

«Nie hätt ich daran gedacht, dass dieser Fetzen mir mal das Leben retten würde», wunderte sich Heinlein. Sein Griff um den schmalen Holm wurde schwächer, und der Unterleib schmerzte ihm zunehmend auf der dünnen Auflage. «Ich frag mich nur, wo die Idioten so lange bleiben. Die müssten uns doch schon längst vermissen.»

«Wahrscheinlich haben sie alle Hände voll damit zu tun, die Löscharbeiten auf der anderen Seite voranzubringen. Lange kann's auf jeden Fall nicht mehr dauern.»

«Dein Wort in Gottes Gehörgang», antwortete Heinlein unter Schmerzen und suchte den Auflagepunkt geringfügig zu ändern. Er stemmte sich mit dem Fuß etwas ab, geriet aber gleich darauf in größte Bedrängnis und drohte abzurutschen. Kilian packte ihn an der Schulter und hielt ihn fest.

«Lass den Scheiß. Du reißt uns beide noch ins Unglück», fluchte er.

«Ein Unglück ist es, wenn ich zukünftig im Knabenchor singen muss. Wenn ich hier noch eine Minute länger hänge, kann ich gleich die Anmeldung ausfüllen», klagte Heinlein und fand in die alte Lage zurück. «Wieso hab ich mich eigentlich auf den Scheiß eingelassen? Wir hätten auf der anderen Seite eine bessere Chance gehabt, vom Turm runterzukommen. Stattdessen häng ich hier wie ein Schnitzel und hol mir 'nen Bruch. Klasse Aktion, Herr Kollege.»

«Hör auf zu lamentieren. Der Sprung über die Mauer war der einzige Ausweg. Ich wette, Schröder und dieser Frankenheimer haben sich ganz schön den Arsch verbrannt. Apropos Schröder, wenn ich den erwische, dann kann er sich auf etwas gefasst machen.»

«Wie willst du ihm was beweisen? Das einzige Beweismittel hast du in die Weinberge gefeuert. Noch so 'ne geniale Aktion.»

«Halt endlich mal die Klappe! Die ganze Zeit hör ich nur Meckerei von dir. Du solltest mir dankbar sein, dass ich deinen Arsch gerettet habe.»

«Na bravo, gerettet. Den Flammen bin ich entkommen. Dafür hol ich mir jetzt die Schwindsucht und 'ne Lungenentzündung. Klasse Tausch. Lieber hätt ich gebrannt. Dann wär's wenigstens warm.»

«Kannst du haben. Gleich, wenn wir unten sind, schür ich eigens für dich den Ofen an. Den Bratapfel kriegst du gratis. Dann ist hoffentlich Ruhe.»

«Ha, selten so gelacht. Aber jetzt mal im Ernst. Wie kommen wir runter? Ich kann mich nicht mehr länger halten.»

«Du bewegst dich keinen Millimeter. Wir warten auf die Feuerwehr. Irgendwann müssen die uns bemerken. Dann fahren sie die Leiter aus und …»

Heinlein wartete nicht auf die Feuerwehr. Er suchte erneut seine Lage zu verbessern und drückte mit dem Bein seinen Unterleib von der Stange weg. Er rutschte jedoch auf dem nassen Stoff ab, und Bein und Körper fielen zur Seite. Kilian erwischte ihn am Kragen und versuchte ihn zu halten, doch das Gewicht war zu groß und zog ihn mit in die Tiefe. Zusammen glitten sie am Stoff entlang, der sich um sie wickelte und sie bald freigeben würde.

«Fass zu!», schrie Kilian und griff mit aller Kraft in den Stoff.

«Wie?!», schrie Heinlein zurück.

«Egal. Greif zu.»

Am Ende der Fahne stoppten sie den Fall und hingen nun an deren Zipfeln über dem Fürstengarten.

«Du Idiot!», fluchte Kilian. «Kannst du nicht einmal tun, was man dir sagt?»

Heinlein blickte verzweifelt ans obere Ende des Fahnenmastes. Ruckartig riss sich der Stoff von der Stange los. «Verdammt. Ich wusste doch, dass man sich auf die Batzis nicht verlassen kann.»

✺

Würzburg, Hauptbahnhof.

Der Zeiger der Bahnsteiguhr stand wie festgefroren auf 8.23 Uhr. Die wenigen Fahrgäste vertraten sich die Beine zwischen Schaffnerhäuschen und Werbetafeln. Andere bibberten steif vor Kälte auf den kühlen Gitterbänken und starrten auf die blank gescheuerten Gleise vor ihnen.

Julia saß allein auf einer Bank. Ihr Haar und ihre Kleider waren durch die herabgestürzten, brennenden Teile des Dachstuhls angesengt, ihr Gesicht durch Rauch und Ruß geschwärzt.

Die seltsame Frau wurde von den umstehenden Fahrgästen ignoriert und gemieden. Nicht einer machte sich die Mühe, sie nach ihrem Befinden zu fragen. Bis eine Frau sich neben sie setzte und tröstend ihre Hand nahm.

«Es wird vorbeigehen, alles geht vorbei», sagte Galina.

Julia blickte auf und lächelte: «Sie glauben, er lebt noch?»

«Nein. John ist tot. Aber Bent wird weiterleben. In Ihrem Herzen. Wenn Sie ihn in Ihrer Erinnerung ganz festhalten, wird er nie sterben. Glauben Sie mir.»

«Haben Sie ihn auch geliebt?»

«Wie einen Bruder.»

Entlang der Gleise zog ein kalter Wind herauf, der den ersten Schnee ankündigte.

Der ICE fuhr von Süden kommend in den Bahnhof ein. Über die Lautsprecher kam die Ansage: «ICE Kaiser Wilhelm von

München über Augsburg nach Würzburg. Planmäßige Ankunft 8.38 Uhr, planmäßige Abfahrt 8.43 Uhr. Weiter über Fulda, Kassel, Hamburg nach Kopenhagen. Die Wagen der ersten Klasse halten in den Bereichen A bis B, die Wagen der zweiten Klasse in den Bereichen C bis E. Beachten Sie bitte, für den ICE Kaiser Wilhelm ist ein Aufschlag erforderlich.»

Die Waggontüren öffneten sich und gaben eine Hand voll Reisender preis, die gleich darauf im Treppenabgang verschwanden. Von den wartenden Fahrgästen auf dem Bahnsteig machte keiner Anstalten, den Zug zu besteigen.

«Was haben Sie jetzt vor?», fragte Julia.

«Ich weiß es nicht. Erst mal ganz weit weg und vergessen», antwortete Galina.

«Waren Sie schon einmal in Dänemark?»

«Nein. Da soll es immer so kalt sein.»

«Ja, das ist es manchmal. Aber es gibt Tage, die sind wunderschön. Und die Dünen. Mein Gott, die Dünen. Sie sind so schön, und sie erzählen Geschichten. Wenn Sie Ihr Ohr ganz vorsichtig auf eine Düne legen, Sie dürfen sie nicht berühren, nur so viel, dass der Wind zwischen Ohr und Düne hindurchgleiten kann, dann erzählen sie von fernen Ländern und Menschen, die dort leben.»

«Wirklich?»

«Wenn ich's Ihnen sage ...»

Der Schaffner stand an der Tür und schaute am Gleis entlang. Ein schriller Pfiff ertönte, und er stieg in den Waggon zurück. Gleich darauf setzte sich der Zug in Bewegung und verschwand nach einer Biegung aus dem Blickfeld.

Als er in den Tunnel einfuhr, um auf der anderen Seite auf die Höchstgeschwindigkeit zu beschleunigen, begann aus einer dunklen Wolke der erste Schnee zu fallen. Er legte sich sanft auf die Hügel, die die Stadt umgaben, und tauchte sie in eine unschuldige Winterlandschaft.

✺

Das letzte Licht verlor sich schnell an diesem trüben ersten Novembertag. Charles Mendinski lief bereits seit Stunden durch die kahlen Weinberge am Fuße der Festung. Die für den Vormittag angesetzte Sitzung des erweiterten Kreises im Sicherheitsrat war wegen den Vorfällen auf der Festung in die Abendstunden und in die Residenz verlegt worden. Er nutzte die Zeit, um einer Spur nachzugehen, die er morgens beim Gespräch zweier Polizeibeamter aufgeschnappt hatte. Diese hatten sich über das stundenlange Ausharren zweier Ermittlungsbeamter auf einem Fahnenmast amüsiert. Die beiden waren von den Rettungsdiensten bei ihrem Einsatz schlicht übersehen worden. Erst die Benachrichtigung über die Kommandoeinsatzzentrale brachte die Feuerwehrmänner dazu, nach etwaigen Überlebenden des Dachstuhlbrandes auf der anderen Seite des Randersackerer Turms zu forschen. Tatsächlich fanden sie zwei Beamte vor, die sprichwörtlich am letzten Faden einer bayerischen Flagge hingen und auf Rettung warteten. Nur der schnellen Reaktion des Einsatzleiters war es zu verdanken, dass ein Sprungtuch ausgebreitet wurde, um die stürzenden Beamten aufzufangen, bevor sie sich alle Knochen im darunter liegenden Fürstengarten gebrochen hätten.

Doch weitaus interessanter fand Mendinski deren Schilderung um den Hergang des Brandes. Von einer CD war unter anderem die Rede, die ein suspendierter Kommissar namens Johannes Kilian während des Brandes in die Weinberge geworfen haben soll. Für den Verbleib dieser CD interessierte sich zu dieser Stunde niemand. Außer Mendinski. Er hatte die Weinberge ein ums andere Mal nach dem unscheinbaren kleinen Ding abgesucht. Aber der unerwartet frühe Schneefall erschwerte ihm die Suche zunehmend. Der Berg lag wie versiegelt unter einer zarten Schicht aus Neuschnee.

Er gab das hoffnungslose Unterfangen schließlich auf und machte sich auf den Rückweg, bevor ihm die einbrechende Dunkelheit die Sicht auf die engen und gewundenen Weinbergwege gänzlich nahm und er sich die Beine in den angrenzenden kleinen Kanälen zu brechen drohte. Er war bereits den Schlossberg bis zum Übergang in die Burkarder Straße hinabgelaufen, als er ein unscheinbares, aber verräterisches Licht nicht weit von der Straße weg entdeckte. Er stapfte durch den feuchten Boden auf die Quelle des Lichtes zu. Neben einem Stein lag die CD. Er bückte sich und nahm sie in die Hand. Rund ein Viertel der Siliziumscheibe war herausgebrochen und musste an anderer Stelle im Weinberg liegen.

Mendinski schaute sich den kleinen Goldling lange an und schmunzelte: «So viele Jahre, so viele Wege. Wenn du das noch hättest miterleben können, Genosse Weinmann. Du würdest es nicht glauben. Und du, mein lieber Freund James. Du hast mir Freiheit und eine ‹letzte Identität› versprochen. Bekommen habe ich nur einen neuen Namen ohne Gesicht. Du hast dein Versprechen nicht gehalten. Was seid ihr euch beide am Ende doch so ähnlich ...»

Er schüttelte den Kopf und warf die CD ins Feld zurück.

✺

Was um alles in der Welt hatte ihn nur dazu bewogen, dem Wunsch seiner Mutter nachzukommen? Er hasste Friedhöfe, er verabscheute das stumpfsinnige Herunterleiern irgendwelcher Gebetsformeln, und ihm standen die Haare zu Berge, wenn er diese frömmelnden Gesichter auch nur von weitem sah.

Der Hauptfriedhof war in einen Teppich Abertausender kleiner Lichter gewoben. Manche Gräber kamen dabei mit zwei bis drei kleinen ewigen Lichtern aus, andere hatten wahre Flammenwerfer installiert, die wild flackernd ihre rußige Pracht in den Nachthimmel abgaben. Über allen lag jedoch das monoton leiernde Totengebet, das an die Verstorbenen erinnern sollte, wenngleich Allerseelen erst am darauf folgenden Tag sein sollte. Kilian stimmte dem Ganzen um ihn herum stillschweigend und durch seine bloße Anwesenheit zu. Dafür verachtete er sich, da er seiner Überzeugung nicht treu geblieben war, kirchliche Rituale gleich welcher Art zu meiden, und sich zum Friedhofsgang hatte überreden lassen.

Seine Mutter Katharina sah die Sache anders. Sie strahlte vor Glück und Zufriedenheit, dass ihr Sohn sie an das Grab begleitete, in dem ihr Mann bestattet war. Sie erfasste Kilians Hand unvorbereitet, sodass er sich nicht mehr wehren konnte, und wartete auf das baldige Ende der Litanei. Seine Gedanken kreisten stattdessen um die nächsten Tage, in denen er eine Entscheidung treffen wollte, wie die nächsten Schritte seiner Zukunftsplanung aussehen sollten. Die Idee vom Dienst als Kriminalbeamter auf Lebenszeit hatte er insoweit an den Nagel gehängt, als dass er sich nicht mehr vom Wohlwollen eines Vorgesetzten oder eines Förderers abhängig machen lassen wollte. Die Erfahrung mit Schröder hatte ihm gereicht. Nie wieder, schwor er sich, nie wieder wollte er sich einer fremdbestimmten Gnade aussetzen. Nie wieder darüber nachdenken müssen, ob diese oder jene Entscheidung förderlich oder schädlich für die Karriere sein würde. Vorbei die Tage des Taktierens, vorbei die Zeit der Abhängigkeiten. Ab jetzt galt es zu leben, frei von Zwängen und Grenzen.

Das unaufhörliche Klingeln eines Handys riss ihn aus seiner stillen Andacht. Hatte man denn nicht mal mehr auf dem Friedhof Ruhe vor diesen nervenden Geißeln, dachte er sich. Die Gebete drohten unter dem Lärm ins Stocken zu geraten und die Veranstaltung länger als unbedingt nötig in die Länge zu ziehen. Er löste sich aus der festen Umklammerung seiner Mutter und machte sich auf die Suche nach dem Verursacher. Als er zu der Stelle kam, von der die Geräusche ausgingen, fand er mehrere Friedhofsbesucher vor, die hinter dem Grabstein eines verlassenen Grabes nach dem Handy suchten und es schließlich fanden. Er ließ es sich geben und betätigte den Antwortknopf.

«Ja, hallo?», sprach er in den Hörer.

«Kilian?», fragte eine Stimme.

Kilian zögerte. Schließlich: «Ja, und wer sind Sie?»

«Wir haben uns kurz kennen gelernt. Unter der Brücke.»
«Der Mann, der sich nicht zu erkennen geben wollte?»
«Ja, das bin ich.»
«Sie rufen zu einer ungünstigen Zeit an, an einem noch ungünstigeren Ort.»
«Ich mache es kurz. Ich wollte Ihnen nur sagen, dass die Jagd zu Ende ist. Das, wonach wir alle gesucht haben, ist zerstört. Wir brauchen uns also keine Sorgen mehr zu machen.»
«Sie meinen über die Agenten und den Zugangscode?»
«Nein, das ist es nicht. Diese Jagd wird weitergehen. Es ist erst vorbei, wenn es vorbei ist.»
«Was meinen Sie?»
«Ich glaube, Sie haben mich schon verstanden.»
«Hätten Sie mir das nicht später sagen können, ich stehe auf dem Friedhof, inmitten …»
«Ich weiß, aber die Situation ist günstig für ein Geschenk, das ich Ihnen noch machen wollte.»
«Das Handy?»
«Nein … etwas, das Ihre Ehre wiederherstellt.»
«Jetzt bin ich aber gespannt.»
«In dem Grab vor Ihnen finden Sie eine Leiche, die auf seltsame Weise verschwunden war. Ich habe mir sagen lassen, dass Sie deswegen eine Menge Spott ertragen mussten.»
«Woher wissen Sie …»
«Lassen Sie's gut sein. Nichts passiert jemals, ohne dass wir davon wissen. Nun will ich Sie nicht länger aufhalten. Legen Sie bei Ihrem Gebet auch ein Wort für mich ein. Man weiß ja nie …»
«Ich danke Ihnen.»

Ein Klick auf der Gegenseite beendete das Gespräch. Kilian steckte das Handy in seine Tasche und ging den Weg zum Grab seines Vaters zurück. Er stellte sich wieder neben seine Mutter, ließ sich von ihr an die Hand nehmen und schloss die Augen. Er begann von fernen Ländern zu träumen.

Charles Mendinski legte den Hörer zurück auf die Gabel. Im Hintergrund rief jemand nach ihm und bat ihn auf die Bühne. Die Zuhörer warteten schon ungeduldig auf seinen Vortrag zum Thema «Internationale Sicherheit in Zeiten des Internets und der wachsenden Völkergemeinschaft».

Mendinski betrat das Podium und eröffnete seinen Vortrag mit den Worten: «Sehr geehrte Damen und Herren. Die Zeiten des gegenseitigen Misstrauens und des Strebens nach Vorherrschaft sind seit dem Zusammenbruch der kommunistischen Idee gottlob vorüber ...»

14

Der Wind von Westen strich sanft über die sandigen Dünen an der Küste. Wenn man ganz genau hinsah, erkannte man eine dünne, dunkel scheinende Membran, die sich an der Oberfläche bildete. Sie schwang zart im Wind und wurde durch die leiseste Berührung unterbrochen. Erst wenn man sein Ohr etwas zurücknahm, bildete sich die Membran erneut. Die Kunst bestand darin, das richtige Mittel zwischen Abstand und Nähe zu finden. Dann klappte es. Sagte Julia.

«Kannst du sie hören?», fragte sie. «Ganz leise flüstern sie dir zu. Du musst nur darauf achten, dass du ihnen nicht zu nahe kommst. Dann bekommen sie Angst und schweigen. Aber, wenn du's richtig anstellst, sprechen sie auch mit dir. Vertrau mir.»

Galina war bis zum Hals in einen dicken Norwegerpulli eingemummt. Auf dem Kopf trug sie eine ebenso dicke Mütze, die sie gegen den kalten Novemberwind schützen sollte. Auf Knien beugte sie sich an Julias Seite am Hang einer mächtigen Düne, die sich über die ganze Bucht erstreckte, in den Sand hinunter. Mit einer Hand hielt sie die wärmende Mütze von ihrem Ohr weg und suchte den richtigen Abstand.

«Ich weiß nicht», sagte sie, «irgendwie krieg ich das nicht hin. Mein Ohr ist schon voller Sand. Ich glaube, ich habe kein Geschick dafür.»

«Du musst Geduld haben. Bei mir hat es auch nicht auf Anhieb geklappt. Aber es kommt. Sicher. Eines Tages wirst auch du es hören.»

Galina und Julia standen auf und liefen zum Haus zurück. Der Wind wurde stärker, und das Meer begehrte zunehmend auf. Galina blieb stehen und blickte sehnsüchtig auf die Wellen hinaus.

«Denkst du jetzt an ihn?», fragte Julia.
«Ja. Und es tut weh.»
«Ich weiß. Schmerz kann töten, aber er kann auch heilen.»
«Wie meinst du das?»
«Den Schmerz, den du jetzt verspürst, wird die Wunde heilen, die er gerissen hat. Eines Tages wirst du aufwachen und feststellen, dass er weitergezogen ist. Zu jemand anderem, der ihn benötigt, um zu vergessen.»

Galina schaute Julia fragend an. Sie stand lächelnd und wissend vor ihr. Dann nahm sie ihre Hand, und sie gingen in das Haus, das mit Tieren bis zum Dach voll gestopft war, zurück. Auf dem Tisch entdeckte Galina eine deutschsprachige Zeitung. Julia musste sie heute Morgen gekauft haben, als sie unter der Dusche war. Galina schlug sie auf, während Julia Teewasser aufsetzte. Im Mittelteil stieß sie auf einen Bericht, der den verstorbenen Regierungspräsidenten Dr. Wolfgang Stahl zum Thema hatte. Unter der Schlagzeile «Mord an hochrangigem Beamten aufgeklärt» las sie den Bericht laut vor:

«… ist der neu ernannte Richter Dr. Engelhardt zu dem Urteil gekommen, dass der Tod des designierten Regierungspräsidenten Stahl von einem Mitarbeiter des LKA aus München herbeigeführt wurde. Verschiedene Zeugen hatten bei der Verhandlung berichtet, dass der beschuldigte Beamte während einer kleinen Feier dem Opfer auf die Toilette gefolgt war, wo es offensichtlich zu einem Streit zwischen den beiden gekommen sein muss. Die näheren Hintergründe über dessen Inhalt blieben auch im Laufe der Verhandlung im Verborgenen und konnten nicht gänzlich aufgeklärt werden. Das anschließende Handgemenge, das zum Sturz des Opfers aus dem vierten Stock des Regierungsgebäudes führte, hatte seinen Tod zu Folge. Der angeklagte Beamte wurde in seiner Abwesenheit schuldig gesprochen, da er bis zum heutigen Tag nicht ausfindig zu machen war. Richter Engelhardt bedankte sich in seiner Urteilsbegründung ausdrücklich bei den ermittelnden Beamten für die schnelle und restlose Aufklärung des Mordfalles.

Zu einem kleineren Zwischenfall am Rande kam es, als eine offensichtlich geistig verwirrte Frau, die der deutschen Sprache nur ungenügend mächtig war, aus dem Zuschauerraum heraus behauptete, dass nicht der Angeklagte, sondern eine andere Person Stahl aus dem Fenster geworfen hätte. Auf die Frage, wer diese Person gewesen sein sollte, konnte die Frau keine eindeutige Antwort geben. Richter Engelhardt verwies die Frau nach mehrmaligen Ordnungsrufen zur ärztlichen Begutachtung und zur anschließenden Überprüfung durch die Einwanderungsbehörden.»

Julia stellte zwei Teetassen auf den Tisch und setzte sich zu Galina. «Na, dann ist die Sache ja aufgeklärt», sagte sie.

«Otter hat Stahl getötet?», sagte Galina überrascht. «Auf jeden anderen hätte ich getippt, aber nicht auf dieses schmächtige Männlein.»

«Wer liebt oder hasst, bekommt ungeahnte Kräfte, von denen er sich in seinen kühnsten Träumen keine Vorstellung macht», antwortete Julia mit einem Lächeln und hob die Tasse zum Anstoßen.

Galina nahm die ihre: «Worauf wollen wir trinken?»

Julia überlegte. Dann fiel es ihr ein: «Wie wär's mit dem Leben. Ja, lass uns auf das Leben anstoßen. Es ist so schön. Jeder sollte die Freiheit haben, das seine zu wählen, und es mit aller Leidenschaft leben. Bis zum letzten Tropfen.»

Galina stimmte zu, und so stießen die beiden auf ein Leben voller Leidenschaft an. Als Galina ihre Tasse absetzte, entdeckte sie auf dem Boden einen von Julias Groschenromanen. Sie nahm ihn in die Hand und las den Titel vor: «*Mord im Hochhaus*. Seit wann liest du denn Krimis? Ich dachte, du stehst mehr auf Liebesgeschichten. *Doktor Schiwago* und so. Viel Herz und Schmerz.»

Julia lächelte. «Das ist das Gleiche. Krimis und Leidenschaft. Eine bessere Kombination gibt es gar nicht. Gerade heute habe ich eine neue Geschichte gehört. Von den Dünen. Du weißt schon. Soll ich sie dir erzählen?»

«Wenn du magst. Zeit haben wir ja genug.»

«Okay», sagte Julia und begann mit der Geschichte, die ihr die Dünen erzählt hatten. «Also, alles beginnt ein paar Tage vor Allerheiligen. Du weißt schon, das Fest der Toten. Eine Frau kommt vom Friedhof und setzt sich in ein Café. Sie ist traurig, weil sie ihren Liebsten verloren hat, der Jahre zuvor getötet worden war. Auf jeden Fall will es der Zufall, dass der Wind ihr eine Nachricht zukommen lässt, dass sein Mörder noch am Leben ist. Die Frau erschrickt natürlich fürchterlich und ist außer sich vor Wut. Was soll sie tun, fragt sie sich unaufhörlich. Soll sie bleiben, wo sie ist, oder soll sie Rache nehmen ...»

«Rache. Natürlich geht sie den Mann suchen.»

«Richtig. Die Frau macht sich also auf den Weg, den Mörder zur Rede zu stellen, wieso er ihren Liebsten getötet hat ...»

※

Würzburg, Hauptbahnhof. Drei Tage vor Allerheiligen.

Eine Hand rüttelte Julia wach.

«Würzburg», sagte die nette Frau, die nachts zuvor in Hamburg zugestiegen war.

Verschlafen öffnete Julia die Augen und suchte sich zu orientieren.

«Sie wollten doch in Würzburg aussteigen?», wiederholte die Frau die Aufforderung.

«Sind wir schon da?», fragte Julia und blickte aus dem Fenster. Am Bahnsteig standen einige wenige Fahrgäste.

«Sie wollten doch, dass ich Sie wecke. Oder?»

«Ja, natürlich. Vielen Dank», antwortete Julia. Sie zog eilends ihre Schuhe an, hievte den Koffer von der Gepäckablage und öffnete die Abteiltür.

«Ich wünsche, dass Ihnen gelingt, was Sie sich vorgenommen haben», rief die Frau ihr nach.

Julia lächelte ihr dankbar zu. «Ich werde mein Möglichstes

tun», antwortete sie und lief den Gang entlang. Auf dem Bahnhofsplatz fragte sie einen Passanten nach dem Sitz der Regierung von Unterfranken.

«Immer geradeaus, die Kaiserstraße hinunter und dann links zur Residenz hoch. Von dort aus rechts, bis Sie zur Neubaukirche und dann noch mal rechts, bis Sie zum Petersplatz kommen. Dann stehen Sie genau davor», sagte der Mann und eilte weiter.

Julia folgte der Wegbeschreibung und gelangte nach einer halben Stunde tatsächlich auf den Petersplatz. Aus dem obersten Stockwerk des Regierungsgebäudes drang der Lärm einer Feier herunter. Sie blickte sich um und sah auf der gegenüberliegenden Seite eine junge Asiatin auf dem Balkon stehen. Sie rauchte eine Zigarette und war in eine dicke Jacke gehüllt. Sie schaute zu ihr herunter und lächelte ihr zu.

Julia erwiderte das Lächeln und setzte ihren Weg fort. Kurz nachdem sie ihren Fuß auf die Straße gesetzt hatte, quietschten die Reifen eines Autos. Gleich darauf hörte sie den dumpfen Aufprall von Metall auf Metall. Der Fahrer der großen Limousine stieg aus und beschimpfte die verschüchterte Fahrerin des Kleinwagens. Diese saß erschrocken hinter dem Lenkrad und beobachtete fassungslos Julia, wie sie die Straße unmittelbar vor ihrer Stoßstange überquerte, als wäre nichts geschehen.

Julia ging auf den Eingang des Regierungsgebäudes zu, als ihr der Hausmeister bereits entgegenkam.

«Entschuldigen Sie, wo kann ich …», fragte sie ihn.

«Später. Keine Zeit», antwortete er ihr und lief auf den Unfallort zu.

Julia betrat das Gebäude und schaute sich Hilfe suchend um. Doch der Eingangsbereich war menschenleer. Sie ging auf die Treppen zu und versuchte im ersten Geschoss ihr Glück. Aber auch hier war niemand zu sehen. Als Lärm und ein Türenschlagen durchs Treppenhaus hallten, blickte sie den Handlauf empor und erkannte, wie jemand im Obergeschoss die Treppe hochstieg. Sie folgte ihm, fand dort aber niemanden vor. Nur der Lärm der Feier drang durch eine Tür heraus. Sie setzte sich in den Sessel einer Sitzgruppe, die entlang der Fensterfront aufgestellt war, und beschloss zu warten, bis sich jemand zeigen würde.

Hinter einer der beiden Türen, die sich neben der Fensterreihe befanden, wurde es plötzlich lauter. Zwei Männerstimmen stritten miteinander. Sie maß dem keine größere Bedeutung zu, bis sie in einer der Stimmen etwas Vertrautes zu hören glaubte. Eine schaurige Erinnerung wurde in ihr geweckt. Leise öffnete sie die Tür zur Herrentoilette. Gleich dahinter war eine zweite Tür, die zur Besenkammer führte. Sie ging hinein und lauschte durch den Schlitz dem Gespräch der beiden Männer. Der Größere hatte ihr den Rücken zugewandt, während der andere in ihre Richtung blickte. Es war eindeutig Stahl. Er war älter geworden, aber seine Stimme hatte sie seit seinem Auftritt im Gerichtssaal nicht mehr vergessen. Spontan stieg in ihr ein Gefühl des Hasses hoch, und sie zögerte, ob sie nicht gleich auf ihn zugehen sollte, um eine Erklärung für seine Aussage vor Gericht zu erhalten.

Dumpf drangen die Worte durch den Schlitz an ihr Ohr. Sie konnte nicht verstehen, worum es in dem Gespräch ging, aber eines war sofort klar: Stahl fürchtete um sein Leben. Er machte keinen Hehl daraus, dass der andere Mann ihn und seine Karriere mit den Papieren, die er ihm gegeben hatte, zerstören konnte. Wütend zerriss Stahl die Papiere, warf sie in die Toilette und betätigte die Spülung.

«Da, wo ich das her habe, gibt es noch viel mehr, IM Amtsrat», sagte der Mann zu Stahl.

Julia kannte diese Stimme. Sie öffnete die Tür ein wenig, doch das Knarren ließ sie abbrechen, und sie zog sie schnell wieder zu.

«Und solltest du auf die Idee kommen, deine amerikanischen Freunde über unser Gespräch zu informieren, dann kannst du dich tatsächlich gleich erschießen. Du kennst ja das offizielle

Statement: Sorry, no comment», schloss der Mann und verließ den Raum.

Julia konnte ihn nur von hinten sehen, doch der Mann kam ihr seltsam vertraut vor. Gleich nachdem die Tür sich geschlossen hatte, öffnete sie sich wiederum, und ein kleiner, schmieriger Kerl kam herein. Er fragte Stahl: «Alles klar bei Ihnen?»

«Nichts ist klar!», brüllte Stahl zurück.

«Kann ich helfen?»

«Ja. Verpissen Sie sich!»

Der Mann verließ die Toilette. Julia wartete noch eine Weile, bis sie sichergehen konnte, dass niemand mehr den Raum betrat. Dann öffnete sie die Tür und ging auf Stahl zu, der sich gegen das Waschbecken gestützt hatte und den Kopf hängen ließ.

«Ich hätte nie gedacht, deine Fratze noch einmal zu Gesicht zu bekommen», sagte sie.

Stahl fuhr hoch. «Wer sind Sie?», schnauzte er sie an. «Die Damentoiletten sind nebenan. Sie haben hier nichts verloren.»

«Da bin ich ganz anderer Meinung. Wenn der große Triumph so nahe ist, dann sollte man doch nicht auf seine alten Freunde verzichten. Oder?»

Stahl versuchte krampfhaft, sich an die Frau zu erinnern, die er von irgendwoher kannte.

«Ich kenne Sie», rätselte er. «Wo habe ich Sie bloß schon mal getroffen?» Dann plötzlich fiel es ihm ein. «Um Himmels willen. Kommen sie denn heute aus allen Löchern gekrochen? Los, verschwinden Sie. Ich habe nichts mit Ihnen zu schaffen.»

«Ich habe etwas mehr Dankbarkeit erwartet, wenn man auf alte Weggefährten stößt.»

«Ich schulde Ihnen gar nichts. Verstehen Sie? Nichts.»

«Da bin ich ganz anderer Meinung. Was habe ich mich erschrocken, als ich Ihr Bild von der Ernennung zum Regierungspräsidenten in der Zeitung gesehen habe. Nach all dem, was Sie aus meinen Händen bekommen haben, habe ich mich schon gefragt, wie schafft es dieser Kerl nur, so schnell wieder auf die Füße zu kommen? Gestern ein reuiger Agentenführer und heute ein treuer und angesehener Diener seines Staates. So etwas nenne ich wahre Gesinnung. Wer musste denn diesmal dran glauben? Haben Sie Ihre Mutter oder einen Freund für die Ernennung verraten müssen?»

«Halten Sie den Mund. Das sind alte Lügengeschichten. Ich hatte nie etwas mit Agenten zu tun. Und schon gar nicht mit Ihnen.»

«Im Gerichtssaal klang das aber ganz anders. Soweit ich mich erinnere, haben Sie mich denen zum Fraß vorgeworfen. Alles nur fürs Vaterland. Was haben Sie dafür bekommen? Ein neues Ich, eine neue Karriere?»

«Unsinn», sagte Stahl und brach das Gespräch ab. Er drängte an ihr vorbei, hinaus auf den Gang. Julia folgte ihm. Sie war noch nicht fertig.

«Bleiben Sie doch stehen, IM Amtsrat», rief sie ihm nach.

Stahl machte augenblicklich kehrt und kam zurück zur Fensterfront, wo Julia auf ihn wartete. «Woher kennen Sie diesen Namen?»

«Bent hatte mich vor Ihnen gewarnt. Er sagte, Sie seien sehr mächtig und würden über sein Schicksal bestimmen. Wenn ich natürlich gewusst hätte, dass alles Lug und Trug war und dass Sie gemeinsame Sache gegen mich machen, hätte ich nicht solche Angst vor Ihnen haben müssen. Eigentlich sind Sie es nicht einmal wert, dass man mit Ihnen spricht. Anspucken müsste man Sie. Das wäre das Richtige.»

«Ja, der gute Bent», antwortete Stahl gelassen. «Er hatte den Bogen raus, wie man sich junge Damen dienstbar macht. Schon in Amerika hatte er dafür ein gutes Händchen bewiesen. Er sagte: ‹Du musst ihren größten Schmerz und ihre größte Sehnsucht in Erfahrung bringen und sie pflegen. Hast du sie erst mal so weit, dass sie dir vertrauen, kannst du alles mit ihnen anstellen.› Und er hatte Recht behalten. Es lief wie geschmiert mit den kleinen Dummchen aus dem Auswärtigen Amt. Eifrig wie die Eichhörnchen haben sie die Akten herausgeschmuggelt und uns in die Hände gespielt. Da haben sich die Minister und die Kanzler dann schon gefragt, wieso ihre Gegenspieler auf der anderen Seite zum Teil früher und umfassender informiert waren als sie selbst. Na ja, eine Zeit lang geht so etwas gut, dann musste ein neues Eichhörnchen her.»

«Eichhörnchen? Ich war ein Eichhörnchen für euch?»

«Nennen Sie es, wie Sie wollen. Es macht keinen Unterschied. Hauptsache, die Quelle hat gesprudelt. Und in Ihrem Fall hat sie es. Bent hat Auszeichnung um Auszeichnung, Belobigungen und Beförderungen dafür erhalten. Alles abgelehnt hat er. So ein Idiot. Was hätte er bei denen werden können, wenn er nicht so ein Prinzipienreiter gewesen wäre. ‹Den imperialistischen Westen in seinen Grundwerten erschüttern und vernichten.› So ein Unsinn. Die Hand aufhalten, wo es nur geht. Das wäre das Richtige gewesen. Seine Genossen haben nichts anderes gemacht.»

«Und, wo sind sie geblieben, Ihre Genossen?»

«Deswegen war es klüger, zur richtigen Zeit die Seiten zu wechseln. Wer zahlt, bestimmt den Kurs. So einfach ist das. Das ist Marktwirtschaft in Reinkultur. Auch die Genossen konnten sich dem nicht entziehen.»

«Und wer bestimmt jetzt Ihren Kurs? BND, CIA oder doch die alten Freunde aus Moskau?»

«Geld hat keine Heimat. Es ist mir egal, wer zahlt und was sie wollen. Alles hat seinen Preis. Wer genug zahlt, bekommt, was er will.»

Für Stahl war die Unterhaltung beendet. Er lächelte sie nochmals mitleidig an, drehte sich um und ging zurück zu seiner Feier. Doch Julia hatte noch lange nicht genug. Sie versperrte ihm den Weg und drängte ihn zurück zur Fensterfront. «Und dafür nehmen Sie in Kauf, dass Sie die Existenzen anderer zerstören. Einfach so?»

«Welche Existenzen? Ihr wart doch alle schon längst tot, bevor Bent auf euch gestoßen war. Er hat euch zurückgegeben, was ihr verloren hattet. Dankbar solltet ihr ihm sein, dass er euch so lange ertragen hat. Mir wäre schon längst die Lust auf diese faden Mauerblümchen vergangen. Aber Bent ... nein, der hatte Steherqualitäten. Er war das beste Pferd im Stall. Respekt, das muss man ihm lassen, er hat jede rumgekriegt.»

«Bent hat mich geliebt», protestierte sie. «Er hatte es nicht nötig, mir etwas vorzuspielen.»

«Ha», lachte er, «er war der beste Schauspieler von allen. Nur gemerkt hat es keine von euch. Selbst jetzt glauben Sie ja immer noch an ihn.»

«Er ist tot. Er hat für seinen Fehler teuer zahlen müssen.»

«Ich glaub's nicht», amüsierte sich Stahl. «Haben Sie noch immer nicht begriffen, dass es alles nur eine Show war? Sie sind noch dämlicher, als ich gedacht habe. Mein Gott, was hat er nur mit euch angestellt, dass ihr immer noch an ihn glaubt?»

Julia fuhr der Schreck in alle Glieder. «Es war alles nur Show?»

«Inszeniert. Sein Abgang war bis ins Kleinste geplant. Jeder sollte glauben, dass er ertrunken war. Nur so konnte er sicher sein, dass nicht gegen ihn ermittelt würde.»

«Das glaube ich nicht.»

«Glauben Sie, was Sie wollen», wehrte Stahl ab. «Ich muss jetzt zurück zu meiner Feier. Es hat mich *nicht* gefreut, Sie wieder zu sehen.»

Doch Julia ließ ihn nicht gehen. Sie packte ihn am Arm und zog ihn mit aller Kraft zurück. «Bleiben Sie hier! Ich bin noch nicht fertig mit Ihnen.»

«Lassen Sie mich los, Sie verrücktes Huhn. Sie sind wahrhaft krank. Verstehen Sie? Sie sollten zum Arzt gehen und sich etwas gegen Ihre Dummheit verschreiben lassen. Aber wahrscheinlich hilft es eh nichts bei Ihnen. Es fehlt einfach der Verstand.»

«Du Dreckskerl!», schrie Julia und schlug wie benommen auf ihn ein. Ein Schlag erwischte Stahl am Hals, sodass er stolperte und rückwärts in einen der umstehenden Sessel fiel.

Julia lehnte sich zu ihm herunter, packte den Sessel bei den

Armlehnen und schob ihn quer über den glatten Boden auf die Fensterfront zu. Die Rollen am Sessel machten es ihr einfach, und so gewann sie an Fahrt, bis sie den perplexen Stahl in seinem Sessel losließ. Am Fenster verhakte sich der Sessel an einem Holm am Boden und durchbrach mit der Lehne die Scheibe. Stahl fiel nach hinten um und schreiend in die Tiefe.

Ruhig schritt Julia auf das Fenster zu, brachte den Sessel in eine aufrechte Lage und schob ihn zur Sitzgruppe zurück. Dann wandte sie sich ab und ging die Treppe hinunter, als wäre nichts geschehen.

Epilog

In gut hundert Kilometer Höhe zieht der Kommunikationssatellit ESA09/4658/99, «Rabbit Ear» genannt, in trauter Gesellschaft mit den amerikanischen, russischen und chinesischen Partnermodellen, seine Bahnen über Europa.

piep ... piep ... piep ...

Sendestatus: Vertraulich! Fax bitte sofort weiterleiten!
Von: EU-Kommission. Bereich: Unternehmenspolitik ...
An: Staatssekretär des Inneren ...
Betreff: Ihre Anfrage

«... teile ich Ihnen mit, dass ich klar und deutlich die Informationspolitik unserer amerikanischen Partner in der von Ihnen kritisierten Angelegenheit verurteile ...

... Ihre Befürchtungen, dass genannter Nachrichtendienst in jeder größeren Stadt Deutschlands, wie zum Beispiel Frankfurt am Main, Stuttgart oder auch Nürnberg ein geheimes Büro in den Räumlichkeiten der Telekom unterhält, nicht teile ...

... empfehle ich Ihnen bis auf weiteres, vertrauliche Informationen nicht via elektronischen Datentransfer zu übermitteln ...»

piep ... piep ... piep ...

«Hallo Schorsch, hier Kilian.»
«Hey, Jo. Wo steckst du? Ich such dich schon seit Tagen.»

«Ich hab mich nach dem Stress erst mal in den Süden verdrückt. Ich steh grad am Strand in einer Telefonzelle.»

«Oh Mann, das könnt ich bei dem Dreckswetter hier auch gebrauchen. Seit Tagen schneit's, und der ganze Weihnachtsstress macht einen völlig verrückt.»

«Tu mir einen Gefallen. Sag dem Oberhammer, dass ich seine Entschuldigung und den Aufhebungsbescheid für das Disziplinarverfahren bekommen habe. Die Beförderung kann er sich aber sonstwohin stecken. Ich brauch erst mal ein bisschen Zeit für mich, um 'nen klaren Kopf zu bekommen. Ehrlich gesagt, hab ich gerade keinen großen Bock, über solche Entscheidungen nachzudenken. Das Wetter ist klasse, die Caipis sind sauer und die Mädels braun. Was will man mehr.»

«Wann kommst du wieder?»

«Ich melde mich. Bis dann ...»

piep ... piep ... piep ...

Im main-online-chat: Leser fragen, Journalisten antworten.

Die «Loosche» entdeckt das Netz und ein leistungsstarkes Spracheingabeprogramm.

«Ei, da habt'er abbe was angschdellt. Gott sei Dank war isch da net dabei.»

«Du Feichling! Aber sach emal, wieso hört mer davo gar nix? Des wär doch e' g'fundenes Fressen für euch Presseheinis, so e' Anschlach auf 'n Ministerpräsidenten ...»

«So etwas wird natürlich totgeschwiegen. Stellt euch das doch mal vor, der dürfte glatt abdanken nach einer solchen Schand.»

«Die rücke nix raus, weils ihm peinlich is.»

«Wem?»

«Na dem Roiber natürlich! Renadde, du kannst aber saudumme Frache stell'.»

«Des wär mir a peinlich!»
«Is der überhaupt scho widder herause?»
«Wieso herause? Erich, was weest'n jetz scho widder?»
«Sach emal, Walder, kriechst du denn gar nix mit? Na, die ham'en doch nei die Nervenklinik!»
«Bestimmt zum Rücher 'nei die Füchsleinstrass'.»
«Des wess i' net so genau, Renadde, aber des könnt scho sei. Da k'öhrt er doch scho lang hin.»
«Sach emal, Walder, könne mir denn gar nix aus dere G'schicht mach?»
«Isch trau misch net! Da kriech isch Schwierischkeite.»
«Wenigstens dem Vollidioten von einem Regisseur sollte mer doch eine nei würch ...»
«Vielleicht mit ein paar Seitenhieben auf die bayerische Staatsregierung, die den Schwachsinn auch noch gutgeheißen hat.»
«Also gut, isch überlech mir was.»
«Des war scho a G'schicht. Habt ihr ne schreien k'öhrt? Den Lackaff', den blöden.»
«Und wie ihm der Gaul durchgange is ...»
«Wie er ausg'sehn hat mit dem Öl und denne Federn ...»
«Dann hamm ern der Hakan und die annern Bakistani a noch nei 'n Brunne jacht.»
«Dabei hat er so stolz sei woll', auf dem Ross, mit sei'm Hermelin ...»
«Der Kini!»
«Das war Labsal für meine gepeinigte fränkische Seele. Behr wäre stolz auf uns!»
«Wer ist Behr?»
«Ach, Erich, das erklär ich dir ein andermal.»
«Auf alle Fälle merkt sich der Roiber die G'schicht.»
«Da kannst Recht hab', Renadde. Da drauf trink' mer en. Irma!»
«Erscht es Gaald, Erich, ihr habt scho widder 'n ganze Haufe Schulde!»

piep … piep … piep …

«Oh, Mulder. Nicht schon wieder!»
«Glauben Sie mir, Scully. Die Wahrheit ist irgendwo da draußen.»

transmission end …

Anhang

Das «Castello Virteburch», wie es im Jahr 704 urkundlich erwähnt wird, liegt auf dem 266 Meter hohen, den Main zu seinen Füßen um 100 Meter überragenden Marienberg (oder auch Schlossberg). Er fällt nach drei Seiten steil ab und war in allen Jahrhunderten ein leicht zu verteidigender Berg mit einer darauf befestigten Burganlage.

Wenn auch nicht eindeutig datierbar, so ist das Gebiet um den mittleren Mainlauf seit der Altsteinzeit besiedelt. Vor rund 6000 Jahren lebten in diesem Gebiet vornehmlich Bauernvölker. Bereits früh verstanden sie es, den Mainlauf als Verkehrsweg zu nutzen. Von den besiedelten Höhen beiderseits des Flusses suchte man zudem nach geeigneten Furten, wo sich weitere Wege bildeten, die sich kreuzten und in alle Richtungen verliefen. Es bedarf nicht viel Phantasie, dass die beherrschend und günstig nahe einer Furt gelegene Höhe des Marienberges in kriegerischen Zeiten als Schlüsselstellung besetzt wurde.

Einer der frühesten nachgewiesenen Volksstämme, die den Marienberg in Besitz nahmen, waren die Kelten. Bei Grabungen im inneren Festungshof fanden sich antike Gefäßscherben, die, um 530 v. Chr. im griechischen Attika entstanden, auf dem bekannten Weg über Marseille durch das Rhônetal und Ostfrankreich nach Süddeutschland kamen. Würzburg war bis dato der nördlichste bekannte Punkt dieses vorgeschichtlichen Handels, zu dem, neben den griechischen Tongefäßen, auch der griechische Wein als Importware gehörte. Dadurch ergibt sich das Bild eines keltischen Stammesfürsten mit entsprechenden kulturellen Ansprüchen um das Jahr 500 v. Chr. Im Schatten der Befestigung, die seinerzeit ein Ringwall war, ließen sich friedliche Siedler nieder.

Im ersten Jahrhundert nach Christus zwangen vordringende Germanen die Bevölkerung in die Defensive. Der Ringwall muss zu dieser Zeit von größter Bedeutung gewesen sein, wenngleich die Germanen obsiegten und sich niederließen. Ihnen folgten Sweben, Markomannen, Alemannen und schließlich die Thüringer. In der ersten Hälfte des sechsten Jahrhunderts nahmen die von Westen einfallenden Franken das Mainland in Besitz. Der machtvoll aufstrebende fränkische Staat mit seiner von den Merowingerkönigen neu eingerichteten Herzogsgewalt fand in der Burg auf dem Marienberg den entsprechenden Ort.

Ein fränkischer Edelmann namens Radulf soll um das Jahr 630 von König Dagobert als erster Herzog Ostfrankens eingesetzt worden sein. Ihm folgten Hetan I., Gosbert und Hetan II. Die Festung war der militärische Rückhalt der herzoglichen Gewalt. Hier bildete sich eine fränkische Niederlassung, die als Ursprung für die Stadt Würzburg auf der anderen Mainseite angesehen werden kann.

Die Legende berichtet, dass der irische Mönch und Bischof Kilian 686 mit zwei Gefolgsleuten (Kolonat und Totnan) nach Würzburg kam und Herzog Gosbert zum Christentum bekehrte. Zu seinem tödlichen Ende kam es drei Jahre später, da Gosberts Frau Gailana zum zweiten Mal verheiratet und nach Kirchenrecht diese Ehe ungültig war. Sie gab den Mord in Auftrag.

Doch das Christentum blieb, und Gosberts Sohn, Hetan II., errichtete um das Jahr 706 zu Ehren der Gottesmutter Maria eine Kapelle. Sie verdrängte die bis dahin verehrte Kultstätte der germanischen Göttin Hulda. Vom Aussehen der Befestigungsanlage ist nichts überliefert. Auf jeden Fall war der Marienberg ein bedeutender militärischer Stützpunkt, der noch Jahrhunderte später als Mittelpunkt der Macht im östlichen Franken bezeichnet wurde.

Nach dem Jahr 716 verschwindet das Herzogsgeschlecht der Radulfinger aus den Überlieferungen. Als der Missionar Bonifatius 719 nach Franken kam, fand er keinen Herzog mehr vor, sondern «seniores» und «principes». Ein Rückfall in den alten Glauben war eingetreten. Sogar Priester dienten dem «alten» und dem «neuen» Glauben gleichzeitig. Bonifatius ernannte 741 seinen angelsächsischen Gehilfen Burkard zum ersten Bischof von Würzburg. Der Marienberg, die Kapelle und die umliegenden Besitztümer gingen in diesem Jahr durch den Hausmeier der Merowingerkönige Karlmann an das neu errichtete Bistum. Das war ein großer und entscheidender Schritt, denn Würzburg wurde zum Mittelpunkt christlicher Kultur und die Marienkapelle zur ersten Bischofskirche. 47 Jahre später verlor sie ihre Bedeutung an den neu entstandenen Salvatordom, bei dessen Einweihung König Karl, der spätere Kaiser Karl der Große, zugegen war.

Von der Bistumsgründung an bis in die Zeit um das Jahr 1202 ist von einer Burg auf dem Marienberg nicht mehr die Rede. Kaiser Friedrich Rotbart («Barbarossa») beorderte den Sohn eines Burggrafen von Magdeburg, Konrad von Querfurt, an seinen Hof. Konrad freundete sich mit dem Kaisersohn Heinrich an, der ihn später, nachdem er Kaiser geworden war, zu seinem Kanzler und wichtigsten Berater bestimmte. Nach dem plötzlichen Tod Heinrichs veranlasste Konrad den Aufbruch und den Rückzug des Kreuzheeres aus dem Morgenland. Auf der Kreuzfahrt war Konrad von Querfurt zum Bischof von Würzburg gewählt worden, Bischof von Hildesheim war er bereits. Nach seiner Rückkehr stellte er sich gegen den unmündigen Sohn Heinrichs auf die Seite Philipps von Staufen, um die Dynastie an der Regierung zu halten. Die Annahme des Bistums Würzburg brachte Konrad jedoch den großen Reichsbann von Papst Innozenz III. ein. Im Jahr 1200 ging er nach Rom und unterwarf sich. Ein Jahr später wurde er als Bischof von Würzburg eingesetzt. Sein Kanzleramt am Hofe Philipps gab er auf und verbündete sich mit dem Landgrafen von Thüringen, der gegen Philipp opponierte. Konrad fürchtete, dass Philipp gegen Würzburg marschieren würde, und gab Befehl, den Berg zur Burg befestigen zu lassen. Ein Jahr später wurde Konrad von Meuchelmördern erstochen.

In seinem knapp mehr als einem Jahr dauernden Vorhaben brachte Konrad erstaunlich viel zu Stande. Unter anderem war die Herstellung einer Ringmauer und eines Halsgrabens von besonderer Wichtigkeit. Da man noch keine Feuerwaffen kannte, war die Abwehr von Angreifern aus größerer Höhe von entscheidender Bedeutung. Ein Wehrgang auf der Mauer wurde eingerichtet, von dem aus man mit Pfeil und Bogen, durch Bewerfen mit Steinen oder durch Begießen mit heißem Wasser und Pech das Übersteigen der Mauern zu verhindern suchte.

In den folgenden Jahrhunderten wurde die Burg unter den verschiedensten Herren erweitert. Einer von ihnen war der auf der Burg gezeugte, geborene und erzogene Otto von Wolfskeel. Der in der Burg spielende Knabe hatte die Schwächen der Burg früh erkannt und später als Bischof auszuschalten begonnen. Sein Hauptwerk war die Errichtung eines neuen Mauerrings. Dieser umschloss die Burg auf vier Seiten. Zwischen alten und neuen Mauern wurde ein Zwinger errichtet, der die Annäherung des Feindes erschweren sollte. Von hier aus konnte man den Feind aus nächster Nähe bekämpfen. Hinter der Wolfskeel'schen Mauer entstand später unter Fürstbischof Rudolf von Scherenberg ein unterirdischer Verteidigungsgang (Kasematte) mit Nischen und Scharten für die Schützen.

Diese Maßnahmen sollten sich alsbald bewähren. Am 14. Mai 1525 musste sich das «Schloss Unserfrauenberg» gegen die aufständischen Bauern unter Führung Florian Geyers und unter Mitwirkung des Götz von Berlichingen behaupten. Unzählige Bauern fanden in den Gräben den Tod. Pech und Schwefelkränze, Steine und siedendes Wasser zwangen sie zurück, und der Aufstand scheiterte.

Mit am meisten geprägt hatte die Burg die Berufung von Julius Echter von Mespelbrunn zur 44 Jahre andauernden Regentschaft als Fürstbischof. Unter ihm wurde aus der spätmittelalterlichen Burg ein Fürstenschloss der Renaissance. 1631 stand König Gustav Adolf von Schweden vor den Toren Würzburgs. Der flüchtende Fürstbischof Franz von Hatzfeld hatte das Kommando dem zufällig auf der Durchreise weilenden bayerischen Rittmeister Heinrich Keller von Schleitheim übertragen. Das Tage andauernde Gemetzel endete in einem Blutbad, und Gustavs Truppen nahmen die Burg ein. Reiche Beute entschädigte ihn für die großen Verluste in den eigenen Reihen. Gleich nach der Eroberung ging Gustav an den Wiederaufbau und die Verbesserung der Verteidigungsanlagen. Doch es half nichts, die schwedischen Truppen mussten am 16. Januar 1635 die Burg wegen des anrückenden kaiserlichen Heeres räumen.

1642 übernahm Fürstbischof Johann Philipp von Schönborn das Regiment. Er befestigte Burg und Stadt mit gewaltigen Bastionen. Für alle Zeiten sollten damit Feinde fern gehalten werden. Seine Nachfolger taten es ihm gleich und bauten die Burg zu einem mächtigen Abwehrriegel aus. Zu einer Schatztruhe wurde sie im Jahr 1720, als sie als Aufbewahrungsort für Wagenladungen an Gold, Juwelen und Geld diente, die für den anstehenden Bau der Residenz herangezogen wurden.

1790 wurde Leopold II. in Frankfurt zum Kaiser gewählt. Auf seiner Rückreise fand er freundliche Aufnahme in der für den Kriegsfall aufgerüsteten Festung. Doch das Heer der anrückenden Franzosen hatte leichtes Spiel. Nach der Kapitulation der Österreicher nahmen sie die Burg ein. Im Kampf ereilte aber die Franzosen wenig später dasselbe Schicksal. Sie mussten sich gegen die siegreichen österreichischen Truppen geschlagen geben. 1800 standen die Franzosen erneut vor der Burg. Nach heldenhafter Verteidigung unter dem österreichischen Kommandeur Dall' Aglio ging die Burg erneut an die Franzosen.

Durch den Reichsdeputationshauptschluss fiel das Hochstift Würzburg 1802 an den Kurfürsten von Pfalz-Bayern. Da er dem Rheinbund beigetreten war, hielten sich während der Kriege gegen Preußen und Österreich französische Truppen auf der Festung auf. Napoleon I. war bei seinen Feldzügen mehrmals zu Inspektionen vor Ort.

Am 8. Oktober 1813 sagte sich Bayern von Napoleon los, und gegen Würzburg marschierte ein bayerisch-österreichisches Heer. Die Beschießung des Marienbergs unter General von Wrede am 24. Oktober brachte der Festung keinerlei Schaden. Die Stadt kapitulierte jedoch zwei Tage später und wurde von Österreichern und Bayern eingenommen. Die französischen und die großherzoglich-würzburgischen Truppen mussten sich ganz auf den Marienberg zurückziehen und gerieten unter Belagerung. Der scharfe Winter zwang sie, nahezu alles Brennbare aus den Dachstühlen der Bauten zu verfeuern. Am 20. Mai 1814 wurde die Übergabe aus Paris befohlen. Das Großherzogtum Würzburg ging in diesem Jahr an Bayern über. Seither liegt die Burg in bayerischen Händen.

1866 sollten heranrückende preußische Truppen aufgehalten werden. 148 Geschütze und 4200 Mann bezogen Stellung. Hessische und badische Einheiten unterstützten diese Bemühungen. Die bayerische Besatzung eröffnete am 27. Juli ab 10 Uhr das Feuer auf die Preußen, die auf beiden Seiten (Hexenbruch und Nikolausberg) Position bezogen hatten. Das Donnergrollen der Geschütze dauerte fünf Stunden lang. Dann verstummten sie.

Mit diesem Ereignis, wenige Jahre vor Gründung des Deutschen Reiches, schied die Festung Marienberg aus der Kriegsgeschichte aus. Sie fiel selten, und wenn, dann nur unter großen Verlusten.